KB236845

위만주국시기
조선인문학과 중국인문학의 비교연구

위만주국시기
조선인문학과 중국인문학의 비교연구

도서출판 역락

차 례

제 **1** 장 서 론

　1931년, 일제는 "9·18사변"을 일으켜 중국 동북을 점령한 후 1932년 3월 1일 청나라의 말대 황제 부의(溥儀)를 내세워 괴뢰정권 "만주국(滿洲國)"을 건립하고 1945년 "8·15"직전까지 옹근 14년 간 잔혹한 식민통치를 실시하였다. 이 시기를 위만주국시기(僞滿洲國時期)라고 부른다.

　당시 위만주국에 거주한 조선인과 중국인은 일제의 잔혹한 식민통치하에서도 우여곡절을 겪으며 자기민족문학의 생존공간을 이루고 복잡하게나마 독특한 자기민족문학을 생성, 발전시켰을 뿐만 아니라 일부 피식민 민족문학의 특징과 그 발전법칙도 뚜렷하게 보여주었다.

　우선 본고에서 제기되는 조선인과 중국인이라는 개념에 대한 해석이 필요하다.

　대체로 1869년부터 두만강을 건너 중국 동북 땅에 자리잡기 시작한 조선민족은 당시 합법적인 지위를 얻지 못하고 한민(韓民)으로 취급되면서 살아왔다. 1912년에 ≪중화민국국적법(中華民國國籍法)≫이 반포되어 외국인으로 "계속하여 5년 이상 중국에 주소가 있는 자"는 중국국적에 가입할 수 있다고 규정되자 적지 않은 한민들이 중국국적을 갖게 되었다. 그러나 1915년 5월 25일, 일제는 원세개 정부를 핍박하여 동북에 거주하는 조선민족의 영사재판권을 획득하여 조선민족을 저들의 "제국신민"으로 만들었다. 위만주국이 건립된 후 일제는 "건국선언"에서부터 일본인, 조선인, 한족, 만족, 몽고족 등 민족으로 구성된 "5족협화"를 선양하였지만 조선민족은 시종 선계(鮮系)일본인으로 되어 조선총독부의 통치를 받았다.

말하자면 위만주국의 "건국선언"에 의해 "만주국 국민"으로 됨과 동시에 "일한합방"에 의해 "일본국적(日本國籍)"을 가진 "황민"으로 되었다. 하여 위만주국시기 조선민족은 이중국적(2重國籍) — "일본국적"과 "만주국적(滿洲國籍)"을 가지고 정치, 경제 등 여러 면에서 2중으로 되는 통치와 압박을 받았다. 당시 위만주국에서는 조선민족을 조선인, 선계(鮮系), 선계일본인 등으로 호칭하였다.

사실 중국에서 조선족이라는 개념은 해방직후까지도 공식적으로 존재하지 않았다. 1948년경부터 조선민족이라는 개념이 쓰이다가 1952년 9월 3일 연변조선민족자치구가 성립되고 이 자치구가 1955년 8월 30일에 연변조선족자치주로 개칭되면서 조선족이라는 개념이 정식으로 사용되었다.[1]

이런 역사사실에 비추어 본고에서는 위만주국시기의 조선민족에 대한 여러 가지 호칭을 조선인으로 통칭한다.

자고로 중국동북은 漢族, 滿族, 蒙古族, 조선족, 어원커족(鄂倫克族), 回族, 시버족(錫伯族), 다월족(達斡爾族), 허저족(赫哲族) 등 여러 민족들의 공동한 개척으로 발전되어 왔다. 1909년 청나라정부는 중국의 첫 국적법인 ≪대청국적조례(大淸國籍條例)≫(5장 24조로 되였음)를 반포하여 "중국에서 10년 이상 계속하여 거주한자"는 입적할 수 있다고 규정하였다. 1912년 중화민국이 성립되면서 ≪중화민국국적법≫(1912년)이 반포되어 외국인마저 "5년 이상 계속하여 중국에 거주한 자"는 중국국적에 입적할 수 있다고 규정하였다.[2] 원래 동북에 거주했거나 근대, 현대에 동북에 이주한 한족, 만족 등은 모두 자연히 중국인으로 되었다. 1932년 3월 1일 중국동북은 중국에서 "분리"되어 "만주국"이라는 "독립국"으로 되었지만 이는 철두철미한 일제의 식민지 괴뢰정부로서 중국정부와 인민들은 시종 이를 승인

---

1) 權立, 李洪錫 ≪有關中國朝鮮族歷史的若干理解≫, ≪北方民族≫ 2001년 제1기 p.71 참조.
2) 동상 pp.64-65 참조.

하지 않았거니와 "만주국"내의 여러 민족인민들도 이를 반대하여 항일구
국운동을 세차게 불러일으켰다. 또한 "만주국"의 "건국선언"에서도 "5족
협화"를 선양하였지만 "만주국 국민"에 대한 정의를 명확히 내리지 못하
였고 멸망될 때까지 국적법이 제정되지 못하여 1932년 3월 1일 이후 관
내(중국 내지)에서 "만주국"으로 "입경"한 한족, 만족 등은 외국인 즉 중국
인으로 취급하였다. 일제와 "만주국"정부는 한족, 만족, 회족 등 여러 원
주민족들을 만인(滿人), 만계(滿系), 만주인(滿洲人) 등으로 호칭하였다.

　사실상 위만주국에 거주한 한족, 만족, 회족 등 여러 민족 문인들은 모
두 자신을 중국인으로 자각하고 문학활동을 전개하였다.

　이런 역사사실을 감안하여 본고에서는 한족을 주체로 한 만족, 회족
등 여러 민족인민들을 중국인으로 통칭한다.

　위만주국시기의 조선인문학에 대하여 중국 조선족학계에서는 해방전
의 중국 조선족문학이라는 연구시각에서 1950년대 말부터 권철, 조성일
등을 비롯한 연구진에 의해 그 연구가 시작되었다. 물론 1950년대 말의
특수한 사회시대환경에 의해 조선족문학사를 쓰려는 시도에서 시작된 것
이기는 하지만 필경 최초의 시도로 된다. 그 후 거듭되는 정치운동으로
인하여 1970년대 후기까지 중단되어 오다가 1970년대 말부터 다시 연구
가 시작된다. 1980년대에 ≪조선족문학개관≫3), ≪조선족문학연구≫4) 등
연구성과가 나오면서 개론적으로나마 사적서술이 이루어지고 1990년에
조성일, 권철, 최삼룡, 김동훈 등 연구진의 공동집필로 ≪중국조선족문학
사≫5)가 편찬되면서 개괄적인 연구와 더불어 김창걸, 윤동주 등에 대한
개별적 작가론으로 연구범위가 넓어졌다. 이어 소설, 시문학 등 장르별
연구가 시도되고 1997년에 김호웅 교수의 박사학위논문 ≪재만조선인문
학연구≫6)에서 그 연구가 집대성된다. 김호웅 교수는 이 시기 문학이 朝

---

3) 권철, 조성일 ≪조선족문학개관≫ - ≪아리랑≫, 제3기, 1980년.
4) 임범송, 권철 주필 ≪조선족문학연구≫, 흑룡강조선민족출판사, 1989년.
5) 조성일, 권철 주편 ≪중국조선족문학사≫, 연변인민출판사, 1990년 7월.
6) 김호웅 ≪재만조선인문학연구≫, 국학자료원, 1997년 12월.

鮮적인 것과 中國적인 것이 내포된 이중성격의 문학이라는 점을 도출해 낸다. 2000년에 권철 교수는 수십 년의 연구성과를 집대성한 역작 ≪중국조선족문학≫(상)[7]을 펴내 19세기 상반기부터 20세기 40년대 말에 이르는 건국 전 중국조선족문학사의 흐름 속에서 위만주국시기 조선인문학의 위상을 신빙성 있게 보여주었다.

위만주국시기 조선인문학에 대한 한국 학계의 연구는 대체로 한국현대문학이라는 연구시각에서 1970년대 후반의 개별적 연구를 거쳐 1980년대 초부터 본격적으로 시작된다. 1980년 가을 오양호 교수가 "전국국어국문학발표대회에서 1940년에서 1945년 사이의 한국 현대문학사는 간도이민문학을 중심으로 써야 한다"[8]고 주장하면서부터 위만주국시기 조선인문학연구가 학계의 관심을 모으게 되었다. 1986년에 김윤식 교수가 ≪안수길연구≫[9]를 내놓아 만주국의 조선계문학이라는 연구시각에서 안수길을 깊이 연구하였다. 1987년에 윤영천 교수가 ≪한국의 流民詩≫[10]를 펴내면서 조선인문학을 만주 流移民문학이라 규정하고 최초로 시문학연구를 시도하였다. 이어 1990년 채훈 교수의 ≪일제강점기 재만 한국문학연구≫[11]에서 비교적 체계 있게 소설연구를 진행하였는데 객관적인 안목으로의 접근이 시도되었다. 1996년에 조규익 교수가 ≪해방 전 만주지역의 우리 시인들과 시문학≫[12]을 펴내 비교적 전면적으로 조선인시문학의 특징을 밝혔다. 이외에도 김렬규, 소재영, 장백일, 이명재 등 학자들이 여러 각도로 많은 연구실적을 내놓았다. 최근에는 젊은 연구자들이 기존의 자료와 연구성과를 심화하면서 다양한 안목과 비평방법으로 보다 세분화된 연구를 진행하고 있다.

---

7) 권철 저 ≪중국조선족문학≫(상), 연변대학출판사, 2000년 8월.
8) 오양호 ≪한국문학과 간도≫, 문예출판사, 1995년 7월, p.1.
9) 김윤식 ≪안수길연구≫, 정음사, 1986년.
10) 윤영천 ≪한국의 流民詩≫, 실천문학사, 1987년 4월.
11) 채훈 ≪일제강점기 재만한국문학연구≫, 깊은 샘, 1990년 11월.
12) 조규익 ≪해방전 만주지역의 우리 시인들과시문학≫, 국학자료원, 1996년 1월.

한국학계에서 제일 주목되는 연구성과는 오양호 교수의 ≪한국문학과 간도≫와 ≪일제강점기 재만 조선인문학연구≫13)이다. 오양호 교수는 끈질긴 자료수집작업과 그 연구를 통해 조선인문학을 이민문학이라 규정짓고 그 성향을 밝히면서 "한국문학사에서 1940년대 문학을 만주·간도의 이민문학으로 타당하다14)"는 주장을 내놓았다. 이 주장은 현재 한국학계의 대표적인 견해의 하나로 되고 있다.

위만주시기 중국인문학은 주로 중국학계에 의해 연구되고있는데 중국학계에서는 중국현대문학의 한 부분으로 ≪동북윤함시기문학(東北淪陷時期文學)≫이라는 연구시각에서 일찍 1945년 말부터 평론문장들이 발표되기 시작하였으나 여러 가지 역사적 원인으로 하여 일률로 "한간문예(漢奸文藝)"로 몰려 그만 자취가 사라졌다가 30여 년이 지난 1979년 3월 동북현대문학연구회가 성립되고 1980년 3월에 ≪동북현대문학사료≫15)가 간행되면서부터 그 연구가 다시 시작된다. 초기에는 몇몇 작가만 조심스레 연구되다가 1982년에 황현(黃玄)의 논문 ≪동북윤함시기문학개황≫16)이 발표되면서 사(史)적으로 본격적인 연구가 시작된다. 1983년에 장육무(張毓戊)가 "현대문학연구의 공백을 메워야 한다"17)라는 논문을 발표하여 "좌경(左傾)"착오를 철저히 시정하고 연구에서 사상을 철저히 해방할 것을 제기하면서부터 활기를 띠고 연구성과가 줄이어 나온다. 1989년 3월에 주로

---

13) 오양호 ≪일제강점기 재만조선인문학연구≫, 문예출판사, 1996년 1월.
14) 오양호 ≪일제강점기 만주조선인문학연구≫, 문예출판사, 1996년 1월, p.68.
15) ≪동북현대문학사료(東北現代文學史料)≫는 요녕성사회과학원 문학연구소와 흑룡강사회과학원 문학연구소에서 교대로 편집, 간행한 부정기적인 내부간행물로서 1980년 3월부터 1984년 6월까지(제9집까지) 문학사료를 위주로 발표한후 1984년 8월부터 1985년 10월까지 ≪동북문학연구총간(東北文學研究叢刊)≫이라 개명하고 제2집까지 간행하다가 제3집부터 ≪동북문학연구사료(東北文學研究史料)≫라 다시 개명하여 1987년 12월까지 제6집을 간행되였는데문학사연구내용을 위주로 발표하였다. 이 간행물은 동북윤함시기문학연구에서 중요하고도 귀중한 자료로 된다.
16) 황현 ≪동북윤함시기문학개황≫ - ≪동북현대문학사료≫(제4집, 제6집, 제9집)에 연재되었음.
17) 장육모 ≪要塡補現代文學研究中的空白≫, ≪中國現代文學研究叢刊≫, 1983년, 제4기.

작가론으로 된 첫 논문집 ≪동북신문학론총≫18)이 출판되고 같은 해 12
월에 ≪동북현대문학사≫19)가 출판된다. ≪동북현대문학사≫는 1919년 "5·
4운동"부터 1949년 중화인민공화국의 성립까지의 문학을 사(史)적으로 다
루었는데 위만주국시기 문학을 그 한 부분으로 취급하였다. 그러나 항일
혁명문학을 위주로 취급하고 일부 진보적 작가와 작품을 한간문학과 식
민문학으로 취급하여 학계에서 적지 않은 물의를 일으켰다. 1991년에 선
후로 풍위군(馮爲群), 이춘연(李春燕)의 논문집 ≪동북윤함시기문학신론(東北
淪陷時期文學新論)≫20)과 신전화(申殿和), 황만화(黃萬華)의 논문집 ≪동북윤함
시기문학사론(東北淪陷時期文學史論)≫21)이 출판되어 다각적이고 객관적인
작가론, 사조론 연구가 진행되면서 "좌"적인 연구경향이 배제되기 시작
한다. 이어 몇 년간의 심도 있는 연구를 거쳐 1995년에 서내상(徐迺翔), 황
만화의 연구서 ≪중국 항전시기 윤함구문학사(中國抗戰時期淪陷區文學史)≫22)
가 출판된다. 이 저서는 처음으로 동북, 화북, 화동 등 여러 윤함구(淪陷區)
를 연구범위로 하여 전반 항일전쟁문예(抗日戰爭文藝)의 배경 하에 윤함구
문학의 총체적인 위상을 그려냈다. 이 저서는 역사자료의 정리, 승화 등
에 치중하면서 개방적인 연구자세를 보여주어 학계에서 중요한 연구성과
로 인정받고 있다. 1996년에 장육무가 주필을 담당한 ≪동북현대문학사
론≫23)이 출판되어 장르별로 기존연구성과들을 개괄화하였다.

　이처럼 위만주국시기 조선인문학과 중국인문학은 국내외 학자들의 다
년간의 고심한 연구를 거쳐 그 문학적 진실과 문학적 위치가 올바르게
밝혀지고 있다. 하지만 당시 "만주국문학장(滿洲國文學場)"의 제반 상황은
어떠하며 그 상황에서의 여러 피식민 민족작가들의 전체적인 현실대응상

---

18) 張毓茂 ≪東北新文學論叢≫, 沈陽出版社, 1989년 3월.

19) ≪東北現代文學史≫ 編寫組 ≪東北現代文學史≫, 沈陽出版社, 1989년 12월.

20) 馮爲群, 李春燕 著 ≪東北淪陷時期文學新論≫, 吉林大學出版社, 1991년 7월.

21) 申殿和, 黃萬華 著 ≪東北淪陷時期文學史論≫, 北方文藝出版社, 1991년 10월.

22) 徐迺翔, 黃萬華 著 ≪中國抗戰時期淪陷區文學史≫, 福建教育出版社, 1995년 7월.

23) 張毓茂, 閻志宏, 白長靑, 高翔, 李春燕, 黃萬華合著 ≪東北現代文學史論≫, 沈陽出
版社, 1996년 8월.

황과 의식성향이 어떠하고 그 문학양상과 지향점이 어떠하였는가 하는 문제점, 여러 피식민 민족작가들은 각기 어떤 사회문화심리와 주제의식 및 표현기법으로 식민문학의 압제 및 그 충돌 속에서 자기민족문학을 생성, 발전시켰는가 하는 문제, 피식민 민족들의 문학생성과정과 발전과정은 각기 어떠하고 또 어떤 특징이 있으며 어떤 공동성과 부동성을 갖고 있는가 하는 등 문제들이 상호 참조 속에서 다각적으로, 입체적으로 조명되지 못하였다.

이러한 문제들을 조명하자면 불가피적으로 여러 민족문학간의 횡적인 연구가 요청된다. 더욱이 같은 피식민 민족이었던 중국인과 조선인의 문학을 연구함에 있어서 물론 여러 가지 연구방법들이 모두 요청되겠지만 필자는 그 비교론적인 연구가 이 시기 문학의 진면모를 똑바로 밝히고 그 문학사적가치를 올바르게 평가함에 있어서 자못 중요한 과제로 나선다고 생각된다.

본고는 바로 이런 문제점들에 입각하여 다각적인 조명방법으로 위만주국시기 조선인과 중국인의 문학의 동질성과 이질성을 밝히고 비교하는 가운데서 두 민족문학의 주요한 특징과 문학사적위상을 입체적으로 그려내여 보다 올바른 가치판단을 내리고 나아가 위만주국시기 피식민 민족문학의 생성, 발전법칙과 그 특징을 밝혀내고자 하였다.

본고는 자료발굴작업을 돌파구로 삼고 실존사료에 대한 분별, 정리, 해석에 중점을 두었다. 본고는 학계에서 처음으로 유일하게 당시 조선인문단상황을 총체적으로 개괄하여 소개하면서 ≪북향≫지 창간사의 중점부분을 그대로 보여준 고재기의 평론 ≪재만선계문학≫, 거의 이름만 알려진 일본문으로 창작한 조선인 작가 이마무라 에이지(今村榮治)의 문학창작활동을 체계적으로 찾아 볼 수 있는 단편소설 ≪악몽≫을 비롯한 3편의 초기소설과 ≪금년부터는≫을 비롯한 4편의 수필 등 필자가 새로 발굴한 자료들을 이용하였다. 그리고 중국인문인과 조선인문인의 비슷한 사회문화심리 및 문학지향을 보여준 ≪조선단편소설선≫(中國語文), ≪조선문학의 과거와 현재≫(일본문) 등 자료와 "만주국문학"에 대한 당시 일본인들의 평론문장들을 처음으로 분별, 정리하게 되었다. 이런 귀중한 문학사료들은 본고를 통해 처음으로 학계에 공개되면서 본론의 유력한 실증으로 될 뿐만 아니라 그 연구의 신빙성을 보다 한층 기하여 줄 것이다.

이밖에 본고에서는 텍스트의 신빙성을 기하기 위해 당시 위만주국에서 발표된 작품 원본만을 본고의 텍스트로 삼았다. 여기서 짚고 넘어갈 것은 당시 중국 동북 항일 유격구(遊擊區)와 유격대(遊擊隊)에서 창작, 전파되었던 조(朝), 한(漢) 등 여러 민족인민들의 항일가요와 희곡작품(연극대본)은 본고의 연구범위에 넣지 못하였다는 것이다. 항일투쟁 속에서 철저한 민족해방의 사상과 항일정신으로 창작되고 보급되었던 항일가요와 희곡작품은 당시 유격대와 인민들을 항일무장투쟁에로 이끌어주었을 뿐만 아니라 당시 조선인문학과 중국인문학의 중요한 한 부분으로 되었다. 하지만 유감스럽게도 이 귀중한 문학작품들은 그 대부분이 항전 속에서 실전 되어 현존 원본이 극히 적은 상황이다. 그리고 이 시기에 민중 속에서 민간전설(주로 항일이야기)을 비롯한 구비문학작품들도 적지 않게 창작, 전파되었으나 역시 당시에 문자로 수집, 정리된 작품이 극히 적다. 하여 본고에서는 그 작품과 자료의 발굴, 정리 작업을 기대하면서 아쉬운 대로항일 유격구와 유격대에서 창작, 전파된 항일가요와 희곡작품 그리고 민간문학작품을 연구범위에 넣지 못하고 금후의 작업으로 남기게 되었다.

제 **2** 장   위만주국 문학장의 생성과 구성

제 1 절   위만주국의 실질과 문화전제통치

1. 위만주국의 실질

1) 위만주국의 식민통치체제

1931년 일제는 "9·18" 사변을 일으켜 신속히 중국 동북을 점령한 후 1932년 3월 1일, 일부 민족망나니들을 부축하여 동북행정위원회의 명의로 중화민국과 관계를 끊은 "독립"적인 "만주국"의 건국선언을 선포하고 년 호를 대동(大同)으로 하고 그 체제를 집정제(執政制)로 한다. 3월 6일, 일제 관동군사령관 모도 쇼우시께(本庄繁)는 청조의 말대 황제 부의가 위만주국의 집정(執政)으로 되자면 반드시 ≪서간(書簡)≫24)식으로 된 밀약(密約)을 맺어야 한다고 강요한다. 이 밀약은 5개 조목으로 되었는데 첫째, 위만주국의 국방 및 치안 유지는 일본에 위탁하고 경비는 위만주국에서 부담하며 둘째, 철도교통은 일본 혹은 일본이 지정한 기관에 위탁하며 셋째, 위만주국은 일본군이 수요하는 각종 시설은 전력을 다해 원조하며 넷째, 위만주국 참의부(參議部)와 중앙 및 지방 각 관서에 일본인관리를 등

---

24) ≪9·18事變圖志≫, 遼寧人民出版社, 1991년, p.202 참조.

용시키고 그 인원선택은 관동군사령관에게 위탁하며 그 해임은 응당 관동군사령관의 동의를 거쳐야 하며 다섯째, 이상 각 항 조목은 두 나라가 정식조약을 체결할 때의 정신 및 규정의 기초로 한다는 것이다. 부의는 청조복벽의 꿈을 실현하기 이 매국조약에 서명한다. 서명시간은 그가 집정으로 취임한 이튿날인 3월 10일로 되었는데 사실은 3월 6일에 서명하였다.(이 밀약은 시종 비밀로 되어오다가 일본이 투항한 후에야 비로소 폭로되었다.) 당시 일제는 국제 열강들의 압력에 의해 위만주국을 즉시 승인하지 못하고 비공식적인 방법으로 실제상의 관계를 맺은 것이었다. 9월 15일, 일제는 또 위만주국과 ≪일만의정서(日滿議定書)≫를 체결하여 위만주국을 정식으로 승인한 동시에 일본국과 일본국민이 만주국 경내에서 기존의 모든 조약, 협정 등에 의해 얻은 권익을 승인 받고 두 나라가 국방을 공동으로 책임진다는 조목에 의해 일본군이 만주국 국경에 주둔한다고 규정한다. 이 조목은 공개된 서류이고 이외 비밀서류로 철로, 항구, 항공, 광산 등에 관한 협정을 맺었다.25) 1933년 10월, 일제는 괴뢰정권을 일체화하기 위해 위만주국의 집정체제를 황제체제(帝制)로 바꾸기로 하고 부의를 "만주제국황제"로 승인한다. 1934년 3월 1일 부의는 황제로 등극하고 년 호를 강덕(康德)으로 한다. 그러나 이는 청나라의 복벽이 아닐 뿐만 아니라 부의에게는 아무런 권력도 없었다. 사실상 위만주국은 군주 입헌제의 독립국이라는 허울을 쓴 일본관동군의 군정국(軍政國)이었다.

위만주국이 건립된 후 일제는 이 괴뢰정권을 엄격히 조종하고 통제하기 위해 일련의 식민통치체제를 건립한다. 1933년 8월 8일, 일본내각은 "만주국지도방침요강(滿洲國指導方針要綱)"을 통과하여 정부, 군사, 경제, 재무 등 각 방면으로 위만주국에 대한 지도방침, 지도중점, 지도방법 등을 명확히 규정하면서 위만주국의 정치는 "현행체제하에서 관동군사령관 겸 만주국 주재 전권대사의 내부관할 하에 주로 일본관리를 통하여 실제적

---

25) 趙冬暉 孫玉玲主編 ≪苦難與鬪爭十四年≫(上卷), 中國大百科全書出版社, 1995년 7월, pp.301-317 참조.

으로 진행한다"≫고[26] 규정한다. 관동군의 내부관할"은 주요하게 "총무청중심주의(總務廳中心主義)"로 실행하였다. 위만주국의총무청은 국무원의 막료(幕僚)기관으로서 무릇 국무총리가 주관하는 부내의 기밀, 인사, 회계 등 사항은 모두 총무청에서 처리한다고 규정하였다. 총무청은 일률로 일본인관리들로 구성되었고 총무장관의 직권은 국무총리를 훨씬 초월하였다. 위만주국의 각 부, 국, 성공서(省公署)에도 일본인이 담당한 총무청 중심주의 체제가 이루어졌다.

위만주국 건립초기에 관동군사령부는 위만주국 중앙과 성(省)급 통치기구에 일본인관리가 차지하는 비율을 29%로 한다고 규정하였었으나 1937년 후에 와서는 각급 관청의 관리직 절반이상을 일본인이 차지하고 전면적으로 식민통치를 강화하였다.

일제는 엄밀한 군경, 헌병, 경찰제도와 그 기구를 설치하여 군사적으로 동북 각 민족인민들을 잔혹하게 탄압하는 한편 협화회(協和會)를 설립하여 정치, 사상적으로 동북 각 민족인민들을 기만하고 마비시키고 통제하면서 민족의식을 말살시키고 일본의 식민통치를 위해 사상장애를 제거해버리려 하였다.

2) "5족협화"와 "왕도낙토"

일제는 침략행위를 미화하고 식민통치를 강화하기 위해 정치, 사상 상에서 흑백을 전도하는 기만술과 노화정책을 실시하였다. 일제는 위만주국 "건국선언"에서 "만주국"은 "민족협화(民族協和)"와 "왕도낙토(王道樂土)"를 실현한다고 하면서 이를 "건국정신"의 대명사로 고취하였다.

"민족협화"라는 구호는 표면상으로 보면 일제가 동북의 각 민족들이 일률로 평등하고 서로 화목하게 지내며 서로 협조하는 단결, 융합된 국면을 건설하려는 것 같다. 사실 식민통치자들에게 있어서 민족속성(族性)

---

26) 解學詩 著 ≪歷史的毒瘤≫, 廣西師范大學出版社, 1993년 4월 p.44.

의 다양화와 그 분리성은 원주민들의 혈연 공동 점과 운명 공동 점으로 이루어진 민족투쟁의 사회기초를 약화시키는데 유리하였다. 하여 일제는 "민족협화"라는 미명하에 여러 민족들을 분열시키고 대립시키면서 분이치지(分而治之)의 방법으로 식민통치를 강화하였다.

자고로 중국 동북지역은 한족, 만족, 몽고족, 조선족 등 여러 민족들이 공동으로 개척하면서 대대손손 살아온 땅으로서 대륙과 동떨어져 있은 섬나라의 일본민족과는 아무런 인연도 없었다. 하지만 동북의 침략자인 일제는 식민통치를 공고히 하기 위해 역사를 뜯어 고쳐가면서 파렴치하게 일본민족을 중국의 동북민족가운데 끼워 넣고 동북의 주요 민족을 일본, 조선, 몽골, 한족, 만족 등 다섯 개 민족으로 정하였다. 하여 "민족협화"를 "5족협화(五族協和)"라고도 한다. 일제는 "5족협화"를 부르짖는 한편 또 민족 "우열론"를 고취하여 일본민족은 세계상에서 "제일 우수한" 민족으로서 기타 민족을 지도하고 계몽하고 인도하는 지위에 있는 민족이기에 "오족(5族)의 선달자(先達者)"이며 "민족협화의 핵심"이라고 고취하였다. "만주에서의 일본인의 지위는 교민이 아니라 주인"27)이었다. 따라서 일제는 5족 가운데서 통치지위에 군림하여 위만주국의 정치, 군사, 경제, 문화 등 면에서 대권을 독점하고 각종 특권을 누렸다. 일본인들은 무상이나 저렴한 가격으로 중국인의 땅을 강점할 수 있었고 일본관리들은 다른 민족관리 보다 봉급을 훨씬(3-11배) 더 받았으며 지어 아편, 대마 등 마약을 판매할 수도 있었다. 일본인은 근본적으로 위만주국의 법률구속을 받지 않은 통치자였고 기타 각 민족은 일본민족의 노예에 지나지 않았다.

일제는 저들의 최고무상의 지위와 "5족협화"를 고취하는 한편 조, 만, 몽, 한 등 여러 민족들에 대해서는 구체적으로 부동한 통치정책을 실시하였다.

조선인에 대해서는 주로 두 가지 정책을 실시하였다. 하나는 "조선인을 이용하고 회유하여 황민(皇民)으로 만드는 것"이고 다른 하나는 조, 한

---

27) 王子衡 ≪僞滿日本官吏手冊≫, ≪文史資料選集≫ 第39輯, pp.56-57 참조.

민족간의 관계를 도발하여 "조선인들이 한족과 멀리하게만 해야지 가깝게 하지 말아야한다"는 것이다.28) 다시 말하면 황민화(皇民化) 정책과 민족분열 정책이었다.

황민화 정책은 조선에서의 황민화 운동의 연장으로 "선만일여(鮮滿一如)"를 고취하면서 한편으로 조선인은 일본인과 마찬가지로 일본과 위만주국의 이중국적을 가진 민족이라고 회유술책을 쓰고 다른 한편으로는 신사참배와 창씨개명을 강요하면서 조선어교육을 엄금하였으며 1943년 8월에는 조선인들을 대상으로 "징병령"을 반포하여 조선인청년들을 침략전쟁의 대포 밥으로 만들었다. 황민화 정책의 본질은 말할 것 없이 조선인을 식민통치의 노예로 만들 자는데 있었다.

조선인들은 "9·18"사변 전에는 매년 평균 1.5만 명 정도로 도만(度滿)하였고 사변 후에는 4만 명으로 증가하여 1937년에는 총수가 80만 명 이상에 이르렀고29) 1940년 10월 1일에는 145만 여명에30) 달하였다. 만주에 건너온 조선인은 절대부분이 빈농으로 주로 벼농사를 하였고 관리나 공상업자는 거의 없었다. 위만주국의 벼농사는 일제의 대륙침략 나아가 세계를 제패하려는 목적을 실현하는데서 중요하고도 전략적인 보급선이었다. 특히 1937년의 "7·7" 사변이후 전면전시상태에 들어간 일제에게 있어서 입쌀은 생명선이나 다름없었다. 1936년 5월 11일 일제는 100만 호 일본농업이민계획을 세웠으나 실제상 실행할 수 없게 되었다. 따라서 일제는 전략적인 벼농사는 주로 조선인들을 이용하려 하였다. 1938년 7월 25일 관동군은 "재만조선인지도요강"을 제정하여 하여 조선인에 대한 전면적인 이용을 시도하였다. 이 ≪요강≫은 주로 이런 내용으로 구성되었다.

---

28) 동상서 pp.57-59 참조.

29) ≪滿洲國現勢≫(1938년판)에 의하면 1937년 1월까지 동북의 조선족인구는 85.9만 명이다.

30) ≪滿洲國史≫(分論, 上), (日)滿洲國史編纂刊行會編, 東北淪陷十四年史吉林編寫組 譯, 1990년 12월, p.97 참조.

　　재만 조선인은 만주국의 중요한 구성분자로서 자신을 정화(淨化)
하고 그 정신을 충실히 하여 의무를 이행하기에 힘쓰며 근로정신
을 촉진해야 한다. 때문에 핵심적인 지도계층을 신속히 양성해내고
이미 형성된 각종 민족단체를 그 성질에 따라 만주제국 협화회에
통일시키며 교화를 진행하여 이전의 상극적인 폐단을 교정해야 하
며 …… 민족 협화적인 건국정신을 철저히 관철해야 한다. …… 조
선농업이민에 대해서는 군사 및 기타 방면의 필요에 의해 적당한
통치지도를 진행하여 농민의 정착을 인도하여 경제발전의 근본기
초를 확립하도록 인도해야 한다. …… 재만 조선인은 점차 국방책
임과 의무를 담당해야 한다.[31]

　이에 따라 일제는 전략적으로 1938년 7월 22일 만선척식주식회사(滿鮮
拓植株式會社)를 설립하고 대량으로 조선인을 이민시켜 동북의 논밭을 개
척하게 하였다. 일제에게 있어서 동북의 조선인은 수전 개척노예나 다름
없었다. 일제는 조선인을 수전 개척에 내몬 동시에 토지수탈로 인해 생
긴 일본인과 중국인간의 모순을 조선인에게 씌워 일제에 대한 중국인의
원한을 조선인에게로 전이 시켰다. 또한 조선인과 중국인간의 모순을 처
리할 때는 겉으로 조선인을 두둔해 나서면서 실질적으로 두 민족간의 관
계를 대립시켜 그 모순을 조성하여 민족단결과 반일 연합 투쟁을 파괴하
였다.

　1940년 10월 1일의 합계에 의하면 한족은 그 인구가 3,687만 여명으로
위만주국 총인구(4,320만 여명)의 90.24%를[32] 차지하는 민족으로서 인구상
절대적인 우세를 갖고 있었을 뿐만 아니라 유구한 역사와 문화를 갖고
있었고 정치, 경제상에서 전통적인 우세를 갖고 있었으며 또 관내의 광
대한 한족과 혈연적으로 직접적인 관계를 갖고 있었다. 하여 일제에게
있어서 한족을 굴복시키는 것이 급선무로 되었고 한족을 어떻게 대하는
가 하는 문제가 전반 위만주국의 안정책의 핵심으로 되었다. 일제는 침

---

31) 동상서 p.203 참조.
32) 동상서 p.97 참조.

략초기부터 경제상에서 식민 약탈 정책을 실시하고 정치상에서는 적대적
으로 압제하고 고립시키는 정책을 실시하였다. 일제는 봉건군벌과 봉건
지주토호들의 정치, 경제 힘도 비교적 강하였기에 무단적으로 무시할 수
없었고 한족의 견인성과 동화력을 특별히 경계하여 한족을 상층괴뢰관리
로 등용하더라도 일본 헌병, 특무들을 파견하여 그 일거일동을 감시하고
공제하였다. 특히 한족들이 관내의 공산당과 연계를 맺는 것을 엄격히
방비하여 천 명을 잘못 죽일지언정 "불법분자"는 한사람도 놓치지 않는
정책을 실시하였다. 그리고 근 4,000만이나 되는 한족을 통제하기 위해
제일 열등한 민족으로 취급하여 각 방면으로 열등 대우를 받게 하고 그
모순을 기타 민족과의 모순으로 오도하여 일제에 대한 한족의 민족반항
심을 전이시켰으며 갖은 우민노화술책으로 한족의 민족정신과 반항정신
을 마비시켰다.

몽고족은 인구가 106만 여명(1940년 10월 10일까지의 합계) 밖에 안 되었지
만[33] 위만주국의 3분의 1이나 되는 넓은 땅을 차지하고 있었고 내몽고는
몽고와 소련과 인접하여 있어 전략적으로 중요한 지위에 있었다. 당시
몽고족은 주로 유목생활을 하였고 봉건 왕공제가 유지되었다. 일제는 관
동군 내부에 내몽고 특무기관을 설치하고 1936년 5월에 ≪몽고인에 대한
지도방침≫을 제정하여 몽고족에 대해 특수대책을 실시하였다. 즉 원유
의 내몽고 봉건 왕공제를 유지하면서 몽고 왕공귀족을 이용하여 몽고족
인민을 계속 통치하는 한편 한족간의 관계를 도발하여 한족의 반항을 진
압하게 하고 몽고와 소련의 변경에서 사단을 일으키게 하는 것 이었다.
표면적으로는 내몽고지구에서 특수한 행정이 실행되어 민족자치가 실시
되는 것 같았지만 실제상 그 행정실권은 일본인 차장(次長)이나 참사관에
게 장악되어 철저한 식민통치가 실시되고 있었다. 일제는 "만주는 만주
인의 만주이고 몽고는 몽고인의 몽고이다"라고 하면서 몽고족과 한족 사
이의 이른바 "역사적 원한"을 고취하고 민족모순과 민족분열을 확대하여

---

33) 동상서 p.97 참조.

어부지리를 얻으려 하였다.

만족은 그 인구가 267만 여명(1940년 10월 1일까지의 합계)이었고[34] 청조(淸朝) 시기의 기인(旗人)들이었다. 청조가 멸망된 후 말대 황제 부의를 비롯한 몰락한 만족통치귀족들은 청조 복벽 욕망이 간절하였고 기인들도 동북을 자기민족의 발상지로 여기고 이 땅을 고수하려는 요행심리가 있었다. 일제는 만족의 이런 특수한 역사와 민족심리를 이용하여 만족상층 친일파들을 부축하여 괴뢰정부를 세우고 한족과의 분리정책을 실시하여 불신임과 모순을 도발하면서 서로 견제하게 하였다. 동시에 만족통치귀족들이 청조 복벽을 시도하는 것을 방지하였다.

요컨대 일제가 "건국정신"으로 고취한 "5족협화"의 실질은 "분이치지"의 민족 이간계책과 압박정책이었다.[35]

다음 이른바 "왕도낙토"는 일제가 "건국정신"으로 고취한 또 하나의 기만적인 식민통치의 술책이었다. 일제는 "건국선언"에서부터 왕도주의를 실행하여 만몽(滿蒙, 만주와 내몽고)을 낙토로 건설한다고 고취하면서 파쇼적 식민통치를 "인정(仁政)"으로 미화하였다."왕도"는 원래 어진 정치로 천하를 다스려야 한다는 유가사상인데 일제는 이 유가사상을 억지로 일본의 "유신지도(惟神之道)"와 융합시켜 "왕도정치"는 곧 천황정치라고 왜곡하면서 천황은 "오오데라스오오가미(天照大神)의 후예로서 신의(神意)의 대표"[36], 즉 "인신(人神)"이라고 고취하였다. 일제는 이런 기만술로 위만주국의 각 민족들을 우매하게 마비시켜 "하늘의 뜻"을 거역하지 말고 인신(人神) - "천황"과 "황군" 그리고 위만주국 황제의 통치에 절대적으로 복종하며 그들에게 충성하라고 강요하였다.

한편 일제는 "보갑법(保甲法)", "치안유지법", 집단부락 등 일련의 잔혹

---

34) 동상서 p.97 참조.
35) 李茂杰孫繼英主編 ≪苦難與鬪爭十四年≫(中卷), 中國大百科全書出版社, 1995년 7월 p.86 참조.
36) ≪大滿洲帝國年鑑≫, ≪東北淪陷十四敎育史料≫, (第一輯), 吉林敎育出版社, 1989년 1월, p.17.

한 법률, 정책을 실시하여 도처에서 학살과 약탈을 감행하였다. 사실 "왕도"는 일제의 식민정치였고 "낙토"는 일제의 식민낙토였다. "왕도낙토"의 본질은 식민통치를 덮어 감추는 우민노화 정책이었다.

2. 위만주국의 문화전제통치

1) 문화전제기구 – 홍보처

일제는 위만주국 건립초기부터 사상, 문화상에서 식민통치를 실시하기 위한 문화전제기구를 설치하였다. 1932년 3월 위만주국을 건립할 때 일제는 자정국(資政局)에 홍법처(弘法處)를 설치하여 위만주국의 시정(施政)정신을 선전하는 구실을 하도록 하였고 1932년 7월에 권력다툼으로 자정국이 취소되자 1933년에 4월 1일에 위만국무원 총무청에 정보처(情報處)를 설치하여 위만주국의 언론, 문화의 통치기관으로 만들고 관동군의 지휘 하에 신문, 출판, 통신, 방송 등 중요한 문화부분을 일원화적으로 통제하였다. 1937년 7월 1일 위만행정기구를 개혁할 때 정보처를 홍보처(弘報處)로 고치고 계속 선전과 정보를 통제함과 더불어 원래 외교부에서 관할했던 대외 홍보권리를 장악하여 일체 대내외 홍보를 도맡았다. 하여 홍보처는 위만주국의 언론을 전면적으로 통제한 중요한 정부기관으로 되었다. 1939년에는 홍보처의 직능을 부단히 확대하여 치안부(治安部)의 영화, 신문, 출판의 심사권리와 교통부의 방송, 통신을 심사하고 감시하는 권리 그리고 민생부(民生部)의 미술, 음악, 희곡의 심사권리와 관리권을 몽땅 자기의 관할범위에 넣었다. 홍보처의 성원은 몽땅 일본인으로 구성되었고 처장직무는 관동군장교가 도맡았다.

홍보처는 1932년부터 선후로 ≪출판법≫, ≪신문사법≫, ≪기자법(記者法)≫, ≪통신사법≫, ≪영화법≫, ≪예문지도요강≫ 등 일련의 문화전제

법률을 제정, 반포하고 각지에 홍보기관을 설치하여 그 실행을 감시하였다.

1932년 12월 1일 홍보처는 ≪만주국통신사≫(≪국통사≫로 간칭했음)를 성립하여 신문통신업을 독점한 후 자기들이 편집한 신문원고를 위만주국의 각종 문자로 된 신문과 방송에서 사용하도록 강요하였는데 지어 "어느 신문원고는 반드시 실어야 하고 어느 신문원고는 어떤 제목을 달아야 하며 어느 지면에 어떻게 실어야 한다는 것까지 모두 엄격히 규정하였다."37) 1933년 3월말까지의 위만주국 국무원의 통계에 의하면 당시 위만주국에는 한어신문 27종, 일본어신문 11종, 러시아어신문 10종, 영어신문 3종 도합 51종이였다.38) 홍보처는 언론을 고도로 통제하기 위해 1936년 9월 28일에 만주홍보협회를 설립하고 이를 특수회사로 만들어 보도, 언론, 경영 등 다 방면에서 실질적으로 신문통제를 실시하였다. 홍보처는 1936년의 제1차 신문 합병, 정돈을 이어 1937년에 제2차 신문 합병, 정돈을 진행하여 일본어 신문이 전반 위만주국을 뒤덮게 하였다. 1937년 7월 1일 홍보처는 주식회사만주국통신사(株式會社滿洲國通信社)를 성립하고 만주홍보협회에 가입하지 않은 신문사들을 폐간하거나 합병시키는 수단으로 신문계통을 소탕, 정리하였다. 이해 10월 21일에 조선문신문인 신경(장춘)의 ≪만몽일보(滿蒙日報)≫와 간도의 ≪만몽일보≫지사(원래의 ≪간도일보≫)가 합병되어 위만주국의 유일한 조선문 신문 ≪만선일보≫가 창간되었다. 이런 소탕, 정리작업이 1940년 7월까지 진행되었는데 이때에 와서 일본문 신문 발행이 급증하고 홍보협회에 가맹한 신문이 29개로 늘어나 그 발행수가 전 만주국 신문발행수의 90%를 차지하였다.

1941년 1월 16일 홍보처는 만주신문협회(滿洲新聞協會)로 만주홍보협회를 대체하고 새로운 신문체제를 건립하였다. 그리고 이해 8월 25일에 ≪홍

---

37) 孫邦主編 ≪僞滿史料叢書·僞滿文化≫, 吉林人民出版社, 1993년 10월 p.306.
38) ≪第一次滿洲國年報≫, 滿洲國務院統計處, pp.330-340 참조, 이 통계에 조선어신문 ≪간도일보≫가 빠졌다.

보3법≫ 즉 ≪만주국통신사법≫, ≪신문사법≫, ≪기자법≫을 반포하였다. ≪만주국통신사법≫은 국통사(國通社)가 위만 특수법인으로 되어 위만 홍보의 신문원고의 채집과 공급을 독점한다고 규정하였고 ≪신문사법≫은 신문사의 이사장, 이사, 감사(監事) 등은 정부에서 임명, 통제한다고 규정하였다. ≪기자법≫은 기자에 대해 시험, 처벌, 등록 등 관련제도를 실시한다고 규정하여 언론자유를 압제하고 기자들로 하여금 일제의 침략정책을 위해 복무하게 하였다. 이런 고압정책으로 하여 1942년 6월에 이르러 만주신문협회는 겨우 10개 회원만 남게 되었다. 그 회원들로는 국통사, ≪만주일일신문(滿洲日日新聞)≫(일본어문), ≪만주신문(滿洲新聞)≫(일본어문), ≪강덕신문(康德新聞)≫(한어문), ≪빈강일보(濱江日報)≫(한어문), ≪태동일보(泰東日報)≫(한어문), ≪성시보(醒時報)≫(한어문), ≪만선일보≫(조선어문), ≪시대(時代)≫(러시아어문), ≪청기보(青旗報)≫(몽고어문) 등이다. 일제는 이런 법률들을 "획기적인 문화법전(法典)"이라고[39] 떠들어댔다.

2) ≪출판법≫과 ≪예문지도요강≫ 및 만주예문가협회

1932년 10월 24일 일제는 첫 번째로 되는 언어문화전제법령인 ≪출판법≫을 반포하여 각종 신문, 잡지, 출판물을 통제하기 시작하였다. ≪출판법≫은 출판물의 내용에 대해 12가지 사항으로 엄격히 공제하고 출판방법에 대해서도 여러 가지로 규정하였다. 즉 신문 및 잡지 발행인은 반드시 민정부 총장의 허가를 맡아야 하고 출판, 편집, 발행에 변경이 생기는 경우에도 반드시 민정부 총장의 허가를 맡아야 하며 신문 및 잡지 발행인은 반드시 출판물을 발행하기 2일전에 그 출판물을 2부씩 민정부 경무사(警務司)에 바쳐야 하고 동시에 1부를 관할경찰서 및 지방검찰청에 바쳐 등록하게 해야 한다고 규정하였다.[40]

---

39) 滿洲帝國政府 ≪滿洲建國十年史≫, p.285.
40) 趙冬暉 孫玉玲 主編≪苦難與鬪爭十四年≫ (上卷), 中國大百科全書出版社, 1995년

동시에 민족의식경향을 띤 도서를 수사하고 금지하였는데 1932년 전반기만 하여도 600여만 권의 도서를 불태워 버렸고 1934년 6월 29일에는 36종에 달하는 신문을 수입하지 못한다고 규정하였다. 1937년 3월에는 만주도서주식회사(滿洲圖書株式會社)를 설립하여 일체 교과서의 발행을 독점하고 이른바 "국책우량도서(國策優良圖書)"를 편집, 출판하였으며 1939년에는 만주도서배급주식회사(滿洲圖書配給株式會社)를 설립하여 전문 도서수입실무를 도맡게 하였는데 1936년-1941년 사이에 일본도서를 56만 권에서 3,400여만 권으로 증가하였다. 일본도서는 말할 것도 없이 90%이상이 "왕도", "황도", 대동아성전(大東亞聖戰) 등을 선전한 것이었다.[41]

1941년 1월 15일 일제는 만주출판협회를 설립하여 출판용지의 통제와 배급, 출판물내용의 예비심사 등을 책임지고 위만주국의 전반 출판업을 전면적으로 통제하였다. 1943년 3월에는 만주출판협회를 사단법인으로 고치고 위만정부를 대신하여 위만주국 출판방면의 지도통제권을 장악하였는데 산하에 출판기획심사위원회를 설치여 모든 출판기획을 심사하면서 그 출판여부를 결정하고 또 생산배급위원회를 설치하여 허가된 출판물의 용지배급을 심사, 비준하였다. 태평양전쟁이 폭발한 후 개인출판업자는 심사를 거치지 않고서는 독립적으로 그 어떤 도서도 인쇄, 출판할 수 없었고 각종 도서, 신문잡지의 출판 및 외국도서의 수입마저 반드시 엄격한 전시통제를 받아야 했다. 1941년에 "행정처분"을 받은 출판물이 840건이었는데 그중 판매금지를 당한 것이 719건이었고 1942년에 "행정처분"을 받은 출판물은 296건인데 그중 204건이 판매금지를 당하고 삭제처분을 받은 것이 192건이었다. 이 시기에 수준 있는 문학도서는 거의 출판되지 못하고 반대로 "건국정신", "유신지도", "대동아전쟁" 등을 선전한 도서가살 판을 쳤다.

7월 p.347 참조.
41) ≪東北淪陷時期文學國際學術研討會論文集≫, 沈陽出版社, 1992년 6월 pp.190-191 참조.

홍보처는 ≪출판법≫에 뒤이어 일련의 문화법령을 반포하여 문화전제통치를 부단히 강화하여 오다가 식민문예의 철저한 통치를 시도하여 1941년 3월 23일에 ≪예문지도요강(藝文指導綱要)≫을 반포하였다. ≪예문지도요강≫은 종지, 예문의 특징, 예문단체의 확립, 예문활동의 촉진, 예문교육 및 연구기관 등 다섯 개 부분으로 구성되었다.

≪요강≫의 중심내용은 문예의 특징을 확정한 부분인데 ≪요강≫은 우선 위만주국의 문예의 실질을 이렇게 규정하였다.

> 문예는 마땅히 건국정신을 기조로 하고 8굉1우(八紘一宇)의 웅대한 정신의 미를 진일보 보여주어야 하며 이 국토에 일본의 문예를 이식하는 것을 경(經)으로 하고 원주 각 민족의 고유문예를 위(緯)로 하며 세계문예의 정화를 흡수하여 혼연일체를 만들어 독특한 특색의 문예로 되여야 한다[42)

이에 대해 당시 홍보처 처장 다께후 도미오(武藤富男)는 어느 문화인대회에서 이렇게 해석하였다.

> 일본의 예문은 세계의 최고 수준에 이르렀기에 대체로 세계의 제1등이라 할 수 있다. 금후세계예문을 지도할 수 있는 예문이 곧바로 일본의 예문이라고 나는 확신한다.……세계최고의 일본예문을 만주에 옮겨오는 동시에 만주에 자고로 있은 각 민족의 예문을 혼합하여 만주예문을 건설하여……제일 숭고한 정신을 구성해야 하는데 이 정신이 곧 8굉1우이다.[43)

여기서 일본문예를 중국 동북에 이식하여 일본문예가 위만주국의 문예로 되게 하고 계속하여 식민통치와 침략전쟁의 선전도구로 되게 하려는 ≪요강≫의 본질을 쉽게 보아 낼 수 있다. 사실 이 ≪요강≫은 문예를 위

---

42) (日) 滿洲國史編纂刊行會 編 ≪滿洲國史(分論)≫(上), 東北淪陷十四年史吉林編寫組 譯, 1990년 12월 p.110.
43) 馮爲群 李春燕 著 ≪東北淪陷時期文學新論≫ 吉林大學出版社, 1991년 7월 p.55.

만주국의 군사, 정치, 경제 등을 위해 복무하게 하고 일본의 "동아 신질서의 건설"을 위해 복무하게 하였다. 이 ≪요강≫은 문예를 신속하게 전시궤도에 들어서게 한 하나의 완전한 식민주의문예요강이었다. 하여 이 ≪요강≫이 반포된 후 각 민족문예는 엄중한 좌절을 당하고 "국책문예"가 위만주국을 휩쓸게 되었다.

다음 ≪요강≫은 "정부는 응당 문예가와 문예단체를 지도하고 부축하여야 하며" "문예가와 문예단체는 응당 나라의 사명을 자각적으로 떠메야 하고 건국투사의 일원으로 불타는 열정과 분방한 창조의지로 만주문예창작에 힘써 문화의 발전에 기여하여 건국대업을 도와야 한다"라고[44] 규정하였다. 이에 따라 홍보처는 지방문예단체를 강제로 해산시키고 통일적인 예문단체를 건립하여 작가와 문예단체의 활동을 몽땅 "전시총동원체제(戰時總動員體制)"에 귀납시켰다.

일제는 문화단체를 통제하기 위해 일찍 1933년에 만일문화협회(滿日文化協會)라는 문화단체를 조직하였고 1941년 7월에는 만주문예가협회(滿洲文藝家協會)를 설립하였다. 만일문화협회는 위만 황제 부의를 총재로, 위국무총리 대신(大臣) 정효서(鄭孝胥)를 회장으로, 일본대표 오가베 쬬우께이(岡部長景)를 부회장으로 하였지만 실권은 일본인부회장이 장악하여 역시 식민문화를 선양하는 일제의 식민통치기구로 되었다. 만주문예가협회의 위원장 겸 비서장인 야마다 세이자부로우(山田淸三郎)는 ≪신만주(新滿洲)≫잡지에 글을 발표하여 "본회는 ≪예문지도요강≫의 취지에 의거하며" 본회의 "목적은 건국정신을 기조로 한 문예작품의 창작을 촉진하고 나라의 예문 향상과 국민사상의 앙양을 돕는 것이다"고 정부기관의 도구임을 똑똑히 밝혔다.

　　이 협회는 설립된 초기에 당시 문예계(文藝界)에서 비교적 이름 있는 문인(특히 작품집을 출판한 문인)들을 본인들의 동의도 거치

---

44) 동상서 p.111에서 재인용.

지 않고 일률로 회원으로 정하였다. 1941년 태평양전쟁이 폭발한 후 당시 심양에 있은 회원들은 모두 봉천(심양) 최고특무기관의 서신을 받았는데서신은 “대동아성전의 선전을 협조한다”는 명의로, 밀접한 연계를 유지하기 위해서라는 구실로 본인이 사용하는 필명, 주소, 직장, 연계전화, 가정인구 그리고 이외에 원적(原籍), 사회관계 등 사항을 모두 동봉한 등록 표에 써넣을 것을 요구하였다. 이 특무기관이 문인들의 정황을 장악하려는 것은 그 무슨 선전을 의해서가 아니기에 사실 그 누구와도 연계를 가지지 않았다. 다만 일본 최고특무기관으로 만주문예가협회를 통하여 문인들을 저들의 직접적인 통제범위와 “특무들의 주요 감시인”의 범위에 넣기 위해서였다. 다시 말하면 문인들의 일체 행동이 모두 특무경찰들의 감시를 받아야 했다.[45)]

1943년 5월 이 협회는 새 체제를 실행하여 산하에 심사1부(일본문)와 심사2부(한어문) 그리고 대동아 연락부와 기획부를 설치하여 그 주요활동이 정치성질을 띠게 하였다.

1943년 8월 25일에 만주문예가협회, 만주극단협회 등 단체들을 연합하여 만주예문연맹(滿洲藝文聯盟)을 설립하였는데 그 종지는 ≪예문지도요강≫의 정신에 좇아 예문자의회(藝文諮議會)와 가맹예문협회 사이에 연계를 지어주는 것이었다. 1944년 11월 1일 만주예문연맹은 만주예문협회로 개칭하고 산하에 문예국, 연예국, 음악국, 영화부 등을 설치하여 전반 문화분야에서 전면적으로 국책문화를 실행하였다.

3) ≪사상대책복무요강≫과 문예정찰부

“7 · 7사변”후 관동헌병대는 전시군정통치를 유지하기 위해 직접적으로 각종 문학활동을 통제하였다. 관동헌병대는 경무부(警務部)의 제2과에 사

---

45) 黃玄 ≪東北淪陷時期文學槪況≫(二) - ≪東北現代文學史料≫(第六輯), 1983년 4월, p.134 재인용.

상대책(思想對策) 갑 반(甲班)과 을 반(乙班)을 설치하여 갑 반은 중국공산당, 항일연합군(抗聯), 국민당, 조선민족독립운동 등에 대한 정찰과 진압을 책임지게 하고 을 반은 문예단체, 종교 등 각종 사회단체의 언론과 활동 등을 감시하게 하였다. 1940년 5월 30일에 관동헌병대사령부는 ≪사상대책복무요강(思想對策服務要綱)≫을 제정하여 "공산사상과 반일사상"을 방치하고 진압하는 것을 "갑 목표"로 하고 각 민족의 사상동향과 종교계, 문예계 등 각종 사회단체의 동향을 감시하는 것을 "을 목표"로 규정하면서 "문예와 작자의 동향"을 "반드시 주의하고 정찰해야 할 목표"에 넣고 "은폐 수단으로 정찰을 진행하되" 전시 혹은 사변시기에는 각종 수단을 사용할 수 있도록 규정하였다. ≪사상대책요강≫은 또 정찰, 감시해야 할 민족, 기관, 종교 및 기타 등 네 개 방면의 15가지 사상동향에 대해 구체적인 규정을 지었다. 이어 관동헌병대 제2과에서는 전 위만주국에 정찰조직을 조직하여 전문적으로 문예계를 감시하였다.

위만군계통(僞滿軍系統)에 속하는 위만헌병총단(僞滿憲兵總團)도 관동군헌병대에 뒤질세라 1938년에 특고과(特高課)를 설치하여 문화, 언론 및 각종 사회단체를 감시하면서 특수언론, 특수인물 등에 대해서는 장기적으로 정찰하고 수시로 진압하였다. 1942년 6월 위만 수도경찰청은 문예정찰부(文藝偵察部)를 설치하여 문예계의 "관할대상을 측면으로 정찰"하도록 하였다. 문예계의 동향을 장악하기 위해 문예 정찰부는 작가에 대한 감시는 물론이고 문예작품도 상세히 검사하였는데 작품검사는 구절구절을 따져가며 표면적인 것과 내면적인 것까지 따지는 정도에 이르렀다. 1943년 5월 4일 위만 수도 경찰부 총감 미다 마사오(三田正夫)가 경무총국장 야마다 도시스께(山田俊介)에게 바친 비밀서류에 이런 내용이 적혀 있다.

강덕 6년 6월 25일의 치안경찰 특비발(特秘發) 제545호 명령에 좇아 정찰활동을 진행한 이래 관내대상에 대하여 측면으로 정찰을 진행하였다. …… 만주좌익문학(滿洲左翼文學)은 탄생한 날부터 이미 정치상의 형세에 주의하여 추상적이고 모호한 형식으로 창작하였기에 이런 문학에 대한 인식이 결핍한 타민족에게 있어서 그 중심사상을 장악하자면 참으로 힘든 일이다. 특히 대동아전쟁이 폭발한 후 정부의 반만 항일운동(反滿抗日運動)에 대한 검거, 진압조치는 날로 좌익작가들의 주의(警覺性)를 불러일으켜 그들은 보다 추상화되고 애매한 방법을 쓰고 있다. …… 그들은 이론적인 술어를 사용하지 않고 만주문화인의 정감을 내포한 용어를 전문 사용하여 심사인원을 얼려 넘긴다. …… 또한 표면상 정부를 옹호하는척하면서 정부를 반대하는 정서를 불러일으키기도 한다.46)

위만경찰은 이런 상황을 장악한 후 보다 살벌한 통제를 실시하였다. 하여 많은 작품들이 검열에 걸려 출판이 금지되고 이미 발행허가를 맡은 도서들도 문제가 있다고 여겨지는 부분은 삭제되었으며 이런 도서는 삭제했다는 표기를 한 다음에야 발행할 수 있었다. 위만정부에 등용된 작가들마저 감시하면서 그 작품들을 심사하였다. 당시 일단 반일경향이 발견되기만 하면 구속당한 것은 예사로운 일이고 지어 체포되어 옥살이를 하거나 살해당하기도 했다. 이런 백색공포로 인하여 적지 않은 진보적인 작가들은 절필하거나 위만주국을 떠나지 않을 수 없게 되었다.

이렇듯 일제는 식민통치를 공고히 하고 강화하기 위하여 전문적으로 사상문화통제기구를 설치하여 전면적이고 철저한 관제(官制)문화정책을 실행하였다.

상기의 사회역사 배경은 우리가 당시 문학의 외부환경과 내부상황의 복잡성과 진실성, 그리고 그 다의성(多義性)을 제대로 파악하는데 자못 중요한 도움을 주기에 서술이 어느 정도 장황함을 면치 못하였다.

---

46) ≪首都警察廳特秘發第一四一四號≫, ≪長春文史資料≫ 1989년 제2집, pp.233-235 참조.

제 2 절 위만주국 문학장의 생성

1. 문학장의 개념

장(場)이란 여러 위치(位置)지간의 객관적인 관계조직(關係網)이다. 매개 위치는 객관적으로 기타 위치와의 관계에 의해 결정된다. 다시 말하면 매개 위치는 모두 직접적으로 상관되는 동력의 속성계통에 의해 결정되는데 이런 속성은 매개 위치로 하여금 그 속성의 총체적인 분배구성가운데서 기타 모든 위치와 서로 관련되게 한다. 모든 위치는 장의 구성 즉 자본(혹은 권력)의 공간 분배 구조에 처한 목전의 상황과 잠재한 상황에 의거하며 자본(혹은 권력)의 소유는 그 장에서 특수이익의 획득(예 하면 문학권위)을 좌우지 한다. 부동한 위치는 동원성(同源性)에 대한 점위(占位)에 의해 결정된다.(제도화가 거의 존재하지 않는 문학장에서 부동한 위치는 그 점유자의 속성을 통하여 파악하게 된다.) 위치와 점위 간의 관계는 기계적으로 결정되는 관계가 아니다. 이 양자의 관계는 언제나 동인(動因)적인 배치와 가능성공간에 의해 조절된다. 이런 혹은 저런 위치와 이런 혹은 저런 점위 지간의 관계는 직접적으로 건립되는 것이 아니라 두개의 부동하고 차별적이고 직접 대립되는 계통을 통해 건립되며 그 위치와 점위는 이 대립 계통에 존재하게 된다. 점위는 부정(否定)의 관계에서 그 특수한 가치를 얻게 되며 이 부정의 관계는 점위와 공존하는 점위를 연계시킨다. 점위는 객관적으로 공존하는 점위를 참조하고 또한 공존하는 점위는 점위 범위를 제한하는 것을 통해 그 점위에 대해 결정적인 작용을 일으킨다. 유한한 장(예 하면 권력장, 문학장 등)의 내부에서는 지속적으로 변화가 일어나는데 이런 변화는 그 장의 구성 자체 즉 상호 대항적인 위치의 대립, 예 하면 통치계급과 피 통치계급(被統治階級), 정통(正統)과 이단(異端) 등에 의해 기인된다.

문학장(文學場)은 문학이라는 하나의 상대적으로 자주적인 공간에서 진입자(進入者)가 차지한 위치에 근거하여 부동한 방식으로 그 진입자에게 작용을 일으키는 장(場)이다. 문학장은 경쟁으로 이루어져 있는데 그 경쟁은 곧 문학장의 역량을 보존하거나 개변하기 위한 투쟁이다. 경쟁의 초점은 문학의 합법화를 독점하는 것이다. 다시 말하면 권위적인 담론권리(話語權利)를 독점하는 것이다.

문학장은 하나의 상대적으로 자주적인 공간인 동시에 또 상대적으로 의뢰(依賴)적인 공간이기도 한데 특히 경제장(經濟場)과 권력장(權力場)에 의뢰한다. 문학장은 권력장 속에서 피 통치지위에 처해있기에 권력장에서 통치지위에 있는 자는 상대적으로 문학장에서도 통치지위를 점하게 된다. 작가들의 허다한 행위와 표현은 그 권력장을 참조하여야만 해석될 수 있다. 표면적으로 외부환경의 요구와 제한에 잘 복종하는 작가는 사회행위방면에서 뿐만 아니라 그 작품창작에서도 핍박으로 장의 특수한 규칙을 보다 잘 준수하게 된다. 대체로 권력장에서 중심지위에 있는 작가들은 문학장에서도 미리 중심지위를 점하게 된다. 작가들의 대부분 문학책략은 여러 가지 조건에 의해 결정되는데 그 책략은 대체로 이중행위 즉 미학적이면서도 정치적이고, 내부적이면서도 외부적인 행위로 선택된다.

하나의 새로운 문학집단이 문학장에서 추행되자면 옹근 위치공간과 상응한 가능성공간 및 미지성공간이 모두 개변되어야 한다. 새로운 문학집단이 존재하기 시작하면 선택이 가능한 공간은 변화가 발생하며 이로 하여 원래 통치지위를 점했던 문학집단과 그 작품이 피 통치지위 또는 경전(經典)의 위치로 바뀌게 된다.[47]

---

47) (法) 皮埃爾·布迪厄著劉暉 譯 《藝術的法則》, 中央編譯出版社, 2001년 3월 pp.278-300 참조.

2. 위만주국 문학장의 생성

앞 절에서 서술한바와 같이 위만주국은 일제의 철저한 식민지로서 정치, 경제, 문화 등 모든 면에서 일제가 통치지위를 점하였다. 하여 원래 상대적으로 자주적인 발전을 가져오던 동북 여러 민족의 문학은 기존 위치와 공간이 완전히 파괴당하고 대신 위만주국 문학장이라는 새로운 식민 문학장이 생성되기 시작하였다.

1905년 일본러시아전쟁을 통해 일제는 관동주(關東洲, 대련반도)를 저들의 조계지(租界地)로 만들고 1907년 3월에 남만철도주식회사(1906년 11월 26일에 설립됨) 본사를 대련에 옮겼다. 이어 대련은 대륙침략의 근거지로 되었고 대륙에서의 일제의 정치, 경제, 군사, 문화의 중심지로 되었다. 1932년 9월까지 대련의 일본인은 108,000명에 달하였다. 하지만 이때 위만주국의 수도 신경의 일본인은 14,000명밖에 안되었다.[48] 이런 역사 상황으로 하여 위만주국 초기의 일본인문학은 대련을 중심으로 생성되기 시작하였다. 1920년 하이꾸지(俳句誌) ≪흑련와(黑煉瓦)≫가 출간되어서부터 ≪아(亞)≫(1924년 11월-1927년 12월), ≪융극(戎克)≫(1929년 3월-1930년 12월), ≪신천지(新天地)≫(1921년-1945년) 등 문학지가 나타나 단가(短歌)와 하이꾸를 위주로 한 문학작품이 창작, 발표되기 시작하였다. 그러나 당시의 정치, 경제, 군사 등 사회 제반 상황의 불온정과 격변으로 하여 위만주국의 건립직전에 이르러서도 의연히 맹아상태에 처하여 있었다. 일제는 위만주국이 성립되기 바쁘게 절대적인 식민통치권으로 사상문화상에서 "5족협화", "왕도낙토"라는 건국이념을 선양하는 한편 각종 식민문예시책을 제정, 실시하면서 위만주국 문학장의 절대적인 통치, 지배지위를 차지하고 강제성을 띤 전문시책과 전문자금으로 일본인문학단체를 조직, 성원하고 식민지문인들의 문학창작을 부축하여 주었다.

---

48) ≪昭和八年滿洲年鑑≫ 滿洲文化協會, 1933년 1월 1일, pp.38-39 참조.

다른 한편으로는 피식민 민족들의 반일문학, 저항문학, 민족문학 등 진보문학은 갖은 수단을 다하여 탄압, 말살하고 친일문학만이 종속적이고 어용적인 문학으로 존재하도록 하였다.

일본인문인들은 위만주국 문학장의 지배적인 중심위치를 점하고 식민통치권을 보호하기 위한 새 문화건설론, "문예부흥" 등 식민지문학론을 주장하기 시작하였다. 일본인문인들은 선후로 ≪만주일일신문≫, ≪신경일일신문(新京日日新聞)≫의 학예란을 회복, 설치하고 ≪고량(高粱)≫(1932년 9월-1934년 10월), ≪작문(作文)≫(1932년 10월-1942년 12월), ≪까치(鵲)≫(1934년 12월-1941년 1월) 등 문학동인지들을 발간하였으며 1937년 6월 30일에는 만주펜클럽(1936년에 설립됨)을 기초로 만주문화회(滿洲文話會)를 대련에서 설립하였다. 만주문화회는 최초의 민간 단체로서 자유주의적이고 어느 정도 무정부주의이었다. 이해 8월에 만주문화회는 신경의 문인들로 구성된 신경지부(新京支部)를 설립하였다. 1938년 말에 이르러 대련의 인구는 534,000명(그중 일본인이 160,000명)에 달하고 신경의 인구는 378,000명(그중 일본인이 82,000명)에 달하여 위만주국 수도의 급속한 발전을 보여주었다. 게다가 신경지부는 건국이념에 따른 문학을 선명하게 주장하였기에 정부의 지원을 받아 날로 그 영향력이 넓어져 일본인문학중심이 신경으로 옮겨지기 시작하였다. 따라서 1939년 8월 만주문화회 본부는 신경으로 옮겨지고 정부의 보조금을 받으면서 협화회의 협조를 받아 그 조직과 활동범위를 크게 확대하였다. 1940년 6월 30일 만주문화회는 민생부(民生部)의 강당에서 총회를 열고 조직구성을 개혁하고 새로운 강령을 제정하였다.

(본고에서 인용된 일본어 원문은 모두 필자가 한국어로 번역하여 인용하였음.)

만주문화회는 문화 각 부문의 활동에서 건국정신을 선양하고 민족협화를 선행하며 국민생활의 향상과 선덕달정(宣德達情)을 철저히 하고 국민동원을 완성하는데 공헌해야 하며 건국이상의 실현과 도의적인 세계를 건설하는데 모든 힘을 다해야 한다.49)

이렇게 최초에 민간으로 조직된 일본인문학단체도 국책문학단체로 변하게 되었다. 만주문화회는 강령에 따라 그 조직을 발전시켰지만 일부 회원들이 자유문학을 주장하여 정부의 불만을 자아냈다.

> 애초에 정부가 시도한 문화를 선전하는데서 성과가 없을 뿐만 아니라 정부의 종지도 사무국에만 관철되고 회원들에게는 충분히 침투되지 못하였기에 회원들의 흥취에 의존하는 일종의 경향이 있다. 이 문화회는 회원들 가운데 존재하는 자유주의경향을 제거해 버리지 못하였고 더욱이 지방의 지부는 문화의 계몽 혹은 선양에 대한 의무를 제대로 이행하지 못하였다.[50]

이런 비판을 받으면서 1941년 5월 15일 만주문화회의 ≪문화회통신≫이 정간되고 1941년 7월 27일 만주문예가협회의 설립과 더불어 만주문화회는 해체되었다. ≪예문지도요강≫의 정신에 좇아 조직된 만주문예가협회는 홍보처의 부추김과 정부의 경제원조를 받으면서 "예문아문(藝文衙門)"이 되어 위만주국 문인들을 국책문학의 선양에로 내몰았다. 당시 이름난 일본인문인 오오우찌 다까오(大內隆雄)는 이를 감안하고 이렇게 말하였다.

> 일본의 문예가협회는 짙은 직업연합의 색채를 띠고 있지만 만주 문예가협회는 정부의 의지를 보여주는 조직이라고 하겠다. 목전의 시국에서 그들은 다만 정부의 요구에 따라야만 활동할 수 있는 권리를 얻을 수 있다는 것을 주의해야 한다.[51]

1944년 11월 만주문예가협회는 만주예문협회로 재조직되고 전시총동원체제에 부합되는 기구로 되어 대동아성전 문학을 선양하였다. 따라서

---

49) ≪康德八年 年刊滿洲≫, 滿洲新聞社, 1940년 12월 28일 p.289 참조.
50) ≪國內文化方興未艾-再次革新文話會≫(報道, ≪滿洲日日新聞≫, 1940년 11월 16일.
51) 大內隆雄 ≪滿洲文藝家的課題≫, ≪滿洲浪漫≫, 1941年 7月版.

만주문예가협회는 당시 위만주국 문학장에서 절대적으로 통치지위를 차지한 식민문학단체로 되었다.

일본인문인들은 1937년경에 이르러 위만주국 건국이념을 선양하는 만주문학건설론을 본격적으로 제출, 주장하면서 위만주국 문학장을 전적으로 지배하였다.

1937년 4월 니시무라 신이찌로우(西村眞一郎)[52]는 ≪在滿作家에게 필연적으로 생기는 문제≫라는 글에서 만주문학은 "일만(日滿)이 불가 분리의 관계라는 정신과 일본민족의 지도, 강화(교화)를 기초로 하는 만주사업선의 문학활동에 따라야 한다"[53]고 주장하고 ≪식민지문학을 다시 논한다≫라는 글에서는 "내가 말하는 식민지문학은 만주문학 혹은 이 명제에서 출발한 문학"으로서 "식민지문학은 흔히 식민지정책을 기조로 하는 문학"이고 "식민지문학은 식민지를 강화하는 문학이며 식민지를 영도하는 문학이다"라고[54] 주장하였다. 이에 기 사끼류우(木崎龍)[55], 가미 사부로우(加納三郎)[56] 등 일본인문인들도 만주문학은 만주건국이념을 지도사상으로 하는 문학이라고 즉시 호응한다.[57] 모리모도 도끼오(森下辰夫)도 ≪만주문학의 이념≫이라는 글에서 "만주는 만사가 건설도상에 있다. ……만주문학 역시 건설도상에 있다. 만주문학의 성공여부는 결국 경(經)의 확립에 있다. 경은 다름이 아니라 우리 나라(일본을 가리킴, 필자 주)와 비슷한 것을 종(縱)으로 하면서 이를 횡으로 계속 발전시키는 것이다"[58]고 하면서 만

---

52) 西村眞一郎, 滿洲婦人新聞社(大連)신문기자, 대련시정부관원, 문예평론가.

53) 西村眞一郎 ≪재만작가에게 필연적으로 발생하는 문제 - 최근의 만주문학계≫, ≪滿洲日日新聞≫, 1937년 4월 10일.

54) 西村眞一郎 ≪식민지문학을 다시 논한다 - 식민지문학범론≫, ≪滿洲文藝年鑒≫ 1937년판 제1집, pp.14-20 참조.

55) 木崎龍, 본명 仲賢礼. 홍보처 관원, 만영(滿映)기획과 과원, 작가, ≪만주낭만≫ 동인.

56) 加納三郎, 본명 平井孝雄. 관동주지방법원 판관, 문예평론가, ≪작가≫ 동인.

57) 木崎龍 ≪건설의 문학≫(≪만주일일신문≫ 1937년 9월 22일), 加納三郎 ≪환상의 문학 - 만주문학의 출발에 대하여≫(≪만주일일신문≫ 1937년 10월 22일)를 참조

58) 森下辰夫 ≪만주문학의 이념≫, ≪新天地≫ 1939년 11월호, pp.35-36 참조.

주문학은 건국정신을 이념으로 한 문학을 건설하는 문학이라고 주장한다. 요시노 하루오(吉野治夫)[59]는 "재만 일본인은 만주민족으로서" "독립적인 만주문학은 재만 일본인의 문학이 아니라 일본인문학으로부터 만주민족문학으로 질적으로 변하는 문학이다"고[60] 제기한다. 즉 재만 일본인은 이미 만주의 주도적인 민족이기에 일본인문학은 단순하게 일본인의 문학만을 대표하는 것이 아니라 전반 만주국문학을 대표해야 한다는 것이다. 이와 동시에 일본의 문인들은 만주문학은 내지문단(內地文學, 즉 일본문학을 말함)의 연장 혹은 일본문학의 한 지방문학이라고 하면서 만주국문학의 식민성격을 주장하였다. 만주문학의 독자성(獨自性)을 주장한 문인들도 그 독자성은 일본문화를 지도적인 중심으로 한 건국정신에 있다고 하면서 독자성의 창조의 주체는 일본인이라고 하였다. 1940년 5월 ≪만주낭만≫지는 ≪만주문학연구≫라는 특집을 펴내 만주문학의 이념, 과제, 방법 등을 집중적으로 논하였는데 그 문장들은 모두 대동소이하게 식민문학을 주장한다.

이와 더불어 다니 가와후까시(長谷川濬), 니시무라 신이찌로우(西村眞一郎), 기다무라 겐지로우(北村謙次郎)[61] 등 문인들은 문학창작방법상에서 이런 문학주장에 알 맞는 창작방법 - "낭만주의" 창작방법을 주장하였다.

> 만주에서 로맨티시즘을 주장하는데는 두 가지 방향을 위해서이다. 하나는 건국정신이라는 선천적인 이념으로부터 직접적으로 로맨티시즘이라는 문학방법이 도출되었고 다른 하나는 잡다한 현실을 저주하여 "대륙일본인의 생활방식의 규범으로" 로맨티시즘을 요망한데 있다.
> 로맨티시즘은 어찌하여 대두하게 되였는가. 우리들은 여기서 교

---

59) 吉野治夫, 원명 江原鐵平. 만주일일신문 학예부, 문화회(文話會)사무국장, 關東洲興亞奉公聯盟文化部主事, 작가, ≪작문≫ 동인.

60) 江原鐵平 ≪만주문학을 다시 논한다≫, ≪만주일일신문≫, 1939년 3월 31일, 4월 4일 참조.

61) 北村謙次郎滿影제작부 비정식직원, 작가, ≪만주낭만≫ 주필.

훈을 흡수하여야 한다. 그 교훈은 방향과 열정을 상실하여 도리비
아리즘에 빠진 저속한 리얼리즘을 비평해야 한다는 것이다. 더욱이
시대의 태동에 대하여 적극적인 의욕을 보여주어야 하는 까닭이
다.62)

　　요컨대 건국정신이 강조되고 구질서의 파괴와 아울러 새 질서의
건설이 매진되고있는 시대는 필경 신화시대이고 신화가 낭만의 세
계에 있다는 것은 과거의 역사가 증명하고 있다.63)

　　이런 "낭만주의"창작방법의 주장은 저들의 식민지문학이 만주국의 암
흑한 현실을 회피, 무시할 수 있는 묘안이었다. 하여 그들은 이 "낭만주
의"창작방법을 극구 주장, 선양하고 강요하는 한편 사실주의창작방법을
저속하다고 비난하면서 극구 압제, 반대하였다. 두말할 것 없이 사실주의
창작방법은 만주국의 암흑한 현실을 그대로 진실하게 반영하여 그 암흑
상을 폭로, 비판할 수 있었기 때문이었다.

　　그러나 당시 사실주의창작방법이 의연히 세계적인 주요한 창작방법으
로 되어 있고 대부분 피식민 민족문인들이 시종 이 창작방법을 포기하지
않고 있는데다가 일부 일본인문인들도 가끔 현실반영을 위해 이 창작방
법을 선택하게 되었다. 사실주의창작방법을 실제적으로 압제, 반대하기
어렵게 되자 니시무라 신이찌로우를 비롯한 일본인문학의 주요인물들은
"만주국에 있어서 리얼리즘이 선호되는 시대는 멀고도 먼 장래에 있다.
…… 리얼리즘의 세계는 철저히 도래하지 않았다고 나는 단언할 수 있
다."라고64) 망발하는 한편 필요에 따라 간혹 사실주의창작방법을 운용한
다하더라도 현실을 명랑하게 보여주는 건설적 사실주의창작방법을 운용
해야 한다고 주장하였다. 다시 말하면 건설적 사실주의창작방법이란 건
설적인 안광으로, 건국이념으로 발전하고 있는 위만주국의 명랑한 현실

---

62) 加納三郎 ≪滿洲文化을 위하여≫, 作文發行所, 昭和十六年 十二月, p.223 재인용,
　　필자 역.
63) 동상서 p.169 재인용.
64) 동상서 p.168 참조.

의 건설모습을 묘사해야 한다는 것이다.

일본인문학은 창작방법에서 뿐만 아니라 장르적인 측면에서도 식민통치권을 선양하고 공고화하는데 유리한 장르 이를테면 보고문학, 희곡 등 장르들을 선호하면서 이런 국책문학이 위만주국 문학장을 지배하는 중심문학으로 되게 하였다. 당시 만주문예가협회 위원장이었던 야마다 세이자부로우(山田淸三郞)[65]는 1940년 새해 벽두에 ≪보고문학의 의의와 가치≫라는 글에서 이렇게 역설하였다.

> …… 무엇 때문에 만주에서 현재 보고문학이 필요한가 하면 현재 만주의 국민으로서 만주의 현실에 대한 인식이 결핍한 사람이 다수를 차지하고 있기 때문이다. …… 만주의 국민이 자기가 살고 있는 만주에 대해 잘 알지 못하면 세계시국을 잘 알 수 없게 된다. 이런 의미에서 보고문학은 자기를 알 수 있는 거울로 되기에 국가에도 국민에게도 절실히 요청된다. …… 보고문학창작에 기대하고 싶은 것은, 사실이나 현실에 대한 틀림없는 파악과 전달이다. 하지만 이는 소위의 폭로주의와는 연관되지 않는다. 사실이나 현실에 대한 틀림없는 파악과 전달은 이 만주에 대한 깊은 사랑과 건설에 대한 열의와 그 완성에 대한 강렬한 신념을 동반하지 않고서는 얻을 수 없다. 다시 말하면 그 대전제는 현실을 긍정하는 신념이 확고하지 않으면 안 된다는 것이다. …… 보고문학의 입각점도 바로 여기에 두지 않으면 안 된다. …… 보고문학의 역할의 하나는 바로 광범한 국민들로 하여금 현시대의 모습과 만주에서 일어나고 있는 허다한 새로운 사실을 알게 하고 이 나라에 대한 지식과 인식을 깊게 하며 …… 동시에 그 종합적인 영향을 통하여 국민의 생활과 감정을 나라의 제정된 목표에로 이끌어나가게 하는 것이다.[66]

이런 논조에 발맞추어 하르빈일일신문(哈爾濱日日新聞)에서는 보고문학응모활동을 조직하여 보고문학의 창작을 자극하였다. 그리고 만주문예가협

---

65) 山田淸三郞, 만주신문사 학예부 직원, 만주문예가협회 위원장.
66) 山田淸三郞 ≪滿洲國文化建設論≫, 藝文書房, 1943년 1월, pp.185-192에서 재인용.

회에서는 홍보처의 경제원조를 받아 문인들을 조직적으로, 강제적으로 "개척보도대(開拓報道隊)", "생산보도대(生産報道隊)" 등 조직에 참가시켜 만주각지에 파견하여 시책을 선전하고 위만주국의 현실을 분식, 미화하는 현지보고서(보고문학), 희곡작품 등을 창작하게 하였다. 희곡을 선호한 것은 당시에 희곡이 보급성과 영향력이 강한 특징을 이용하자는 데서였다. 당시 희곡작품은 반동성이 아주 강하였을 뿐만 아니라 그 반동적인 영향력도 아주 컸다.

태평양전쟁이 폭발된 후 일본인문학은 또 반영미시(反英國美國詩) 즉 영국과 미국을 반대하는 시를 대대적으로 선호하고 그 창작을 강요하여 위만주국 문학장에 반영미시가 홍행되게 하였다. 그리고 대동아문학상을 설립함과 아울러 각 신문잡지에서 각종 작품현상모집을 획책하게 하면서 "결전문예"창작을 선동하였다. 일제는 연속 세 차례나(1942년 11월 3일에 동경에서, 1943년 8월 25일부터 27일까지 동경에서, 1944년 11월 12일부터 14일까지 남경에서) 대동아문학자대회를 조직하면서 멸망할 때까지 "대동아성전"을 선양하는 전시(戰時)문학을 고취하였는데 당시 위만주국의 대표가 20여인(차) 참가하여 전반 일제식민문학장의 전형으로 되었다.

이렇게 위만주국에는 새로운 진입자 일본식민문학(일본인문학)이 식민통치권에 의뢰하여 그 문학장에서 지배위치를 점하여 담론권리(話語權利)를 독점한 중심문학-식민문학으로 되고 원래의 자주적이고 지배적이던 동북 여러 민족문학이 종속적인 위치에 처한 변두리문학-피식민 민족문학으로 된 식민 문학장이 생성되었다.

제 3 절 위만주국 문학장의 구성

일제는 위만주국을 "5족협화"의 "복합민족국가"라고 선양한 만큼 그 문학장에서도 부득불 "숙명적으로" 형식적으로나마 피식민 민족문학을 도외시하지 못하게 되었고 또 이런 피식민 민족문학에 국책문학을 강요, 주입시키면 그 민족들의 정신문화를 통제, 동화하는데 유리할 수 있었기에 피식민 민족문학이 종속적인 위치에 처한 변두리문학으로 존재하게 하였다. 하여 위만주국 문학장은 일본인문학이 지배위치를 점하고 주도적이며 권위성을 띤 중심문학으로, 피식민 민족문학이 종속적인 변두리문학으로 된 "복합민족 문학장"으로 구성되었다.

위만주국 문학장에서 문학발표기관은 그 문학의 생성과 발전에서 기본적이고도 중요한 토대의 하나로 되었다. 일본인문학은 권력장, 경제장 등 여러 면에서의 통치권에 의뢰하여 ≪만주낭만(滿洲浪漫)≫, ≪작문(作文)≫, ≪단층(斷層)≫, ≪고량(高粱)≫, ≪신문학권(新文學圈)≫ 등 여러 가지 동인지 뿐만 아니라 ≪만주신문≫, ≪만주일일신문≫, ≪하르빈일일신문≫ 등 각종 신문의 문예란, 그리고 ≪예문(藝文)≫, ≪만주행정(滿洲行政)≫, ≪만몽평론(滿蒙評論)≫, ≪만주공론(滿洲公論)≫, ≪신천지(新天地)≫, ≪북창(北窓)≫ 등 많은 종합지와 문학전문지를 갖고있었고 여러 개의 출판사와 도서발행회사를 갖고 있었다. 하여 일본 문학평론가들은 "만주의 작가들은 지금까지 쓰기만 하면 발표는 어렵지 않았다. 과언인지는 몰라도 일본에서는 동인지 잡지에도 발표하기 어려운 작품이 만주에서는 두말할 것 없이 일류라고 하는 잡지에 당당하게 게재될 수 있다. 이는 작가에게 있어서 행운인지 불행인지 모르겠지만 이로 인해 만주의 문학수준이 현저히 낮아지게 된 것도 사실이라고 생각"하였다.[67] 이렇게 일본인문학은 발표기관이 범람하여 문학수준이 낮아지는 역작용을 일으키는 정도에까지 이르렀다.

---

67) 동상서 p.207 재인용.

그리고 당시 직업작가는 기다무라 겐지로우(北村謙次郎)뿐이었지만 위만 정부는 정책, 경제상에서 점차 일본인문인들을 직업화에로 이끌어 나갔기에 일본인문인들은 원고비가 있냐 없냐가 아니라 많거니 적거니 하면서 배포유한 문학창작활동을 진행하였다.

하지만 피식민 민족문학의 상황은 이와 정반대였다. 인구가 위만주국 총인구의 90% 이상을 차지하고있을 뿐만 아니라 유구한 문학전통을 갖고 있은 중국인문학의 생존공간은 그 인구비례와 반비례를 이루었다. 일제는 위만주국 초기에 벌써 대부분의 중국문 신문, 잡지, 출판업소들의 경영권과 자주권을 장악, 통제하고 합병, 폐간 등 여러 가지 수단으로 중국인문학 발표지를 통제, 축소하였다. 또한 반일, 애국, 민족적인 진보적 문학은 잔혹하게 탄압하면서 그 발표지나 간행물 및 출판물을 차압하고 친일문학을 적극 부추겨 주면서 중국인문학을 저들의 식민문학에 종속된 변두리문학으로 만들려 시도하였다. 이렇게 종속적이고 작은 생존 공간에서도 중국인문학은 강인한 민족정신과 뛰어난 문학재능으로 일제식민문학과 교묘하게 대응하면서 자기의 민족문학을 생성, 발전시켰다.

주지하다시피 일제는 위만주국에서 "만선일체(滿鮮一体)"를 고취하면서 조선인을 만주국의 주요한 구성원이라고 부르짖었지만 또 한 면으로는 "내선일체(內鮮一体)"를 부르짖으면서 황민화 정책을 실시하였다. 하여 조선인은 "일본인"으로 되어 문화면에서 자체의 독립성을 갖지 못한데다가 민족동화(同化)의 위기에 처하여 그 문학의 생존환경은 더없이 험악하였다. 조선인문학의 생존토대라고 할 수 있는 조선문으로 된 출판물은 1937년 전에 ≪만몽일보≫와 ≪간도일보≫ 두 신문뿐이었으나 이것도 1937년에 합병되어 그 후로는 국책선전을 위해 허용한 신문 ≪만선일보≫ 하나가 거우 존재하였고 이 신문의 문예란마저 일본인이 심사, 통제하였다. 일제는 위만주국 문학장에서 조선인문학의 존재를 승인하지 않았다고 보아도 과언이 아니다. ≪만주국 각 민족 작가 창작선집≫을 비롯한 일본문으로 된 위만주국 문학작품집에는 조선인문학작품이 수록되지 못하였을 뿐만 아니라 3차례나 열린 대동아문학자대회에마저 위만주국의 조선인대표는 한사람도 없었다. 조선인문학은 이런 험악한 생존환경에서 위만주국 문학장의 한 변두리위치에 발을 붙이고 "불법"으로 끈질기게 생성, 발전하여 하나의 피식민 민족문학으로 생존하게 되었을 뿐만 아니라 수난시대의 백의민족문학발전의 맥락을 이어나가 백의민족문학사에 귀중한 한 페이지를 엮어놓았다.

위만주국시기 몽고민족(주로 내몽고에 거주)은 반봉건, 반식민지 사회제도하에서 봉건 왕공귀족, 봉건 군벌, 일제 등의 2중 3중으로 되는 압박, 착취를 받은 동시에 자연환경이 열악하고 전쟁이 빈번한데다가 전통적인 유목 생산방식과 생활방식에서 벗어나지 못하였으며 또 땅이 넓고 인구가 희소한 등 여러 가지 원인으로 하여 민족문화교육이 비교적 낙후한 상태에 처하여 있었다.

그리고 당시 내몽고와 인접하여 있은 몽고의 문학도 그다지 발전하지 못한 상황이었다. 1911년부터 자치를 실시하던 외몽고는 1921년 7월 몽고 인민 혁명당에 의해 사회주의제도의 몽고로 독립하였다. 몽고정부에서 민족문학을 적극적으로 발전시키려 시도하였지만 여러 가지 원인으로 하여 몽고현대문학은 1940년대까지 겨우 탄생, 기초단계에 처해있었다. 이 시기의 작품들은 대체로 장르가 단조롭고(주로 시가와 희곡이 위주였음) 서술과 정절이 직설적이고 간단하였다.[68]

이런 사회 역사 문화 환경에서 더욱이 일제가 민족 몽매 정책을 실시한데서 당시 위만주국의 몽고민족문학은 거의 공백상태에 처해있었다. 물론 반제, 반봉건의 진보문학과 항일문학이 적지 않게 존재하였지만 그 대부분이 구비문학형식으로 전해진 민간서사시로서 문자화된 작품은 아주 적었다. 일제는 대륙침략음모를 실현하기 위해 정치, 군사, 문화 등 여러 면으로 내몽고에서 친일파를 양성하였는데 그 속에는 어용문인도 있었다. 그리고 일본인 기꾸다께 이네오(菊竹稻穗)가 사장을 맡은 ≪청기보(靑

---

68) 史習成著 ≪蒙古國現代文學≫, 昆侖出版社, 2001년 8월 pp.14-22 참조.

旗報)≫와 같은 몽고어로 된 신문이 있었지만 문학기초가 너무나 박약하였기에 문학창작활동은 거의 진행되지 못하였다. "만주국문학"의 "전반3적인 수준"을 보여준 ≪만주국 각 민족 창작선집≫ (2)에 ≪훌룬베르기행≫이라는 몽고족의 작품이 한편 실렸는데 편찬위원 가와바다 야스나리(川端康成)는 이 작품은 "몽고계작가의 기행문 형식의 작품"으로서 "만주국의 몽고계문학이 일본에 소개되는 최초의 작품이라고 생각된다"고[69] 편집후기에 쓰고 있다. 이 작품의 작가는 우르도무도(음역)라는 만주국 건국대학의 몽고족학생(당시 일제는 몽고족청년들을 농락하여 친일파로 만들고자 건국대학에 전문적으로 몽고족학생 반을 꾸렸다.)이었고 작품 또한 짧은 기행문이나 다름없이 수준이 낮았다.

위만주국 문학장에서 몽고민족문학은 그 존재위치가 거의 없으나 다름없었다고 볼 수 있다.

특기할 것은 당시 "5족협화"에 들지 못한 러시아인문학이 본 민족의 독특한 사회, 정치, 경제 배경을 갖고 하르빈을 중심으로 자체의 문학공간을 형성하였다는 것이다.

러시아인은 1898년 중동철도의 개설공정과 더불어 하르빈에 이주하기 시작하다가 1904년 일러전쟁의 폭발로(하르빈이 러시아군의 후방 공급기지로 되어 여러 업종의 노동력이 수요되었다.) 대량 이주하였고 1917년 러시아 사회주의혁명이 폭발되자 1920년을 전후하여 짜리 러시아시대의 상층사회귀족과 부동한 정견을 가진 지식인들이 유랑민이 되어 하르빈으로 대량 이주하였다. 1928년부터 1929년 사이에 소련에서 농업집단화를 실행하자 이에 파급된 러시아인들이 또 하르빈으로 이주하였다. 하여 1930년대 초에 하르빈의 러시아인은 10만 명에 달하였고 러시아인들은 하르빈을 동방의 뻬제르부르그라고 불렀다. 이 시기 러시아인의 문화수준이 보편적으로 높았기에 그 문화활동이 활발하게 진행되었다. 수십 개의 러시아인 중소학교와 중등전문학교, 도서관이 세워졌고(현재 하르빈공업대학은 러시아

---

69) ≪滿洲國各民族創作選集≫(第二卷), 昭和十九年 三月, 創元社, pp.2-7 참조.

인이 1920년에 설립한 것임) 수십 개의 교회당과 영화관과 극장이 있었으며 해마다 한번씩 규모가 방대하고 내용이 풍부한 러시아문화축제가 조직되었다.[70]

이런 두터운 역사 문화 토대를 바탕으로 러시아인문학은 1920년대 중반부터 활발한 발전을 보여주었다. 문학란이 있는 러시아어 신문, 잡지가 선후로 20여종에 달하였는데 그중 ≪하르빈매일신문≫, ≪회성보(回聲報)≫, ≪후설보(喉舌報)≫, ≪전파자(傳播者)≫, ≪변계(邊界)≫, ≪아시아지광(亞西亞之光)≫ 등 신문잡지가 유명하였다. 그중 문예지 ≪변계≫와 ≪아시아지광≫은 1945년까지 출판되었다. 이렇게 문학 발표지가 많았을 뿐만 아니라 단행본도 많이 출판되었다. 지금까지 찾아볼 수 있는 시집만도 40종에 달한다.

그리고 여러 가지 문학단체가 많이 조직되었는데 그중 1926년에 A. 아챠이르(阿恰伊爾)가 "츄라예부카(秋拉耶夫卡)"라는 문학연합회를 조직하여 각종 시 낭송모임, 문학경연대회, 작품 분석모임 등 활동을 진행하였고 연합회 월보(月報)를 출판하면서 많은 시인과 작가들을 단합하여 문학창작 활동을 크게 추진시켰다. 하여 파리에 이주한 러시아인 작가들도 이 단체에 대해 경탄해마지 않았고 부러워하였다.

1932년 2월 6일 일본 관동군이 하르빈을 점령한 후 잔혹한 식민통치를 실시하여 러시아인들의 경제생활이 어렵게 되고 정치상에서도 박해를 받기 시작하였다. 일제는 일찍부터 소련의 광활한 씨비리 대지를 호시탐탐 노리면서 그 침략을 시도하였다. 일제는 하르빈의 러시아인 공산당원과 진보인사들을 탄압, 살해하는 한편 친일파들을 적극 긁어모았다. 일제와 친일세력의 박해로 하여 1936년 좌우에 많은 진보적인 문인들이 하르빈을 떠나 관내로(주로 상해로) 이주하게 되었다. 유명한 "츄라예부카"도 그 대다수 성원들이 하르빈을 떠나 1936년에 해산되었고 기타 여러 단체들도 분분히 해산되었다. 군주립헌파 창작소조, 동방민속파 창작소조 등 일

---

70) 李延齡 ≪論哈爾濱俄羅斯僑民詩歌≫, ≪俄羅斯文藝≫, 1998年 2期, pp.28-29 참조.

부 중간 노선의문학단체들만이 의연히 남아 문학진지를 지켜나갔다. 위만주국시기 러시아인문학은 주로 이들에 의해 이루어졌다.

이 시기 러시아인문학은 장르상에서는 시가문학이 주류를 이루었고 창작방법상에서는 시가를 비롯한 기타 장르의 문학작품들 모두 러시아문학의 사실주의전통을 계승하여 사실주의를 추구하였다. 절대 대부분의 작품들은 러시아인들의 유민 생활을 반영하였고 의지(意志)에 대한 숭상과 고향 및 조국에 대한 그리움이 보편적인 주제로 되었다. 그리고 대작가는 출현되지 못하였지만 재능 있는 작가들은 적지 않았다. 네쓰메러부(涅斯梅洛夫), 빠이꼬부(拜克夫), 페레레썬(佩列列申), 아챠이르(阿恰伊爾) 등이 그 대표적 작가라고 할 수 있다.

네쓰메러부(1889년-1945년 9월)는 이 시기 제일 저명한 작가였다. 그는 시가를 위주로 한 여러 가지 장르의 많은 작품을 창작하여 다산작가로 불리었다. 그는 선후로 《혈광(血光)》, 《러시아를 떠나(離開俄羅斯)》, 《작은역(小車站)》, 《백색함대(白色艦隊)》, 《대해를 건너(穿越大海)》, 《기의(起義)》 등 시집과 소설집 《전쟁소설(戰爭小說)》을 출판하였다. 그의 작품은 러시아인문학의 대표작으로 뽑혀 1940년에 《만주국 각 민족창작선집》(제1권)과71) 《재만 일만선아 각계 작가전 특집(在滿日滿鮮俄各作家展特輯)》에72) 수록되었다.

빠이꼬부(1872년-1958년)는 동방민속파 창작소조의 주요성원이었고 자연주의작가였다. 그는 중국 동북 땅을 누비면서 동식물표본을 수집함과 동시에 자연과 민속을 고찰하고 많은 민속문학작품을 창작하였다. 그는 하르빈에서 《위대한 왕(偉大的王)》, 《백색세계(白色世界)》, 《우등불가(篝火旁)》, 《수해(樹海)》 등 작품집을 출판하였다. 그의 대표작 《위대한 왕》의 전칭은 《위대한 왕 : 동북 범의 생활실상, 태가림구(泰加林區)의 풍속, 태가림구 거주민의 전기(傳奇)와 전설》인데 제목에서 볼 수 있다시피 소

---

71) 《滿洲國各民族創作選集》(第一卷), 創元社, 昭和十七年 六月.
72) 《新滿洲》, 第三卷第十一號.

설은 동북원시림의 독특한 자연풍경과 민속생활풍경을 묘사하였다. 이 소설은 일본문으로 번역되어 널리 알려졌고 소설 ≪노령산에서(老嶺山上)≫는 ≪만주국 각 민족작가창작선집≫(제2권)에 수록되었다. 그는 만주국의 러시아인문학계의 대표로 1942년 11월 3일 일본 동경에서 열린 제1차 대동아문학자대회에 참가하였다.

"5족협화"에 들지 않은 러시아인들이 위만주국 문학장에서 한 위치를 차지하게 된 것은 러시아인문학 자체의 독특한 상황과도 관련되겠지만 일제가 소련침략음모로부터 출발하여 소련과 모순이 있는 러시아인들을 회유하기 위한 수단으로 그들의 문학창작활동과 그 존재를 어느 정도 묵인하여 준 것과도 관계된다고 볼 수 있겠다. 물론 일제는 러시아인문학에서도 반일경향의 진보적인 작가, 작품은 에누리없이 탄압하고 금지시켰다. 아무튼 러시아인문학은 위만주국 문학장에서 기타 피식민 민족문학과 또 다른 성격의 독특한 존재였다.

요컨대 위만주국 문학장은 표면적으로는 "복합민족 문학장"이었지만 내면적으로는 일본인문학이 식민통치권으로 문학위치공간을 강점하여 지배위치를 차지한 식민문학과, 국책선양과 식민동화를 위한 종속문학으로 겨우 변두리 위치공간이 주어진 피식민 민족문학으로 구성되었는데 피식민 민족문학은 주로 조선인문학과 중국인문학으로 구성되었다.

대체로 권력장은 문학장의 생성, 발전과 문인들의 문학활동을 단속할 수 있지만 문인들의 마음은 단속할 수 없다. 일제는 잔혹한 식민문화전제통치와 일본인문학으로 조선인문학과 중국인문학을 통제, 이용하여 저들의 메가폰으로 만들려 시도하였지만 사실 당시 대부분의 민족적이고 진보적인 조선인문인들과 중국인문인들의 민족의식과 저항의식은 단속하지 못하였다. 하여 위만주국 문학장은 일본식민문학장인 동시에 조선인문학과 중국인문학이 자주적이고 민족적이며 저항적인 문학으로 생성, 발전하기 위해 일제 식민문화전제통치와 문학담론권리를 독점한 식민문학과 암투를 벌린 암투마당이었다고 할 수 있다.

제 3 장   민족운명과 문화저항의 문학적 궤적

— 조선인문학과 중국인문학의 생성궤적과 총체적 특징 비교 —

문학장의 생성에 대해 분석을 진행하여야만 그 생성법칙을 진정으로 이해할 수 있고 문학장의 생성법칙은 작품과 창작의 원천으로 된다. 따라서 한 민족문학의 생성궤적을 파악하면 그 민족문학의 특징을 올바르게 이해할 수 있고 구체적인 작품들에 대해 정확한 평가를 내릴 수 있게 된다.

앞장에서 서술하다시피 조선인문학과 중국인문학은 위만주국 문학장에서 종속적인 위치에 처한 변두리문학으로 일제의 식민문학을 분식하는 존재로 되어야 하였다. 하지만 조선인문인과 중국인문인들은 일본식민문학의 통제와 압제에 굴복하지 않고 여러 가지 방법으로(대체로 우회적인 방법으로) 굴곡적으로나마 자주적인 민족문학을 생성, 발전시키면서 광범한 대중들의 민족의식과 저항의식을 불러일으키는 문화계몽운동 내지 문화저항운동을 진행하였다.

본 장 절에서는 위만주국시기 조선인문학과 중국인문학의 생성궤적과 그 주요특징을 비교적으로 밝혀보면서 조선인과 중국인의 민족운명과 문화저항의 문학적 궤적을 알아보게 된다.

제 1 절 조선인문학의 생성궤적

1910년 조선이 일본의 식민지로 전락되자 광범한 조선민족대중들은 반일민족독립운동을 세차게 일으켰다. 사회각계의 애국지사들은 무엇보다 민족문화계몽운동이 중요하다고 인정하여 ≪내수외학(內修外學)≫의 활동강령을 내세우고 국내적으로 교육운동, 출판보급활동, 언문일치운동 등 계몽운동을 전개함과 아울러 중국 동북에 와서도 학교와 교회를 세우고 반일단체를 조직하면서 민족문화계몽운동을 전개하였다. 그들은 실정에 비추어 사립학교, 야학교, 강습소 등 여러 가지 학교를 세워 광범한 대중성과 선명한 민족성을 띤 교육운동을 전개하면서 대중들에게 현대과학문화를 전수하는 한편 민족의식을 심어주고 반일교육을 진행하였다. 1920년대 민족문화운동이 심화되고 조선인 인구가 급증함에 따라(불완전한 합계에 의하면 1929년 동북조선인인구가 50여만 명이나 된다.[73]) 조선인들이 모여 사는 구역에 점차 문화풍토가 형성되기 시작하여 여러 가지 신문, 잡지가 출현하였는데 ≪한족(韓族)신문≫, ≪노력신문(勞力新聞)≫, ≪불꽃≫, ≪청년전위(靑年前衛)≫, ≪신동방≫, ≪민성보(民聲報)≫, ≪기적소리≫, ≪민중≫ 등 간행물이 간행되었고 이런 간행물의 간행종지와 내용은 서로 같지 않았으나 그 중 대부분은 반일민족독립의 이념과 새로운 문화를 선전하기 위한 수요에 호응하여 꾸려진 것이다.[74] 일부 간행물에는 자유시가 발표되기도 하고 문학논쟁이 벌어지기도 하였으며 대중적인 혁명가요창작이 성행되어 그 영향력을 과시하였다.

사료의 결핍으로 확정하기는 어렵지만 1927년에 용정(龍井)에서 조선문예운동의 촉진을 위한 문예연구회 발기회의가 열렸다고 하는데 이 연구회의 강령은 이러하다고 한다.

---

73) 孫春日主編 ≪中國朝鮮族社會文化發展史≫, 延邊教育出版社, 2002년 6월, p.19 참조
74) 권철 저 ≪중국조선족문학≫(상), 연변대학출판사, 2000년 8월, pp.77-78 참조.

一. 우리는民衆의必要한文藝를樹立함
一. 우리는朝鮮文學運動을促進함
一. 우리는文人團結를鞏固함[75]

이 사료의 신빙성에 대해서는 보다 깊은 실증이 요청되지만 아무튼 이 시기에 벌써 문학활동이 전개되었다는 것만은 간접적으로 알 수 있다.

1931년 "9·18"사변직후 조선인 인구가 급증하여 1932년 위만주국 건립 당시에 동북의 조선인은 63만 여명에 달하고 연변에는 38만 여명에 달하였다.[76](1931년 "9·18"사변직전까지 동북 조선인이 100만 명에 달한다는 설도 있다.[77]) 이와 더불어 조선인문학활동도 더욱 활발해지고 풍부해지기 시작하였다. 하여 안수길은 ≪만주에도 일찍이 조선문학이 있었다≫라는 글에서 이렇게 썼다.

> 이 時期에(≪9·18≫사변후 - 필자 주) 間島地方에는 文學徒乃至 인테리들이 만히 몰어오게되엇나니 卽各中等學校의 增備에따라서 敎員으로서 大學專門出身이東京京城等에서 가장새로운腦를 가지고 다수들어오게되엇다. 이들新銳의學徒들은 文學的活動을하고시프나 以上의(≪간도일보≫, ≪민성보≫, ≪만몽일보≫ 등을 말함, 필자 주) 新聞들의 레벨의저하에情이떨러져熱誠分子가모이여 一周日에一回式 會合하여 自作作品을 朗讀合評하고그들은 大槪가 英文學部出身이라英文의研究等을 活潑히하엿다. 이것이 ≪북향회≫의 始初이다.[78]

주지하다시피 여기서 언급된 "북향회"는 위만주국시기의 첫 조선인문

---

75) ≪間島龍井에 文藝研究會≫ - ≪朝鮮日報≫, 1927년 8월 21일부 - 大村益夫, 布袋敏博 編, ≪舊〈滿洲〉文學關係資料集≫(二), 2001년 3월, p.27 참조.
76) 박창욱 ≪중국조선족역사연구≫, 연변대학출판사, 1995년 p.54 참조.
77) 孫春日 主編 ≪中國朝鮮族社會文化發展史≫, 延邊敎育出版社, 2002年 6月, p.19 참조.
78) 안수길 ≪滿洲에도일즈기 朝鮮이잇섯다≫(上) - ≪滿鮮日報≫1940년 2월 1일 제4면 재인용.

학동인회로서 "북향회"의 성립은 위만주국시기 조선인문학의 시작으로 상징된다. "북향회"의 시말과 동인지 ≪북향≫의 간행에 대해 자료의 부족으로 아직 일부 논쟁이 있기는 하지만 본고에서는 권철 교수의 고증과 추정에 따른다. 권철 교수의 고증과 추정에 의하면 "북향회"는 1933년 11월경에 이주복, 강경애, 김국진, 박화성, 엄무현, 윤영춘, 천청송, 김유훈 등에 의해 발족되고 그 회원들은 대체로 각 중소학교 교원가운데서 문예창작에 취미를 가진 사람들이며 동인지 ≪북향≫이 정식으로 출간되면서 안수길, 박영준, 박계주, 신상보, 최영한, 이학인, 최문진, 김규은, 환원, 최순원, 김영일, 박훈 등이 가담하여 그 규모와 범위가 확대되었다. 이 동인회를 "북향회"라 이름짓게 된 것은 "글자 그대로 간도는 한국 사람의 제2의 고향이다, 여기에 우리 문학을 이룩해 보자는 뜻에서였다."고79) 한다.

동인지 ≪북향≫은 프린트 본으로 2기를 펴내고 인쇄 본으로 제4호까지 출간한 후 일제의 엄한 검열에 의해 정간된 것으로 판정된다.(당시 제3호부터 납본제로 일본 영사관에 바쳐 인가를 맡아야 했다. 창간호는 1935년 10월에, 제2호는 1936년 1월 10일에, 제3호는 1936년 3월 27일에 제4호는 1936년 8월 1일에 출간되었다.) 지금까지 인쇄 본 2, 3, 4 호 원본이 발굴되었고 창간호는 그 목록만 찾아볼 수 있다.

최근 필자는 동인지 ≪북향≫창간사 ≪創刊에 際하야≫(俳徊亭人)의 한 부분을 발굴해냄으로써 북향회의 종지를 보다 신빙성 있게 고증할 수 있게 되었다.

> "… 我等公布文學之力於天下, 宣言奮鬪, 執着比武力還偉大之筆的人們呀, 君等之胸, 會湧出淸新之乳 …… 我等將向彷徨於荒野而不得吸文化之乳的白衣大衆絶叫, 快快醒來, 快快由幻想, 錯覺醒來, 集聚在明朗的旗幟之下, 快從彷徨躊躇覺醒, 走向堂堂的陣營…"
> 該誌對於滿洲鮮系文學, 不啻是一個溫床.80)

---

79) 안수길 ≪龍井·新京時代≫ - 연변대학 조선언어문학연구소 편 ≪중국조선민족문학대계 (10) 소설집(안수길)≫ 흑룡강조선민족출판사, 2001년 11월, p.539 재인용.

("…우리들은 문학의 힘을 천하에 공포한다. 분투를 선언한다. 무력(武力)보다 더 위대한 필을 쥐고 있는 사람들이여, 그대들의 가슴에 청신한 젖이 용 솟을 것이고 …… 우리들은 황야에서 방황하며 문화의 젖을 먹지 못하는 백의대중들에게 절규한다. 어서 빨리 깨여나라, 어서 빨리 환상과 착각에서 깨여나라, 명랑한 기치아래 모여라. 방황과 주저(躊躇)속에서 빨리 각성하여 당당한 진영으로 향해 나아가자…"

이 잡지는 만주선계문학에 있어서 하나의 온상(溫床)이었다.)

이 글은 당시 ≪만선일보≫의 편집이었던 고재기(高在騏)가 조선인문학을 중국인문단에 소개하는 문장에서 ≪북향≫지를 소개할 때 그 창간사의 한 부분을 인용한 부분이다. 이 문장은 비록 중국어로 중국문 잡지에 발표되었지만 위만주국시기에, 나아가 지금에 이르기까지 당시 문학활동에 직접 참가했던 조선인문인이 위만주국시기의 조선인문학의 면모를 사실적으로, 체계적으로 개괄, 소개한 유일한 문장으로서 너무나 귀중한 자료로 된다.

여기서 "북향회"는 문학을 통해 고난에서 허덕이는 광범한 백의대중을 시급히 문화적으로 계몽시키고 민족의식을 각성시켜 백의민족의 당당한 삶을 찾도록 계몽, 인도하기 위해 ≪북향≫을 창간하였음을 알 수 있다. "북향회"의 이런 문학주장은 ≪북향≫ 제2호의 권두언에서도 선명히 나타나고있는데 은유적인 수법으로 식민통치하의 암흑한 현실은 황폐한 성터와 마찬가지일진대 식민지현실을 저주하는 사람들은 일어나 새로운 삶의 길에 나서라고 호소하고 있다.

"북향회"는 구체적 문학활동을 통해 이 문학주장을 전개하여 나갔다.

원고를 모으는 한편 ≪북향≫동인회의 사업으로 문예 강연회를 열기로 하였다. 장소는 명신여학교 강당이었다. 영국덕이(束山)에

---

80) 高在騏≪在滿鮮系文學≫, ≪新滿洲≫ 康德 九年 六月號 第4卷 六號, pp.92-93에서 인용, 조선문은 필자가 번역한 것임.

높직이 신축한 동교는 미션 스쿨로 은진중학교인데, 당시 일본 총
영사관 건물을 빼놓고는 용정에서 가장 새롭고 큰 것이었다. 2층의
강당은 오늘의 서울의 어지간한 학교의 강당에 비겨 손색이 없었
다.
　별로 널리 선전을 하지 못했는데도 (영사관 경찰의 간접적인 간
섭으로) 천 명은 수용할수 있는 홀이 초만원, 입추의 여지가 없었
다. 연사는 이 주복, 엄 무헌, 김 국진, 나 외에 화가(지금 이름이
기억나지 않음) 한 분이었고…이씨는 ≪북향≫동인회의 포부를 이
야기하면서 문학과 사회와의 관계성을 열변했고, 엄씨는 동양 문학
에 대해 학적으로 논지을 폈고 김씨는 조리 있고 명쾌한 말로 청중
에게 문학적인 감명을 주었다.[81]

　≪북향≫지(제2호)의 ≪문단안테나≫라는 소식란에도 김국진, 이주복,
강경애, 최문진 등이 문예강연회를 조직한 소식을 실었다.

　本社에선二週年紀念事業으로恩眞校友會智育部와하여지난十一月十
六日밤에明信女校大講堂에서文藝講演會를開催하엿는데入場者는無慮千
餘名이엇고當夜場所關係로도라간이도數百名에달하는大盛況을이우윗
다.[82]

　이런 "북향회"의 대중적이고 활발한 문학활동은 광범한 대중들을 문화
적으로 계몽하였고 많은 젊은 문학도들의 문학정열을 불러일으켜 문학의
길로 인도함으로써 조선인문학의 생성에 건실한 씨앗을 심어 놓았다.
　≪북향≫(인쇄본)은 비록 4기까지 간행되지 못하였지만 근 40명에 달하
는 창작자들이 등단하였고 소설 10편, 시가 50수, 수필 9편, 문예논문과
평론 6편을 게재하였는데 그 대부분 작품들에는 민족의식과 사실주의경
향이 짙게 표현되어 있다.

---

81) 주해 79와 같은 책, p.541 참조.
82) ≪북향≫ 제2호, 1936년 1월 10일, p.16 - ≪일송정≫(제2기) 연변교육출판사, 2001
　　년 5월.

유감스럽게도 "북향회"는 동인들이 서로 떨어져 있어 모임이 힘든데다가 일제의 혹독한 심사제도와 경제난으로 동인지 간행이 어렵게 되고 또 일부 중견들이 생계부지를 위해 용정을 떠나게 된 등 여러 가지 사정에 의해 지속적인 발전을 가져오지 못하고 부득불 막을 내리게 되었다. 이 시기 문학을 안수길, 김우철 등은 "재만 조선인문학의 초창기"라고 평하였다.

조선인문학은 얼마간의 침체기를 거쳐 1938년부터 ≪만선일보≫학예란을 중심으로 "맹아기"가 시작된다. ≪만선일보≫는 당시의 조선어신문 ≪만몽일보≫(1933년 8월 25일 발간)와 ≪간도일보≫의 통합으로 1937년 10월 21일부터 신경에서 발행된 유일한 조선어신문이다. ≪만선일보≫는 간행초기에 지면을 늘이고 기자들을 널리 초빙하였다. 바로 이때에 한국현대문학의 대표인물들인 최남선(고문을 맡음), 염상섭(편집국장을 맡음), 박팔양(사회부장을 맡음) 등이 초빙되어 와서 한국현대문학의 자양분을 위만주국의 조선인문학에 주입하게 되었다. 뒤따라 안수길, 현경준, 황건, 김조규 등 문인들이 ≪만선일보≫에 취직하여 문학창작을 계속 진행할 수 있게 되었고 이름 없는 젊은 문학도들도 ≪만선일보≫학예란에 모여들게 되었다. 물론 이 신문은 일제가 국책선전을 위해 허가한 신문으로 소식보도는 일률로 만주국 통신사에서 정해주는 일본문 원고를 번역하여 실어야 했고 학예란도 일본인의 심사를 받아야 했지만 당시에 조선인문학 작품을 발표할 수 있는 유일한 발표지는 ≪만선일보≫학예란뿐이었다. 조선인문학은 종속적인 변두리위치에서 수시로 친일문학에 빠져들거나 말살될 수 있는 역경에 처하여 있었다. 하지만 조선인문인들은 강렬한 민족문학의식과 창작의욕으로 학예란을 둘러싸고 집요하게 문학창작활동을 진행하면서 조선인문학의 생성발전을 도모하였다. 하여 1930년대 말에 벌써 염상섭의 장편소설 ≪개동(開東)≫, 현경준의 장편소설 ≪선구시대≫ 등 대작들이 발표되었다. 소설 ≪개동≫은 지금까지 상세한 발표 년대를 알 수 없고 원문을 발굴하지 못했기에 지금 어떻다고 평할 수 없고 소설

≪선구시대≫는 195회로 나누어 연재되었으나 현재 1939년 12월 1일에 발표된 마지막 1회분밖에 발굴하지 못하여 그 상세한 내용은 알 수 없다. 하지만 ≪선구시대≫는 마지막 1회분을 통해서도 그 주제의식을 대체적으로 추정해볼 수 있다. 이 소설은 이주민과 왕덕삼이란 한족지주 지간의 모순을 보여주면서 간도 땅에 정착하여 이곳에 새로운 고향을 건설해야 한다는 이념을 제기하고 있는데 여기서 제기되는 새로운 고향을 건설해야 한다는 주제의식은 바로 "북향회"의 동인들이 ≪북향≫지에서 제기한, 백의대중을 문화적으로 계몽시키고 민족의식을 각성시켜 "새터를 닦으려"는 슬로건 즉 간도에 새로운 고향을 건설해야 한다는 조선인문학이념과 거의 같다고 하겠다. 이 조선인문학이념을 ≪북향≫지가 당시에 미처 구체적으로 작품화하지 못한 것을 ≪만선일보≫학예란에서 구체적으로 작품화하였다고 인정해도 오판이 아닐 것이다. 아울러 조선인문학은 시종 민족문학이념이라 할 수 있는 민족적이고 사실주의적인 농민문학을 주장하고 실천화하였음을 보아낼 수 있다.

당시에 남달리 활약한 평론가 김우철은 "昨年한해만따져보드래도(1939년을 말함. 편자 주) 百篇이넘는詩와 五十篇의隨筆과 二十篇의評論과 十餘篇의소설이滿鮮日報의學藝面을裝飾하엿섯다. 이제바야흐로 滿鮮日報를本據로하야 滿洲文壇이形成되면서잇다."라고 하면서 "間島를源泉으로하는 草創期를지나 滿鮮日報에依據한 昨年(1939년을 말함. 필자 주)까지의文學活動을 계몽기로처서" 1939년의 성과를 높이 평하였다. 이어 그는 "이제우리는第三期인實踐期에臨하엿다.우리에게賦與된第一課題는 滿洲文壇의有機的形成과 새로운文學(文壇)的雰圍氣의 構成이다."라고[83] 보다 새로운 발전을 호소한다. 이런 활발한 문학활동과 더불어 조선인문학은 1940년 초에 이르러 본격적인 문단건설을 위한 지상 논쟁을 벌린다. 지상 논쟁은 말할 것 없이 ≪만선일보≫학예란을 통해 진행되었다. 1940년 1월 12일 ≪만선일보≫

---

83) 金友哲 ≪文學傳統의繼承과 새로운園丁의任務≫, ≪만선일보≫, 1940년 2월 20일자.

학예란은 《만주 조선문학 건설 신 제의(滿洲朝鮮文學建設新提議)》라는 제목으로 이런 기자(편자, 필자 주)의 머리말을 실었다.

이곳에사는 우리수효가百萬을 넘으며우리에게는 말이잇고, 글이잇스니거기에따라서 文學이업슬수업다.勿論過去에도이곳에서 朝鮮文化方面의 各種作品이발표되지안흔것은아니나 그는너무도 散漫하엿으며 너무도品品不一하잇든 것이다 文壇的으로그럴듯한 中心的存在라는것이거의 업섯다하여도 過言은 아닐 것이다. 그러나언제까지고이것을 그대로 내버려둘수는업는가한다. 오늘부터라도새出發을하여 뚜렷한존재를 世上에 알리고 못알리기는 全혀우리의힘에달렸다. 우리의손으로 이것을 建設하고 우리의손으로 이것을 거두지안흐면안될것을새삼스려느낀 우리는느젓스나마이問題를 가장眞實하게 檢討해나가지안흐면안될까한다. 滿洲에朝鮮文學을 建設하랴면 어떤方面, 어떤角度에서 어떤形式어떤手法等等으로 着手하며 開拓해나가야될까 여기에 對하야滿洲안에게신여러분의 意見을綜合하여文學人의 參考에 이바지하며 우리文壇의 向할바길을 檢討해볼까한다.

여기서 지난 문학성과에 만족하지 않고 백만 인구를 가진 백의민족문학의 뚜렷한 존재를 세상에 알리기 위해 만주 조선인문학을 건설하자는 편자의 의도를 알아 볼 수 있다. 이런 의도에 따라 본 난은 1월 12일부터 2월 6일까지 황건(黃健), 윤도혁(尹道赫), 김귀(金貴), 박영준(朴榮濬), 김춘강(金春崗), 이광현(李光賢), 현경준(玄卿駿), 신서야(申曙野), 안수길(安壽吉), 송지영(宋志泳) 등 당시 중견문인들의 제의를 발표하였는데 그 견해와 내용들은 서로 부동하지만 대체로 위만주국내 조선인들의 민족문학을 건설하려는 강렬한 의욕과 염원은 일치하였다.

황건은 "文化的萌芽期에 들엇섯다고도 볼수잇는今日에 處한滿洲朝鮮人文學의 啓蒙的使命은 너무나 큰바가잇는가한다"고 하면서 조선문학의 전통을 소화, 흡수하는 한편 만주라는 "그 歷史特異한 性格만을 가질수잇는 獨自的文學" 즉 "自主性이 잇는" 조선인문학을 건설해야 한다고 주장한다.[84] 윤도혁도 당면 조선인문학은 "우리의生活을 主題로하는朝鮮文學이오 이것을어떠케 成長發展시키느냐 하는 것이 여긔에 問題의 焦點이다"고 하면서 만주지역특색이 있고 조선민족성이 있는 문학을 건설해야 한다고 주장한다.[85]

박영준은 "生活의根據가잇는곳에 生活의 反映이업슬수업스며따라마음의表象이 업슬수업다"기에 만주조선인문학은 그 육성(育成)만 있으며 "滿洲朝鮮人文學을建設하려함에는 文化人이다가티손을잡고 한길을것는데 비로소曙光이 잇슬것이"다고 주장한다.[86]

김귀는 농민문학론을 주장하여 이렇게 말한다.

> 滿洲는아즉까지는 넓은 荒蕪地를開拓하여가는農民이 全人口의最多數를點하고잇서 그生産方法이 原始的 農耕을主로 삼는 情勢에잇다고본다.
> 그리고또한 朝鮮의自由開拓民은 集團開拓民은 거개가 農村으로 가서 土地開發에 從事하고잇슴으로 이러한 部分的인 文學對象으로서의 농민 - 더나아가선 滿洲에잇는 農民全體의 主體的인對象으로 積極的인農民文學이 成立할수잇슬것이라고 생각한다.
> 大陸的인雄大한創造的性格은 오로지農民을볼수잇슴으로 나는이에 農民(흙)文學을提唱하려하는者이다.[87]

김귀의 농민문학론에는 현세부응의 색채가 있기는 하지만 당시 농민문학이 조선인문학의 주조로 되여야 한다는 견해는 지당하다고 볼 수 있다.

---

84) 황건 ≪滿洲朝鮮人文學과 文學人의信念≫(≪만선일보≫ 1940년 1월 12일), ≪滿洲朝鮮人文學의特殊性≫(≪만선일보≫ 1940년 1월 13일), ≪滿洲朝鮮人文學의今後發展策≫(≪만선일보≫ 1940년 1월 16일) 등 3편 문장을 참조.
85) 윤도혁 ≪滿洲朝鮮文學의 傳統性과特異性≫(≪만선일보≫ 1940년 1월 17일), ≪滿洲文學의方向과 文學人의態度≫(≪만선일보≫ 1940년 1월 18일), ≪明日의文學史와 作品의價値≫(≪만선일보≫ 1940년 1월 19일) 등 3편 문장을 참조.
86) 박영준 ≪作家의輩出과讀者의 向上을緊急動議≫(≪만선일보≫ 1940년 1월 23일), ≪現段階의眞實한批評과 發表機關의期待≫(≪만선일보≫ 1940년 1월 24일)를 참조.
87) 김귀 ≪農民文學의方向으로≫(≪만선일보≫ 1940년 1월 20일)에서 재인용.

이광현은 "이땅의文學人들은 文學開拓挺身隊가되여 우리의文學開拓에
로 꾸준히努力합시다"고 조선인문학의 적극적인 개척을 호소한다.[88]

이외일부 현세부응의 문학을 주장한 문인들도 있었다.

이어 많은 조선인문인들이 민족문학건설에 적극 참여하여 소설, 시가,
산문, 평론 등 여러 면으로 많은 작품들을 창작하면서 왕성한 발전추세
를 보여주었다. 이 상황을 안수길은 후일 이렇게 회고하고 있다.

> 이미 등단한 문인들뿐 아니라 가령 봉천(奉天)의 김용현(金用縣),
> 곽 종원씨 등을 위시해 김창걸(金昌杰), 신 서야(申曙野)(간도), 이
> 학성(李鶴城)(간도), 한 찬숙(韓贊淑)(신경), 황 재건(黃載健)(신경) 등
> 제씨들도 기고해 왔고, 재만(在滿)문인뿐 아니라 국내(조선을 말함.
> 필자 주)에서도, 예를 들면 시위주의 김 우철씨를 비롯해 청진의 슈
> 르리얼리스트인 <막(藐)>(藐은 貘의 오자임. 필자 주) 동인들이 소
> 포로 원고를 보내오는 등 당시 이 면의 편집을 맡았던 이 광현(李
> 光賢)씨와, 후에는 고 재기(高在驥)씨가 즐거운 비명을 지를 지경이
> 었다.[89]

하지만 뒤이어 조선인문학은 일제의 엄혹한 식민문화전제통치에 의해
보다 질적인 발전을 가져올 수 없게 되었다. 본디 조선인문학에 있어서
"현재에잇서 唯一한 發表機關이며" "文學建設文壇形成의主導的役割을 하
여야 될" 《만선일보》의 그 자그마한 학예란마저 일본인이 심사, 감독한
데다가 1941년 3월 일제는 식민통치를 보다 강화하기 위해 《예문지도요강》
을 반포, 실시하고 시국이 날로 엄중해짐에 따라 국책문학, 전시문학을
강요하면서 정치, 경제, 문화 등 여러 면으로 조선인에 대한 황민화를 심
화하였다. 이 시기에 와서 조선인은 민족언어 교육이 폐지되고 창씨개명
을 강요당하면서 민족신분 내지 민족속성이 말살되게 되는 위기에 처하
였다. 자연히 조선민족의 문화와 속성을 전승하는 조선인문학도 근본적

---

88) 이광현 《文學開拓의設計圖》(《만선일보》 1940년 1월 27일)를 참조.
89) 주석 79와 같은 책, p.547에서 재인용.

으로 무시당하고 압제되어 그 생성발전공간은 거의 없어지다시피 되었
다.

이에 대해 당시 조선인문학계의 평론가였던 고재기는 "발표기관이 결
핍한 것이 확실히 선계(鮮系)文學의 일대 장애였고 일대 고뇌"로서 이는
조선인문학이 발전하지 못하는 원인임을 밝힌 동시에 조선인문학의 어려
운 생존상황에 대해 이렇게 지적하였다.

> 홍보처가 발표한 ≪예문지도요강≫은 기타 각계의 작가들에게
> 있어서 큰 방조가 되겠지만 재만 선계작가에게 있어서는 원고비
> 같은 것은 말할 것도 없고 유일한 발표기관인 ≪만선일보≫마저
> 문예 페이지를 재차 축소한 상황이다.
> 모름지기 만주에서 협력복합문화를 꽃피고 열매 맺어야 할 선계
> 예문은 금후 어떤 길로 나아가야 할 것인가 하는 문제는 비록 예문
> 인(藝文人) 자신들의 문제이기는 하지만 문화자체는 정치와 물과
> 고기와 같은 관계를 갖고있기에 일체는 다만 정치에 의존할 수밖
> 에 없다.90)

황건을 비롯한 기타 문인들도 "試練場이되고活動舞臺가될 自己機關이
업슴이란文學實踐에잇서한개致命的인 條件이아닐수" 없기에91) 조선인문
인들은 불요불굴의 정신으로 한결같이 발표지를 확대할 것을 호소하였
다.

> … 滿洲各地에 朝鮮人文化를吸收하려는 새로운機運이 形成되여
> 가고잇스니 이機運을一層 常化하려면 역시出版物의刊行이업스면
> 안될 것이다. 이러한意味에서 滿洲內에잇는 企業的良心을가진出版
> 業者가 한사람쯤 登場하야도 過히時機가 늦다고 하지못할것이다.
> …
> 나오라! 良心잇는出版企業者여! 鮮系國民의 活潑한 文學運動에一

---

90) 주석 80과 같은 문장 p.93에서 참조, 인용.
91) 황건 ≪滿洲朝鮮人文學의今後發展策≫ ≪만선일보≫, 1940년 1월 16일자 참조

臂之力을 加할 勇氣잇는이의 出現을 지금 기다리고잇다.[92]

    滿洲朝鮮人文學界엔 雜誌 하나 업다. 單行本出版이나잇나 하면 그도 업고 오직 滿鮮日報의 그나마적고 自由롭지못한 學藝面이 唯一한 出人所요 集合所요 舞臺이다.… 얼마나 만흔 期待와 渴望에 찬눈이 이 한곳에 現在 겨누어져잇는가 할제 殘忍한듯 김까지가 업지안은 것은 오로지 文學人만의 感情인가?
      … 우리 良心을 依持할아-모런 機關도 우리는 갓고잇지못할제 우리는 여기서 그 어떤 過渡期的인 形態의 同人誌를 생각할수잇지안흘가?… 爲先 全滿에 하나라도 조타.… 이곳에 만흔 聲援이 잇서주기를.[93]

이런 갈망과 기대에 따라 1940년에 이수형을 비롯한 "시현실" 동인회가 나타나고 하르빈 등지에서도 간행물의 출간을 시도하였지만 나중에 용두사미가 되고 말았다. 그 주요한 원인의 하나는 당시 상황에서 조선인문단의 이런 절절한 호소에 실질적으로 호응을 할 수 있는 조선인의 사회경제기초가 전혀 없었기 때문이다. 조선인은 사회정치지위를 강탈당하고 "일본인"으로 되어 민족문자와 문화를 상실해야 하였고 경제지위가 최하층에 처하여 절대대부분의 조선인들은 생계마저 부지하기 어려운 처지였다. 문학인들도 생계를 유지하기 위해 동분서주하며 각지로 떠돌아 다녔기에 까다로운 출판수속과 간행물의 심사제도는 잠시 제쳐놓고 우선 그 출판경비마저 해결하기 어려웠다. 출판물의 부진과 동인지의 미 출현은 여러 가지 원인으로 인한 것이지만 조선인의 최하층 경제지위가 그 주요한 원인의 하나로 됨은 틀림없다. 저명한 저항시인 윤동주도 당시 시집을 내고자 편집까지 다 해놓았으나 출판경비를 해결할 바 없어 끝내 만주 땅에서 펴내지 못하였다는 사실이 이를 잘 말해준다.

이처럼 열악한 사회문화환경에서도 조선인문인들은 "피와 땀으로 엮은

---

92) 啞堂 ≪待望出版業者≫, ≪만선일보≫ 1940년 3월 4일자.
93) 燧石 ≪同人誌≫, ≪만선일보≫ 1940년 4월 24일자 참조.

역사를 수록할 것은 이곳에서 생장한 또는 뒤이어 들어온 문화부대에게 책임이 크게 있다고 생각"하고 부동한 자세로 현세에 부응하기도 하고 저항하기도 하면서 집요하게 민족문학활동을 전개하여 1942년을 전후하여 재만조선인작품집 ≪싹트는 大地≫94), ≪滿洲詩人集≫95), ≪在滿朝鮮詩人集≫96),소설집 ≪北原≫97) 등 단행본들을 출판하였다. 이 단행본들의 출판은 조선인문학에 있어서 결코 쉬운 일이 아니었다. 염상섭이 쓴 ≪싹트는 大地≫의 서문만 보아도 이 점을 알 수 있다.

> … 이번 이 간행은 오직 출판기록으로만 본다 하여도 만주에 있는 우리로서는 실로 획기적사업이 아닌가 한다. 이것이 양으로 자랑할만한 소위 전집도 아니요 불과 십편미만의 단편을 모은 것이라 하여 남은 대수롭지 않게 여길지 모르겠고 혹은 근세의 조선사람이 만주생활에 뿌리를 박은지도 반세기는 훨씬 넘었건만 문학적 소산이라고 고작 이뿐이냐고 웃을 사람도 없지 않을 것이다. 그러나 개척민은 실생활의 빈곤 이상으로 현대문화의 혜택에서 멀리 떨어져있었다는 사실로 보아서는 결코 오늘의 이것을 적다 하고 뒤늦다 못할것이다. 도리여 이것이 빈 바가지 속에서 나왔고 녹쓴 호미끝에서 자라났음을 생각하면 고맙고 갸륵타 아니할수 없을 것이다.98)

고재기도 ≪재만선계문학≫이라는 글에서 "최근 2, 3년내의 창작계에는 작가 30여명이 등장하고 작품도 이미 상당히 많아 재선(在鮮)의 작가 40명과 작품 100편에 비해 재만선계문학활동은 자아안위할수 있다."고

---

94) 申瑩徹 編 ≪싹트는 大地≫, 만선일보사 출판부, 康德 8년(1941년) 11월.
95) 朴八陽編 ≪滿洲詩人集≫, 吉林 第一協和俱樂部文化部 發行 康德 9年(1942年) 9月 29日.
96) 金朝奎 編 ≪在滿朝鮮詩人集≫, 間島省 延吉街 藝文堂發行, 康德 9年(1942년) 10月 10日.
97) 安壽吉著 ≪北原≫, 藝文堂 發行, 康德 11年 4月 15日.
98) ≪20세기중국조선족문학사료집≫(제5집), 연변인민출판사, 2001년 4월, pp.469-470 에서 재인용.

하면서 40년대 초기의 조선인문학창작성과를 높이 평가하였다. 1939년부터 1941년 사이에 조선인문학은 굴곡적이지만 재빨리 생성, 발전하여 풍성한 수확을 거두었다.

유감스럽게 아직 자료를 충분히 발굴하지 못한 관계로 1942년 후의 조선인문학의 궤적은 상세히 알 바가 없다. 하지만 안수길의 장편소설 ≪북향보≫가 ≪만선일보≫에 1944년 12월 1일부터 1945년 4월까지 연재된 것으로 보아 이 시기에도 시종 조선인문학이념을 실천화하는 조선인문학 활동이 계속 진행되었다는 것만은 확인해볼 수 있다.

아무튼 위만주국시기 조선인문학은 그 생성초기부터 계몽적이며 사실주의적인 농민문학의 종지를 명확히 확립하고 강렬한 민족문화의식과 창작의욕으로 열악한 사회환경에서 우여곡절을 겪으면서 민족문학을 생성, 발전시킴으로써 후세에 귀중한 문학유산을 남겼다.

제 2 절 중국인문학의 생성궤적

자연지리환경과 사회역사의 원인으로 문화토대가 비교적 박약했던 동북문화는 "5·4" 신문화운동의 영향하에 뒤늦게나마 신문화를 수용하게 되었고 뒤따라 동북신문학(東北新文學)이 생성 발전하기 시작하였다. 1921년부터 신시가 발표되고 1923년부터 백양사(白楊社)를 비롯한 신문학단체가 출현되었으며 1928년 봉계군벌(奉系軍閥)장학량이 역기(易旗)하여 관내(關內, 즉 중국 내지)와 통일된 후 관내의 진보적인 신문학도서가 다량으로 이입되고 동북신문학은 신속한 발전을 가져온다. 1931년 "9·18"사변이 일어나 동북 땅이 일제의 식민지로 전락되자 바야흐로 발전하던 동북신문학은 비참히 좌절당하고 일제식민통치하의 피식민 민족문학 - 중국인문학이 생성된다.

위만주국 초기 일제는 무력 침략과 통제에 전력하여 사상문화 면에 대한 통치를 상대적으로 체계화하지 못하였다. 하여 "9·18" 사변직후에 정간되었던 ≪동북3성민보(東北三省民報)≫(복간시에 ≪民報≫로 고침), ≪국제협보(國際協報)≫, ≪할빈공보(哈爾濱公報)≫ 등 중국인들이 경영한 신문들이 복간된 동시에 ≪대동보(大同報)≫, ≪하르빈신보(哈爾濱新報)≫, ≪봉천일보(奉天日報)≫, ≪관동보(關東報)≫ 등 신문들이 창간되었다. 그리고 일본인들이 ≪만주보(滿洲報)≫, ≪태동일보(泰東日報)≫, ≪성경시보(盛京時報)≫, ≪대북신보(大北新報)≫ 등 당시의 주요한 신문들을 직접 경영하면서 일제를 위해 복무하였지만 다른 한 방면으로 일본인경영자들은 경제이익을 획득하기 위해 신문의 시사보도와 사론 등만 중요시하고 문예부간 같은 것은 잠시 크게 중시하지 않았다. 이는 중국인문학의 생성에 상대적으로 비교적 큰공간을 제공하여 주게 되었다.

1932년 봄부터 중국인문인들은 신문부간(新聞副刊)을 무대로 문학활동을 전개하는 한편 문학단체들을 결성한다. 1933년 3월 성현(成弦), 김음(金音), 영비(靈非) 등이 조직한 냉무사(冷霧社)와 맹소(孟素), 추영(秋塋), 석졸(石卒) 등이 조직한 표령사(飄零社)가 출현되고 이어 신사(新社), 백광사(白光社) 등 근 20개에 달하는 문학단체들이 줄이어 출현된다. 물론 그중 적지 않은 단체들은 다만 상징적인 존재였다.[99]

냉무사는 1933년 3월 신문 ≪민보≫에 ≪냉무(冷霧)≫라는 부간을 창간하여 주로 신시를 창작, 발표하였는데 대부분 시는 우울하고 애상적인 정서가 흘렀다. 표령사도 1933년 3월에 ≪무순민보(撫順民報)≫에 ≪표령(飄零)≫부간을 창간하고 주로 짧은 비평문장과 잡문을 발표하였다. 신사는 ≪민보≫에 ≪나사(蘿絲)≫라는 부간을 창간하여 주로 문예이론문장을 발표하였고 그 문장들에는 서양의 문예이론과 작품에 대한 번역소개가 많

---

99) 黃玄 ≪東北淪陷期文學槪況≫(一) - ≪東北現代文學史料≫(第四輯), 黑龍江省社會科學院1文學硏究所, 1982年 3月, p.125 참조.

았다.

이 시기에 영향력이 비교적 큰 신문부간들로는 ≪만주보≫의 ≪요일부간(星期副刊)≫, ≪태동일보≫의 ≪문예주간≫, ≪대동보≫의 ≪야초≫ 등인데 그중 ≪야초(夜哨)≫가 영향력이 컸다. ≪야초≫는 중공 지하당원들인 김검소(金劍嘯), 나봉(羅烽), 강춘방(姜椿芳) 등이 공산당조직의 지시에 좇아 진보적 문인 초음(悄吟), 삼랑(三郞) 등과 함께 ≪대동보≫의 편집 진화(陳華)와 연계하여 1933년 8월 6일에 창간한 문예부간이다. ≪야초≫는 ≪왕아주머니의 죽음(王阿嫂之死)≫(소음), ≪하등인(下等人)≫(삼랑), ≪반역한 아들(叛逆的兒子)≫(유리), ≪길(路)≫(문광) 등 진보적 경향을 띤 다량의 작품을 발표하면서 암흑한 현실을 폭로하고 문학청년들을 항쟁의 길로 호소하다가 그 선명한 정치경향으로 하여 1933년 12월 24일 위만당국에 의해 정간된다.

초음100)과 삼랑101)은 ≪야초≫에 발표된 작품을 중심으로 하여 1933년 10월에 하르빈5일화사(哈爾濱五日畵報社)의 출판으로 된 소설산문집 ≪발섭(跋涉)≫을 펴낸다. 이 작품집은 두 작가가 자비로 출판한 것인데 경제상 ≪야초≫에 모였던 문인들의 도움을 받았다.

≪야초≫가 정간되어 한 달도 지나지 않아 이 부간에 모였던 진보적 문인들은 1934년 1월 18일 하르빈의 ≪국제협보≫에 ≪문예≫라는 부간을 창간하여 새로 나타난 진보적 문인 달추(達秋), 김인(金人), 전랑(田瑯) 등을 흡수, 양성하면서 계속하여 진보적이고 혁명적인 문학활동을 진행한다. 이 부간 역시 그 진보적 경향으로 하여 1934년 12월 27일 위만당국에 의해 정간된다.

1935년 초부터 종합지들이 연속 출간되면서 중국인문학은 주로 신문부간에 의거했던 상태에서 벗어나 점차 여러 가지 간행물을 토대로 생성

---

100) 초음(悄吟) : 원명 張乃瑩, 필명 蕭紅, 1911년 黑龍江省 呼蘭縣에서 출생, 東北作家群에 속하는 저명한 여류작가, 대표작 장편소설 ≪生死場≫.
101) 삼랑(三郞) : 원명 劉鴻霖, 필명 蕭軍, 1907년 遼寧省 義縣에서 출생, 동북작가군의 대표적작가, 대표작 장편소설 ≪八月的鄕村≫.

발전하기 시작하였다.

1934년 봉천에서 대형종합지 ≪봉황(鳳凰)≫이 창간된 뒤를 이어 1935년에 선후로 ≪숙녀의 벗(淑女之友)≫, ≪사민(斯民)≫(만주국통신사 발행, 1941년 봄 정간), ≪만주신문화월보(滿洲新文化月報)≫, ≪신청년≫ 반월간 등 종합지들이 창간된다. 이런 종합지들은 모두 일본인이거나 식민단체들이 경영, 간행하고 그 문예지면이 많지 않았지만 편집인들이 대체로 문예를 중요시한 중국인들이었기에 작청(爵靑), 석군(石軍), 추영, 고정(古丁), 오영(吳瑛) 등 새 문인들을 등단시키면서 많은 진보적 문학작품을 발표한다.

1935년 9월 맹소(孟素)가 평론 ≪문단건설과 기타(建設文壇及其它)≫(≪민성만보≫ 문예부간 ≪문학7일간≫ 제7기)를 발표하자 이를 둘러싸고 석군, 도혼(島魂), 노명(老命), 양원(楊園) 등이 ≪문단건설에 대하여(關于文壇建設)≫(≪滿洲報≫ 1935년 9월 13일) 등 논박문장을 발표하여 문단건설에 대한 논쟁을 벌린다. 이 논쟁은 이론적 주장이나 해명은 결핍하였지만 현실생활을 반영해야 한다는 관점이 비교적 일치하게 제기되었다.

1936년 6월 10일 김검소가 ≪대북신보화간(大北新報畫刊)≫에 고리끼의 병세가 위독해졌다는 소식을 싣고 이로 인하여 일본 영사관특무들에게 체포되고 8월 15일에 살해당한다.

이어 일제의 문화통치가 강화되기 시작하고 1937년 "7·7" 사변이 폭발되자 8월 홍보처에 의해 ≪만주보≫, ≪민성만보≫, ≪국제협보≫ 등 신문들이 정간된다. 1937년 3월 주로 일본인 기시마 노리아끼(城島舟礼)에 의해 ≪명명(明明)≫ 월간이[102) 창간되었는데 실제적인 편집과 출판은 고정, 신가(辛嘉) 등을 비롯한 중국인 문학청년들이 장악하였다. ≪명명≫은 초기에는 문화종합지였지만 창간호에 고정의 잡문 ≪문단한담(閑話文壇)≫, 의지(疑遲)의 단편소설 ≪북황(北荒)≫ 그리고 고리끼의 작품 ≪책(書)≫ 등을 발표하고 선후로 의지의 소설 ≪산정화(山丁花)≫(제3기, 1937년 5월), 산

---

102) 월간 ≪명명≫, 1937년 3월 기시마 노리아끼에 의해 만주월간사의 출판발행으로 창간됨, 1938년 9월 정간.

정(山丁)의 평론 ≪향토문예와 <산정화>≫(제5기, 1937년 7월), 고정의 잡문 ≪대작가의 한담(大作家隨話)≫(제5기) 등을 발표하여 문단의 주목을 받는다. ≪명명≫은 제6기(1937년 8월)부터 순 문예월간으로 되어 고정의 ≪어둠(暗)≫, 의지의 ≪강바람(江風)≫, 소송(小松)의 ≪석간소식(夕刊的消息)≫, 전병(田兵)의 ≪교원의 위풍(敎師的威風)≫ 등 단편소설들을 발표하고 1937년 11월 ≪노신 서거1주년 기념특집(紀念魯迅逝世一周年特輯)≫을 출간하는데 이 특집에 고정의 ≪노신저서해제(魯迅著書解題)≫(원문이 일본문으로 된 것을 고정이 한어문으로 번역하였음)가 실려 1936년부터 침체기에 처했던 중국인문단에 비교적 큰 영향을 일으킨다. 1938년 3월 ≪명명≫은 창간 1주년 기념호에 고정의 소설 ≪원야(原野)≫, 외문의 장시 ≪검(鑄劍)≫ 등 작품을 발표하여 평론계의 주목을 끈다. 1938년 5월부터 ≪명명≫사는 일본인의 경제원조를 받아 성도문고(城島文庫)를 출판하기 시작하여 선후로 고정의 단편소설집 ≪힘찬 날음(奮飛)≫, 의지의 단편소설소설집 ≪화월집(花月集)≫, 소송의 단편소설집 ≪박쥐(蝙蝠)≫, 고정의 잡문집 ≪일지반해집(一知半解集)≫, 작청의 단편소설집 ≪군상(群像)≫, 석군의 단편소설집 ≪폭풍우(暴風雨)≫, 외문의 시집 ≪시 7수(詩七首)≫ 등 작품집을 출판한다.

월간 ≪명명≫의 간행과 성도문고의 출판은 문학창작성과를 풍부하게 하고 문인들의 창작열정을 불러일으킨 한편 세찬 논쟁을 일으켰다. 1937년 산정이 ≪향토와 향토문학(鄕土與鄕土文學)≫, ≪향토문예와 <산정화>(鄕土文藝與 <山丁花>)≫등 문장을 발표하여 "향토문학"을 주장하자 고정이 ≪생각나는 대로 쓰는 글 및 쓸모 없는 말(偶感偶記幷余說)≫이라는 잡문을 발표하여 "향토문학"에 대해 부동한 의견을 제기함으로써 "향토문학"논쟁이 일어났다. 산정 등은 우선 "만주가 수요하는 것은 향토문학이며" 향토문학은 "우리의 대부분 사람들의 생활과 우리의 고향"을 써야 하며103) "향토현실을 폭로하는 것"이 향토문학의 핵심이라고 주장하고 고정 등은 "문단이 활기를 띠지 못한 주요원인은 문학제재가 편협한데 있다"고 주

---

103) 山丁 ≪鄕土文學與 <山丁花>≫, ≪明明≫, 1937年 7期 참조.

장하면서 만주문학은 주로 작가의 창작에 의해 발전해야지 이런 "주의" 저런 "색채"를 작품에 옮겨놓는 것에 의거해서는 안 된다고 하면서 "방향 없는 방향"을 주장한다.[104] 1938년 5월부터 ≪성도문고≫가 연속 호화판(豪華版)으로 출판되자 산정, 오영, 추영 등은 이에 대치하여 1938년 7월 ≪대동보≫에 ≪문예전혈(文藝專頁)≫이라는 부간을 창간하고 "진실을 묘사하고" "진실을 폭로하는" 문학을 주장하여 나선다. 따라서 고정을 대표로 하는 일파는 ≪명명≫을 진지로, 산정을 대표로 하는 일파는 ≪대동보≫의 부간 ≪문예전혈≫을 진지로 세찬 논쟁이 벌어진다. 여기서부터 중국인문단에는 고정, 신가, 소송, 의지, 외문 등을 구성원으로 하는 "명명"파(≪명명≫이 정간된 후 "예문파"로 발전함)와 산정, 오랑, 추영, 오영 등을 구성원으로 하는 "문예전혈"파(후에 "문선, 문총"파로 발전함)라는 두 유파가 나타나 시종 서로 논쟁을 벌려 나간다.

"향토문학"의 논쟁을 뒤이어 1939년 10월 명명사(明明社) 동인들은 대형문학계간 ≪예문지(藝文志)≫를 창간하고 창간사에 "문예가 할 일은 결국 쓰는 것과 발표하는 것이다"라고 하면서 "사인주의(寫印主義)"를 주장하였다. 그러자 "문선"동인들은 1939년 12월에 대형문학지 ≪문선(文選)≫을 창간하고 창간사에 "지금의 문학은 군중을 교육하는 유리한 도구이기에" "객관적 현실을 도피하지 말아야 하며 객관적 진실을 덮어 감추지 말아야 한다. 진정한 실천에서 생명력 있는 작품을 창조해야 한다."라고 주장하면서 계속 "진실을 묘사하고" "진실을 폭로하는" 것을 사명으로 삼았다. 하여 이 논쟁을 ≪사와 인(寫與印)≫과 ≪열과 힘(熱和力)≫의 논쟁이라고도 한다.

이 두 유파의 출현과 논쟁은 비록 종파주의심리가 섞여있지만 중국인문학창작의 중요한 활력소로 되었다.

1939년 초 "문예전혈" 동인들은 주로 종합지 ≪신만주(新滿洲)≫[105]에,

---

104) 古丁≪論文壇的性格≫ - ≪一知半解集≫, 明明月刊社, 1938年 7月.
105) 월간 ≪신만주≫는 1939년 1월 만주도서주식회사에서 창간, 이사장 구월오정(駒

"명명" 동인들은 주로 종합지 ≪신청년≫에 많은 작품을 발표한다. 이해 8월 고정, 신가, 소송, 의지 등이 신경에서 시가총간(詩歌叢刊)간행회를 조직하고 역시 일본인의 경제협조를 받아 고정의 산문시집 ≪부침(浮沉)≫, 소송의 시집 ≪떼목(木筏)≫, 성현(成弦)의 시집 ≪청색시초(靑色詩抄)≫, 백령(百靈)의 시집 ≪미명(未明)≫ 등 여러 시집들을 호화판으로 간행한다. 10월 "명명" 동인들을 기초로 하고 기시마 노리아끼, 오오우찌 다까오 등 일본인들을 이사장, 이사로 하는 예문지사무회가 성립되어 대형계간 ≪예문지(藝文志)≫를 창간한다. ≪예문지≫는 그 어느 잡지도 비할 바 없이 용량이 큰 대형 간행물이었기에 고정의 장편소설≪평사(平沙)≫, 소송의 중편소설 ≪민들레(蒲公英)≫와 ≪철람(鐵欖)≫ 등 적지 않은중, 장편소설들을 발표하여 문단의 주목을 끈다. 예문지사무회는 또 선후로 독서인련총(讀書人連叢)으로 ≪독서인≫, ≪문학인≫, ≪평론인≫, ≪시가인(詩歌人)≫ 등을 출판하고 예문지총서로 소송의 장편소설집 ≪북귀(北歸)≫, 의지의 단편소설집 ≪풍설집(風雪集)≫ 등을 출판한다.

이에 대치하여 12월에 "문예전혈" 동인들인 진인(陳因), 추영, 원서(袁犀), 맹소, 전랑 등이 심양에서 문선(文選)간행회를 구성하고 대형문학간물 ≪문선≫을 간행하며 선후로 이매(李妹)의 장편소설 ≪도금한 상(鍍金的像)≫, 추영의 중편소설 ≪광갱(礦坑)≫ 등 소설들을 발표하고 또 문선총서로 추영의 단편소설집 ≪소공차(小工車)≫와 원서의 단편소설집 ≪수렁(泥沼)≫을 출간한다. 맹소의 평론집 ≪나의 의식(我的意識)≫은 편집되었으나 경제난으로 출판되지 못한다.

같은 시기에 산정, 오영, 김음, 매낭(梅娘), 냉가(冷歌) 등이 신경에서 문총(文叢)간행회를 구성하고 선후로 문예총간으로 오영의 단편소설집 ≪양극(兩極)≫, 산정의 단편소설집 ≪산풍(山風)≫, 매낭의 단편소설집 ≪제2대(第二代)≫, 추영의 단편소설집 ≪거고집(去故集)≫ 등을 출간한다. 1940년 5

越五貞)이 주필 겸 발행인, 이사 왕광열(王光烈)과 계수인(季守仁)이 편집을 맡음. 1945년 4월까지 (제7권 제4기) 출간됨.

월 산정, 양엽(楊葉) 등 문총동인들이 시계사(詩季社)를 조직하고계간지 ≪시계(詩季)≫창간하여 2기를 출간하였는데 창간호에 산정이 김검소를 추억하는 시를 발표하며 이어 산정의 시집 ≪계계초(季季草)≫, 번역시집 ≪근대세계시선(近代世界詩選)≫을 출판한다.

역시 같은 시기에 이부(夷夫), 석군, 전병, 성현, 양야(楊野), 왕각(王覺), 고신(古辛) 등이 심양에서 작풍간행회를 조직하고 대형간물≪작풍(作風)≫을 창간하며 시가련총(詩歌連叢)으로 ≪지평선(地平線)≫을 출간하고 작풍총서로 석군의 단편소설집 ≪맥추(麥秋)≫를 출판하나 미처 발행하지 못하고 위만당국에 의해 금지된다.

이렇게 "명명"파와 "문선", "문총"파 사이의 논쟁과 경쟁은 문학활동과 창작을 크게 자극하여 1939년부터 1941년 사이에 문학작품 창작과 발표의 고조를 일으켰고 제반 중국인문학의 생성, 발전을 크게 추진하였다. 불완전한 합계에 의하면 1938년부터 1941년까지 출판된 작품집이 60여종에 달한다고 한다.106) 하여 이 시기는 제반 중국인문학의 생성, 발전의 고봉으로 되었다. 이 시기 대부분 작가들이 사실주의창작경향을 갖고 대체로 현실생활을 반영한 작품들을 창작하였다. 1941년 5월부터 ≪대동보≫에 연재된 산정의 장편소설 ≪녹색계곡(綠色的谷)≫이 그 대표작이라 할 수 있다.

1942년 1월 고정이 경영한 예문방(藝文房)은 선후로 낙타문학총서(駱駝文學叢書)로 소송의 단편소설집 ≪사람과 사람들(人和人們)≫, 의지의 단편소설집 ≪천운집(天雲集)≫, 고정의 잡문집 ≪담(譚)≫ 등 출판하고 5월 왕추영의 장편소설 ≪하천의 저층(河流的底層)≫이 대련실업양행출판부(大連實業洋行出版部)에 의해 출판된다. 1943년 2월 좌체(左蒂)가 주요 편집을 맡은 소설집 ≪여류 작가 창작선≫이 출판되고 3월에 산정의 장편소설 ≪녹색계곡≫이 출판되며 5월에 산정의 단편소설집 ≪향수(鄕愁)≫가 출판되고 12월에 단제(但娣)의 소설산문집 ≪안적과 마화(安荻和馬華)≫, 의지의 장편

---

106) 徐迺翔黃萬華 著 ≪中國抗戰時期淪陷區文學史≫ 福建教育出版社 1995年 7月
　　 p.78 참조.

소설 ≪동심결(同心結)≫, 김음이 편집한 ≪만주작가소설집≫(여행건, 석군, 전랑, 전병, 미명, 오영, 단제, 김음, 추영, 의지, 유한, 소송, 산정, 고정, 작청 등 15명의 작품을 실음) 등이 출판된다. 1944년 1월에 고정의 장편소설 ≪신생(新生)≫이 월간 ≪예문지≫(계간 ≪예문지≫가 1940년 6월 정간됨)에[107]연재되고 12월에 단행본으로 출판된다. 1944년 11월 왕추영 편저로 된 ≪만주신문학사료(滿洲新文學史料)≫가 출판된다.

1942년부터 일제의 식민문화통치가 강화됨에 따라 각종 간행물들이 정간되고 국책문학, ≪대동아성전문학≫이 성행되면서 중국인문학은 점차 쇠퇴되어 갔다.

제 3 절 조선인문학과 중국인문학의 총체적 특징 비교

1. 공동한 의식형태와 공동한 문학경향

문학은 이데올로기를 담는 그릇임과 수단인 동시에 의식형태를 붕괴시키는 도구이기도 하다. 문학은 늘 이데올로기가운데서 제일 활약하는 한 부분으로 되는데 이데올로기를 대표하여 각종 미명(未名)의 경험을 새롭게 정리할 수도 있고 또한 각종 미명의 경험을 대표하여 이데올로기에 도전하거나 이데올로기를 수정할 수도 있다.[108]

위만주국의 조선인문인과 중국인문인들은 일제의 식민통치하의 동일한 시공간하의 피식민 민족으로 의식형태상 적지 않은 공동한 특징을 갖

---

107) 월간 ≪예문지≫, 1943년 11월 만주예문연맹 출판, 소송 편집, 1944년 10월 정간. 일본문 월간 ≪예문≫과 동시에 출판됨.

108) 南帆 著 ≪文本生産與意識形態≫, 暨南大學出版社, 2002年 9月, pp.39-40 참조.

게 되었고 따라서 문학상에서도 서로 공동한 경향을 갖게 되었다.

1) 민족계몽의식과 대중문학경향

주지하다시피 일제는 식민통치를 공고화하기 위해 위만주국의 건립과 더불어 "5족협화", "왕도낙토"를 선양하면서 철저한 우민, 노화정책을 실시하였다. 자연지리환경과 사회역사경제적원인으로 말미암아 문화토대가 비교적 박약했던 동북 여러 민족들로 하여금 일제의 식민통치에서 벗어나게 하려면 우선 광범한 인민대중을 문화적으로 계몽시키고 민족의식 내지 저항의식을 각성시키는 것이 무엇보다 중요하였다.

이런 사회시대상황을 올바로 포착한 조선인문인들은 민족문학생성시 초부터 강렬한 민족계몽의식으로 민족계몽을 위한 대중문학경향의 농민 문학을 주장하였다. 이는 당시 조선인평론가 고재기가 조선인문학의 효 시라 할 수 있는 ≪북향≫ 창간호를 소개한 글에서 쉽게 실증해볼 수 있다.

> 강덕2년(1935년 필자 주) 10월에 간도에 거주한 일부 문학인들이 ≪북향≫이라는 동인잡지를 출간하였는데 이는 비록 30페이지도 채 안 되는 하나의 작은 간행물이지만 가히 문학기운(機運)의 성숙을 대표할 수 있다. 3호까지 출간한 후 끝을 보았는데 잡지의 기치와 일반적 경향에 대해서는 무엇이라 지적할 것은 없다. 다만 교만선계(僑滿鮮系) 대부분이 농민이기에 농민문학의 색채가 있고 또 해지(該誌)에 천청송의 ≪농민문학이전(農民文學以前)≫과 노신의 ≪고향≫역문(譯文)이 있어 아주 사람들의 주의를 끈다.[109]

여기서 ≪북향≫ 창간호는 재만 조선인이 대부분이 농민이기에 농민문학의 색채를 띠고있으며 천청송의 ≪농민문학이전(農民文學以前)≫이라는 문장과 노신의 소설 ≪고향≫을 통해 그 주장이 구체적으로 표현되고 있

---

109) 각주 80과 같은 문장 pp.92-93에서 재인용.

음을 말해주고 있다.

당시 위만주국의 조선인은 극소수를 제외하고 그 절대대부분이 일제의 가혹한 식민통치에 파산되어 부득불 고향을 떠나 새로운 살길을 찾아 이국 땅에 건너온 농민들이었으니 농민문학은 곧 광범한 백의대중을 위한 문학이라 할 수 있다.

천청송의 문장은 제2호에까지 연재되었는데 창간호의 실전으로 앞부분을 지금 찾아 볼 수 없어 완전하게 독파할 수 없지만 뒤 부분을 통해서도 그 중심사상을 어느 정도 찾아볼 수 있다.

> 여하튼農民은문학을아는사람인가모르는사람인가가問題되기前에
> 農民은優良한藝術品을生産하는藝術家(?)이다.
> 그럼으로想像에서生産된그리고詩人이 쓴시보담　勞働이詩人안인
> 農民에게詩를음게한시야말로한게의寶玉이아니면무엇일까?[110]

이 글은 농민생활을 반영한 문학이야말로 참된 가치가 있는 문학임을 밝히면서 농민문학의 중요성을 강조하고 있다.

안수길의 번역으로 된 노신의 소설 ≪고향≫은 전반 ≪북향≫지의 유일한 번역소설로 되는 동시에 그 번역발표는 자못 중요한 의의를 갖는다. 소설 ≪고향≫은 당시 파산된 중국농촌의 황폐해진 현실을 묘사하면서 농민에 대한 심후한 감정과 그들의 운명에 대한 깊은 관심을 보여주었고 중국현대문학에서 "향토문학"의 한 전범으로 되었다. 다른 산의 돌로 나의 옥을 갈 수 있다고 당시 ≪북향≫지의 문학주장을 보여줄 수 있는 전범으로 되는 조선인의 창작작품이 없는 상황에서 노신의 소설 ≪고향≫은 조선인문학 특히 농민문학의 전범으로 될 수 있었다. "세상에는 원래부터 길이 있은 것이 아니다. 다니는 사람이 많으면 길이 생기는 법이다."라는 이 소설의 결말처럼 "북향"지는 ≪고향≫과 같은 농민문학작품

---

110) 각주 82와 같은 책 p.11에서 인용.

들을 창작하고 발표하는 것을 통해 조선인문학의 생성, 발전을 기하고자 하였다고 볼 수 있다. 조선인문학이 그 생성초기부터 대중경향의 농민문학을 주장하게 된 것은 대체로 조선인문인들의 강렬한 민족의식에서 기한 것이라 볼 수 있다.

앞에서 인용한 ≪북향≫창간사의 한 부분을 통해서 알 수 있다시피 조선인문인들은 문학생성의 최초부터 민족문화계몽에서의 문학의 역할을 굳게 믿어마지 않고 문학의 힘을 무력보다 더 위대하다고 여기면서 문화계몽운동에 나서도록 문학인을 격려하고 대중들의 각성을 호소하였다.

> … 우리들은 문학의 힘을 천하에 공포한다. 분투를 선언한다. 무력(武力)보다 더 위대한 필을 쥐고있는 사람들이여, 그대들의 가슴에 청신한 젖이 용 솟을 것이고 …… 우리들은 황야에서 방황하며 문화의 젖을 먹지 못하는 백의대중들에게 절규한다. 어서 빨리 깨여나라, 어서 빨리 환상과 착각에서 깨여나 명랑한 기치아래 모여라. 방황과 주저에서 빨리 각성하여 당당한 진영으로 향해 나아가자…111)

≪북향≫은 제2호의 권두언에서도 이 주장을 거듭 강조한다.

> 삶을저주하는무리----
> 그들의앞길은 어둠에휩싸인 밤길일것이다마는 삶의얼굴을 그려볼 때
> 그누라서 삶을 저주치않으랴?!
> …
> 인간은 삶의지배를밧되 그삶이 인간을 살이지못할 때 그인간 은 비로 소삶은지배하지않으면 안될 것이다.
> 그럼으로 우리는 새로운삶을찾기위하야 삶을지배할 새로운 터전을닥거야할 것이다. 새해맞는 인간은 모름즉이 황폐한엣터전에 새로운 터전을닥끔으로써……!

---

111) 각주 80과 같음.

삶을저주하는 인간아!
팔에 힘을주어 삽을잡고 문허진성터로 나아가지않으려는가?
새터를닥끄려![112]

이런 주장에는 식민통치하에 황폐화된 성터와 다름없게 된 암흑하고
불행한 현실을 저주하는 사람들을 각성시켜 그 암흑한 현실을 뒤엎으려
는 민족계몽의식이 짙게 표현되고 있다. 아울러 이런 민족계몽의식은 조
선인문학의 주제의식으로 되었고 이런 주제의식은 또 조선인문인들로 하
여금 대중문학경향의 농민문학을 선택, 주장하게 하였다.

이 대중문학경향의 농민문학은 시종 조선인문학활동에 구체적으로 관
통되면서 조선인문학의 생성발전을 추진하였다. 조선인문학의 첫 작품집
으로 되는 소설집 ≪싹트는 대지≫의 서문에서 이 특징을 보아낼 수 있다.

여기에 나타난 작가 전부가 반드시 부조대(父祖代)부터 이 땅에
뿌리박은 소위 2세, 3세가 아닐것이며 개중(個中)에는 어제 월강하
였다가 내일이면 돌아갈 사람도 있을 것이나 이 작품들만은 역시
호미와 바가지와 피땀 이외에 아무것도 가진 것 없는 <간민>(墾民)
속에서 자라난 것이다. 그속에서 호흡하고 그속에서 살찌고 기름진
시혼(詩魂)이 나올수 있는 만주조선인의 문학이다. 일망무애한 황막
한 수수밭에서 진흙구뎅이를 후벼파고 돌아나온 개척민의 문학이
다.…
나는 이 작품들을 읽어가는 동안에 그 대부분의 작품에서 <전기
간민>(前期墾民)의 참담한 생활상을 회두추억(回頭追憶)하는 일종
의 <이민수난기>와 같이도 느꼈다. 이러한 의미로 이 작품집은 만
주개척사의 서설(序說)이요…[113]

조선인의 첫 개인작품집인(유일한 작품집이기도 하다.) 안수길의 소설집

---

112) 각주 82와 같은 책 p.1에서 재인용.
113) 염상섭≪싹트는 대지·서≫, - ≪중국조선족문학사료전집≫(제5집), 연변인민출
    판사, 2001년 4월, p.470에서 재인용.

≪북원(北原)≫의 서문에도 이렇게 씌어져있다.

> … 이제 이 <북원>을 손에들고 다시 생각되는바는 今後 滿洲에서 우리의손으로 開拓文學乃至는 農民文學이 生成한다면 그것은 <북원>에서 起點을 求하여야할것이 아닌가함이요 그 先導로서의重任을 이著者에게 맛겨야할것이라것이다.114)

여기서 안수길의 소설이 농민문학의 특징을 다분히 갖고 있다는 것을 알 수 있을 뿐만 아니라 조선인문인들이 농민문학을 추구하였고 또 계속 추구하고 있음을 보아낼 수 있다.

물론 ≪싹트는 대지≫나 ≪북원≫에 실린 작품이 모두 농민 혹은 농촌만 쓴 농촌소재문학이 아니라 도시, 농촌, 농민, 지식분자, 유랑민 등 전반 만주 조선인들의 생활상을 쓰고있는데 그 주제의식과 창작경향은 역시 대중문학경향으로서 실질적으로는 역시 농민문학에 속한다고 볼 수 있다.

민족계몽의식에서 출발한 대중문학은 농민문학을 선택하게 되었고 농민문학은 조선인문학으로 하여금 그 생성초기부터 민족현실생활을 진실하게 반영하면서 민족을 계몽하고 민족의식을 고양하는 길로 나아가게 하였다. 이런 문학주장은 안수길의 소설 ≪새벽≫, 김창걸의 소설 ≪암야≫ 등 작품을 통해 구체적으로 실천되었다. 안수길의 소설 ≪새벽≫은 조선인의 수난에 찬 정착사의 한 측면을 생동하게 보여주고 있으며 김창걸의 소설 ≪암야≫는 제목 그대로 현실생활의 암흑상을 보여준 동시에 청년들의 저항의식도 보여주고 있는데 이런 작품들은 선명한 사실주의문학경향을 띠고 있다.

위만주국의 건립과 더불어 3천만 중국인들은 중국 관내와 단절되어 일제의 암흑한 식민통치를 받는 비참한 민족운명에 직면하게 되었다. 이에

---

114) ≪중국조선민족문학대계(10) 소설집·안수길≫, 연변대학 조선언어문학연구소 편, 흑룡강조선민족출판사, 2001년 11월, p.534에서 재인용.

많은 진보적이고 민족적인 중국인문인들은 강렬한 민족계몽의식으로 광범한 대중들을 문화적으로 계몽시키고 민족의식을 각성시키기 위해 향토문학과 같은 대중문학경향을 띤 민족문학을 주장하였다.

위만주국초기에 제일 영향력이 컸던 ≪대동보≫ 문예부간 ≪야초≫는 1933년 8월 6일 발간사(發刊詞)에서 "각양각색의 주의(主義)의 충격에서, 형형색색의 사회형태에서 대다수 청년들은 방황하고 주저하고 지어 바람 따라 맹종한다. … 요컨대 대 격랑에 빠져 자기의 현미경으로 감별하고 자신을 무기로 항쟁하려 하지 않은 것이 지식계급에 속하는 청년들의 유일 공동한 현상이다."라고 밝히면서 광대한 청년들은 자기의 "위대함과 중요함"을 보아내고 일어나 자기의 생명력으로 투쟁할 것을 호소한다.[115] 동시에 ≪야초≫는 주로 노고대중들의 생활을 반영한 작품들을 발표하였다.

1937년 의지가 벌목공들의 비참한 생활현장을 묘사한 소설 ≪산정화≫를[116] 발표하자 산정은 평론 ≪향토문예와 <산정화>≫를[117] 써서 "만주가 수요하는 것은 향토문예이고 향토문예는 현실적 인 것이다. <산정화>는 향토문예의 대표적 작품의 하나이다."고 하면서 ≪산정화≫와 같은 작품들을 창작할 것을 주장한다. 산정이 주장한 향토문학은 당시의 현실생활을 진실하게 그려내는 가운데서 현실의 암흑상을 진실하게 폭로하자는 것이었다. 물론 고정 등 일부 문인들은 향토문학을 "콩이나 수수나" 쓰는 "농민문예"에만 국한된 소재주의문학으로 이해하고 향토문학주장을 반대하면서 "방향 없는 방향을 주장"한 경향을 보인 것을 간과할 수 없지만 향토문학은 시종 하나의 주류를 이루었다.

1939년 12월 진인, 추영 등에 의해 창간된 대형문학계간 ≪문선≫은 그 창간사에서 이렇게 쓰고 있다.

---

115) 陳華 ≪生命的力≫(代發刊辭), ≪大同報≫ 1933年 8月 6日, ≪東北現代文學史料≫ (第4輯), p.117 참조.

116) ≪明明≫ 第1卷 第3期 (1937年 5月).

117) ≪明明≫ 第1卷 第7期 (1937年 7月).

> 지식계급이 고민하고 문학청년들이 고민하는 것은 이미 현실사
> 회의 선명한 현상으로 되었다. 허다한 청년들에게 끓어 번지는 피
> 가 흐르고 정력이 남아돌고 있으나 혼란하고 어두운 현실에 부닥
> 치면 호된 타격을 받고 막연한 감과 공허한 감을 느끼고 있음을 우
> 리는 알고 있다.…
> 현 단계의 문학은 초시대적인 예술을 위한 예술이나 개인주의의
> 불만을 발설하는 문학이 아님을 우리는 알고 있다. 현재 문학은 군
> 중들을 교육하는 유력한 도구이며 현실을 인식하는 도구이다. 우리
> 는 현실을 도피할 수 없고 객관진리를 덮어 감출 수 없다. 구체적
> 인 실천에서 생명력이 있는 것을 창조해야 한다.…118)

이어 《문선》은 빈곤의 심연에서 허덕이는 도시와 농촌의 최하층인민
들의 생활을 묘사한 작품들을 창작 발표하면서 계속하여 향토문학을 주
장하였다.

산정의 소설집 《산풍》은119) 향토문학의 대표작이라 할 수 있다. 이
소설집에 수록된 《산풍》, 《방직기(織機)》, 《좁은 거리(狹街)》, 《쌍둥
이》 등 소설들은 일제통치하에 망가져 가는 도시와 농촌, 죽음의 심연
에 빠져 들어가는 인민들의 비참한 생활상을 묘사하면서 현실의 암흑상
을 폭로하였다. 작가는 구체적인 창작실천에서 "진실을 묘사하고" "진실
을 폭로하는" 향토문학을 주장해 나갔다. 《산풍》의 작품들은 "모두 우
리의 이 땅의 암흑면을 표현하고있으며 …우리들은 여기서 황막하고 어
두운 풍경을 쉽사리 보아낼 수 있다."120)

당시 일본인문인들도 중국인문인들의 작품에 암(暗)적인 경향이 흐르고
있는 것을 간파하고 암흑면이나 비관실망정서가 흐르는 작품은 쓰지 못
한다고 금령을 내린 동시에 "건국정신"을 보여주는 "낭만주의"작품 내지

---

118) 秋榮 《刊行緣起》, 《文選》 創刊號, 1939年 12月, - 《東北現代文學史料》 第6輯
　　　pp.129-130 참조.
119) 山丁 《山風》 (短篇小說集) 新京文叢刊行會出版, 1940年 6月.
120) 穀實 《滿洲文藝書提要》 - 《滿洲新文學史料》(秋榮 作), 開明圖書公司刊, 1944
　　　年, p.15 참조.

"명랑하고 건설적인 작품"을 쓸 것을 강요하였다.

이렇게 조선인문인과 중국인문인들은 일제의 식민문화전제통치에 고스란히 굴복하여 종속적인 친일문학의 길을 선택한 것이 아니라 강렬한 민족계몽의식으로 광범한 대중들의 민족의식을 계몽, 각성시키기 위해 자기 민족의 실정에 좇아 대중문학경향의 농민문학과 향토문학을 선택, 주장하였다. 사실 농민문학과 향토문학은 당시의 암흑한 현실을 직시하고 자기민족의 진실한 생존상황을 진실하게 묘사하려는 사실주의지향의 문학이라고 할 수 있다.

조선인문인과 중국인문인들의 이런 공동한 문학경향은 공동한 민족계몽의식에서 기인한 것이라고 볼 수 있다. 민족계몽의식과 대중문학경향은 조선인문학과 중국인문학으로 하여금 그 작품들이 대체로 민족현실생활을 진실하게 반영하게 하였고 따라서 사실주의경향이 주류를 이루게 하였다. 사실주의경향은 당시 문학장에서 지배적인 중심문학으로 된 일본인문학이 주장하고 선양, 강요한 "낭만주의"문학(건설적 리얼리즘을 보조적으로 제기)과 완전히 대치되는 것으로서 이는 일제의 식민문화전제통치에 대한 조선인문인들과 중국인문인들의 문화저항의 표현이라고 할 수 있다.

2) 민족문화신분의식과 민족전통문학의 계승

한 민족이 각성함에 있어서 자기 민족의 진정한 문화품위와 문화정신을 확인하려는 민족문화신분의식은 자못 중요하다. 이 의식은 한 민족의 집단무의식과 정신응집력의 표현이고 이민족(혹은 외래)의 문화패권에 저항하는 선결조건으로 된다. 특히 이민족의 식민통치하에 민족동화의 위기에 처한 피식민 민족에게 있어서 민족문화신분의식은 민족생존과 관계되는 중요한 문제의 하나로 된다고 할 수 있다.

위만주국시기 일제는 "우리 나라(위만주국, 필자 주) 예문은 건국정신을 기조로 하고 8굉1우의 거대한 정신 미를 표현해야 한다.… 또한 이 국토에 이식한 일보예문을 경(經)으로 하고 각 민족이 고유한 예문을 위(緯)로 하며 세계예문의 정수를 섭취하여 독특한 예문을 만들어야 한다.”는 ≪예문지도요강≫을 만들어 일본식민문학을 선양, 강요하였다. 1941년 3월 23일 홍보처 처장 다께후 도미오(武藤富男)는 “……일본의 예문은 이미 세계의 최고수준에 이르렀기에 지금 세계상에서도 일류에 속할 것이다. 나는 금후 세계예문은 일본의 예문일 것이라 믿는다.”고 고취하면서 식민문예를 실행하였다.[121]

일제는 ≪출판법≫, ≪신문법≫ 등 잡다한 법령으로 진보적이고 민족적인 도서, 간행물의 출판을 금지하고 관내의 도서들을 발행 금지하거나 소각해버리고 일본문 도서들을 대량 수입하였다. 합계에 의하면 일제는 1938년에 도서 1,000여만 권, 1939년에 도서 1,440여만 권, 1940년에 2,230여만 권, 1941년에 도서 3,440만 권을 수입하여 식민문화통치에 배합되게 하였다. 위만주국시기 매일 15여만 부의 일본신문, 2만2천여 책의 일본잡지, 4만9천여 권의 일본도서가 수입된 상황이라고 한다.[122]

일제의 이런 식민문화통치에서 일부 피식민 민족문인들은 국책문학에 빠져 들어가 친일경향의 작품들을 창작하였지만 대다수의 진보적이고 민족적인 조선인문인과 중국인문인들은 민족문화신분의식의 중요성을 감각하고 그 의식을 암시하거나 확인할 수 있는 민족문학작품을 창작하였다.

조선인문인들은 일제의 잔혹한 민족동화, 민족말살정책의 공포에서도 부단히 민족문화신분의식을 확인하면서 민족문학전통을 계승하였다.

동인지 ≪북향≫은 창간호부터 조선의 문학지 ≪조선문단≫과 교류가 진행되었는데 제2호에는 ≪조선문단≫ 제5호의 출간소식과 그 목록까지 게재하였고 “현역의 중견작가들인” “박영준, 현경준, 김진국, 안수길 등은

---

121) 岡田英樹 著 靳叢林 譯 ≪僞滿洲國文學≫, 吉林大學出版社, 2001年 2月, pp.30-31 참조.

122) 姜念東 등 ≪僞滿洲國史≫, 吉林人民出版社, 1980년 10월, pp.434-436 참조.

모두" "조선문단에 상당히 이름 있는 지사들이었다." "이 작가들의 일반적인 경향은 '사실주의'라고 할 수 있는데 재선(在鮮)작가와 보조를 같이하였다."123)

조선에서 이주 해온 작가들은 더 말 것도 없고 많은 문학지망생들도 당시 "세계선진문학"이라고 선양된 일본식민문학이 아니라 대체로 일제에게 압제, 말살되어가던 모국문학 - 조선문학에서 자양분을 흡수하면서 신진작가로 성장되었다.

조선인문인들이 시초부터 선명하게 주장한 농민문학 역시 1920년대 후반기로부터 1930년대 중반기에 걸쳐 나타나 조선문학의 한 주류를 이룬 조선의 농민문학과 관련된다고 보아도 무리하지 않을 것이다. 조선의 농민문학은 비록 카프 측의 농민문학과 민족개량주의 측의 농민문학으로 전개되었지만 "모두 민족 민중현실의 변화를 궁극적으로 하는 민족 민중 문학운동의 형상형태로 존재하는 민족 민중문학의 부분문학"이었다.124) 위만주국 조선인문인들이 농민문학을 주장한 것은 당시 조선인절대다수가 농민이고 그들의 삶을 반영한 문학이 곧 조선인문학이라는 주된 원인도 있겠지만 조선의 농민문학의 특징을 감안하고 그 영향을 흡수, 전승하여 민족문학특징을 뚜렷이 부각하려는 민족문화신분의식의 발현도 그 한가지 원인으로 된다고 하겠다.

조선문으로 된 문학발표지가 ≪만선일보≫ 문예란뿐인데다가 일본인의 심사를 받아야 했고 다른 한편으로 적지 않은 조선인문인들이 일본어를 알고 있었던 상황하에서 당시 적지 않은 조선인문인들은 일본문 신문잡지를 통해 조선현대문학과 전통문학을 소개, 전파하였다. 현민(玄民)은 1937년 ≪신경일일신문≫에 ≪조선문단의 경향≫이라는 글을 발표하여 조선현대문학은 프로문학이 대두하였으며 일본문단의 고바야시(小林), 시마기(島木) 등의 영향을 받고 있다고 하였다.125) 최영한은 종합지 ≪만몽

---

123) 각주 80과 같은 문장 p.93 참조.
124) 유양선 ≪한국농민문학연구≫(식민지시대), 서광학술자료사, 1994년 5월, p.13 참조

(滿蒙)≫에 선후로 ≪조선민요와 사회상≫과 ≪조선민요론서설≫을 발표하여 조선민요의 연원으로부터 현대의 김소월에 이르기까지 조선전통민요에 대해 체계적으로 상세히 소개하면서 "민요는 민족의 정신적 유산"이고 "조선민족의 사상시(思想詩)"이기에 민요에 의하여 "민족적 특성 내지 고유정신이 규명되고 조선인이 본래의 민족정신에로 부흥하는 데로" 나아갈 것을 기대하였다. 과연 이 시기 조선인시단에는 민요와 시조가 하나의 선명한 문학장르로 적지 않게 창작, 발표되었다. 이는 민족전통문학의 중요성에 대한 명확한 인식을 보여주는 동시에 그 계승을 선명히 보여준다.126) 이어 1940년 5월 이태우는 ≪신경일일신문≫에 ≪조선문학의 과거와 현재≫라는 장편평론을 여섯 번에 나누어 연재로 발표한다. 이 글은 조선민족의 "빛나는 고전문학의 역사"부터 체계적으로 소개하고 나서 치중하여 조선현대문학을 소개, 평론한다. 최남선을 조선신문화운동의 제일 위대한 선구자로 평가하고 이광수를 신극운동, 신소설운동의 선구자로 평가하였으며 희망에 불타오르던 신문학운동은 1919년을 전환점으로 환멸적 분위기가 생겼다고 쓴다. 김파인(金巴人, 김동환)은 대정(大正) 8년에 ××운동에 종사한 이래 전 조선을 풍미한 청년으로 강력한 반항시인으로 되었다고 하고 양주동의 시집 ≪조선의 맥박≫이 발표된 후 민족애가 최고조에 도달하게 하였다고 하였다. 그리고 김동인, 현빙허, 염상섭, 나도향 등 우수한 작가들은 인습에 대한 반항, 연애 중심적 감정해방, 현실의 폭로 등에 출발한 글을 썼다고 하였으며 프로문학의 존재는 조선청년들 가운데서 열광적 환영을 받았고 기관지 ≪개벽≫은 그 발행수가 놀라게 증가되어 나중에 당국에 의해 금지되었다고 쓰고 나서 프로문학운동은 조선의 문학에 대한 공헌과 자극 및 이데올로기적 영향은 영원할 것이라고 하였다. 이어 신경향파문학의 시대가 지나간 후 조선문단은 주

---

125) 玄民 ≪朝鮮文壇ノ傾向≫, ≪新京日日新聞≫, 1937년 5월 29일자 참조.

126) 崔榮翰 ≪朝鮮民謠ト社會相≫(≪滿蒙≫ 1938년 6월호), pp.137-142 참조, ≪朝鮮民謠論序說≫(≪滿蒙≫ 1939년 1월호), pp.164-176 참조.

류를 상실하고 침체와 불안의 상태에 빠지고 현재는 대중에 침투되어 대중문화의 향상추세를 보여주고 있다고 썼다.[127]

이런 조선현대문학에 대한 객관적이고 전면적인 소개, 평가는 당시 조선인문인들이 민족전통문학을 계승함에 있어서 귀감으로 되지 않을 수 없었다.

≪만선일보≫ 문예란에도 민족문학전통을 계승할 데 대한 문장들이 적지 않게 발표되었다.

황건은 ≪만주조선인문학의 특수성≫이라는 글에서 이렇게 쓰고 있다.

> 우리의 先祖가 우리의故鄕에 잇고 우리의成長이 故鄕을떠나서업섯다는것과 똑한가지로우리滿洲朝鮮人文學도 故鄕의개념을 떠나서는 到底히생각할수 업슬것이다.따라서 그故鄕을 떠나서 自體를생각할수업는것과 同樣으로 朝鮮文壇이가지고잇는 傳統과의 聯結을忘却하여서는到底히 그成長을 생각할수업는 것이다. 이傳統과의 聯結을 잘하는同時에 우리는이傳統에서 또한잘分離하여서 成長치안으면 안될것이다.[128]

신서야도 ≪만주조선문학의 성격과 특이성≫이라는 글에서 전통에 대한 비판적 계승을 주장하였다.

> 우리文學은 先天的으로 또하나의性格을 가지고잇나니 이는卅年間의傳統朝鮮文學의遺産이 곳그것으로 우리는 그傳統을엇던角度와 方法으로攝取繼承할것인가?… 歷史的인 社會的照映의가운데서一切의現實的聯係를 論理的反省으로 體系化하는 創造的批判的繼承과攝取라야할 것이다.…
> 이에 우리는이땅에서 우리文學이後天的으로 가지고잇는性格-自主性을固執發揚하며 아울러先天的性格-朝鮮文學傳統을 批判的으로

---

127) 李台雨 ≪朝鮮文學ノ過去ト現在≫, ≪新京日日新聞≫, 1940년 5월 2일, 3일, 4일, 5일, 7일, 8일자 참조.
128) 黃健 ≪滿洲朝鮮人文學의特殊性≫(中), ≪滿鮮日報≫, 1940년 1월 13일자 참조.

繼承하여兩者를有機的으로 結合抑揚식혀 渾然一體의完全한一個의
性格을形成하여야 비로소文學創作의眞實하고도 산方法을産出할 에
네-지가될것다.129)

평론가 김우철도 민족문학전통의 계승에 대해 이렇게 주장하였다.

　　實로文學傳統과 그것이씨처내려온 潮流는藝術家에게 잇서 光輝
롭은 血統이요系圖 族譜요 遺傳(習性)이아닐수업다.
　　그러므로 藝術(文化)的으로荒蕪地요 開拓되지안흔處女地나 다름
업는 이滿洲에 朝鮮文壇의 새로운藝術花園을 樹立하고자나선 젊고
앳된園丁은 大局的見地에서는 朝鮮(內地)文學의 傳統과遺産을 繼承
할것이며 小局的으로는 過去에 滿洲朝鮮人文壇에 功績을남긴諸先
驅의 業績을批判攝取하지안허선안될것이다.130)

당시 조선인은 일제의 민족말살정책의 주요 대상으로 되어 민족문화전
통과 민족문화신분을 상실하고 《일본인》이 되여야 하는 암흑한 상황이
었다. 이런 상황에도 불구하고 조선인문인들이 민족문학의 전통 - 조선문
학의 전통을 계승해야 한다고 주장하면서 민족문화신분의식을 주입하고
실천하였다는 것은 일제식민통치에 대한 문화저항이 아닐 수 없다. 대부
분 조선인문인들이 작품 발표 때 의연히 창씨개명이 아닌 원명을 썼다는
것은 비록 사소한 일로 보이지만 여기에 짙은 민족문화신분의식이 내포
되어 있다고 볼 수 있다.

중국인문학은 역사적으로 중국현대문학을 모체로 한 지역문학으로 중
국현대문학과 불가분리의 혈연관계를 갖고 이 모체의 영양분을 흡수하면
서 계몽, 생성하던 동북현대문학이 위만주국의 건립과 더불어 일제에 의
해 모체에서 떨어져 나와 생성된 민족수난의 문학이었다. 일제는 각가지

---

129) 申曙野《滿洲朝鮮文學의性格과特異性》(下) 《滿鮮日報》, 1940년 1월 31일자 참
조.
130) 金友哲 《文學傳統의繼承과 새로운園丁의任務》, 《滿鮮日報》, 1940년 2월 20
일 자 참조.

기만술과 노화정책으로 위만주국의 절대다수 인구를 차지한 중국인들을 통제하고 독해하여 그들의 반일의식을 마멸시키려는 시도로 만주국의 독립을 극구 고취하면서 사상문화상 관내와의 일체 관계를 단절해 버리고 식민문화통치를 실시하였다. 일제는 위만주국 초기부터 관내의 도서들을 금지, 소각해버렸는데 1932년 3월 - 7월 사이에만 하여도 650여만 권의 도서를 소각해버렸고 1935년 - 1938년 사이에 몰수한 책만 하여도 92만4천여 권에 달한다.[131]

일제의 문화봉쇄에도 불구하고 중국인문인들은 각종 도경을 통하여 중국현대문학과 보조를 같이하기에 진력하였다. 1936년 전분(田賁) 등이 ≪L·S(노신)문학연구사≫를 조직하여 좌익문학활동을 진행하였고 1937년 11월 문학지 ≪명명≫은 노신 서거1주년기념특집을 간행하여 중국현대문학의 주장 노신을 중국인문단에 소개, 전파하였다. 1939년 12월 문선간행회는 대형문학간행물 ≪문선≫을 창간하였는데 편집 추영은 ≪간행연기(刊行緣起)≫에서 이렇게 쓰고 있다.

> … 인류가 창조한 그 어떤 문학을 막론하고 모두 과거와 일정한 연계를 갖고 있는데 후시대의 문학은 흔히 전시대문학의 합법적인 발전이다. 현대문학을 풍부히 하려면 모름지기 과거문학의 유산을 수용하여야 한다. 하나의 문학사는 결코 실패의 기록이 아니며 더욱이는 무기(無機)적인 퇴적(堆積)이 아니다. 모두 객관현실이 문학에 반영되는 과정이며 시대, 계급이 부동함에 따라 각종 차별이 생기는데 지나지 않는다.
>
> 과장하여 말한다면 문학유산을 흡수하지 않으면 신문학이 생성되지 않는다고 말하여도 과분하지 않다. 왜냐하면 고유문학의 가치성분을 섭취하지 못하여도 더 높은 수준의 신문학을 창조해낼 수 없기 때문이다. 그러나 우리는 문학유산을 섭취함에 있어서 모든 것을 그대로 옮겨 올 것이 아니라 현대적 시각으로 비판적인 태도로 수용해야 한다.[132]

---

131) 각주 122와 같은 책 p.435 참조.
132) 秋榮 ≪刊行緣(文選)≫, ≪文選≫(創刊號), 1939년 12월, -≪滿洲新文學史料≫, 開

≪간행연기≫에서 말한 문학유산은 주요하게 중국의 "5·4"운동 이래의 문학의 우수한 전통이었다고 작자 추영은 후에 이야기하였다.

이어 중국인문인들은 비밀리에 중국현대문학의 대표적 작가들의 작품을 번역하여 출판하면서 민족문학의 전통을 전파하였다. 1941년 3월 신경익지서점(新京益智書店)은 ≪빙심(冰心)소설집≫을 출판하고 노사(老舍)의 장편소설 ≪낙타샹즈(駱駝祥子)≫을 번인 출판하였으며 12월에는 정령(丁玲)의 작품집 ≪몽가(夢珂)≫와 ≪빙심산문집≫을 번인 출판하였다. 이해 7월 봉천성경서점(奉天盛京書店)에서는 노사의 단편소설집 ≪노자호(老字號)≫를 출판하였고 12월 봉천예광서국(奉天藝光書局)에서는 노신의 ≪양지서(兩地書)≫를, 봉천진흥배인국(奉天振興排印局)에서는 ≪노신자선집(魯迅自選集)≫을, 신경에서는 파금(巴金)의 장편소설 ≪집(家)≫을 번인 출판하였다. 이에 당시 홍보처 처장 다께후 도미오(武藤富男)는 무등 골머리를 앓게 되어 재삼 출판부문에 경고를 주었다. 그러나 일제는 이를 막지 못하였다. 1942년 5월 봉천성경서국은 ≪현대중국소설선≫ 1, 2집을 출판하였는데 이 소설선에는 노사, 장자평(張資平), 욱달부(郁達夫), 노신, 모순(矛盾), 심총문(沈叢文), 엽소균(葉紹鈞) 등 대표적 작가들의 작품이 수록되었다. 이해 12월 대련에서는 선후로 대련계동사(啓東社)에서 장자평의 장편소설 ≪모성애(母愛)≫를, 대련서점에서는 노사의 장편소설 ≪조자왈(趙子曰)≫을, 대련계문인서관(啓文印書館)에서는 소설집 ≪노사걸작선(老舍傑作選)≫을, 관동출판사에서는 모순의 장편소설 ≪밤중(子夜)≫을 번인 출판하였다.

이런 작가와 작품들은 모두 중국현대문학의 대표작가와 대표작품이었고 그 대부분 작품은 인도주의, 사실주의에서 출발하여 사회하층인물들의 실생활을 묘사하면서 그 비극적 운명을 조성한 사회적 근원을 사색하게 하고 폭로하기도 하였다. 이런 작품들은 사실주의창작경향과 수법의 전범을 보여준 동시에 간접적으로 위만주국의 하층인물들의 암담한 생활현실과 그 비극적 근원을 암시하여 주기도 하였다. 특히 일찍 "5·4"신문

明圖書公司刊, 1944년, p.152 참조.

학운동시기에 노신의 소설집 ≪방황≫을 계기로왕로언(王魯彦), 팽가황(彭家惶) 등이 주장한 향토소설은 산정을 비롯한 중국인문인들이 주장한 향토문학의 이론과 실천에 좋은 전범을 보여주었다고 할 수 있다.

요컨대 일제식민통치하에 일제식민문화를 강요당하고 그에 동화되어야 하는 혹독한 문화전제통치에서도 조선인문인과 중국인문인들이 각종 방법으로 자기민족모체문학의 자양분을 적극 흡수하면서 자기민족문학을 생성, 발전시켜 나갔다는 것은 그들의 짙은 민족문화신분의식의 반영인 동시에 일제의 민족동화정책에 대한 문화저항의 반영이라 하겠다.

3) 민족문화발전의식과 외래문학의 수용

문학이 인류문화교류의 한 매체인 만큼 한 민족문학의 발전은 자연히 외래문학과의 교류와 수용과 불가 분리 관계를 갖게 되며 외래문화에 대한 수용은 자기민족의 문화전통과 침적에 근거하여 의식적인 선택, 분석을 진행하여야 한다. 문학의 영향과 수용과정에 있어서 때로는 그 영향원(影響源)보다 수용자가 처한 환경 및 시대의 요구가 중요한 요소로 된다.

일제의 혹독한 식민통치하에서 일본식민문학의 지배와 강요를 당해야 하는 상황에서 조선인문학과 중국인문학은 모름지기 진보적인 외래문학을 수용하여야만 "세계선진문학"이라고 자칭하면서 문학담론권리를 독점한 일본식민문학에 대처할 수 있고 그 생존, 발전을 도모할 수 있었다.

조선인문학은 그 생성초기부터 외래문학의 수용을 보여준다. 위에서 이미 언급하였지만 1935년 10월 조선인문학의 첫 동인지 ≪북향≫의 창간호에 노신의 소설 ≪고향≫이 번역, 발표하였는데 이는 ≪북향≫지의 유일한 번역작품으로 되는 동시에 한국을 포함하여 첫 조선문 ≪고향≫으로 추정된다. 노신의 소설 ≪고향≫이 한국에서 처음으로 번역, 발표된 것은 1936년 12월이라고 보게 된다. 즉 이육사가 ≪조광(朝光)≫(1936년 12월호)에 번역 발표한 ≪고향≫이 한국에서의 첫 조선문 ≪고향≫으로 추정하게 된다.[133] 안수길은 일본문으로 된 ≪고향≫을 번역하였고 이육사는 한어문을 직접 번역하였다고 추정된다.

안수길이 ≪고향≫을 번역, 발표한 것은 결코 우연한 일이 아니다. 일본문 ≪고향≫은 1927년 10월 ≪대조화(大調和)≫잡지에 발표되었는데 역자는 상세히 알 수 없고 ≪<고향> 역 후기≫에서 역자는 노신을 ≪국민 제1류 단편소설작가≫라고 평하였다. 이어 1932년 1월 사또우 하루오(佐藤春夫)가 번역한 ≪고향≫이 ≪중앙공론(中央公論)≫에 발표되었는데 역자는 ≪<고향>후기 - 원작자에 대하여≫에서 ≪오늘날 노신은 <중국의 최대의 소설가, 전 중국좌익연맹의 수령>일 뿐만이 아니라 노맹로랑(羅蔓羅蘭)의 소개로 프랑스로부터 시작하여 노신은 이미 그 작품이 프랑스어, 러시아어, 영어 및 세계어로 번역된 세계성적인 작가로 되었다≫고 소개하였다. 7월에 ≪중앙공론≫은 노신의 소설 ≪고독한 사람(孤獨者)≫(佐藤 역)을 번역 발표하였다. ≪改造≫사는 1932년에 ≪노신전≫을[134] 발표한 뒤를 이어 이해에 ≪노신전집≫의 명의로 ≪납함≫과 ≪방황≫을 번역 출판하였다. 당시 ≪중앙공론≫과 ≪개조≫는 모두 일본의 제일 대표성적이고 권위적인 잡지였으며 사또우(佐藤)도 일본의 제1류 작가였다. ≪노신전≫에서 작자는 노신의 자아평가로 작자자신의 평가를 대체하였다. "그도(노신을 말함, 필자 주) 말한바 있지만 그가 현재 중국좌익작가연맹의 맹주라고 하여 그의 '5 · 4' 시기전후의 작품을 무산계급의 소설로 보아서는 안 된다. 그를 걸출한 농민작가라고 말하면 아마 알맞을 것이나 무산계급작가라고는 할 수 없을 것이다. 물론 이는 근근히 그가 발표한 작품을 두고 하는 말이다." 1935년 6월 사또우 하루오(佐藤春夫) 역으로 된 ≪노신

---

133) 강창민≪陸史 詩 研究≫ 연세대학교 대학원 박사학위논문, 1987년 6월, p.55, 李政文≪魯迅在朝鮮≫ ≪世界文學≫ 1981年 第4期 p.37 참조.

134) 增田涉 ≪魯迅傳≫ ≪改造≫ 1932년 4월, 작자 증전섭은 일본인이며 이 글은 일본에서 처음으로 전기형식으로 노신의 생평과 업적을 전면적으로 소개하여 노신의 영향을 확대하였으며 노신과 그 작품을 정확히 이해하는데 아주 큰 영향을 일으켰다.

선집≫(1권본)이 암파서점(岩波書店)에 의해 출판되었다. 이 선집에는 ≪공을기≫, ≪풍파≫, ≪고향≫, ≪아Q정전≫, ≪고독한 사람≫, ≪후지노(藤野)선생≫ 등이 수록되었다. 이 선집의 한 광고문에는 "우리는 그의 풍모가(노신을 말함, 필자 주) 후다바데이(二葉亭)의 풍모와 상통한 점을 보게 될 것이다."고 썼으며 다른 한 광고문에는 "만약 중국의 현대소설을 담론한다면 그 누구나 우선 노신을 이야기할 것이다. 왜냐하면 그의 소설은 주로 신해혁명전후의 중국사회를 묘사하고 있기 때문이다. …… 노신이 중국의 현실을 묘사하였기에 중국전통의 실질을 폭로한 격렬한 작가라 할 수 있다."라고 썼다. ≪노신선집≫은 출판될 때 ≪암파문고(岩波文庫)≫에 수록되었는데 이 ≪암파문고≫는 많은 세계고전명작을 수록한 총서로서 당시 일본에서 제일 대표성을 띠고 일본 인테리들이 제일 즐겨 읽은 영향력이 큰 총서였다. ≪노신선집≫은 그 발행수가 10만 권을 넘었다고 한다. 일본의 "전향" 작가 하야시 후사오(林房雄)은 1936년 1월 ≪문학계(文學界)≫제3권 1기에 ≪당전 일본문학의 문제 - 노신으로부터 생각되는것≫라는 글에서 "노신의 ≪고향≫을 읽고 문필이 너무 아름다워 참으로 놀랐다. 하여 즉시 암파문고판의 ≪노신선집≫을 사서 읽었는데 다 읽고난 후 나는 자신이 이제 와서야 뒤늦게 이 위대한 작가를 알게 된 것 을 후회하게 되었다."라고 썼다. 여기서 1930년대 초 일본에서의 노신과 그 작품의 영향을 어느 정도 알 수 있다.[135]

1930년대 초에 대련에서 간행된 일본문 종합지 ≪만몽(滿蒙)≫도 노신과 그의 작품을 번역 소개하였다. ≪만몽≫은 1931년 1월호부터 5월호까지 장강양(長江陽)이라는 사람이 번역한 ≪아Q정전≫을 연재로 발표하였는데 역자는 짧은 부언에서 "노신은 중국의 이름난 작가가운데서 제일 중요한 지위에 있는 한사람이며" "≪아Q정전≫은 특히 중요한 걸작의 하나이다."고 썼다.[136]

---

135) 張杰 ≪魯迅 : 域外的接近與接受≫,福建敎育出版社, 2001年 9月, pp.221-244 참조.

≪만몽≫은 이해 5월 호에 하라노 쇼우이찌로우(原野昌一郎)라는 사람의 노신 연구논문 ≪중국의 신흥문예와 노신≫을 발표하였는데 이 논문에서는 이렇게 쓰고 있다.

> 노신은 곧 중국농촌향토의 제일 우수한 화가이다. 특수한 향토 냄새의 풍기는 환경과 농민행위에 대한 충분하고 진실한 묘사, 복잡하고 전통적인 세계, 중국인의 심리에 대한 충실한 해부 등은 그의 작품의 특이점이다.

이 논문은 또 노신과 뚜루게네브를 비교하기도 하였다.

> 해학적인 필법, 조금 고소를 머금은 표정은 그들의 공동한 스찔이다.
>
> …
>
> 뚜루게네브의 환경묘사는 보다 육감적이고 열렬하고 정밀하지만 노신의 환경묘사는 비교적 간단하다. 심리해부의 정확성, 풍자의 심각성, 문자의 세련성, 전편에 넘쳐흐르는 향수 등은 노신이 뚜르게네브 보다 우수하다고 할 수 있을 것이다.137)

이렇게 위만주국 건립 직전의 중국동북의 일본문 간행물들에도 노신의 작품이 대량 번역, 발표되어 그 이름이 널리 알려졌다.

안수길은 1930년에 일본에 건너가 3월 교또 료요(兩洋)중학교에 입학하여 이듬해 2월에 졸업하고 동경 와세다대학 고등 사범부에 입학하였다가 집안사정으로 학업을 중단하고 귀국하며 1932년에 용정 팔도구에 있는 소학교에서 교편을 잡으면서 문학공부에 전념한다. 이 시기를 안수길은 이렇게 회고한다.

---

136) 동상서 p.229 참조.
137) 동상서 pp.235-236 참조.

그 무렵 아버지의 병환이 위급한 고비를 넘겼으나 훈장의 생활이란 예나제나 다를 것이 없어 당신의 장기 치료비도 아쉬운 형편이므로 당장 아들의 학비를 댈수 없는 경제 사정이었다.

그래서 나는 어디 취직을 하여 학비를 저축했다가 다음해에 도동(渡東)하려고 마음먹고 구직했으나 그게 쉽게 되지 않아 울화를 이미 중독 상태에 빠져 있는 문학공부에 터뜨려 ≪암파(岩波)문고≫의 표지가 새카맣게 되도록 세계 명작들을 곱씹어 일고 습작도 하는 일에 열중하고 있었다. 자연히 한집에 살게 된 이씨와 내가 친해질 밖에 없었고 둘은 아침 산보로 일찍 해란(海蘭)강변을 거닐면서 당시 만주사변 직후의 일본의 침략에 얽힌 가지가지 시국담을 비롯해 인생, 세태, 문학에 관한 무궁 무진한 이야기로 장래 대문호(?)가 될 꿈을 하늘만하게 키우고 있었다.138)

보다시피 안수길은 문학공부시기에 ≪암파문고≫의 표지가 새카맣게 되도록 세계명작들을 곱씹어 읽으면서 습작한다. 바로 이때 그는 ≪암파문고≫를 통해 세계명작문고에 수록된 ≪노신선집≫을 읽게 되고 노신의 위대성을 알게 되며 노신의 향토소설 ≪고향≫에 큰 공명을 느끼게 되었다고 볼 수 있다. 주지하다시피 외래문학에 대한 수용은 여러 가지 도경을 통할 수 있는데 흔히 외국유학이나 외국문학작품을 탐독하는데서 수용하게 되며 또한 수용자가 처한 사회문화환경은 외래문학에 대한 수용을 자극하거나 추진한다. 지금까지 발굴된 자료에 의하면 ≪고향≫은 안수길의 유일한 번역작품으로 추정된다. 중국농민들의 암담한 현실생활에 대한 묘사를 통하여 국민을 계몽, 각성시키려 한 노신의 초기문학지향과 그 작품들이 안수길의 문학지향에 공명을 불러일으키고 그 수용을 자극하게 하였다고 보게 된다. 안수길은 중국향토문학의 전범의 하나로 되는 ≪고향≫이 대체로 당시 조선인 농민문학의 전범으로도 된다는 수용자세로 이 작품을 번역, 발표한 것으로 볼 수 있다. 이는 조선인문학의 첫 외래문학수용으로 된다고 하겠다.

---

138) 각주 113과 같은 책 pp.538-539에서 재인용.

안수길에 이어 ≪북향≫지 제2호와 제3호에 ≪떠스더이에푸스키의 ＜惡靈＞≫이라는 논평을 연재하여 러시아 문학의 한 거장 도스또옙스끼를 소개한다.

> 그는 다른 作家와 달하徹底한顯微鏡的인리아리스트다.…한번차근이부터注意하여읽을때그眞摯한리아리스틱한態度에는感服안코는 못견딘다. ≪白痴≫와 ≪罪와罰≫의主人公의心理描寫라든가 ≪惡靈≫의各人物의性格描寫라든가事件展開에잇서서의正確한리알리스틱한 態度는그앞에서自然히머리가숙여진다.
>
> …
>
> …우리는 그의思想그것보다思想을生生하게作品上에 具象化식히는手法을본받아야되겟스며본받을바만타.그리고思想性의作品이라는 것이今後의文學의課題라고生覺할때더욱떠스터에스키-의手法에서얻을것이만타.139)

하지만 안수길은 또 "그에게서 攝取할 것은 攝取하고 버릴 것을 또한 勇敢히 버려야될것을잊어서는 아니된다. 그의手法上의 諸敎訓은最大限度까지 繼承해야될것이고 그의思想上의諸問題는批判的으로받어야될것이다." 라고140) 쓰면서 맹목적이 아닌 선택적인 올바른 수용자세를 보여준다.

도스도옙스끼에 대한 안수길의 수용에 대해 현경준은 ≪문학풍토기 - 간도편≫에서 이렇게 썼다.

> 滿鮮日報社直管分社를 맡아보는 氏(안수길을 말함, 필자 주)는 일찍이는 ≪北鄕≫同人으로 間島의 朝鮮文學을爲해 많은 努力을 하든분이다.
> 떠스도이엡스키-를 私淑하며 北東文壇의 發展을 眞情으로 바라

---

139) 안수길 ≪떠스터에브스키 - 의 ＜惡靈.에對하여≫, ≪북향≫ 제2호, pp.5-7에서 재인용, - 용정시조선문화발전추진회 문화총서 ≪일송정≫(제2기), 연변교육출판사, 2001년 5월.

140) ≪북향≫ 제3호 p.26 참조. - 용정시조선족문화발전추진회 ≪일송정≫(제3기) 연변교육출판사, 2001년 10월.

는 氏는 社務에 餘暇가 없어 뜻대로 文學에 貢獻을 못하는 것이 千
秋의 遺憾이라고 지난 겨울에 맛났을때도 歎息하는 것을 보았
다.141)

조선인문학의 개척자의 한사람인 안수길의 도스또옙스끼에 대한 수용
자세는 노신이 문학창작초기에 도스또옙스끼를 수용한 자세와 대체적으
로 일치성을 보이는데 이는 간과할 수 현상이라고 생각된다.

현경준도 안수길 못지 않게 도스또옙스끼를 비롯한 러시아문학을 수용
하였다. 그는 안수길에게 보내는 공개편지에서 이렇게 썼다.

環境때문에 文學을 專攻할수업다면 朝鮮의作家들은 모름지기 文
學을 버려야한다고四海에놉피 불우짓고싶습니다.
이러한때 문득 生覺나는 것은 兄이하여 마지안는다는 떠스떠이
엡스키-외다. ≪死의집≫속에서 캄캄한 금음밤을 헤염치면서도 오
히려 明日의빗츨 엿보고참다운人間性을 人間에게서 차자낸떠스떠
이엡스키-의 그情熱과 眞情한態度에 폼人은다시금 自我를돌아보라
고 나는힘차게 불으짓고 십습니다.
兄 事實입니다. 나는인제 조용히읽고조용히생각고 조용히쓰겟습
니다.
冊은 떠스떠이엡스끼-와 藝術論叢書를 읽고 쓰기는한篇가량 좀
枚數가二三百枚가량되는 것을 써볼까합니다.142)

현경준은 또 ≪문학풍토기≫의 결말에서는 이렇게 쓰고 있다.

그러나 生活의 文學. 明日의 文學은 滿洲에 있다.
≪戰爭과平和≫ ≪고요한동≫ ≪惡靈≫ ≪大地≫ ≪農民≫ 이런것
들이 過去의 世界的傑作이라면 明日의 朝鮮文學은 滿洲에서 이런

---

141) 현경준 ≪文學風土記 - 間島篇 -≫, ≪人文評論≫, 1940년 6월호, 연변대학 조선
　　　언어문학연구소 편 ≪중국조선민족문학대계 (9) 소설집(현경준)≫ 흑룡강조선민
　　　족출판사, 2002년 2월, p.747 참조.
142) 현경준 ≪편지 - 安壽吉兄께≫(1), (2), ≪滿鮮日報≫ 1940년 8월 8일, 9일자 참조.

傑作들을 기다리라.
　　大作은 언제든지 健實한 生活에서 나는것이다.[143]

그는 어릴 때 ≪부활≫, ≪죄와 벌≫같은 러시아명작들을 읽었고 18세 때에는 씨비리에 들어가 방랑생활을 2년 가량 한 적도 있다. 이런 경력은 그의 문학수양과 창작에 영향주지 않을 수 없었다. 시종 현실생활의 진실한 반영을 추구한 그의 창작경향은 이를 어느 정도 증명해 준다고 하겠다.

아무튼 조선인문인들은 노신, 도스또옙스끼 등중국, 러시아 문학의 대표적 작가와 작품들을 수용하면서 그 문학적 발전을 기하였다고 할 수 있다.

중국인문인들도 외래문학 특히 러시아문학이나 소련문학의 영양소를 흡수하면서 그 발전을 기하였다. 중국동북은 지리적으로 소련과 인접되어 있고 역사적으로 장기간 경제문화 교류를 진행하여 왔기에 러시아와 소련에 대한 요해가 비교적 깊은 데다가 중국현대문학거장들인 노신, 파금, 욱달부 등이 러시아 비판적 사실주의문학을 적극 수용하여 현대문학 발전을 추진한 문학배경은 위만주국 중국인문인들로 하여금 복잡하고 다원화적인 외래문학충격에서도 러시아문학이나 소련문학에 대해 특별한 수용자세를 갖게 하였다.

위만주국초기부터 고골리, 똘스또이, 고리끼 등 러시아작가와 소련작가들의 많은 작품들이 ≪국제협보(國際協報)≫, ≪성경시보≫ 등 신문의 문학부간과 ≪작풍≫, ≪문선≫, ≪명명≫ 등 간행물에 번역, 발표되었다. 1931년 온패균(溫佩筠)이 뚜루게네브의 중편소설 ≪阿霞≫를 번역, 출판하고 1934년 ≪국제협보≫의 ≪문예≫주간은 고골리의 소설과 체호브의 소설 ≪부부≫, 고리끼의 소설 ≪야점(夜店)≫을 연재하였으며 1936년 ≪대북신보화간(大北新報畫刊)≫은 마야꼽스끼의 시 ≪시인≫을, 1937년 ≪명명≫

---

143) 각주 141과 같은 책 p.748 참조.

은 ≪고리끼의 문학론≫을 번역, 발표한다. 1936년 6월 13일 김검소가 ≪대북화간≫에 고리끼의 사진과 ≪고리끼 돌연 병이 위독≫이라는 전보문을 실어 일본특무기관에 체포되어 8월 15일 불행히 살해당하였다.

향토문학의 대표작가 산정은 그의 대표작 ≪<녹색계곡> 후기≫에서 러시아문학의 수용에 대해 이렇게 썼다.

> 우리는 만주생명을 지지하고 있는 것은 농민이며 사회기초로 되고 있는 것도 농민이라는 것을 알고 있다. 우리는 응당 이점을 잘 이해해야 한다. 이전에 나는 고골리와 숄로호브의 작품을 아주 좋아하였다. 나는 만주의 농민은 비록 ≪죽은 넋≫과 ≪고요한 돈≫의 농민은 아니지만 성격상과 생활상에서 공동한 점을 갖고 있다고 생각한다. 나는 이런 생각을 해본다. -≪고요한 돈≫과 같은 웅대한 구성, ≪죽은 넋≫과 같은 놀라운 필법으로 만주의 질박하고 성실한 농민의 생활을 묘사하는 것이 모름지기 북변(北邊)의 문학자들의 제일 고상한 임무이다![144]

산정은 해방 후에도 "당시 나는 19세기 러시아문학을 얼마나 지향하였는지 모른다! 뿌쉬낀의 그 저명한 시 <생활이 그대를 속이더라도>는 나에게 크나큰 감동을 주었다."고[145] 하면서 러시아문학의 영향을 이야기하였다.

일본인문인 오까기 류우조우(岡木隆三)는 중국인문인들의 러시아문학수용에 대해 이렇게 밝혔다.

> 滿系作家들에게 그畏敬私淑하는 文人을 물은즉 魯迅 톨스토이 고-고리 트르레네푸等을 들고잇다.
>   이는現代의 所謂滿系文學은 露西亞文學에 非常한影響을 바닷스며 또밧고잇슴을 立證하는 것이다. 魯迅自身도 完全한露西亞타입의

---

144) 梁山丁 ≪<綠色的谷> 後記≫, ≪綠色的谷≫, 新京文化社, 1943年 3月 ≪梁山丁 研究資料≫, 遼寧人民出版社, 1998年 3月 p.196 참조.
145) 동상서 p.182 참조.

한사람이엇다.
　滿系文學이 暗黑의反面을 지니는 것은 그때문이다.146)

　조선인문인과 중국인문인들이 복잡한 외래문학의 충격에서 특히 지배적이고 독점적인 "중심문학" - 일본식민문화의 충격과 압제에서 이 "중심문학"이 아닌 러시아문학을 공동하게 선택, 수용하게 된 것은 우연한 현상이 아니라 그들의 사회심리와 민족문화심리의 상통성에서 기인한 것이라고 볼 수 있다. 사회 심리적으로 조선인과 중국인은 모두 봉건지주, 봉건군벌, 일제 등 이중삼중으로 되는 압박을 받는 운명에서 개성해방, 민족해방을 갈망하였고 민족 문화 심리적으로 조선인문인과 중국인문인들은 모두 동방전통문화권속에서, 다시 말하면 사회에 대한 개인의 역사적 책임감, 문이재도(文以載道)의 문학정신을 강조한 문학전통에서 대체로 인생을 위한 예술을 추구하고자 하였다. 러시아문학은 봉건주의와 자본주의의 이중압박을 받는 러시아인민들의 생활을 반영하고 러시아사회의 암흑면을 폭로, 비판하면서 선명한 비판적 사실주의문학을 추구하여 세계문학의 조류에 뒤떨어졌던 러시아문학으로 하여금 19세기말 구라파문학의 고봉으로 오르게 하였으며 사실주의문학의 절정에 설 수 있게 하였다. 이런 러시아문학의 특징이 조선인문인과 중국인문인들의 비슷한 사회심리와 민족문화심리로 하여 생긴 공동한 기대시야에 알맞게 되어 공동한 수용자세를 보여주게 되었다고 할 수 있다. 러시아문학은 조선인문인과 중국인문인들에게 당시 현실생활을 진실하게 반영한 작품들을 창작하도록 영향 주고 사실주의문학의 전범들을 보여주었다고 하겠다. 비판적 사실주의를 주요한 특징으로 하는 러시아문학에 대한 이런 수용자세는 당시 위만주국 문학장의 중심위치와 담론권리를 독점하고 있은 일본식민문학에 대한 거부와 배척 나아가 저항의 자세로 보게 된다.

---

146) 岡木隆三 ≪最近滿系文學의動向 - 露文學과 私淑作家群≫, ≪만선일보≫ 1940년 8월 9일자 참조.

중국인문인들은 또 당시의 특수한 민족사회문화심리에 의해 약소민족문학에 대해서도 적극적인 수용자세를 보여주었는데 그중 일제의 식민통치에서 같은 숙명을 겪고 있은 조선현대문에 대한 수용이 자못 중요시되었다. 특히 작풍간행회(作風刊行會)에서 번역, 출판한 ≪조선단편소설선≫은 당시 중국인문학에 적극적인 영향을 일으켰다.

작풍간행회는 원래 대련에 있은 향도문예연구사(響濤文藝研究社)와 개척문예연구사(開拓文藝研究社)의 부분적 성원들이 1939년 가을 봉천에서 조직한 문학단체인데 그 주요성원들로는 이부(夷夫), 목풍(木風), 석군(石君), 전병(田兵), 야려(也麗), 양야(楊野), 안서(安犀), 미명(未名), 성현(成弦), 목지(牧之), 고신(古辛), 최속(崔束), 진무(陳蕪), 왕각(王覺), 왕도(王度) 등이었고 그중 일부 성원들은 일찍 좌익문학활동에 참가하였다. 이 간행회는 3종의 간행물과 도서를 출판하려 계획하였다. 우선 대형계간 ≪작풍(作風)≫으로 역문특집, 창작특집(소설), 산문특집, 시가특집 등을 간행하고 다음 소형간물 ≪작풍연집(作風聯輯)≫으로 시가, 역문, 극작품 등 여러 책을 간행하며 그 다음 작풍문예총서로 작풍동인들의 단행본을 출판하는 것이었다. 그러나 1941년 말 이부, 양야, 왕각이 선후로 위만경찰에게 체포되는 등 백색공포에 의해 작풍간행회는 1941년 말에 해산되고 그 출판계획은 제대로 실시되지 못하였다.

대형계간 ≪작풍≫은 창간호 ≪역문특집(譯文特輯)≫밖에 간행하지 못하였고 ≪작풍연집≫는 시가연집 ≪지평선(地平線)≫밖에 간행하지 못하였으며 총서는 석군의 단편집 ≪맥추(麥秋)≫를 출판하였으나 ≪맥추(麥秋)≫는 위만경찰청의 검열에 걸려 발행하지 못하고 소각되었다.

≪조선단편소설선(朝鮮短篇小說選)≫은 바로 이 시기에 작풍총서의 하나로 출판되었는데 이는 위만주국 시기에 유일하게 단행본으로 출판된 한문판 약소민족소설집으로 추정된다.

우선 1940년 11월 ≪작풍≫의 창간호로 간행된 ≪역문특집≫을 보기로 한다. 이 특집은 심사할 때 발행금지라는 통고를 받게 되어 발행인들이 여러모로 소통한 결과 목풍이 번역한 ≪쉘리와 현대(雪萊與現代)≫라는 횡산유책(橫山有策)의 글을 10페이지 삭제한 후에야 발행할 수 있었다. 이 특집에는 소설, 희곡, 산문, 시가, 논문 등 여러 가지 장르로 27편의 번역작품이 실렸는데 원 계획은 아세아와 구라파의 약소민족과 피압박민족의 문학작품만 실으려 하였지만 위만경찰청의 사상검사고(思想檢査股)의 심사와 삭제에 의해 이 계획을 실현할 수 없게 되었다. 하지만 의연히 조선의 소설 3편과 볼가리아, 에스빠냐, 노르웨이, 로씨야, 오스트랄리아 등 나라의 작품을 한편씩 실었다. 이 작품들은 대부분 전쟁, 약탈, 추방 등을 반대하는 내용들을 쓰고있어 당시 중국인문단에 적지 않은 반향을 불러일으켰다.

이 역문특집에 수록된 조선의 소설들로는 이광수의 ≪가실≫, 이효석의 ≪돈(豚)≫, 김동인의 ≪붉은 산≫ 등 3편이다. 이 소설들은 역자 왕각과 고신에 의해 일본문에서 다시 중국어로 번역되었다. ≪가실≫은 1940년 4월 10일 모던일본사(モダン日本社)의 출판으로 된 ≪이광수단편집 가실(李光洙短篇集 嘉實)≫에 번역, 수록되었는데 왕각이 이 소설집에서 선택하여 번역한 것으로 추정된다.≪돈≫은 ≪문예통신(文藝通信)≫1936년 8월 호에 일본어로 발표되었다가 1940년 2월 15일 교재사(教材社)의 출판으로 된 ≪조선소설대표작집(朝鮮小說代表作集)≫(申建 譯編)에 수록되었는데 고신이 이 소설집에서 선택하여 번역한 것으로 추정된다. ≪붉은 산≫도 ≪조선소설대표작집≫에 일본어로 번역, 발표되었는데 고신이 역시 이 소설집에서 선택하여 번역한 것으로 추정된다.

저명한 학자 전종서(錢鍾書)는 외래문화가 흔히 번역과정에 미묘한 변화가 생기는 현상에 대해 이렇게 이야기하였다.

> 한 나라의 문자와 다른 한나라의 문자사이에는 필연적으로 거리가 있게 된다. 역자의 이해와 기질이 원 작품의 내용 형식과 거리가 없을 수 없을 뿐만 아니라 역자의 체험과 그 자신의 표현능력 사이에도 흔히 거리가 있게 된다. … 때문에 역문은 언제나 원 모

양이 변하는 곳이 있게 된다. 작품의 의의 혹은 구미가 어긋나게
되거나 혹은 원문과 부합되지 않게 된다.[147)

독자가 백 명이면 햄리트도 백 명이라고 문학작품이 한 문화환경으로
부터 다른 한 문화환경으로 옮겨질 때 그 작품에서 일부 새로운 의의가
생성된다. 따라서 작품의 의의는 부동한 환경, 부동한 시대의 부동한 독
자들에 의해 부동하게 해석된다고 하겠다.

《가실》은 1923년 2월 12일부터 23일까지 《동아일보》에 연재된 소
설인데 《삼국사기》에 있는 소재를 인용하여 쓴 역사소설이다. 조동일
교수는 《한국문학통사》에서 이 소설은 이광수가 민족허무주의의 지론
을 펴서 심한 규탄을 받을 때 쓴 것인데 "사랑을 위해 고난의 길을 자청
한 가실"한테서 "희생정신의 가치를 느끼도록 하자는 데 창작 의도가 있
다 하겠는데" "궁지에 몰린 자기 자신도 민족을 사랑하다가 희생을 겪는
다고 변명하는 뜻을 은근히 보태 작품의 진실성을 더욱 약화시켰다."라
고 평하였다.[148)

하지만 소설 《가실》은 조선어에서 일본어로 일본어에서 다시 중국어
로 번역되는 과정에 이광수가 그 어떤 목적으로 창작하였든 중국인 역자
에 의해 텍스트 의의가 새로워지게 되었다. 《작풍》에 실린 《가실》(왕
각 역)에는 주인공 가실이의 사랑에 대한 충성심을 보여주는 한편 20세에
징병되어 30세에야 고향에 돌아왔을 뿐만 아니라 또 전쟁에서 아들들을
다 잃고 어린 딸을 데리고 사는 신라의 늙은이, 역시 전쟁에서 아들을 잃
고 어린 딸 하나를 데리고 사는 고구려의 늙은 부부, 무엇 때문에 싸워야
하는지도 모르는 장기간 지속되는 전쟁에서 비참하게 죽는 병사들 등의
인물과 이야기들이 주선으로 그려지고 있다고 하겠다. 나아가 이 번역작
품의 기저에는 반전(反戰)정서가 보여진다.

---

147) 王克非 편저 《飜譯文化史論》, 上海外語敎育出版社, 1997年 10月, p.6 참조.
148) 조동일 《한국문학통사 5》 지식산업사, 1994년 1월 p.103 참조.

이효석의 ≪돈≫은 ≪조선문학≫ 1933년 10월 호에 발표되었는데 식이라는 농촌청년이 암돼지를 길러 종돈(種豚)과 교배시켜 가지고 오면서 분이라는 여자와 함께 잘 살아 볼 꿈을 꾸며 철길을 건너다가 저도 모르게 돼지가 기차에 깔려 죽자그만 땅에 쓰러지는 이야기를 쓰고 있다. 생략과 암시가 섞인 소설이라 할 수 있다.

김동인의 ≪붉은 산≫은 ≪삼천리≫ 1932년 4월 호에 발표되었다. 이 소설에 대해 조동일은 이렇게 평하였다.

> … 환경에 굴복하지 않으려는 반격에 심각한 의미를 부여했다. 만주에 이주한 동포들이 그곳 지주에게 수탈되고 피살되기조차 하자, 별명이 삵이라고 하는 불량배가 복수를 맡아 나섰다. 삵이 상해를 입고 죽어가면서 애국가가 듣고싶다고 한 것으로 민족의식의 각성을 촉구하려 했다.…≪붉은 산≫에서의 애국은 김동인의 작품에서 가까스로 찾을 수 있는 긍정적 가치의 희귀한 예이다.149)

일본인으로 동화되어야 하는 상황에서 작품의 주인공이 고향의 붉은 산을 그리워하고 주위의 사람들이 애국가를 부르는 감명 깊은 결말은 위만주국의 조선인들의 짙은 민족정서를 보여준다.

≪역문특집≫의 편집 후기는 "문예에 종사하는 벗들이여, 우리는 비록 흩어진 모래지만 한데 모여 선배들이 남겨놓은 사업을 이어나가 맛좋고 깨끗한 물들을 여과해 내자. 사람들이 마시면 곧 그들의 혈액으로 변할 것이다!"고150) 심각한 편집의도를 밝히고있는데 여기서 상기한 조선소설에 대한 수용자세를 어느 정도 엿볼 수 있다.

≪조선단편소설선≫은 이런 ≪역문특집≫을 뒤이어 출판되면서 보다 큰 반향을 불러일으켰다. ≪조선단편소설선≫은 1941년 7월 20일 신경신시대사(新京新時代社)에 의해 출판되었는데 왕혁(王赫)이 편집을 맡고 왕각

---

149) 동상서 p.111 참조.
150) ≪作風≫, 作風刊行會, 1940년 11월, p.358 참조.

(王覺)이 발행인(發行人)으로 되었다. 이 소설선의 출판경과에 대하여 자료의 부족으로 상세하게 알 수 없지만 이 소설선의 내용과 이에 대한 당시의 여러 가지 평론문장들을 통해 간접적이기는 하지만 역자와 편집 그리고 발행인 및 당시 독자들의 수용자세를 알 수 있을 뿐만 아니라 조선어 원문을 통해 그 내용을 보다 전면적으로 파악할 수 있다.

이 소설선은 출판될 때는 사고가 발생되지 않았지만 몇 달 후인 1941년 말에 왕각이 이 책을 출판한 죄와 기타 죄로 하여 위만경찰들에게 체포되어 감옥에서 혹형에 시달리다가 불행히 옥사하였다.

≪조선단편소설선≫에는 김동인의 ≪붉은 산(楛色的山)≫(古辛 譯), 장혁주의 ≪이치삼(李致三)≫(遲夫 譯)과 ≪늑대(山狗)≫(夷夫 譯), 이효석의 ≪돈(猪)≫(古辛 譯), 이태준의 ≪까마귀(烏鴉)≫(羅懋 譯), 김사량의 ≪월녀(月女)≫(鄒毅 譯), 유진오의 ≪복남이(福男伊)≫(羊朔 譯), 이광수의 ≪가실(嘉實)≫(王覺 譯) 등 8편이 수록되었는데 이 소설들은 모두 일본문에서 다시 중국어로 번역된 것이다. ≪이치삼≫은 1938년 2월 ≪제국대학신문(帝國大學新聞)≫에 번역되었다가 1939년 2월 장혁주의 소설집 ≪길(路地)≫에 다시 수록되었으며, ≪늑대≫는 1934년 5월 ≪문예수도(文藝首都)≫에, ≪까마귀≫는 1939년 11월 ≪모던일본≫의 ≪조선특집호≫에 먼저 번역되었다가 1940년 3월 10일 장혁주 편, 적총서방(赤塚書房) 출판으로 된 ≪조선문학선집(朝鮮文學選集)≫ 第1卷에 다시 수록되었으며, ≪월녀≫와 ≪복남이≫는 1941년 5월 18일 ≪주간조일≫에 ≪반도작가신인집(半島作家新人集)≫으로 번역, 발표된다. 중국어 역자들은 당시 일본어문단에 이름난 조선작가 장혁주와 이광수의 작품과 ≪조선소설대표작집≫, ≪조선문학선집≫, ≪반도작가신인집≫ 등 당시 조선문학을 대표한다고 인정된 소설집들에서 작품들을 선택하여 번역하였다고 추정된다. 물론 역자들이 언어의 제한으로 원문 아닌 일본어를 빌어 작가작품을 선택, 평가하였기에 일정한 편차가 생기고 또 일본어역자들의 문학가치판단의 영향도 어느 정도 면하지 못한 점도 있다고 하겠다. 하지만 ≪조선단편소설선≫은 중국인문인들의 공동한

운명을 겪고있는 약소민족문학에 대한 특별한 기대시야에서 번역, 출판
되어 비교적 큰 반항을 불러일으켰다. 당시 신경의 유일한 중국어신문인
≪대동보(大同報)≫에 두 번에 나누어 발표된 극명(克名)이라고 서명한 ≪조
선단편소설≫ 독후감을 통해 이를 고증해보게 된다.

> … 이왕 우리는 조선의 문화세계에 대해 깜깜부지였다. 그 민족
> 가운데는 시인이나 작가가 한사람도 나타날 수 없는 것으로 생각
> 하였다. 마치 러시아문학의 위대한 빛을 발견하기전에 사람들이 러
> 시아에 그처럼 찬란한 문화가 있는 것을 생각지 못한 것과 같다.
> 조선, 더욱이는 조선의 문화는 사람들에게 홀시 되어 있은 지 오래
> 였다.
> …
> 현재 조선단편소설선이 출판되었다. 이는 하나의 위대하고 결심
> 이 있는 사업이라고 말하지 않을 수 없다.≪선(選)≫이라고 하지만
> 내가 보건대 결코 ≪선≫이 아니라 많은 조선단편소설가운데서 임
> 의로 뽑아 출판한 것에 지나지 않는다. 조선의 창작은 근본적으로
> 많은 열과 힘을 갖고 있다고 하겠다. 열과 힘이 없으면 그들은 근
> 본적으로 쓸 필요가 없다. 조선의 문인들은 만주문인과 같은 한가
> 함이 없기에 구호를 부르지 않는다. 그러나 그들의 작품은 대중을
> 떠난 것이 하나도 없다. 마치 작가들이 영혼이 하나뿐이고 이 영혼
> 하나가대중을 영원히 파악하고있는 것 같다. 동시에 그들에게는 또
> 하나의 공동점이 있는데 그것은 곧 누구나 할 것 없이 작품을 수식
> 하지 않고 솔직하게 써내려 가는 것이다. 작품들은 참으로 솔직하
> 고 순진하다.
> 여기에는 영미인(英國美國人)들이 생각지 못하는 제재가 있고 백
> 종인(白種人) 보다 숭고한 정신이 있다.…백의의 사람들, 그들의 영
> 혼, 그들의 피는 그 어느 것도 백색인들보다 못한 것이 없다.… 어
> 느 한 방면에서 우리는 하나의 공통한 운명이 있다고 생각된다.고
> 민으로 죽도록 억눌려 사는 운명이다.…151)

---

151) 克名 ≪朝鮮短篇小說≫ (上, 下), ≪大東報≫, 1941年 8月 5日, 8日, 참조.

이 글은 어느 정도 "이 책의 가치를 너무 높이 평가"하고 있지만 작자의 적극적인 수용자세와 이 소설선의 영향을 보아 낼 수 있다.

당시 이름난 평론가 진인(陳因)도 ≪성경시보≫에 세 번에 나뉘어 ≪조선문학약평(朝鮮文學略評)≫이라는 논평을 발표하였다.

> 의사를 제일 잘 표현하는 도구는 문학이라 할 수 있다. 두 개 민족의 상호 교류도 문학의 소개와 이해를 요청한다. 조선은 비록 우리와 거리가 가깝지만 문학상에서는 전혀 교류가 없었다고 할 수 있다. 우리는 일본문학 지어 북구문학을 알고 있지만 조선문학에 대해서는 망연하다.
> 조선에 결코 문학이 없는 것이 아니다. 또한 그들의 문학이국제 수준이 전혀 없어서가 아니다. …
> 조선문학의 지표는 근근히 이 역본에 근거하여도 그 수준이 절대낮지 않다고 판정할 수 있다.152)

이어 진인은 냉철한 안목으로 이 책의 매 작품들을 내용소개부터 예술 특징에 이르기까지 하나하나 상세히 평하였다.

≪이치삼≫은 "아주 농후한 희극미가 풍기는데" "희극의 배경에는 음산하고 비참한 색채가 있다"고 하고 ≪늑대≫는 낡은 사랑이야기를 쓰고 있는데 이는 작가의 세계관이 협소함을 보여준다고 하면서 이 소설은 "내가 보건대 아주 오래 전에 쓴 작품인 것 같다."고 한다.(사실 이 판단은 너무나 정확하였다.)

≪붉은 산≫은 "민족정서가 아주 짙고" "이야기 구성이 비교적 완벽하다"고 하고 ≪돈≫은 조선농촌의 농민형상이 너무 단순하게 그려졌는데 그 제일 주요한 원인은 작자의 세계관이 협소한데 있다고 한다.

≪까마귀≫는 "한편의 비범한 작품이다. 작자는 전인들이 들어가지 못한 계곡에 들어가 사람들이 전혀 잡지 못한 귀중한 짐승을 잡았다. 첫 시

---

152) 陳因 ≪朝鮮文學畧評 - 朝鮮短篇小說選 -≫, ≪盛京時報≫, 康德 8年(1941年) 10月 1日자.

행을 하였다. 모두 어 말하면 아주 음산한 감을 느끼게 되는데 이런 기질은 앨른 포(艾倫坡)의 작품에서 볼 수 있다."라고 평하였으며 《월녀》는 "아주 평범한 이야기를 쓰고 있는데" 이는 "핵심을 멀리 떠난 중용적인 작품이다."고 하면서 암흑면을 쓰지 않았나 하고 심사하는 당국의 심사 때문에 중용을 선택하는 중국인문단의 중용파를 생각하게 한다고 평하였다. 그리고 《복남이》는 "일종의 위대한 인성"을 "아주 원만하게 이야기한" 성공적인 작품이라고 하면서 또 "문학이 국경이 없는 것은 인성이 서로 통하여 거리가 없기 때문이"라고 평한다.

진인은 특히 《가실》에 대해서는 아주 의미 깊게 평하였다.

> 한 병졸의 이야기를 쓰고 있다. … 만약 가실의 성격만 표현하였다면 가작이라 할 수 없다. 소설은 고대전쟁을 기재할 때 몇 곳은 아주 잘 썼다.…자연히 이런 전쟁에 대해 백성은 무엇 때문에 꼭 싸워야 하는가를 모른다. 다만 두 나라의 국왕과 장군들이 싸우려고 하면 각자의 나라 백성들이 서로 교전하는데 선전(宣戰)의 이유는 당연히 서로 상대방이 전쟁을 일으켰기 때문이며 자기는 정당한 방어라는 것이다. … 여기서 싸우고있는 두 나라의 백성들은 오히려 선악(好惡)상에서 공통한 인성을 구비하고 있다. 할진대 언젠가는 전쟁을 결속 지을 것이다.[153]

《조선단편소설선》을 비롯한 조선문학에 대한 번역소개는 중국인문인들로 하여금 공동한 운명을 겪고있는 조선민족의 정감세계, 민족의식, 문학지향을 알게 하였고 또 이런 수용을 통해 일제의 식민통치하에 생긴 자신들의 정감을 간접적으로 토로하고 자신들의 민족의식과 문학지향을 완곡하게 보여주었다고 하겠다.

요컨대 조선인문인과 중국인문인들은 공동한 민족문화발전의식으로 외래문학 특히 선명한 비판적 사실주의문학특징을 띤 러시아문학에 대하

---

153) 陳因 《朝鮮文學略評 - 朝鮮短篇小說選 -》, 《盛京時報》, 1941年 10月 22日자에서 재인용, 이 문장은 10월 1일, 10월 8일, 10월 22일 세 번에 나누여 발표됨.

여 적극적인 수용자세를 보여주었는데 이는 그들이 모두 공동한 문학의
식과 문학지향을 갖고있었음을 말해준다.

2. 부동한 민족생존상황하의 부동한 문학특징

1) 민족생존위기하의 민족문학의 확보

앞에서 서술하다시피 일제는 위만주국의 조선인에 대하여 가혹한 경제
약탈 정책과 군사탄압정책을 실시하는 한편 사상문화상 조선과 마찬가지
로 신사참배와 창씨개명을 강요하고 조선어교육을 폐지시키는 등 잔혹한
황민화 정책으로 조선민족을 동화, 말살하려 시도하였다. 하여 조선인은
정치, 경제, 문화 모든 면에서 황민화 되어야 하는 민족생존위기에 직면
하게 되었다.

식민통치하의 민족동화 및 민족말살정책이 감행되고 있는 살벌한 상황
에서 피식민 민족이 생존, 발전하자면 자기 민족문화의식 특히 자기민족
언어문자를 확보하는 것은 무엇보다 중요하였다. 민족언어는 민족의 역
사, 전통, 문화, 사유방식 등 민족의 독립정신을 보호하게 된다. 특히 언
론자유를 잃은 식민문화전제통치하에서 민족문학은 민족심성을 토로하는
중요한 도경으로 되는 동시에 민족언어문자를 보존, 확보하는 중요한 도
경으로 된다. 다시 말하면 민족문학은 민족정신의 보루였다고 할 수 있
다. 조선인문인들은 민족문학의 확보를 민족언어의 확보 그리고 민족의
생존과 동일시하였다.

고재기는 ≪재만선계문학≫이라는 글에서 조선어의 중요성에 대해 이
렇게 썼다.

본고에서 말하는 만주선계문학은 만주의 선계작가들이 조선어로

쓴 문학만을 가리키고 기타는 제외로 한다. 이 견해의 정확여부는
논의할 여지가 있지만 나는 만주선계문학의 운명은 곧 재만의 조
선어의 운명이라고 생각한다. 모토(母土) 조선의언어문제를 추이하
여 이렇게 생각지 않을 수 없다.[154]

여기서 고재기는 조선인문학을 조선어의 운명 나아가 민족의 운명과
관련시키고 있다. 안수길, 신영철 등도 "국내에서 말살되고 있는 어문을
여기서 지켜야 한다, 그리고 문학을 살려야 한다"라고[155] 하면서 문학창
작과 작품집출판에 진력하였다.

1940년 4월에 있은 내선만 문화좌담회(內鮮滿文化座談會)에서 일본인문인
나까 겐노리(仲賢禮)가 조선인문인들에게 이렇게 묻는다.

≪朝鮮作家가 朝鮮語로大槪쓰고잇는 것은 日本語로 쓰는것이異端視되
기때문입니까或은그것이 主流로되여잇기때문입니까≫

이에 조선인문인 이갑기(李甲基)가 이렇게 대답한다.

> 文學의國籍이나 族籍을 分類할때 아즉文學槪論의課程에屬하는
> 일이나마爲先그文學이씨워진言語의族母이무엇보담도第一의問題가
> 아니겟습니까. 이러케決定하면文學의民族情緖니作家의族籍이다른言語
> 에의한制作이니또는그素材의 如何로이야기는相當히複雜性을가지나
> 무엇보담 支那文學이기에는먼저支那語文學임이必要함과가티朝鮮文
> 學이기에는爲先朝鮮語文學임이第一의條件이겟습니다. 그런點에서朝鮮
> 作家가 朝鮮文學을한다는의미에서朝鮮語로쓰게되는것이며둘재는亦
> 是제言語에對한愛着으로그런것이아니겟습니까…[156]

조선문학이기에 조선어로 씌어져야 하고 조선작가이기에 조선언어를
애착한다는 것이다. 이는 조선작가뿐만 아니라 위만주국 조선인문인들의

---

154) 각주 80)과 같은 문장 p.92에서 재인용.
155) 안수길 ≪용정·신경시대≫ ≪중국조선민족문학대계(10) 소설집·안수길≫, 연
　　변대학조선언어문학연구소 편, 2001년 11월, p.548 참조.
156) ≪朝鮮文學과內地文壇≫, ≪만선일보≫, 1940년 4월 6일자 참조.

심태(心態)와 의식의 진실한 토로이기도 하다.

역시 이 좌담회에서 일본인문인들이 조선인문인들에게 일본어로 창작할 것을 제의하자 박팔양은 이렇게 말한다.

> 그點은 어떨런지요 朝鮮서는 小說을 原體純諺文으로쓰는習慣이 잇습니다. 그런데 이번金史良이 朝光이란雜誌에 漢諺純文을 試驗하는모양인데 이때까지의눈으로 서러서그런지아주小說을對하는것갓지안아요. 늬간서먹서먹하지안습니다. 그런데 이것은作者로 讀者에게 이런印象을주게하는것은自己로서 여간손해가아니여요. 文字의形式을 달이하는대로 이면差異가잇는바이나 生活의相異한言語로서 그生活의在來로가졋든 微妙한 것을 讀者들에게傳하기에는여간어려운일이아니여요. 이건結局飜譯文學이 얼마나어렵다는 一般論으로도證着되겟지요.157)

조선문학은 이제는 전통적 한문학(漢文學)마저 필요치 않는데 어찌 일본어로 창작하겠는가, 일본어로 문학작품을 창작한다는 것은 조선문학이 아니라 번역문학이나 다름없다는 것, 즉 조선문학은 조선어로 창작되어야 한다는 의도이다. 이는 참으로 대 바른 주장이 아닐 수 없다.

그리고 대부분 조선인문인들이 시종 조선어로 창작하고 작자이름을 창씨개명이 아닌 원명을 쓰고있는데 이는 민족문화를 보존하고 발전시켜 일제의 황민화 정책에 대항하려는 무언의 문화저항의 표현으로 된다. 조선문 작품의 유일한 발표지 ≪만선일보≫의 자그마한 문예란은 조선인문학의 생존과 발전의 유일한 근거지나 다름없었다. 비록 일제의 혹심한 검열제도하에 민족의 심성을 자유롭게 토로, 표현할 수 없고 때론 국책 색채도 보여주어야 하는 험악한 상황이었지만 조선인문인들에게 있어서 이 발표지를 지켜나가는 것이 곧 민족 언어와 문화를 보존하는 것이나 거의 다름없는 일이었다.

---

157) ≪國民文學의建設! 滿洲國에서도考慮될가≫, ≪만선일보≫ 1940년 4월 9일자 참조.

≪만선일보≫학예부의 제1회 소설 콩클 응모광고문에도 어느 정도 이
와 비슷한 의미가 내비치고 있다.

> 文學待望의 소리가 벌서 오래이다. 그러나이땅과가장오래인歷史
> 를맺고數百萬이란수자의 人口를가지고 그나마지난날 빗나는文化를
> 가진사람으로서 하나의≪바이코프≫(당시 이름난 로씨야인문인임.
> 필자 주)를 내지못하고 ≪平沙≫(당시 이름난 중국인문인 고정의
> 대표작의 하나임. 필자 주)에 題한 作品이나지안흔 것 卽 感情文化
> 의 貧困은 물론 이곳文化人에게도 그貴이 잇슬느지는모르나 한편
> 으로天才를발견하려는努力과 方途가막힌데도 큰原因이잇스리라.
> 이제滿洲의 鮮系文化의 本陣으로 自處하는本社에서는 그任務의 一
> 端을 遂行하려는意味에서 今年부터 第一回의文學콩클을 創設하게
> 되엇다. 힘써 이길을 통하야 龍門에오르라. 滿洲에도 鮮系의堂堂한
> 文學을建設하라[158]

이런 편집의도에 의해 이 응모에 당선된 작품가운데는 김창걸의 ≪靑
空≫를 비롯한 사실주의작품이 들어있었고 김창걸의 ≪마리아≫, 안수길
의 ≪車中에서≫, 황건의 ≪숨결≫, 신서야의 ≪秋夕≫ 등 적지 않은 사
실주의작품들이 응모작품으로 발표되었다고 보게 된다.

물론 이 광고문에서 응모의 취재에 대해 ≪滿洲와支那等의 現實을取하
되日滿國策에順應하야可及的이면明朗한建設性을가진 것을 바람.≫이라고
쓰면서 현세순응의 자세를 보여준 것은 간과하지 말아야 하지만 당시 상
황이 모든 원고내용을 일본인에게 심사 받아야 하는 체제하에서 이는 피
치 못할 상황이었고 최저한도로 국책선전신문으로서 시국언어를 사용해
야 하는 상황이라는 것을 감안하지 않을 수 없다. 진보적이고 민족적인
작가들은 이런 시국에서 표면적으로나마 현세부응색채를 띤 작품을 창작
하지 않을 수 없었다. 사실 대체로 이런 작품의 기저에는 민족생존상황
과 민족저항의 목소리가 숨겨있었다. 다시 말하면 진보적이고 민족적인

---

158) ≪小說콩클應募延期≫, ≪만선일보≫ 1940년 8월 13일자 참조.

조선인문인들은 그 발표지의 특수성으로 하여 표면적인 구조와 심층적인 구조라는 다층구조로 작품을 창작하였다고 보게 된다.

문학예술활동은 생활 - 작가 - 작품 - 수용의 계통적인 과정을 갖게 된다. 작가가 생활체험과 구상을 통해 부각한 예술형상은 각종 물질적 매체(신문, 잡지, 도서 등)를 거쳐 독자들과 대면하여야 완전히 작품화된다. 물질적 매체는 자연히 경제를 기초로 하며 경제는 문학예술에 작용한다. 하여 역사유물주의는 사회적 경제기초가 최종적으로 문학예술을 지배한다고 인정한다.

조선인은 본디 19세기말부터 자연재해와 사회재난으로, 특히 20세기 10년대부터 일제의 조선침략과 식민약탈에 의해 소농경제기초마저 잃어버려 굶주림에 시달리다 못해 고향 떠나 중국 동북 땅에 찾아온 유민, 이민이었기에 경제기초란 것은 근본 운운할 수가 없었다. 1933년의 ≪신경상공인명부(新京商工人名簿)≫에 등록된 조선인이 경영한 상공업은 겨우 음식점2개, 여관 5개, 이발소 1개, 제본업(制本業) 1개, 박판 제조(薄板製造) 1개였고[159] 1941년의 ≪신경상공명록(新京商工名錄)≫에는 일본인부, 만주인부, 러시아인부 등 여러 부가 있으나 조선인부는 전혀 없으며 일본인부에 등록된 조선인명록은 몇 명밖에 없었다. 그리고 위만주국시기의 절대대부분 조선인이민은 "자유이민"이나 "집단이민"이나 할 것 없이 모두 일제의 잔혹한 통제하에 노예화로 되어 파쇼적인 착취와 약탈을 당하였기에 생계조차 유지하기 어려웠다. 할진대 문학예술활동에 투입할 경제력은 거의 전무할 정도로 빈약하였다.

이런 사회경제상황으로 하여 조선인문학의 발전은 여러 모로 크나큰 제약을 받게 되었다. 동인이 있어도 동인지를 간행할 수 없었고 작품이 있어도 출판할 수 없었기에 문학활동이 정상적으로 활발히 전개될 수 없었다. 간혹 작품을 발표한다하더라도 심사관을 넘기기 위해 작품을 본의 아닌 분식을 하지 않을 수 없었다. 위만주국시기 조선문으로 출판된 단

---

159) ≪新京商工人名簿≫, 新京商工會議所, 昭和 八年四月, pp.12-15 참조.

행본은 겨우 소설집 2권과 시집 2권으로 4권밖에 안되지만 이 작품집들에는 모두 그 머리말에 작품내용과 거의 무관한 현세부응의미사려구가 덧붙여 있다. 이런 분식을 하지 않았다면 그 출판이 거의 불가능한 것이었다고 할 수 있다.

위만주국시기의 첫 조선문 작품집 ≪싹트는 대지≫는 한찬숙, 권용원, 주우씨(住友氏) 등의 경제협찬을 받아 1942년에야 간신히 출판된다. 1942년 9월에 출판된 ≪만주시인집≫과 1943년 10월에 출판된 ≪재만조선시인집≫은 모두 개인적인 경제협찬으로 출판된 것은 물론 ≪건국10주년을 마저≫, ≪건국10주년을 경축하여≫ 이 시집을 간행하게 되었다고 머리말을 분식하고 있다. 하지만 작품집의 내용들은 그 대부분이 민족의 심성을 반영한 것이었기에 이런 작품집의 출판은 조선인 작가들의 창작열정을 적극 불러일으켰을 뿐만 아니라 독자들의 강렬한 반향을 불러일으켰다. ≪싹트는 대지≫의 출판반응에 대해 안수길은 ≪용정·신경시대≫에서 이렇게 회고하였다.

> 반응은 예상했던 대로 컸다. 만주에서는 물론이지마는 국내에서도 신문과 잡지에 평론가들의 감격적인 논평과 더불어 소개되였다.…
> ≪싹트는 대지≫의 자극은 재만 조선인문인들에게 더욱 활발한 작품활동을 하도록 박차를 가했다.160)

하지만 이와 같은 작품집은 상기한 세 책 외에 더는 출판되지 못하였다.

여기서 간과할 수 없는 것은 당시 출판된 단행본들은 위만주국 정부나 어느 출판사의 경제원조가 아닌 개인적인 경제협찬을 받아 출판되었다는 것이다. 이는 예문파를 비롯한 일부 중국인문인들이 위만정부나 일본인들의 경제원조를 받아 많은 간행물이나 단행본을 출판한 상황과 전혀 다

---

160) 각주 156와 같은 책 p.552에서 재인용.

른 상황이었다. 위만주국 문학장에서 조선인문학의 존재는 종속적인 존재라기보다 "불법적인" 존재였다고 할 수 있다. ≪만주문예연감≫이나 ≪만주문예통신≫은 말할 것도 없고 ≪만주국 각 민족창작선집≫(1, 2)[161] 같은데도 조선인작품이 수록되지 않은 사실이 이를 실증해주고 있다.

이처럼 살벌한 민족생존위기가운데서, 더욱이 조선어교육이 폐지된 상황하에서 조선인문인들이 광복의 날까지 시종 조선언어문자로 민족의 생존상황을 진실하게 반영한 문학창작활동을 견지하였다는 것은 민족정신의 보루인 민족문학을 확보하였다는 것을 말해주며 이것은 조선인문학의 가장 기본적이고도 주요한 특징이라고 할 수 있다. 나아가 조선인의 불굴의 문화저항의 표현이라고 보지 않을 수 없다.

다른 한 면으로 조선인문학은 일제의 민족말살정책으로 인한 정치권의 상실, 경제의 궁핍성, 발표지의 결핍성, 내용심사의 엄혹성 등 각종 원인으로 말미암아 작품의 수량, 제재 등 면에서 빈약성을 띠게 되었고 작가들의 피 타는 노력과 상응한 성과를 이루지 못한 것이 유감으로 된다. 이 밖에 일부 작품들이 내용상 어느 정도 현세부응의 일면을 보여주기도 하였으며 지어는 일부 친일경향의 작품들도 창작되었다. 예 하면 박영준의 소설 ≪밀림의 여인≫, 김우석(金寓石)의 희곡 ≪김동한(金東漢)≫ 등과 같은 친일경향의 작품들이 창작, 발표되어 조선인문학에 지워버릴 수 없는 오점을 남겨놓았다.

2) 부단한 논쟁가운데서의 민족문학의 발전

이민족의 침략과 식민통치하에 중국인문인들은 민족문학의 전통을 계승하고 발전시키는 것이 곧 조국과 민족과의 혈연적 관계를 확보하는 것이며 나아가 이민족의 통치에 대한 저항으로 인정하였다. 위만주국 초기

---

161) ≪滿洲國各民族創作選集≫(1), 創元社, 1942年, ≪滿洲國各民族創作選集≫(2), 創元社, 1944年.

에 중국인문인들은 ≪대동보≫의 문예부간 ≪야초≫을 비롯한 각종 신문들의 문예부간을 통해 신문화사상을 선전한 동시에 사실주의수법으로 현실의 암흑면을 폭로, 비판하였고 1937년부터는 산정을 대표로 한 향토문학파와 고정을 대표로 한 사인주의(寫印主義)파라는 두개의 큰 유파가 형성되어 장기간 논쟁과 경쟁을 진행하면서 민족문학의 발전을 추진하였다.

위에서 이미 언급하였지만 향토문학파는 "현실을 묘사하고 현실을 폭로하는"것을 주장하였는데 그 이론적 근원은 관내의 향토문학 내지 사실주의문학에 두고있었다.

> 주지하다시피 우리 나라의 문단은 향토문예에 중점은 두고 있다. 시공간을 막론하고 문예작품이 표현하고있는 의식과 습작기교는 모두 현실에 치중하고 있다.…
> 우리의 대가(창작가, 비평가, 독자)들은 응당 시대의 의식을 파악하여 우리의 나라(울타리)에서 인류역사가 부여한 정확한 임무를 수행해야 한다.…162)

산정이 여기서 말하는 나라는 위만주국을 말하는 것 같지만 실상 동북만이 아닌 관내-중국을 통 털어 의미한다고 하겠다. 극소수의 매국역적을 제외한 중국인들은 시종 이민족의 침략, 통치하의 위만주국을 승인하지 않았고 동북을 관내와 동떨어진 고립적인 땅으로 여기지 않았기 때문이다.

향토문학파들은 문학창작에서 사실주의창작방법을 운용하여 사회생활을 진실하게 반영해야 하며 문학은 사람들이 현실을 인식하는 도구로 되여야 한다고 인정하였다. 이는 이민족의 통치하의 민족문학의 사명감에 대한 자각이며 "5·4" 신문학의 주조였던 사실주의문학과 보조를 같이하

---

162) 山丁≪鄕土文藝與 <山丁花>≫, ≪明明≫ 第一卷 第五期,張毓茂主編 ≪東北現代文學大系≫ 第一卷 沈陽出版社, 1996年 12月 pp.201-202 참조.

려는 추구였다고 할 수 있다.

한편 고정을 대표로 한 사인주의파들은 문학은 그 무슨 주의(主義)보다 우선 작품을 많이 창작하여야 한다고 인정하고 "사(寫)와 인(印)"에 진력하였다.

고정은 "만주문학, 적어도 만주인의 문학은 아직 자기의 이론을 구비하지 못하였다. 있다고 하면 사(寫)와 인(印)뿐이다. 우리는 이를 '사인주의'라 한다. 무엇을 쓰며 어떻게 쓰느냐 하는 것은 작품이후의 일이다. 우선 노력하여 작품을 써야 한다. 총 적으로 현재 우리는 아직 작품이 없기에 우선 없는 것부터 시작해야 한다. 이런 심정과 구상은 적어도 만주인문학자들의 생각과 일치한 것이다."고 하면서 "방향 없는 방향"을 주장하였다. 다시 말하면 사인주의는 문학의 독립성을 강조하고 그 사회적 작용을 경시하면서 문예는 오직 많이 쓰고 많이 발표, 출판하여야 만이 번영하고 발전할 수 있다는 것이다. 고정이 주장한 "방향 없는 방향"은 역시 나름대로 민족문학을 발전시키려는 목적하의 방향이라고 하겠다. 이런 문학주장하의 고정을 대표로 한 사인주의파들은 자신들이 일본어를 정통하고 일본인과 일정한 거래를 갖고있는 특징을 이용하여 일본인의 경제적 원조를 마다하지 않고 적극적으로 받아들여 정기간행물을 꾸리고 많은 작품집들을 출판하였다. 그들은 이런 남다른 "우월성"을 발휘하여 특히 장편소설과 서사장시의 창작을 제창, 자극함으로써 제반 장편장르문학의 발전을 추진하였다.

이 두 유파의 논쟁은 문학창작과 출판을 서로 자극하여 경쟁가운데서 여러 모로 풍부한 열매를 거두게 되었다. 불완전한 합계에 의하더라도 1940년을 전후하여 소설집과 장편소설단행본 40여부, 산문집 10여부, 시집 20여부가 출판되었다.

이 두 유파들의 논쟁은 비록 몇 년간 지속되었지만 사실 여러 성원들의 작품들은 대체로 비슷하였다. 하여 상호간에 상대방의 작품을 자신들의 간행물과 작품집에 수록, 발표하기도 하였다. 이것은 중국인작가들이

이민족의 식민통치하에서 모두 민족문학을 발전시키려는 공동한 민족의
식을 갖고 있었기 때문이라 하겠다.

여기서 부언할 것은 중국인에 대한 일제의 문화회유정책이다. 일제는
위만주국 인구의 90%이상을 차지하는 중국인에 대하여 정치, 군사적으로
파쇼적인 탄압정책을 실시하는 한편 "중국인의 힘을 빌어 중국인을 다스
리는 정책"을 실시하면서 사상 문화적으로 고압정책과 회유정책을 병용
하였다. 즉 파쇼적인 수법으로 반일, 진보적인 중국인문인과 문학을 탄압
한 동시에 회유수법으로 일부 중국인문인들을 농락하여 어용문인으로 만
들어 그들을 통해 중국인문단을 통제하면서 제반 중국인문학을 저들의
식민통치를 위해 복무하는 종속문학으로 만들려 시도하였다.

1939년 9월 15일 일본에서 ≪만인작가소설집·원야(滿人作家小說集·原野)≫
(오오우찌 다까오 역, 三和書房 출판)가 출판됨에 따라 일본인들은 ≪만인작가소
설집(제2집)·민들레(蒲公英)≫(오오우찌 다까오 역, 三和書房, 1940년 7월 30일),
≪현대만주여류작가단편선집≫(오오우찌 다까오 역, 女性滿洲社, 1944년 3월 30
일), ≪평사(平沙)≫(고정 작, 오오우찌 다까오 역, 中央公論社, 1940년 8월 1일), ≪구
양씨네 사람들(殿陽家的人們)≫(爵靑 작, 오오우찌 다까오 역, 國民畵報社, 1945년 5
월 20일) 등 고정, 작청 등 일부 작가들의 작품들을 치중하여 번역, 출판하
면서 그 작가들과의 내왕을 밀접히 하였다. 또한 간행물, 도서 출판에 필
요한 경비를 선뜻이 원조해주면서 중국인문인들의 문학활동에 참여, 침
투하고 그 활동을 분화, 공제하려 시도하였다.

하여 오오우찌 다까오(大內隆雄)를 비롯한 일본인문인들이 어떤 동기 혹
은 목적으로 번역하였든지 당시 진보적인 중국인문인들은 일본인들의 이
런 번역활동에 대해 불신임과 불안감을 느꼈다. 이에 대해 산정과 왕추
영은 후에 이렇게 회고하였다.

　　내가 쓴 장편소설 ≪녹색계곡≫이 ≪대동보≫ 석간에 연재되었
　는데 또 일본인 오오우찌 다까오선생이 일본문으로 번역하여 ≪하

르빈일일신문≫에 연재하였다. 당시 나는 오오우찌 선생을 의심하
였다. 그는 이 소설을 번역할 때 나와 이야기하지 않았다. 나는 그
가 관동군의 특무라는 말을 들은 적 있었기에 그의 번역은 나로 하
여금 아주 불안하게 하였다.163)

　　우리는 일본인을 무서워하였고 일본인도 우리를 무서워하였다.
당시 일본학자 오오우찌 다까오가 우리의 작품을 제일 많이 번역
하였는데 한때 그가 문화특무라는 소문이 돌았다. 우리의 작품을
번역한 것은 일본특무기관에 정보를 제공하기 위해서라고 하였
다.164)

　　일제의 회유정책에 따라 민생부는 1938년부터 ≪민생부대신문학상(民生
部大臣文學賞)≫을 설립하여 일부 중국인문인들의 작품을 평선, 장려하고
(제1회는 穆儒丐의 ≪福昭創業記≫, 제2회는 고정의 ≪평사≫) 1936년에 설립된 ≪문
예성경상(文藝盛京賞)을 신문학상(新文學賞)로 만들어 적지 않은 작품들을 평
선, 장려하였다.(제3회까지는 구문학(舊文學)을 평선, 장려하고 제4회는 고정의 ≪飛
翔≫, 제5회는 산정의 ≪山風≫, 제6회는 소송의 ≪北歸≫, 제7회는 작청의 ≪殿陽家
的人們≫, 제8회는 의지의 ≪天云集≫가 평선됨.) 불완전한 합계에 의하더라도
1939년과 1940년 두 해 사이에만 각종 신문, 간행물에서 진행한 문학상활
동이 7차였다고 한다.

　　이밖에 일본인들은 여러 가지 형식의 "일만친선(日滿親善)" 문예좌담회
를 조직하여 "만주문학"의 중요성을 선양하는 한편 일부 중국인문인들을
조직하여 일만(日滿)문예교류활동을 진행하였는데 1942년 5월 26일 동경
에서 발족한 대동아문학자대회에 선후로 3차례(제1차 1942년 11월 3일 - 5일,
제2차 1943년 8월 25일 - 27일, 제3차 1944년 11월 12일 - 14일)에 걸쳐 위만주국 대
표로 고정, 작청 소송, 오영, 전병, 오랑, 석군, 전랑 등을 참석시키면서

---

163) 山丁 ≪關與東北淪陷時期的鄕土文學≫, 馬興國 主編 ≪中日關係硏究的新思考 -
　　中國東北與日本國際學術硏討會論文集≫, 遼寧大學出版社, 1993年 2月, p.158 참
　　조.
164) 王秋瑩 ≪關與東北淪陷時期鄕土文學的爭論≫, ≪東北淪陷時期文學國際學術硏討
　　會論文集≫, 沈陽出版社 1992年 6月, pp.131-132 참조.

대동아성전을 위해 문학활동을 전개하도록 유인하고 강요하였다. 하여 사인주의파 가운데의 일부 작가들은 일본인과 빈번히 내왕하는 가운데서, 특히 위만주국 말기에 일제의 엄밀한 감시와 유혹가운에서 반영미시(反英美詩)를 비롯한 친일경향의 작품을 창작하지 않을 수 없게 되었으며 또 현세부응의 문학활동에 적지 않게 참여하지 않을 수 없게 되었다.

여하튼 중국인문인들은 경제, 문화 등 여러 면에서 조선인문인들 보다 달리 일정한 저력을 갖고 있었고 또 일제의 회유정책도 일정하게 이용할 수 있었기에 작품의 수량, 제재, 예술수법 등 면에서 비교적 풍부한 성과를 이룩하게 되었다.

요컨대 조선인문학과 중국인문학은 일제의 식민통치라는 동일한 시공간가운데서의 동일한 피식민 민족문학이었지만 민족생존상황의 부동성으로 하여 일부 부동한 생성궤적과 특징을 띠게 되었다. 그리고 피식민 민족문학은 식민문학과 이탈하면서도 의뢰하는 관계를 갖고 있다는 식민지문학의 한 특징도 보아낼 수 있다. 다시 말하면 위만주국 문학장에서 피식민 민족문학 - 조선인문학과 중국인문학은 주로 작가들의 민족의식과 저항의식으로 하여 지배위치를 점한 일본식민문학과 이탈하여 자주적으로 생성, 발전하였으나 또 종속적인 위치에 처한 피지배 관계로 말미암아 문학생성의 외부환경에서 막무가내로 일본식민문학에 일부 의뢰하게 되었다는 한문학특징을 도출해낼 수 있다.

제 **4** 장   민족의 생존상황과 저항의식의 사실주의적 조명

– 조선인소설과 중국인소설의 주요특징 비교 –

"정치자유가 없는 인민들에게는 문학이 유일한 논단(論壇)으로 된다. 그들은 오직 이 논단에서만이 사람들로 하여금 자신의 분노의 목소리와 양심의 호소를 듣게 한다."165) 조선인작가와 중국인작가들은 일제의 식민통치하에 정치자유를 잃었을 뿐만 아니라 문학장에서도 식민문학의 지배와 압제를 받게 되었다. 이런 험악한 사회생존상황하에서도 조선인작가와 중국인작가들은 소설창작에서 현실에 입각하여 사실주의창작수법으로 당시 민족의 생존상황을 진실하게 반영하면서 암흑한 사회현실을 폭로하고 우회적인 수법으로나마 민족의 심성을 토로하고 민족저항의식을 표현하였다.

제1절   중, 단편소설의 공동한 담론과 그 발산적인 의미

담론(話語)이란 문학적 범위에서 말할 때 문학이 세계를 파악하는 방식의 외부표현형태인데 텍스트 의미에서는 곧 작품화한 표현을 뜻한다.166)

---

165) 이는 헤르쩐(赫爾岑)의 말이다. 童慶炳 等著 ≪文學藝術與社會心理≫, 高等敎育出版社, 1997年 7月, p.425에서 재인용.

일제식민문학은 위만주국 문학장의 권위적인 담론권리를 독점하고 피지배위치에 처한 피식민 민족문인들에게 식민통치를 미화, 분식하는 이른바 "낭만주의"문학을 선양, 강요하였다. 조선인작가와 중국인작가들은 이런 식민문학담론에 대응하여 자주적이고 저항적인 민족문학담론을 추구하면서 많은 사실주의소설작품들을 창작, 발표하였다. 그중 조선인작가들의 중, 단편소설과 중국인작가들의 중, 단편소설들은 여느 장르 보다 특징적으로 적지 않은 공동한 담론과 그 발산적인 의미를 뚜렷하게 보여주고 있다.

1. 최하층인물들의 비참한 생활상

일제의 가혹한 식민통치는 위만주국의 각 민족인민들을 고난의 세계로 내몰아 그 생존상황은 날로 암흑해졌다. 조선인작가와 중국인작가들은 이런 현실에 직면하여 소설형식으로 최하층인물들의 비참한 생존상황을 진실하게 묘사하면서 형상적으로 현실의 역사를 기록함과 동시에 최하층인물들의 비극적인 운명을 동정하고 나아가 그 비극의 근원을 암시하였다.

조선인소설들은 험악한 현실사회와 빈궁과 실의, 억압과 착취에 허덕이는 소작인, 도시빈민, 지식인 등 최하층 조선인들의 비참한 생존상황을 진실하게 보여주었다.

안수길의 초기소설인 단편소설 ≪장≫(≪북향≫ 제3호, 1936년 3월)은 간도에 이주해온 조선인 최하층인간들의 비참한 현실을 생생하게 보여주고 있다. 소설은 간도가 좋다는 말을 듣고 간도에 와 금광에서 돌을 나르다가 다리를 상하고 돈이 없어 제대로 치료하지 못하여 다리가 썩어 잘라버리고 떠돌아다니는 비렁뱅이로 된 한 거지가 한 난전 앞에서 두 시간

---

166) 王列生 著 ≪世界文學背景下的民族文學道路≫, 安徽教育出版社, 2000年 9月, p.246에서 인용.

이나 장타령을 하며 돈냥을 빌었으나 돈냥 대신 매를 맞는 참상을 보여
준 동시에 그 난전주인 영감의 비참한 생활상도 그리고있다. 오십을 넘
어선 난전주인 영감은 열살 밖에 안 되는 외동아들을 가난으로 공부 대
신 난전구루마를 끌고 다니게 해야 하였고 아들이 배고픔을 못 이겨 자
기의 돈 5전을 몰래 꺼내 호떡을 사 먹자 그처럼 귀한 아들을 머리에 피
가 나도록 때리고 또 이를 후회하여 죄책감과 울적한 심사에 빠지고 "정
오가 넘도록 내 죄죄한 난전에는 한사람도 손님이 찾어오지 않어" 더욱
울적해진 상황에 웬 거지가 돈냥을 빌자 그만 울화가 치밀어 그 거지에
게 주먹으로 분풀이를 하게 된다. 참으로 그의 상황은 거지 못지 않았다.
≪장≫은 바로 최하층인간들의 비참한 생활 현장이었다. 소설은 나중에
난전주인 영감의 말로 끝난다.

> 그리고 엽패서 장타령을 재밋게 듯던사람이 무에라고 나를 욕합
> 듸다마는 거지가 그렇게 불상하다면 웨 주머니에서 돈을 꺼내 주
> 지 못하고 거지한테도 괄세를 받는 나를 욕할게 무언가요. 신문에
> 나지 안을께니깐 동정못하는겐가요?

이 결말은 무정하고 험악한 사회에 대한 비판이 아닐 수 없다. 이 소
설은 조선인소설문학에서 최초의 작품이나 다름없는데 이런 초기작품에
서부터 사실주의경향을 뚜렷하게 띠고 있다는 것은 작가의 선명한 문학
지향을 보여준다고 할 수 있다.

안수길의 대표작의 하나로 되는 단편소설 ≪새벽≫은[167] 소작인들의
참담한 생활상을 보여주고 있다. 소설은 창복이라는 소년의 시점으로 그
의 가정비극을 서술하였다. 지팡살이 하는 창복의 아버지는 농사를 뼈빠
지게 지어도 빚을 갚을 수 없게 되자 무서운 고리대 빚을 하루라도 빨리

---

167) 단편소설 ≪새벽≫은 처음으로 ≪만선일보≫1941년 2월 1일 - 3월 1일 문예란
　　에 연재 발표되고 1942년에 출간된 재만조선인소설집 ≪싹트는 대지≫와 1944
　　년에 출간된 안수길의 창작집 ≪북원≫에 수록됨.

갚기 위해 위험을 무릅쓰고 소금밀수를 하나 그것도 얼되놈 박치만의 작간으로 집사대에 잡혀 오히려 빚만 더 지게 되고 딸 복동예를 얼되놈에게 팔지 않으면 안 되는 궁지에 빠진다. 복동예는 사랑하는 총각이 있었으나 아버지가 기한 내에 빚을 갚지 못했으므로 얼되놈에게 시집갈 수밖에 없게 되자 혼인날 아침에 낫으로 자결하고 그 참상을 목격한 어머니는 정신착란이 생기며 창복이와 그의 아버지는 박치만이 데리고 온 사람들에게 얻어맞아 온 가정은 비탄에 빠진다.

보다시피 소설 역시 사실주의창작방법으로 피눈물나는 만주생활상을 진실하게 반영하면서 암흑한 현실을 폭로하고 있다.

김창걸의[168] 단편소설 ≪암야≫(1939년 5월중 ≪만선일보≫에 발표됨, 원명 ≪지새는 밤≫)에서도 고난에 허덕이는 소작인들의 생활상을 보여주고 있다. 소설의 주인공 ≪나≫ 명손이는 ≪만주는 눈이 모자라 끝이 보이지 않는 넓은 들판이라≫고 하지만 가난으로 ≪논이라고는 구경도 못하는 산골≫에서 살아야 했고 윤주사네 밭 이틀갈이를 겨우 얻어 부치는 소작인으로 막벌이, 땔나무장사 등으로 뼈빠지게 일하나 입에 풀칠이나 겨우 하는 신세이다. 하여 그는 밑천으로 50원을 만들어 한마을의 사랑하는 처녀 고분이한테 장가들려고 하나 그가 모은 돈은 22원밖에 안 된다. 고분이네는 최영감에게 진 빚 150원을 갚기 위해 막무가내로 고분이를 200원에 고분이의 아버지보다는 삼사 년이 우인 윤주사의 첩으로 팔지 않으면 안 된다. 이토록 당시 사회에서 소작인들은 가난에 메워 살아갈 길이 암담하였고 "계집애가 키를 씌워보아 끌리지 않으면" 마소처럼 팔지 않으면 안 되었다. 하지만 돈 있는 부자들은 세도를 부리며 가난한 소작인들을 마음대로 유린하였다. 나중에 명손이는 고분이와 함께 암야에 탈주를 시도한다.

---

168) 김창걸 (1911년 12월 - 1991년 11월 22일), 아명은 학천(學泉), 필명으로 황금성, 금성, 추소, 강철 등, 1930년대 후반에 데뷔, ≪무빈골전설≫, ≪암야≫, ≪낙제≫, ≪건설보≫ 등 근 30여편의 소설과 시, 수필, 희곡, 평론 등을 발표, 조선인문단의 대표적 작가의 한 사람.

이 소설은 소작인들의 비참한 생활상뿐만 아니라 자연발생적이나마 이런 운명에서 벗어나려는 소작인들의 저항의식도 보여주고 있다.

신서야의[169] 단편소설 ≪추석≫(1940년 8월 8일 - 9일 ≪만선일보≫에 발표됨)은 "아무런 정치적 권리와 인간적 존엄도 보장받지 못하는 조선인 농민의 고뇌와 애수를 서글픈 음조로 묘사한 소설이라 하겠다."[170]

소설의 주인공 김서방은 63세의 노인이나 추석날에 쌀을 팔러S시로 간다. 자기가 지은 쌀이지만 "자기 물건 - 아무리 자기 손으로 지은 물건이라도 잘못 팔면 나라 법에 의하여 그도 역시 범죄가 되는" 세월이었기에 작년 이때 추석 며칠 전에 그는 아내와 함께 쌀을 팔다가 사미매매(私米賣買)죄로(위만주국의 ≪양곡출하법≫에 의하면 농민들은 자기가 지은 농산품도 국가에서 제정한 헐값으로 국가에만 팔 수 있을 뿐 마음대로 시장에 내다 팔 수 없고 양식이 떨어졌을 때는 국가로부터 상품가격인 고가로 사먹어야 하는데 사실 이 법은 일제의 강제적 수탈정책이었다.) 붙잡혀 곤욕을 치렀는데 아내는 생전 처음으로 "나쁜 짓"을 하여 가슴이 떨리는 수전병을 얻어 시들시들 앓다가 한 달 후에 그만 저승의 사람이 되었다. 김서방은한 많은 추석이 닥쳐오자 발가숭이 집안식구, 더욱 어미 없이 고독하게 자라는 딸자식 형제에게 인조견이나마 옷 한 벌씩 추석치장을 하여 주고 또한 가엾이 죽은 아내의 영혼 - 일년기(一年忌)에 쓸 제사 감을 사다주려고 위협을 무릅쓰고 S시에 와서 쌀을 몰래 팔아 천장사군에게 뻔히 당하면서 울며 겨자 먹기로 겨우 천을 샀으나 우차를 길가에 잘못 세웠다는 죄로 순사에게 톡톡히 훈계 받고서야 간신히 시가지 밖으로 나올 수 있었다. 예전에 촌 서당에서 훈장을 지낸 김서방이지만 자신의 이런 억울하고 비참한 처지를 달래 바 없어 이런 시조를 읊는다.

≪춘강화월야(春江花月夜)인데 추창풍우석(秋窓風雨夕)이라…≫
김서방은 자기의 노래소리에 설음이 북받쳐났다. 구리빛으로 그

---

169) 신서야(1907년 6월 18일 - ?) ≪북두성≫, ≪탄갱부≫, ≪풍장≫ 등 작품을 창작.
170) 김호웅 ≪재만조선인문학연구≫, 국학자료원, 1997년 12월 p.133 재인용.

을은 두뺨에는 은연중 두줄기의 눈물이 떨어졌다.
　그는 육십평생에 두 번째 흘린 눈물이였다. 한번 눈물은 작년이
때 안해가 죽었을 때와 또 오늘하고 그렇게 꼭 두번이였다.

이렇게 온 가정이 함께 모여 어른을 대우해주는 민족의 전통적인 명절 - 추석은 63세 노인인 김서방에게는 아내를 잃은 한 많은 계절로, 기만당하고 모욕당하는 슬픔의 명절로 되었다. 소설은 제목자체가 아이러니로 되여 독자들에게 깊은 사색을 던져주며 은밀한 상징성을 내포하고 있다.

조선인들의 이런 비참한 생활상을 그린 소설들은 이밖에 또 안수길의 ≪차중에서≫, 김창걸의 ≪마리아≫ 등 수 편이 있어 조선인소설의 한 특징을 이루고 있다.

중국인문인들은 그 대부분이 생활형 작가들로서 사회최하층인물들의 비참한 생활상을 반영한 소설들을 다량 창작, 발표하였다. 특히 산정, 추영을 대표로 한 향토문학작가들은 진실을 묘사하고 진실을 폭로하는 뚜렷한 사실주의창작경향을 지니고 사회최하층인물들의 비애와 고통, 불행을 진실하게 묘사하고 짙은 향수로 그들을 동정하고 일제통치하의 민족재난을 고발하고 여러모로 그 재난의 근원을 암시하였다.

산정의[171] 단편소설 ≪산풍(山風)≫(≪대동보≫ 1938년 7월 29일 - 30일 문예란에 발표)은 위만 통치자들이 농산물을 검사하고 저장하고 나르는 등 수단으로 농민들의 노동수확을 약탈해 가는 암흑한 현실상황을 묘사하고 있다. 왕년과 마찬가지로 봄이 오자 식량이 떨어진 농민들은 지주의 땅을 소작 맡고 그 땅에서 나오는 소출을 저당하여 식량을 꾸어 먹게 된다. 지주는 아무 것도 관계치 않고 있다가 가을이 되면 양식만 거둬간다. 그런데 이 해에 수재를 입어 양곡의 질이 떨어지자 그 값은 폭등하나 지주

---

171) 山丁(1914년 12월 31일 -) 원명 梁夢庚, 때론 梁咏時,鄧立이라는 이름도 썼음. 필명으로 梁倩, 小倩, 梁茜, 小茜, 阿庚, 孟庚, 茅野, 菁人, 冰菲 등을 사용. 1940년 滿映 제작부에서 씨나리오 창작에 종사. 위만주국시기 향토문학의 대표적 작가. ≪산풍≫, ≪향수(鄕愁)≫, ≪豊年≫ 등 단편소설집과 ≪綠色的谷≫ 등 장편소설이 있음.

는 질이 나쁘다는 핑계로 두 석을 한 석으로 쳐 거두어 들여 농민들은 일년 농사가 헛수고로 돌아간다. 한편 외국인이 경영하는 보륭상사는 양곡의 질이 나쁘다는 핑계로 수매를 거절하여 질 좋은 양곡을 거둬들이지 못한 지주들은 양곡을 팔지 못하여 골탕을 먹게 되고 많은 지주들은 파산된다. 외국인 상사들은 이 기회를 이용하여 양곡시장을 조작, 독점하면서 폭리를 얻는다. 하여 중농, 지주 등은 파산된 소작인들은 유리걸식하게 된다.

이렇게 소설은 중국인 농촌의 몰락상을 리얼리티하게 보여주고 있다.

산정의 다른 한 단편소설 ≪좁은 거리(狹街)≫(1939년 12월 ≪文選≫ 창간호에 발표)는 도시 쿠리(苦力工)들의 비참한 생활상을 보여주고 있다. 소설의 주인공 유씨는 가정의 생계를 위해 먼저 반달월급을 준다는 강북의 일자리를 찾는다. 그런데 노동자를 모집하러 온 작자는 반달월급은커녕 유씨를 마구잡이로 차에 싣고 가버린다. 하여 유씨는 자유를 잃어버리고 아내는 임신한 몸으로 아이 셋을 먹여 살려야 했다. 남편은 종무소식이고 집세는 두 달째 물지 못하고 아이들은 굶주림에 울고 … 이런 숨막히는 압력에 못 이겨 아내는 유산하고 병들어 누운 채 다시 일어나지 못하고 죽게 되며 유씨는 아내가 죽기 전에 이미 저승에 가게 된다.

도시의 빈민들도 농촌의 소작인과 마찬가지로 비참한 생활을 겪고 있었다.

추영의172) 중편소설≪광갱(鑛坑)≫(1940년 10월 ≪文選≫ 제2집에 발표)은 작가가 익숙한 무순탄광 노동자들의 비참한 생활을 묘사하고 있다. 소설의 주인공 장빈(張斌)은 원래 본분을 지킨 농민이었으나 공업이 진입과 더불어 농촌생활이 파산되자 탄광 노동자로 되어 십여 년간 생명위험을 무릅쓰고 뼈빠지게 일하였으나 의연히 생계를 유지하기 힘들었다. 그가 얻은

---

172) 王秋螢(1913년 12월 8일 -) 필명으로 蘇克, 舒柯, 邱螢, 林綏, 谷實, 孫育, 洪荒, 阮英, 牛何之, 黃玄 등을 씀. ≪去故集≫, ≪小工車≫ 등 단편소설집과 장편소설 ≪河流的底層≫, 평론집 ≪滿洲新文學史料≫ 등이 있다. 위만시기 향토문학의 대표적작가의 한 사람이며 향토문학의 다산작가이다.

것은 고 강도의 노동으로 인하여 노쇠해진 몸 뿐 이었다. 그는 41세의 나이였으나 이미 완전히 쓸모 없는 폐인으로 되어버려 일할 때면 감독의 모욕을 당하면서 간신히 일을 해나간다. 설상가상으로 어느 날 아홉 살 짜리 딸이 석탄재를 줍다가 굴러 떨어지는 돌에 머리를 맞아 중상을 입고 병원에 입원하게 된다. 딸을 구할 입원비를 마련할 바 없게 된 그는 생계의 막다른 골목에 이르자 탄광에서 경영하는 소매점의 돈을 훔치려다가 붙잡혀 감옥에 들어가게 되며 나중에 감옥에서 병으로 죽게 된다. 빈혈로 쇠약할 대로 쇠약해진 그의 아내는 자식들의 생계를 위해 탄광감독 손부(孫富)와 동거하게 된다. 그러나 손부가 둘째 아이를 학대하여 둘째가 아버지를 부르며 죽게 되자 장빈의 아내는 비장한 결심을 내리고 아들을 데리고 어디론가 떠나간다.

소설은 일제의 중요한 경제약탈 현장의 하나였던 탄광과 그 주위의 암흑한 현실의 한 측면을 피눈물나게 묘사하고 폭로하였다.

추영은 단편소설 ≪소공차(小工車)≫(1941년 1월 문선간행회의 간행으로 된 소설집 ≪小工車≫에 수록됨)에서도 ≪광갱≫의 자매편이나 다름없게 탄광 노동자들의 불행한 운명을 묘사하고 있다. 이 두 소설은 작가 추영이 무순탄광에서의 생활경력에 기초하여 그 현실생활을 제재로 진실하게 반영한 것인데 여기서 작가가 주장한 향토문학의 기본특징과 그 창작경향-사실주의창작경향을 보아낼 수 있다고 하겠다.

여류작가 진제의[173] 단편소설 ≪생의 풍경선(生之風景線)≫(≪濱江日報≫ 1940년 7월 8일, 15일, 22일, 29일, 8월 5일에 게재, 발표)은 간교한 관리와상인들이 배급 쌀을 독점하여 최하층인간들이 죽음의 변두리에서 허덕이는 참상을 보여주고 있다. 아봉이라는 여인(阿鳳嫂)은 임신하여 배가 남산만한 몸이지만 배급 쌀을 타러 새벽길을 걸어 시가지로 온다. 남편은 탄광에서 일하다가 다리를 상하고 돈이 없어 치료하지 못하여 상한 다리가 썩

---

173) 陳隄(1915년 6월 -) 원명 劉國興, 단편소설 ≪棉袍≫, ≪云子姑娘≫, 중편소설 ≪尋人廣告≫, 장편소설 ≪追尋≫, ≪賣歌者≫ 등 대표작이 있음.

어 가는 중이여서 집에 누워있을 수밖에 없었다. 아봉은 쌀을 사려고 쌀가게 문 앞에 장사진을 이룬 숱한 사람들과 함께 한여름의 땡볕에서 쌀가게의 문을 열리기를 기다리나 쌀가게 문은 전혀 열리지 않는다. 쌀가게의 상인들은 관리들과 결탁하여 배급 쌀을 헐값으로 사서 뒤 문으로 몰래 고가로 넘겨 팔고있었다. 이튿날 몇백 명의 사람들은 쌀가게 문이 겨우 빼꼼히 열리자 밀물처럼 몰려 그만 아봉을 밀쳐놓는다. 아봉은 병원에 들려가나 돈이 없어 치료받지 못하고 그대로 집에와서 숨을 거둔다. 동정심 많은 장씨가 동네 사람들과 함께 그녀의 시체를 금방 문밖에 들고 나오자 집안에서 쿵하는 소리가 난다. 그녀의 남편은 앞길이 너무나 비참하여 어린 자식을 곁에 두고 그만 자결한 것이다.

이런 부류의 소설들은 이밖에도 소홍과 소군의 소설집 ≪발섭(跋涉)≫, 산정의 ≪북극권(北極圈)≫, 소송의 ≪부락민(部落民회)≫, 오영의 ≪취홍(翠紅)≫과 ≪혼잡한 거리(淆街)≫, 단제(但娣)의 ≪안확과 마화(安穉和馬華)≫ 등으로 수십 편에 달한다.

여기서 열거한 소설들의 제재와 특징은 매 작가들에게 놓고 볼 때는 개별적인 현상으로 보이지만 조선인소설이나 중국인소설에서 놓고 볼 때는 그 유사성으로 하여 여러 작가들에 의한 보편적인 현상으로 되고 있다. 따라서 매 소설의 주인공들의 비참한 생활상은 민족의 비참한 생활상이라고 할 수 있다. 이런 정체성은 대체로 작가들의 공동한 창작경향-사실주의창작경향에서 기인한 것이라고 볼 수 있다.

2. 고뇌와 타락 그리고 무능한 인텔리 형상

한 나라와 민족에게 있어서 인텔리는 그 나라와 민족의 발전과 문명의 중요한 표징의 하나로 되며 사회의 주요한 구성요소로 된다. 위만주국시기 진보적이고 민족양심을 가진 조선인 인텔리와 중국인 인텔리들은 민족의 불우한 운명을 감안하고 그 해탈을 위해 무언인가 열심히 해보려하나 일제의 식민통치하에서 실의할 수밖에 없게 되자 고뇌에 빠진다. 적지 않은 인텔리들은 술, 아편 등으로 정신고뇌를 마취시키면서 무능한 자신과 암담한 현실에 대한 불만 등을 잊으려 하였다. 조선인문인과 중국인문인들은 이런 인텔리들의 고뇌와 타락상 그리고 무능함을 작품에 진실하게 반영하면서 인텔리들의 생활측면으로 사회의 어두운 현실을 고발하였다.

황건의[174] 단편소설 ≪제화≫(1940년 1월중 집필, 조선인소설집 ≪싹트는 대지≫에 수록됨)는 조선인 인텔리들의 고뇌와 생활상을 보여준 수작(秀作)이다.

소설의 주인공 "나"는 3년 전 봄 "다른 벗들이 혹은 현해탄을 건너가거나 혹은 촌으로 가고 하여 대부분이 흩어져버린 뒤 서울서 방황하다"가 만주에 먼저 온 태규라는 청년의 주선으로 뒤따라 만주에 온다. 이어 뜻맞는 친구들이 "하나씩 둘씩 오게 되었고 다시 이곳에서 문화며 생활이며 그 이상 더 넓기도 하고 진실도 한것에 의한 정열을 가지려 문화청년회를 중심으로 모이게" 된다. 그러나 문화청년회는 "오늘의 암담함과 무질서는 처음부터 구할 수 없는 것인지" 그들은 "환경이며 개성이며 영웅이며 나중에는 영웅을 못 가진 세기의 불행이며 하는 것까지를 각기 이야기"하다가 "아무런 지향도 의의도 가질 수 없"게 된다. "모든 의욕과 행동에 성실을 간직하고" "조그마한 일에서도 항상 나 어린 미더움과 밝음을 잃지 않고" "어디까지든지 신념에서 우러나오는 주장을 세우던" 필수가 나중에 태규와 싸운다. "나"와 기주는 더욱 불안해진다. 원래 "나"는 어머니의 병환을 치료할 수 없는 고뇌와 무능으로 불효의 죄책감에 시달리고 있었을 뿐만 아니라 "나이 서른 두셋이 넘는 오늘까지 설음과 눈물로만 지나"온 누이의 불행으로 또한 뼈저린 비애를 느낀다. "나"는

---

174) 황건(1918년 4월 28일 - 1991년) 위만주국시기 조선인문단의 대표적 작가의 한 사람. 광복전의 작품으로 ≪기적≫, ≪지연≫ 등이 있음.

한때는 영웅시대를 가지고 힘과 보람에 차있었지만 인제는 경악과 회의를 갖게 되며 아름답던 모든 성곽은 아찔하게 멀어져 갔다. "그 많은 세월을 읽고 배우고 생각하고 하였다는 것이" "진실로 무엇이 귀중한지 무엇이 아름다울수 있는지 알수 없"는 처지에 이르렀다. 피투성이 번뇌에 쌓여있던 "나"는 더는 불행한 "누이와 내 이름만을 수없이 부르고있는 엄마를" 다시 대해낼 수 있을 것 같지 않아 자결하려 한다. "나"는 사랑하는 기주가 "남의 나라 같은 쓸쓸하고 괴로운 곳에서 어떻게 나 없는 나날을 보낼 수 있을가"하고 몸서리나는 생각 끝에 "차라리 아무 소리도 없이 그 모르게 이손으로 그의 목숨을 끊이리라" 생각한다. 그러나 사랑하는 기주를 보게 되자 차마 그 무서운 생각조차 할 수 없게 된다. "나"는 끝내 한가지 해결책 즉 기주를 조선에 보내어 잠시 "나"의 곁을 떠나게 하여 그 무서운 생각을 물리치려 한다. 하여 나는 기주를 조선에 갈 것을 제기하고 기주는 "나"의 말대로 조선으로 간다. 기주를 떠나 보낸 "나"는 술집에 가 만취하여 험악한 현실을 잊으려 애쓴다. 소설은 나중에 이렇게 쓰고 있다.

> 나는 새로이 깨닫는다.…
> … 어찌하여 너희는 이 병든 곳, 수척한 곳을 두고 뻣뻣이 가기만 한다느냐. 정말 나는 아프다.
> …얼마나 끔찍이도 무서운 것이 나를 지키고 있다 한들 나도 차마 내 자신에게까지 거짓말을 할 수는 없다. 그 악마같은 짐승이 악을 쓰며 마지막 달려온단들 그러면 내 차라리 이 작은 숨을 부둥켜쥔채 그 입을 향하여 뛰여들리라. 내 어찌 이 마지막 눈물겨운것까지를 놓을수있을것인가.…

소설은 이렇게 한 문화청년이 무서운 고뇌와 실의, 나아가 몽롱하게나마 그 어떤 깨달음과 새로운 출발을 세부적으로 생동하게 묘사하였다. 소설에 나오는 도회지를 작가는 신경이라 찍어 말하지 않았지만 소설에는 당시 신경의 거리를 기록영화처럼 진실하게 서술하고 있다.

나는 대동대가(지금의 人民大街)쪽을 향하여 걸었다.… 나는 어느덧 보산백화점(지금의 장춘시 제3백화점)앞에서 대경로(지금도 大經路라 함)쪽으로 꾸부러져 다시 소학교(대경로소학교) 옆길로장춘대가(지금도 長春大街라 함)에 나섰다. 절앞(지금의 般若寺) 넓은 활짝 공지가(지금의 人民廣場) 눈앞에 펴졌다. 공지 한가운데 가로놓여있는 길(지금의 民康路)를 지나 협화회(당시 만주협화회 본부 청사, 지금의 군인구락부) 뒤길로 대동공원에 (지금의 兒童公園) 들어섰다. … 공원(대동공원)에서 얼마 더 안가있는 통화로(지금도 通化路라 함) 자기 집으로 곧장 가지 않고 …

이밖에도 소설에는 만철사원구락부(지금의 장춘철로구락부), 일본교(위만시기에 이미 없어졌음), 조일통(朝日通, 지금의 上海路) 등 거리와 장소가 나오는데 이는 모두 당시 신경의 현실상황이었기에 당시 이 묘사를 보는 독자들은 대뜸 신경임을 알 수 있었다. 이는 소설의 진실성과 설득력을 기하여줄 뿐만 아니라 현실에 입각한 작가의 사실주의경향을 보여준다.

일부 학자들이 이 소설에서 "나"의 절망이 모호하고 그 방향성이 요령부득이라고 비평하기도 하지만 사실 당시 조선어로 된 작품을 공개적으로 발표할 경우에는 작가의 의도를 그대로 진술하게 표현할 수 없었다는 역사상황을 감안할 때 이 소설은 만주국의 어두운 현실에서 좌절을 당한 청년인텔리들의 고뇌와 현존 사회제도에 대한 회의와 부정에 이르고 있다고 보는 것이 마땅하지 않을 가 생각한다.

김창걸의 단편소설 ≪청공≫(≪만선일보≫ 1940년 2월 11일 - 2월 28일)은 쪼들리는 가난에서 벗어나려고 아편장사를 하다가 아편중독자가 된 인텔리의 타락상과 그 참회과정을 쓰고있다.

소설의 주인공 "나"는 고학으로 중학을 졸업하고 선생노릇을 하나 월급이 20원도 안되기에 "동리로 쌀되 꾸러 가는 때가 태반이요, 가난만 심각하다보니 돈에 대해서 절대로 불평을 말하지 말기로 굳게 약속했던 안해와도 낯을 찡그리거나 말다툼을 하거나 하루이틀씩 말을 아니 하기가 비일비재다. 그러다가 나는 며칠전 제 계집 양말 하나 변변히 못사주는 무능한 사내라고 그리고 이러다가는 아이새끼들이나 나면 모두 굶어죽이겠는가고" 야무지게 쏘는 아내와 한바탕 싸운 날 마약장사라도 하고싶거든 모든 것은 자기가 책임질 터이니 동전대푼 없어도 들어오라는 친구 관식이의 편지를 받는다. "나"는 곧장 나흘이나 혼자 고민하다가 끝내 관식이를 찾아간다. 그런데 마약장사를 하는 곳은 죄의 마굴과 같았기에 "나"는 하루동안에 천당에서 지옥으로 끌려온 듯 싶었고 학교와 집이 그리워난다. "나"는 실망, 울분, 비분, 고통 그것들을 잊기 위해 술에 취해버린다. "나"는 "이 기회를 놓치면 일생은 거지다. 삼년후에는 내 돈으로 학교를 경영해보자. 그래서 이 노릇을 한 죄를 갚자"고 스스로 달래며 장사를 시작하나 "돈 잃은 울적한 분풀이, 진통할길 바이없는 지독한 병(성병), 인생에 대한 무거운 실망, 양심의 고개를 누를 길 없는 타락" 등으로 고뇌를 느끼다가 "시험삼아" 마약(모히)을 입에 댄 것이 그만 중독자가 될 뿐만 아니라 아내마저 중독 되게 한다. 관식이는 중독자로 되어 자기 아내마저 팔아먹고 나중에 기차에 깔려 죽는다. "나"의 아버지는 "나"가 중독되었다는 소식을 알고 희망을 잃고 단식을 하다가 세상을 뜬다. "나"는 아버지 장례를 치르러 고향에 온 후 무서운 참회를 느끼면서 마약을 끊기 위해 아내와 함께 무명지를 끊어버린다. 다시 살아나기를 기대하는 "나"에게는 학교에서 들려오는 종소리가 그처럼 그립고 "푸른 하늘이 사무치게 그립다."

보다시피 이 소설에서 "나"를 불구덩이에 밀어 넣은 것은 바로 가난이었고 그 가난 또한 "나"가 게을러서가 아니었다. 하다면 그 근원은 어디에 있는가. 소설에서는 그 근원은 명확히 밝히지 않았지만 주인공의 경력과 참회에서 이는 결코 개인적인 실수가 아닌 사회적 원인임을 암시받게 된다.

현경준의[175] 중편소설 ≪유맹≫(조선의 잡지 ≪광업조선≫ 1939년 3월 호에

---

175) 현경준(1909년 2월 29일 - 1950년 10월)은 호를 경운생(耕云生), 금남(錦南)이라 하였고 김향운(金鄕云)이라는 별명을 쓰기도 하였다. 광복전 작품으로 ≪선구시대≫,

발표되었다가 1942년 11월 ≪싹트는 대지≫에 수록됨)도 아편중독에 걸린 인텔리의 타락한 생활상과 고뇌를 쓰고 있다.

이 소설은 남달리 다층구조로 이루어졌다고 보게 된다. 즉 표면구조는 "이 사회에서 인간의 취급을 받지 못하는 낙오의 무리들"의 타락상과 이들을 "개전 시켜서 다시금 참다운 사회인으로" 만든다는 보도소에서 보도소 소장의 노력에 의해 아편중독자 명우라는 청년이 "개조"되는 이야기로 되었고 심층구조는 아편에 중독 된 인텔리 규선이가 끝까지 "개조"를 거부하여 나중에 구류소에 잡혀가는 이야기로 되어 있다. 소설에서 규선이는 "개조"할 대신 오히려 명우에게 그 무언가를 깨우쳐주려 한다. 그는 "어디로 날러 갔느냐? 파랑새여!/ 녹쓸은 줄우에 서리서리 얽힌거미줄/ 너는 선율할줄 모루는 부호없는 보표/ 네 퇴색한 낡은 그줄을 탄식하며 내 슬픈꿈은 몇번이나 얽혔든가?/ 마음의 녹 쓸은 줄아!/ 너는 언제나 그 보표에 맛추어/ 내 청춘을 다시 울어줄랴느냐?"고 심성을 읊조리며 사라진 꿈을 추억하고 "이놈에 세상 한번 벌컥 뒤짚어지는법은 없나"고 이 세상을 원망도 하면서 "차라리 그렇게 미처만 난다면, 난 세상에서 가장 행복자가 될것이네"하고 타락된 자신의 고뇌를 터놓는다. 규선이가 읊조린 시구에 나오는 파랑새는 어딘가 벨지끄의 상징주의극작가 메테를링크(梅特林克, Maurice Maeterlinck, 1862-1949)의 대표작일 뿐만 아니라 상징주의문학의 대표작중의 하나로 세상에 널리 알려진 동화극 ≪파랑새≫(1908년)를 연상시킨다. 이 극에서 파랑새는 행복을 상징하고 행복은 우리 인간들과 상당히 먼 거리에 있기는 하지만 우리들이 백절불굴의 정신으로 찾기만 하면 꼭 행복을 쟁취할 수 있다는 도리 등을 말해주고 있다. 상징주의가 1930년대에 벌써 조선에 이입된 사실을 미루어 볼 때 소설 ≪유맹≫에서 규선이가 그리워 한 파랑새도 그 무엇인가 의미심장한 것을 상징하고 있다고 보아도 무리하지 않을 것이며 이 상징이 소설의 심층구조를 제시해

≪돌아오는 인생≫, ≪사생첩≫, ≪ 인생좌≫ 등 소설과 기행문 ≪서씨베리아 방랑기≫ 등이 있다. 위만주국시기 조선인문학의 대표적작가의 한 사람.

주고 있다고 보는 것도 무리가 아닐 것이다.

이 소설의 다층구조와 그 발산적 의미에 대해서는 장편소설 ≪돌아오는 인생≫을 분석할 때 보다 구체적으로 논술할 것이다.

중국인 인텔리들은 원래 여러 모로 상대적으로 안정된 생활기반을 갖고있었으나 일제의 침략과 식민통치의 충격으로 그 기반이 사정없이 무너지고 각양각색의 세태에 파묻히게 되었다. 이런 인텔리들의 생황상황은 제반 중국인 생활상의 중요한 한 측면으로 되는 동시에 중국인소설의 주요한 묘사대상으로 되었다.

추영은 수 편의 소설에서 농촌 소작인들과 도시 빈민들의 비참한 생활상을 진실하게 보여주었을 뿐만 아니라 인텔리들의 생활상도 진실하게 묘사하였다. 추영의 단편소설 ≪이산(離散)≫(1941년 9월 3일 문선간행회에서 간행한 문선소총서 제1집 ≪小工車≫에 수록됨)은 직업을 잃은 한 인텔리가 경제난에 쪼들리다 못해 술로 고뇌를 풀다가 가정마저 잃어버리게 되는 이야기를 쓰고 있다. 소설의 주인공 평(萍)은 어느 예술전업학교의 음악교원이었고 그의 아내는 부유한 집의 딸이었는데 부모들의 봉건매매혼인과 사회악세력을 물리치고 평과 결혼한다. 하지만 사회악세력의 간섭을 당하여 평은 직업을 잃게 되고 공장에 다니는 아내의 월급으로 겨우 입에 풀칠하며 살아가게 된다. 먹을 것이 떨어지자 평은 아내가 결혼 때 입은 중국원피스를 헐값으로 저당 잡힌다. 전당포에서 수모를 당한 그는 고뇌와 울분을 참지 못해 저당 잡힌 돈으로 술에 만취하고 데리고 간 어린 딸마저 관계치 않아 딸을 잃어버릴 번 한다. 그는 취한 김에 무능한 자신에 대한 저주와 가슴속에 쌓인 울분을 불쌍한 아내에게 내쏘며 아내를 집에서 내쫓는다. 아내는 참을 바 없어 집을 떠나 어디론가 가버린다. 평은 어린 딸을 데리고 도처로 다니며 아내를 찾으나 아내를 찾을 바 없게 된다. 설상가상으로 딸애가 병에 걸리나 그는 돈이 없어 병원에 가지 못하다가 이웃집 할머니의 돈을 받아들고 한 병원의 의사와 겨우 왕진을 예약하고 집에 돌아온다. 그런데 집에 와보니 딸애는 이미 숨을 거두었다. 가정을 비참하게 잃어버린 그는 어디로 가야 할지 망연해 한다.

소설의 주인공은 재능 있고 인정 있으며 열심히 살아가려 하지만 사회는 이를 인정해주지 않을 뿐만 아니라 도리어 가정마저 잃어버리는 비극적 운명에 빠뜨린다. 참으로 암흑하고 잔혹한 사회가 아닐 수 없다. 이 소설은 독자들의 짙은 비애를 자아내고 있다.

추영의 단편소설 ≪봄비(春雨)≫(1941년 11월 단편소설집 ≪去故集≫에 수록)에서는 인텔리의 또 다른 측면을 보여주고 있다. 징(澄)이라는 한 가난한 교원과 여문(麗雯)이라는 부유한 집의 한 처녀가 연애를 하나 처녀 집에서 반대해 나선다. 처녀는 징과 결혼하려고 결심하고 행동에 옮기려 하지만 징은 우유부단하면서 결단을 내리지 못한다. 나중에 그는 자신이 인간세상에서 제일 연약한 사람이기에 사랑하는 사람을 사랑할 용기마저 없는, 아무 일도 해내지 못하는 사람이라는 편지를 남기고 어딘가 떠나가 버린다.

소설은 생활의 한 작은 풍파마저 이겨내지 못하는, 처녀보다 연약한 한 인텔리의 형상을 보여주면서 당시 인텔리의 무능함을 비판하고 있다.

고정의 중편소설 ≪원아(原野)≫(1938년 3월 ≪明明≫창간주년기념호에 발표)는 봉건가정제도의 멸망과 사회제도의 부패성, 도덕의 상실 등을 보여주는 한편 한 젊은 인텔리의 무능함을 보여주고 있다. 소설의 한 주인공 전경방(錢經邦)은 일본유학을 마치고(동경의 정법대학의 졸업증을 갖고 옴) 현(縣) 소재지에 돌아와 글 모르는 아내를 본가에 돌려보내고 어떻게 이혼할 것인가를 연구하다가 현민익국(縣民益局)의 4등 관리인으로 근무한다. 그는 국장이 글자도 올바로 모르는 무능한 관리임을 알면서 국장이 해가 서쪽에서 뜬다해도 옳다고 고개를 연신 끄떡이며 하루종일 무료하게 보낸다. 그러다가 국장의 딸과 연애하느라 날마다 연애편지만 쓰는데 어떤 때는 하루에 두세 통씩 보내기도 한다. 편지내용은 온통 고금소설을 베낀 것이다. 국장이 딸을 다른 관리의 집에 허락하자 그는 영원히 그녀만을 사랑하겠다고 맹세한다. 그러나 후에 그는 자기가 도대체 그녀를 사랑했는지 조차 모르며 서로 아무런 이유 없이 사랑할 가치가 없다고 여기고 관계를 끊는다. 그는 담배나 피우며 허송세월 하다가 또 다른 여인과 연애를 하는데 이번에는 성(性)생활을 연구하며 ≪성 생활사(性生活史)≫라는 책까지 쓰려고 한다. 하지만 본가에 쫓겨가 있는 아내한테서 오는 편지는 전혀 뜯어보지도 않는 정도로 게으른 그는 계속하여 무미한 생활에 빠져 있게 된다.

전경방의 형상은 러시아문학의 전형형상이자 세계문학의 한 전형형상인 "쓸모 없는 사람"을 연상시킨다. 전경방은 외국유학까지 하여 현대교육을 받은 인텔리로 당시 사회제도의 부패성과 암흑상 알고도 남음이 있다. 그는 이런 사회에 권태를 느끼고 거기서 해탈되려고 하였으나 그 실질적이고 실천적인 행동을 하지 못하는 무능함으로 하여 아무런 쓸모 없거나 시시껄렁한 일에다 시간과 정력을 소모해버리며 허송세월하고 있다. 사실 이런 형상은 당시 사회의 산물이었다.

산정도 단편소설 ≪풍년(豊年)≫에서 인텔리 제재를 다루고 있다. 소설의 한 주인공 "나"는 굶주림에 허덕이면서도 얼마 안 되는 돈을 몽땅 긁어모아 소설책 한 권을 사 가지고 눈바람 부는 거리에서 굶주림과 고뇌에 빠져 방황한다. 그러다가 우연히 한 학교에서 같이 교원노릇을 하였던 전희라는 친구를 만나게 된다. 그는 "나"를 끌고 고급음식점에 가서 술을 사주면서 좋은 직업을 얻어 돈이 많다고 자랑한다. 그 음식점에서 한 나 어린 처녀가 "나"와 인사를 하며 이전에 "나"의 학생이었다고 한다. 친구는 굶주리면서 책을 사는 "나"를 못난 놈이라고 웃는다. "나"는 술에 취하여 아무 것도 모르다가 이튿날 아침 웬 숙소에서 깨여나니 웬 나체의 여인이 곁에 누워있는지라 그만 놀라 급급히 옷을 주어입고 도망가려 한다. 그런데 그 여자가 깨여나 "나"를 "선생님"이라고 부른다. 그 여자는 바로 어제 밤 음식점에서 만났던 여학생이었다. 그녀는 자기의 직업은 몸을 파는 것이며 "나"의 친구가 그녀를 여기까지 오게 하였을 뿐만 아니라 늘 이곳으로 와 낯선 손님들을 접대한다는 것이었다. 그녀는 자신을 구해달라고 "나"에게 빈다. "나"는 어떻게 그녀를 물리치고 나왔는지를 모르나 진정한 풍년이 오기를 꿈꾸며 저도 모르게 고향으로 향한다.

소설은 가난에 허덕이면서도 이성만을 잃지 않은 "나"라는 인텔리와 완전히 대조적인 전희라는 인텔리의 타락상을 눈앞에 생생하게 보여준다. 전희는 자기의 학생이나 다름없는 한 가련한 기생의 피마저 빨아먹는 파렴치하기 그지없는 인텔리이다.

한 사회의 발전과 문명의 표징의 하나로 되고 그 사회의 주요한 건설인, 구성분자로 되어야 할 인텔리들이 문학작품에서 무능하고 타락한 형상으로 부각되었다는 것은 그 사회에 대한 작가들의 불만과 부정의 표현이 아닐 수 없다. 조선인작가와 중국인작가들이 상통한 인텔리형상들을 부각하게 된 것은 바로 이와 같은 인식에서 기인하였다고 볼 수 있겠다.

3. 음험하고 간악한 민족망나니형상

위만주국시기 어지럽고 불안하고 복잡한 사회환경에서 여러 민족가운데는 형형색색의 망나니들이 나타나 민족의 비극을 적지 않게 빚어냈다. 조선인소설과 중국인소설에는 모두 이런 민족망나니형상들이 부각되어 있는데 그 형상들은 공동한 특징을 보이고있을 뿐만 아니라 공동한 주제의식을 보여주고 있다. 이는 대체로 조선인작가와 중국인작가들이 일제 식민통치하의 피식민 운명공동체에서 나타난 공동한 현상을 사실주의적으로 진실하게 반영하였기 때문이며 조선인문학과 중국인문학 사이에 모두 일련의 문화상수가[176) 존재하기 때문이라고 하겠다.

---

176) 문화상수(文化常數, Cultural Constants), 인류의 부동한 문명유형과 문화모식 사이에 함께 갖게 되는 공동한 점이 존재하는데 이 공동점은 역시 인류의 총체적인 발전과정에 불가피적인 문화요소와 문화수요로 된다.

조선인소설가운데서 민족망나니형상을 부각한 소설은 현재까지 발굴된 상황에서는 그리 많지 못한데 대체로 안수길의 소설들에서 보여진다.

안수길의 대표적 작품의 하나인 단편소설 ≪새벽≫은 박치만이라는 전형적인 얼되놈 형상을 묘사하고 있다. 소설에서 박치만은 간악하기 그지없다.

> 그는 원래 조선태생이나 그 자신은 언제나 그런 티를 않내려하였다.
> 그리고 그는 말을 하려면 으레히 말끝마다 디(的)짜가 붙는 어색한 만주어를 상용하는 것을 자랑으로 여기였다. 주민을 욕하는 경우 ≪왕바당≫ 따위의 만주어뒤에 ≪빗도요마 - 지≫같은 로서아말이 나오고 맨끝에는 으레 ≪종간나색기≫ ≪싸구쟁이(미친놈)≫니 하는 욕지거리가 연다러 나오는데 그사투리로 미루어본다면 북도사람인 것은 확실하나 어느 고을 태생임을 알길없다.
> 항상 만주복을 입고있으며 일년에 두세차례는 ≪루바쉬카≫를 입는것으로보아 해삼위에서 나와 만주로 뭉굴든 사람임은 짐작되나 누구하나 그의 경력을 아는 사람이 없었다.

그는 "몇 명의 '호적'" 무리에 끼여 호씨라는 지팡주(地方主)를 습격하려던 날 밤에 서로 의견충돌이 생기자 "일당을 배반하고 호씨에게 사전에 그 일을 알려" 호씨를 사경에서 구한 "은인"으로 되어 이 M골에서 호씨의 관리인으로 되었던 것이다.

"주민들은 그를 '얼되놈'이라고 부르며 경멸하였으나 그의 권력에는 어찌하는수 없었다." 그는 "소출이적다고 작인들에게 말성부리가 일수요 관청 등을대고 주민들을 위협 공갈하여 제이익만을 취하는"가 하면 주민들의 부녀자를 농락하는 등 소행을 저지른다. 한편 그는 M골에 찾아오는 이주민과 작인들에게 고리대를 놓아 가난한 사람들의 피땀을 빨아먹었다. 박치만은 소설의 서술자 "나"의 누이 복동예를 탐내 삼 년 전에 "우리 집"에 빚을 주고 갚지 못할 때 빚 값으로 복동예를 빼앗으려는 꿍꿍

이를 꾸며 놓았는데 "나"의 아버지가 악을 쓰고 빚을 거의 다 갚게 되자 처녀티가 나는 복덩예를 놓칠 것 같아 암암리에 빚을 갚으려고 위험을 무릅쓰고 소금밀수를 하는 "나"의 아버지의 행동을 발견하고 집사대(輯私隊)에 고발하여 붙잡아간다. 그리고는 겉으로는 동네 사람들 앞에서 오히려 "나"의 아버지를 위해 석방운동을 하는척하나 암암리에 집사대 대장과 흉계를 꾸며 벌금 50원을 바치게 한 다음 "나"의 아버지에게 고리대로 50원을 꿔 주고 또 그 돈은 자기가 직접 집사대에 가서 물어주노라 위선을 떨고는 집사대 대장을 찾아가서 십 원한 장만을 쥐여주고 나머지 사십 원을 제가 삼켜버린다. 후에 우리 집에서 기한 내에 빚을 갚지 못하게 되자 본질을 드러내고 누이를 첩으로 만들려 한다. 그는 또한 복동예와 연애하는 삼손이라는 청년을 죄를 만들어 순경들이 잡아가게 한다. 잔치 날 복동예가 자살한 것을 보자 그는 오히려 사람들을 시켜 매로 "나"의 아버지를 쓰러뜨린다.

이렇듯 박치만은 음험한 흉계로 치부한 얼되놈이고 간악한 수법으로 소작인들을 착취하고 유린하는 인성을 상실한 민족망나니다. 소설은 이 민족망나니가 치부하고 폭행을 저지를 수 있는 것은 바로 그가 수단을 가리지 않고 간교하게 토호와 집사대와 같은 통치계급세력을 등에 업었기 때문이라는 것을 암시해주고 있다. 소설에는 비록 일본인이 나타나지 않고 있지만 당시 주요통치계급이 일제라는 것을 감안할 때 이 민족망나니형상의 발산적 의미를 다의(多意)적으로 깊이 음미하지 않을 수 없다.

안수길의 단편소설 ≪원각촌≫(1942년 조선의 ≪국민문학≫에 발표되었다가 1944년 4월 안수길 창작집 ≪북원≫에 수록됨)에서도 박치만과 한동아리라 할 수 있는 민족망나니형상이 부각되어 있다.

이 소설에는 한익상이라는 얼되놈이 등장한다. 한익상은 부조시대(父祖時代)에 만주에 들어온 사람으로 X동 태생이며 적(籍)을 갖고있었고 중국 말에 능하였기에 이곳 X동에 이주하거나 땅을 사려면 그를 내세우지 않을 수 없었다. 그의 "내력은자세히 알수없으나 만주말덕에 조선서 들어

온농민대 지팡주, 또는 관청대농민의 퉁쓰(通事 = 通譯)로 몸을 이르켜 지팡주나 관리에 아편덩이나 뇌물을 먹이고” 그들의 발바닥이라도 핥으면서 비위를 맞추어 그 대신으로 세도를 얻고 그 등을 대고 이주민에게 행세하여 “무슨 구실을 부치든 농민들의 주머니에서 돈푼 긁어낼 궁량만하였”다. 그는 해룡선사라는 중이 원각촌이라는 새 이주민 마을을 세우려고 땅을 사는 기회를 이용하여 거간꾼으로 나서서 “당시 가격으로 이만원 될가말가하는 토지를 삼만원이란 엄청난가격으로 매매식혔고 집조(執照=土地文卷)의 홋주인이 되어 그토지에 대한 반분의 소유권을 차지하였다.” 후에 해룡선사가 이 일을 알고책망하자 “그는 오히려 억울한듯 펄펄 뛰면서 원각사 주지에 ‘승치’를 먹었고 이동리에 모여드는 주민에게 갖갖으로”≫못된 짓을 한다. 그는 원각촌의 암 종으로 되어 “한번 얼신하면 무슨 벼락이든 하나식은 생겼다.”

> ……주민들은 그가 나타날때마다 공포을 느꼈다. 순경과 짜고 마슬방에 들어가 요나 방석밑에 화투목을 몰래 밀어넣고 곳 순경으로 하여금 수색케하여 집어가고 그것을 내놓게할터이니 칭커(請客=交際)와 벌금으로 수십원 받은후 순경과 난호아먹는 일은 작난에 속하는 것이요 한번 승치만먹으면 얼토 당토안한 무고로 잡아넣게하고 반죽엄 맨드는따위, 그외에 마적과도 연락이 있어 정 수틀리면 전촌을 견달낼수도 있는 존재였다.

그러던 어느 날 한익상은 원각촌 법당 스님이 자기가 이주민들의 입적(入籍)과 집조명(執照名) 변경문제를 사기 친 것을 밝히고 고소를 제기하자 호적과 연락하여 스님을 납치해가게 한다. 아울러 그는 새로 이주 온 억쇠라는 젊은이의 아내에게 눈독 들여 이날 억쇠도 스님과 함께 잡아가게 하였고 이 두 사람을 찾아가려거든 천 원 돈을 내놓으라고 마을사람들을 협박한다. 그리고는 억쇠의 집에 기여 들어 억쇠 아내를 협박하여 폭행을 저지르려 하였다. 마침 억쇠가 호적들을 물리치고 집에 돌아와 한익상을 죽여버린다. 이렇게 한익상은 ≪새벽≫의 박치만 못지 않게 비열한 수단으로 통치계급을 등에 업고 음험하고 악착한 수단으로 동족을 착취하고 유린하는 민족망나니였다.

한 작가의 여러 작품에 개성이 뚜렷한 형상이 중복되어 부각된다는 것은 그 작가의 그 어떤 주장이 강조되고있음을 의미한다. 박치만과 같은 민족망나니형상은 독자들의 분노를 자아낼 뿐만 아니라 이런 망나니가 살 판치도록 용납해주고 있는 사회를 증오하게 된다. 그것도 그럴 것이 이런 망나니형상은 안수길의 소설을 비롯한 기타 조선인작가들의 소설에서 반복적으로 부각되면서 우연하거나 개별적인 특수한 형상이 아니라 보편적인 형상으로 보여주고 있기 때문이다. 이런 망나니형상의 실질적 의미는 조선인들에게 해를 끼친다는 것이며 그 실질적 존재는 바로 전반 조선인들을 박해, 유린하고있는 일제였다. 여기에 망나니형상의 심층적의미가 있다고 하겠다.

중국인소설에서도 이런 민족망나니형상이 적지 않게 부각되어 있다.

의지의[177] 중편소설 ≪설령의 제(雪嶺之祭)≫(1942년 1월 ≪學藝≫ 제2집에 발표)에서는 차복신(車福臣)이라는 망나니가 등장한다. 그는 피륙장사를 한다는 명의로 한 산골 여관에 자리잡고 고급술담배로 향수하며 돈 있는 장사꾼으로 허풍치면서 산골사람들을 기만하여 신임을 얻어 외상으로 피륙을 사들인다. 한편 남편을 잃은 지 얼마 안되어 아직도 비운에 잠겨있는 한 젊은 과부를 눈 독 들이고 밤중에 남몰래 그녀의 집에 뛰어 들어 위협과 감언이설로 연약한 여인을 겁탈한다. 그는 산골사람들이 형세가 긴장하여 직접 시가지에 가서 피륙을 팔기 어려워하는 난점을 이용하여 일년 내내 모험과 위험 그리고 고생을 무릅쓰고 장만한 시골사람들의 피륙을 헐값으로 값을 매길 뿐만 아니라 그것도 외상으로 수매한다. 그는

---

177) 疑遲 (1913년 11월 26일 -) 원명 劉玉璋, 요녕성 철령에서 출생, 필명으로 夷弛, 劉郎 등이 있음, 단편소설집 ≪花月集≫, ≪風雲集≫, ≪天雲集≫, 장편소설 ≪同心結≫, ≪松花江上≫ 등이 있음, ≪藝文志≫동인.

천여 원어치나 되는 피륙을 수매한 후 어느 날 감쪽같이 실종해버린다. 하여 그의 감언이설에 속은 젊은 과부는 자살하는 처지에 이르고 피륙주인들은 여관에서 차복신이 두고 간 텅 빈 가죽가방만 찾게 된다. 이렇게 이 소설에는 순박하고 가난한 산골사람들을 기마하여 그들의 피땀을 빨아먹으며 또 불쌍하고 연약한 여인을 우롱하고 가해하는 망나니형상이 부각되어 있다.

이 소설에서 부각된 망나니는 순박하고 가난한 시골사람들을 해치는 간악한 사기군의 형상이다. 작가 의지는 비록 예문지파에 속하였지만 실질적으로는 이와 같이 향토색채가 짙고 진실을 폭로한 색채가 짙은 소설을 창작하였다.

소송의[178] 중편소설 ≪철란간(鐵檻)≫(1940년 5월 ≪藝文志≫ 제3집에 발표)에서는 유씨라는 망나니가 등장한다. 유씨는 한 촌공소(村公所)의 조리원(助理員)인데 늘 기름때가 꾀죄죄한 협화복(協和服)을 입고 다니면서 마을사람들을 자위단(自衛團)에 나가도록 재촉, 감독하며 밀이 이미 한자높이로 자란 철 지난 때에 와서 위협수단으로 농민들에게 복흥회의 밀 종자를 억지로 팔아 넘긴다. 사실 농민들의 돈을 빼앗아감이나 다름없었다. 그는 구청(邱靑)이라는 사람의 아내를 점유하기 위해 구청을 식량 운수대(運輸隊)에 보낸다. 구청은 식량운수대로 산에 들어갔다가 그 징역살이에서 벗어나기 위해 "호적무리"에 가입하여 집으로 돌아오지 못하게 된다. 절호의 기회라 생각한 유씨는 구청의 아들을 날마다 자위단에 나가게 하고 자기의 딸마저 며느리로 주겠노라 장담하는 등 감언이설과 수단으로 구청의 아내를 유혹하면서 점유한다. 어느 날 밤 구청이 비밀리에 집에 돌아와 자기의 행각이 탄로될 번 하자 그는 구청이 호적과 내통했다고 자위단에 고발하여 구청은 다시 탈주하게 된다. 유씨는 의연히 구청의

---

178) 小松(1912년 10월 -) 원명 趙孟原, 필명으로 夢園, 鹿野, 魏名, 未名 등이 있음, 단편소설집 ≪蝙蝠≫, ≪人和人們≫, ≪苦瓜集≫, ≪野葡萄≫, 장편소설 ≪無花的薔薇≫, ≪北歸≫, 시집 ≪木筏≫ 등 작품이 있음. ≪藝文志≫동인.

아내를 점유하기 위해 구청의 아들을 야간근무보조비를 더 벌게 한다는 미명으로 그를 날마다 야간근무를 하게 하여 밤마다 집으로 돌아오지 못하게 한다. 이외에 유씨는 또 부근 동네에 돈 있는 사람들을 골라가며 그들이 호적과 내통했다고 자위단에 고자질한 후 벌금을 시켜 돈을 후려낸다. 유씨는 촌장에게 아부하기 위해 또 딸을 촌장의 며느리로 주겠노라 언약을 맺는다. 하여 구청의 아들과 눈이 맞았던 유씨의 딸은 구청의 아들과 함께 도시로 탈주한다. 어느 날밤 구청의 아들이 집에 돌아오자 유씨는 자위단에 고발하여 그를 붙잡는다. 나중에 구청이 가입한 "호적무리"가 마을로 쳐들어오자 유씨는 자기가 임신시켜 놓은 구청의 아내를 불붙는 울안에 내버리고 어디론가 도망간다.

이렇듯 유씨는 한 마리의 독사나 다름없는 민족망나니였다. 이런 망나니로 하여 무고한 백성들은 보다 불우한 운명을 겪게 되었고 사회는 더욱 험악해지게 되었다. 따라서 이런 망나니의 존재는 그 주위에서 사는 백성들의 불행을 의미한다고 하겠다. 당시 전반 중국인들에게 있어서 제일 큰 불행은 일제의 침략과 그 식민통치였다는 것을 감안할 때 이런 망나니형상의 의미를 보다 깊이 연상할 수 있게 된다.

이외에 추영의 단편소설 ≪혈채(血債)≫(1941년 6월 1일 ≪華文大阪每日≫에 발표, 1941년 9월 3일 문선간행회에서 간행한 문선소총서 제1집 ≪小工車≫에 수록됨), 손룡의 단편소설 ≪보상형의 승리(寶祥哥的勝利)≫(1935년 6월 25일 ≪大同報·滿洲新文壇≫ 제4호에 발표됨) 등 소설들에서도 가난한 농민들의 재물을 사기 치고 유부녀를 강점하는 민족망나니형상들이 부각되어 있다.

이렇게 조선인소설에나 중국인소설에서는 민족망나니형상이 비록 개별적이 형상으로 부각되어 있지만 모두 반복적으로 묘사되면서 하나의 무리처럼 나타나있다. 즉 민족망나니들은 어느 한두 마을만을 해치는 것이 아니라 전반 민족을 해치고 있다. 위만주국에서 조선인과 중국인 그리고 기타 피식민 민족을 해치는 망나니무리는 다름아니라 일제를 주축으로 하는 간교하고 음험하고 잔혹한 통치계급이었다. 할진대 민족망나니형상은 표면적으로는 복잡하고 험악한 생존환경에서 나타난 일부 민족의 나쁜 근성을 폭로비판하고 심층적으로는 통치계급과 사회의 암흑상을 폭로, 비판하고 있다고 볼 수 있다. 또한 이런 소설들은 비판적 사실주의 특징을 선명하게 보여주고 있다고 하겠다.

조선인소설에 묘사된 민족망나니들은 대체로 간교한 수단으로 지팡주나 통치계급을 등에 엎고 그들과 농민 사이의 거간꾼으로 나서서 사기치고 동족을 해치는 특징을 갖고 있다면 중국인소설에 묘사된 민족망나니들은 대체로 감언이설로 순박한 농민들의 재물을 사기 치고 유부녀를 유혹, 겁탈하는 특징을 갖고 있다고 하겠다. 이는 조선인과 중국인의 부동한 생활특징의 진실한 반영의 표현이라고 보게 된다.

4. 복수와 탈주 모티브의 다의성(多義性)

조선인소설과 중국인소설들에는 비록 사회제도와의 선명한 투쟁과 반항을 직접적으로 보여주는 이야기 짜임새는 없지만 하층인물들의 자연발생적인 복수와 탈주, 자결 등 여러 가지 모티브를 보여주고 있는데 이런 모티브의 심층에는 당시 사회에 대한 원한과 분노가 어려 있고 일단 기회만 있으면 폭발하고야 마는 저항의 심리와 정서가 안 받침 되어 있다.

안수길의 소설 ≪원각촌≫에는 한 민족망나니를 처단해버리는 억쇠라는 복수자의 형상이 등장한다.

소설의 한 주인공은 도무지 "사람을 친하려 하지 않았고 필요한 이외 말이라고 없었다. 건장한 몸집과 톱으로가 아니라 두손으로라도 아름드리나무를 꺾을수 있는 힘"을 갖고있어 이원보라는 이름이 있지만 주민들은 그를 억쇠라 불렀다.

산판의험한일 - 그것은 오히려 그의 성미에 맞는것이였으나 그의 아내를 산사람들틈에 놓아두는 것은 위태한일이였다.

사실 그가 한산판에서 일년이상붙어 있지못한 것은그의 아내 따문이였다. 아내가 부정하여서가 아니라 사나히들이 나뿌다하였다. 항상감시의 눈을 날카롭게 하고 있으면서도 사나히들이 게집을 나꾸는것같이 느껴졌다. 유혈의 싸흠도 간곳마다였고 생명이 위태한 경우도 한두차례 아니였다. 한곳에서 이런일을 당하면 그는 쾌마우재와 솟과 보퉁이의 전재산을 말등에싣고 아내를 그우에 앉혀가지고 표연이 다른산판으로 찾어가곤 하였다.…

가는 곳마다 원적을 달리말하였으며 그것도 도(道)뿐이지 그아래는 말치않어 언제만주에 들어왔는지 어듸가 정말고향인지 그와 가장 친하다는 춘삼이도 몰랐다.

사실 가정은 사회의 세포이며 물질, 정신적으로 인간의 가장 중요한 안식처이다. 가정의 파탄은 곧 인생의 파멸이나 다름없기에 가정에 대한 보호의식은 인간의 가장 중요한 본능의 하나이며 가정의 안정을 추구하는 것은 인간의 가장 기본적인 생존욕구와 생존권리라고 할 수 있다. 산판의 험한 일을 전문 찾아 하는 정도로 억센 힘을 가진, 가정을 먹여 살릴 수 있는 힘을 충분히 갖춘 억쇠었지만 아내마저 시름 놓고 집에 둘 수 없어 도처에 떠돌아다니며 자신의 원적마저 터놓고 이야기하지 못한다. 그는 늘 아내를 의심하고 감시하여 동네사람들의 웃음거리로 되며 동네사람들이 아내를 노리는 것 같아 집을 외딴 곳 에 지었고 그의 아내도 "낮에 서방이 산으로 갈 때 밖으로 문을 잠그는 것은 아니로되 한발도 밖에 얼신하지 않었다." 이는 결코 자기의 아내에 대한 점유 욕이 우위를 점한 동물적인 애정에서가 아니라 불안하고 험악한 사회에서 자기의 가장 근본적인 삶의 세포인 가정을 보호하려는 가장 원초적이고 강렬한 생존의식과 보호의식에서 기인한 것이라고 보게 된다.

바로 이런 의식이 그로 하여금 자기 아내를 겁탈하려는 한익상이라는 망나니를 분연히 처단할 수 있게 하였다. 소설에서는 동족을 마구 해치는 악종 한익상이 나오는데 "그가 이동리에서 없어지는 날 이곳은 그대로 낙토랄수있었다. 원각의 이상촌이랄수 있었다."하여 동리사람들은 "저 놈 잡어가는 귀신은없나?"하고 증오한다. 그러나 그들은 그의 앞에서는 설설 긴다. 이런 무서운 악종이 억쇠의 아내를 겁탈하기 위해 호적과 연락하여 스님과 억쇠를 잡아가게 하며 또한 그들을 인질로 삼아 마을사람들한테 천 원 돈을 내놓으라고 한다. 한익상의 이런 악착한 행위에 격분한 억쇠는 그 억센 힘으로 호적들을 때려눕히고 혼자만이 아니라 스님마저 풀어 등에 업고 마을로 돌아오며 즉시 집에 돌아가 아내를 위협하여 겁탈하려는 한익상을 일거에 죽여버린다. 억쇠의 복수는 비록 자기의 가장 기본적인 이익이 침해를 당할 때 진행한 자연발생적인 개인복수이지만 그의 복수는 민족의 해를 제거한 통쾌한 민족적인 복수라 할 수 있다.

소설에서 억쇠는 아내와 둘이서 떠돌이생활을 하며 남들과 거래하기를 싫어하는 고독하고 어느 정도 괴벽한 인간이지만 그의 이런 생활상은 그가 원해서가 아니라 불안하고 살벌한 사회 때문이라는 것을 쉽사리 보아낼 수 있다. 억쇠는 평소에는 주위사회와 담쌓고 살다가 한익상이 자기 아내를 겁탈하려 하자 개인적인 복수를 진행하는 독보(獨步)적인 인간이지만 숱한 동네 사람들이 민족의 악종 한익상을 이를 갈며 증오하면서도 두려워 감히 어쩌지 못하는 것을 불타는 복수심으로 추호의 주저심도 없이 이 악종을 즉석에서 처단해버리는 용감무쌍한 사나이다. 그는 또한 "도무지 절을한다든가 염불해낼 재주가 없었고 더욱 싫은 것은 향냄새"였고 한익상의 이간으로 스님과 모순이 생겨 스님을 미워하고 있었지만 함께 호적들에게 잡혀갔을 때 호적들의 손에서 자기만 홀로 빠져 나온 것이 아니라 위험과 고난을 무릅쓰고 스님도 구하여 그를 마을까지 업고 오는 의협심 강한 사나이다. 어떤 의미에서는 그의 형상에서 여기저기 출몰하면서 민족을 팔아먹는 불한당들을 처벌하는 유격대의 민족영웅형상을 연상해보게 된다. 소설의 결말에서 이점을 음미해 볼 수 있다고 생각된다. 결말에서 억쇠는 또다시 아내를 말 등에 앉히고 "어둠속으로 남쪽을 향하여 새벽길을 떠났다. … 원각촌은 평화한 꿈속에 명일의 평화를 꿈꾸며 곤히 곤히 잠이 들고 있었다.”

일부 학자들은 억쇠를 “집단의 영웅이 아니라 한 마리의 늑대로서의 고독한 영웅상”이며 민족의 “안으로든 밖으로든 관계없이 선종도 악종도 아닌 한 마리 늑대였을뿐이다.”라고[179] 평가하거나 그 어떤 집단적인 이익과 계급적인 대립의식보다도 자기의 생존욕구, 자기의 아내에 대한 점유 욕이 우위를 점하고 있었던 개척이민의 특수한 유형의 대표로서 생존을 위한 떠돌이, 동물적인 애정을 위한 고독과 복수로 특징지어지는 이색적인 형상이라고 달리 평가하고있는데 이는 앞으로 보다 깊은 연구와 논의가 요청된다고 하겠다.

조선인소설에는 이런 복수모티브는 그다지 많지 못하지만 험악한 생존환경으로 하여 탈주하는 모티브는 적지 않다.

김창걸의 단편소설 ≪암야≫(1939년 5월 ≪만선일보≫에 발표, ≪싹트는 대지≫에 수록)는 주인공 “나” - 명손이와 한 동네에서 사는 처녀 고분이는 서로 사랑하나 가난으로 하여 결혼할 수 없는 형편에서 야밤에 탈주하는 이야기를 쓰고 있다. 소설에서 명손이네는 만주는 눈이 모자라게 끝이 보이지 않는 넓은 들판이라는 말을 듣고 만주에 왔지만 결국 논이라고는 구경도 못하는 산골에 자리잡게 되었고 해마다 뼈빠지게 일해도 겨우 생계나 유지하는 형편에 처하게 된다. 명손이는 고분이와 결혼할 돈 오십 원을 모으려고 갖은 노력을 다하나 이십여 원밖에 안되며 고분이네는 백 오십 원이나 되는 빚을 갚기 위해 핍박에 못 이겨 막무가내로 이 백 원에 딸 고분이를 나이가 고분이의 아버지보다 삼사 년이나 우인 윤주사라는 영감에게 팔아야 하는 처지에 이른다. 윤주사가 고분이네 집에 “홍정”하러 오자 명손이는 용감하게 고분이네 집에 찾아가 “영감, 꼭 이 집으로 서방을 오겠습둥? 와두 첫아이는 저를 줍소. 그래두 꼭 기어코 오겠습둥?”하고 윤주사를 쫓아버린다. 그러나 고분이는 끝내 빚 때문에

---

179) 김윤식 ≪안수길연구≫, 정음사, 1986년, pp.89-91 참조.

윤주사에게 시집가게 결정되자 명손이는 최후의 길 - 탈주를 선택하고 어느 캄캄한 야밤중에 고분이와 함께 마을을 탈주한다. 이런 탈주는 빈궁과 그 빈궁을 초래한, 캄캄한 야밤과 같은 사회에서 해탈하려는 반항의식의 반영이며 사랑의 권리 즉 인간의 자주권을 찾으려는 자아의식의 반영이기도 하다. 식민동화의 운명에 직면한 민족에게 있어서 인간자주권의 확보 내지 쟁취는 그 식민사회에 대한 저항의식의 표현으로 된다. 명손이와 고분의 탈주는 자연발생적이나마 당시 사회에 대한 저항의식의 표현이라고도 볼 수 있겠다.

현경준의 중편소설 ≪유맹≫에는 실의하여 아편중독자가 된 규선이라는 인텔리가등장하는데 그는 보도소에서 "개심"을 권장하는 명우에게 오히려 이놈의 세상이 한번 벌컥 뒤집혀지기를 바라는 사상을 불어넣으며 거듭되는 실패와 죽음을 무릅쓰고 기호만 있으면 보도소에서의 탈주를 시도하여 "상습적인 탈주범"으로 된다. 그의 탈주는 "부정업자와 아편중독자"들을 "소생"시키려는 보도소에 대한 부정을 의미한다. 이는 만주국 시책에 대한 아이러니가 아닐 수 없다.

중국인들도 위만주국의 피식민 민족이었던 만큼 조선인과 마찬가지로 빈궁과 암흑한 사회에서 해탈하려 애쓴다. 중국인작가들 또한 시종 사실주의창작경향을 주장해온지라 중국인소설에도 이런 해탈의 욕망을 보여준 복수와 탈주 모티브가 적지 않게 나타나게 되었다.

추영의 단편소설 ≪혈채(血債)≫(1941년 9월 3일 문선간행회 문선소총서 제1집 ≪小工車≫에 수록)는 아내를 겁탈한 민족망나니를 복수하는 남편의 형상을 묘사하고 있다.

소설의 주인공 황금생(黃金生)은 원래 아주 본분을 지키는 한 황량한 벽촌의 농부였으나 현재 하루살이를 하는 품팔이꾼으로 되어 돈 한푼만 있어도 술을 마시며 울화를 푼다. 그런데 이 마을에는 이구안(李久安)이라는 거간꾼 이빠토(李把斗)가 있었는데 품팔이꾼들을 팔아 넘겨 돈을 버는 주색에 빠진 망나니였다. 그는 황금생의 젊은 아내를 눈독들이고 술로 노점일(魯占一)이라는 망나니를 매수하여 둘이서 간교한 음모를 꾸민다. 어느 날 촌 공소서에서는 산에 가서 나무를 베어 길을 닦는 일을 하라는 명령이 떨어지며 이 일은 하루에 2원이라는 공전을 준다고 한다. 가난하고 일감 없는 황금생은 당연히 이 일에 참가하여 눈보라치는 밀림으로 들어간다. 이 기회에 이구안은 노점일을 시켜 황금성의 아내에게 옷감을 보내주며 유혹한다. 황금생의 아내는 어정쩡한 정신으로 저도 모르게 그 옷감을 받아 놓는데 그날 밤중에 이구안은 황금생의 집에 기여 들어 그의 아내를 구슬리다가 오히려 뺨을 얻어맞게 되자 칼을 빼어 들고 위협하며 겁탈한다. 며칠 후 황금성은 일을 끝내고 마을로 돌아오던 참에 친구를 만나 술을 마시다가 그 친구한테서 이구안의 폭행을 알게 된다. 분노한 그는 복수하려고 친구의 집에 가서 밤이 오기를 기다린다. 이튿날 이른 아침 황금생의 아내는 밖으로 나오다가 마당에 쓰러져 죽은 이구안을 발견하게 된다. 복수한 황금생은 친구와 함께 어둠을 뚫고 산으로 들어간다. 이 소설에서도 황금생의 복수는 아내를 겁탈한 망나니에 대한 개인복수이지만 그가 처결한 망나니는 가난한 사람들의 피땀을 빨아먹는 간교한 빠토이자, 가난한 유부녀들을 농락, 겁탈하는 민족망나니로서 황금생의 복수는 가난한 사람들의 집단적인 민족복수가 아닐 수 없다.

이런 민족적 복수는 의지의 단편소설 《초원행(塞上行)》(1941년 신경예문지사무회에서 출판한 의지의 소설집 《風雪集》에 수록)에서 나타나고 있다. 이 소설에는 한 피해자를 대신하여 복수의 길에 선뜻 나서는 유진(劉進)이라는 주인공이 등장한다. 유진은 내몽고초원에 와서 한 목축주의 말을 방목하는 품팔이꾼이다. 소설의 다른 한 인물 왕진해(王振海)는 흑룡강의 한 건설현장에서 품팔이꾼들의 빠토 노릇을 하다가 이백여 명 품팔이꾼들의 두 개월 임금이나 삼키고 초원에 잠복하여 말 거간꾼으로 떠돌아다니며 사기 칠 뿐만 아니라 돈과 간교한 술책으로 가난한 집의 유부녀들을 상습적으로 농락하고 겁탈한다. 왕씨는 이 초원에서 가규(賈奎)라는 한 가난한 사람의 아내를 눈독들이고 어느 날 밤 가규가 없는 틈을 타서 그의 집에 기여 들어 감언이설과 위협으로 가규의 아내를 유혹하고 점유한다. 가규의 아내는비분을 못 이겨 목매어 자살한다. 이 참경을 목격한 유진은 분노하여 복수하러 왕진해를 찾아 떠난다. 왕진해가 말 일곱 필을 가지고 마을에서 도망가자 유진은 말을 타고 왕진해를 뒤쫓는다. 얼마 후 그의 시선에 왕진해가 나타난다. 유진은 닫는 말에 채찍을 안기며 용감히 복수하러 달려간다.

이렇게 유진은 비록 자기와는 이해관계가 없지만 가난한 사람들을 못 살게 구는 간악한 민족망나니를 자기의 원수처럼 여기고 가난한 사람들을 대신하여용감하게 복수의 길에 나서는 의협심 강한 복수형 인물형상이다. 소설에서는 그의 복수가 개인복수가 아닌 대중의 복수라는 것을 쉽게 보아낼 수 있다.

진제의 단편소설 ≪면포(棉袍)≫에서도 대중적인 복수를 보여주고 있다.

중국인소설에는 또 탈주모티브를 보여주는 작품도 적지 않다.

추영의 중편소설 ≪광갱(鑛坑)≫은 앞에서 언급한바 있지만 한 불운의 여인이 갖은 불행을 겪다 못하여 그 암흑한 ≪광갱≫속에서 탈주하는 모티브를 보여주고 있다. 소설의 한 주인공 장빈(張斌)의 아내는 집에서 병마에 시달리는 장기환자이다. 어느 날 석탄재를 줍다가 머리를 상하여 병원에 입원한 큰 딸애를 구할 치료비를 마련할 방법이 없어 남편 장빈은 막무가내로 광산의 한 상점에 들어가 돈을 훔치다가 붙잡혀 감옥에 들어가며 감옥에서 그만 병으로 죽게 된다. 남편을 잃은 그녀는 어린 자식 때문에 죽지 못하고 빨래와 바느질로 겨우 생계를 유지한다. 이때그녀에게 눈독들이고 있던 손부(孫富)라는 광산 빠토가 돈과 감언이설로 그녀를 얼린다. 장빈의 아내는 어린 자식들의 생계를 유지하기 위해 손부와 동거하며 5년 후에 그녀는 손부의 아이를 낳게 된다. 손부는 늘 그녀를 때릴 뿐만 아니라 집일을 전혀 하지 않아 집안의 갖은 일을 그녀가 홀로 도맡아하게 되어 역시 모진 고난에서 허덕인다. 이 보다 더 참을 수 없는 것은 손부가 그녀의 원 남편의 둘째 자식을 학대하는 것인데 그 애는 학대당하다 못해 병들어 죽게 된다. 그녀는 더는 참을 수 없어 큰 딸 애를 데리고 이른 새벽에 끝내 이 사람을 잡아먹는 암담한 굴속에서 탈주한다.

이 소설에서 탈주의 주인공은 불운의 여인이다. 주지하다시피 사회적으로 여인은 흔히 약소군체(弱小群體)에 속하며 여인을 박해하고 유린하는 가해자는 흔히 인성을 상실한 잔인한 인간으로 취급되고있다. 식민지사회에서 피식민 민족은 약소군체에 속하는 피압박민족이다. 위 소설에서 여주인공이 겪는 불행은 그 한 개인의 불행이기도 하겠지만 보다는 당시 최하층인민들의 불행이나 다름없다고 보게 된다. 그녀의 탈주는 또한 식민통치에 대한 최하층인민들의 공소이자 그 통치에서 벗어나려는 심성의 표현이라고도 보아도 무리가 아닐 것이다.

중국인소설에는 또 복수모티브와 탈주모티브가 한데 융합된 소설들도 있는데 관말남(關沫南)의[180] 단편소설 ≪충격(衝激)≫(≪大北新報≫ 1940년 10월 6일 - 27일자에 발표)이 바로 그러하다. 화장(化生)이란 한 동네의 망나니가 어느 날밤 다른 한 망나니를 데리고 마을의 한 처녀를 손아귀에 넣기 위해 그 처녀의 집 마당에 총을 묻어놓고 이튿날 그 처녀가 호적(土匪)과 내통했다고 위협하여 그 처녀를 순종하게 하려는 음모를 꾸민다. 이 음모를 미리 알게 된 그 처녀의 외조카 초광(楚光)이라는 청년이 그 날밤 현장에 나타나 그들의 음모를 폭로하고 단연히 이 험악한 마을에서 떠나 삼림으로 들어간다. 이는 복수·탈주모티브소설이라고 할 수 있다.

의지의 단편소설 ≪고향의 원한(鄕仇)≫에서도 한 망나니를 죽이고 밤길에 어딘가 떠나가는 복수·탈주모티브를 다루고 있다.

상술한 조선인소설과 중국인소설에서의 복수모티브에 하나의 공동한 특징이 보이고 있다. 그 특징은 바로 이 복수모티브에 당시의 일제식민통치자들이 하나도 등장하지 않고 있다는 것이다. 사실 당시 조선인과

---

180) 關沫南(1919년 11월 4일 -) 만족, 원명 關東彦, ≪할빈좌익문학사건≫시에 체포됨, 단편소설집 ≪蹉跎≫가 있음, 광복후 많은 작품을 창작함.

중국인들에게 해를 입힌 주요한 가해자는 일제식민통치자였으니 일제식민통치자가 복수의 대상으로 되지 않을 수 없다. 하지만 이런 복수대상이 소설에 진실하게 옮겨진다는 것은 곧 반일을 의미하여 일제의 심사제도에 걸리지 않을 수 없다. 작가 그리고 민족문학의 생존공간을 확보하기 위해서는 부득불 이를 회피하지 않을 수 없었다. 여기서 위만주국 문학장에서의 조선인문학과 중국인문학은 종속적 위치에서 자주권이 압제되어 막무가내로 그 서사, 제재, 형상 등 여러 면에서 우회적인 특징을 띠게 됨을 보아낼 수 있다.

5. 어둠과 엄한(嚴寒)의 상징성

소설에서 자연환경묘사는 단순히 자연경치를 묘사하거나 시간, 지점만을 교대하는 것이 아니라 인물의 행동, 인물간의 모순, 갈등, 충돌을 암시하거나 발생시키며 나아가 주제를 암시하면서 소설의 예술성을 기하여 준다. 특히 문학의 자주성이 압제되어 서사, 제재, 형상 등 여러 면에서 우회적 특징을 띠지 않을 수 없는 피식민 민족문학에 있어서 이런 환경묘사의 특징은 자못 중요한 의의를 갖게 된다. 조선인작가와 중국인작가들이 이를 감안하였다고 할 가 그들이 창작한 소설들에는 자연환경이 특징적으로 묘사되어 있다.

우에서 실례로 언급된 조선인소설과 중국인소설들만 놓고 보아도 어둠과 추위에 휩싸인 자연환경이 뚜렷하게 묘사되어 있는데 이런 자연환경묘사에는 당시 사회요소와 작가 혹은 서술자와 인물의 주관적인 요소가 내포되어 있음을 보아낼 수 있다.

안수길의 소설 ≪원각촌≫에의 서두에는 이런 자연환경묘사가 있다.

오른편 바로 어깨우는 깍아 세운듯한 돌산, 왼편 어름우에는 바

위돌이 이곳 저곳 몸둥이를들어내놓은 시내, 그 시내 저쪽에도 역
시산----이러한 산골작이라 제법 길이라는 것이 있을리없었다. 오른
편산을 의지하고 그밑으로 사람들은 내왕하였음으로 자연히 오솔
길이 생겼으나 그렇게 사람의 내왕이 자즌 것이 아니여서 그것도
길이라고 일흠지을수없는것이였다.

　　더욱 눈보래로 골작이가 안개낀것같이 아득한 이날, 있는길도
찾기 어렵겠거늘 없는길을 찾는 것은 여간한 노력이 아니였다. 냇
물이 굳게 언 것을 기화로 처음 거기 접어든것도 이 노력를 덜려는
것이였으나 한마장도 못가는사이 사람이고말이고 두 번세번 미끄
러지는 곤경에 빠졌음으로 오른편 산밑으로 다시 옴겨서는 수밖에
없었다.

　　산밑으로 어름우이고 바람이 눈을 휘모라치기는 일반이였다. 북
풍이였고 그들의 방향 북쪽이여서 눈보래를 맞안고 것는 길은 등
산하기보다 더 가뻣다.181)

　　깎아 세운 듯 한 돌산, 인적 없는 산골짜기, 안개같이 산골을 꽉 메우
며 휘몰아치는 눈보라, 꽁꽁 얼어붙은 시내, 이는 소설의 주인공 억쇠가
새로운 안식처 원각촌을 바라고 갈 때의 자연환경묘사이다. 억쇠를 기다
리고있는 원각촌은 이런 살풍경의 자연보다 못지 않게 살기가 험악하였
고 억쇠의 아내에게는 한익상이 겁탈하려드는 불운이 기다리고 있었다.
소설은 이야기가 전개되는 가운데서 원각촌은 한익상이라는 민족망나니
의 악행으로 하여 마을사람들은 엄한에 떨 듯이 피해와 위험에 떨며 살
아야 했고 힘이 그처럼 억센 억쇠도 나중에는 추운 바람에 떠돌아다니는
가랑잎처럼 또 다른 안식처를 찾아 떠나게 된다. 이 소설의 자연환경묘
사는 위만주국 땅의 엄한을 생동하게 보여줄 뿐만 아니라 독자들로 하여
금 심리적인 추위를 느끼게 한다.

　　안수길의 다른 한 단편소설 ≪바람≫(1944년 안수길창작집 ≪북원≫에 수록)
은 어둠과 엄한에 휩싸인 광야를 많은 편 폭으로 반복적으로 묘사하면서

---

181) 연변대학 조선언어문학연구소 편 ≪중국조선민족문학대계(10) 소설집·안수길≫
　　　흑룡강조선민족출판사 2001년 11월 pp.27-28에서 재인용.

작품의 주제를 암시해주고 있다. 소설에서 처녀 순이는 마음에 없는 혼사가 눈앞에 닥치자 원래 눈이 맞은 총각 정남이와 마을을 탈주하여 조선으로 가려 약속하고 한밤중에 기차역에서 정남이를 기다린다. 하지만 정남이는 풍진이 포효하는 암흑에서 길을 잃고 헤매다가 약속을 어기어 그만 탈주가 실패하게 된다. 순이는 정남이를 오해하고 운명에 순종하려 한다. 이 소설은 열악한 자연환경묘사가 내포하고있는 심층적 의미를 파악하지 못하면 어느 학자의 말과 같이 애매하고 허무맹랑한 이야기요 인간비극의 원인을 한낱 자연의 조화에서 찾고 있는 것으로 이해할 수 있다. 사실 소설의 자연환경묘사와 작품의 이야기를 심층적으로 분석한다면 보다 심각한 주제의식을 보아내게 된다.

> 동만주의 관문(關門)과 국도(國都)를 연결하는 철도의지선(支線)의 또 그지선, 분기점으로부터 넷밖에 역(驛)이라고업는 한산한 노선(路線), 그중에서도 가장 허잘것업는 정거장, 불켠 장명등이 겨우 하나박에 서있지안는 ≪푸랫트·홈≫에 밤열한시 막차를 기다리는 십여명승객의 모양이 또한 초라하고 서글펐다.
> 대개가 부근 부락의부녀들인 듯, 옷맵시하며 귀지지한 짐들하며가 애당초 끼끗함을 바랄수업는것이였으나 이날 오후에들어서부터 불기시작한 미친바람은 천지를 뒤덥는 듯, 그기세가 조곰도 꺽기지 안흔채 모래를 휘날려 얼골에 부듸치고 치마자락이고 머리칼이고 닥치는대로 부러젯겨 손들은 컴컴한 ≪푸랫트·홈≫에서초라한 모양을 들어낸채, 이 봄이면 의레히 차저오는 이고장의 독특한 자연의품위앞에 굴복하지않을수없었다.182)

이는 소설의 서두인데 광풍이 몰아치는 이 험악한 자연환경은 땅이 넓고 넓다는 허허벌판의 만주 땅에 새 삶을 찾아온 조선이주민들에게 닥친 현실의 만주는 구석지고 초라하고 어두운 산골로서 역시 살기가 한산한 곳이라는 것을 암시하고있으며 또한 가난하고 무기력한 하층인물들은 험

---

182) 동상서 p.76에서 재인용.

악한 현실사회에 막무가내로 굴복하면서 살아가야 하는 상황임을 암시하고 있다고 보게 된다. 이런 암시는 이야기의 전개에 따라 점차 선명해진다. 소설은 짧은 편 폭에 "암흑과 풍진"이라는 자연묘사를 네 번이나 반복하여 쓰고있으며 전반 소설에서 자연묘사가 거의 절반을 차지하고 있다. 일반적으로 소설에서 반복수법은 작품의 전반 분위기를 짙게 조성해주는 동시에 작가의 주제의식을 강조해주며 또한 독자들에게 주제의 이해와 인상을 강조해주는 예술적 효과를 나타낸다. 이 소설에서 반복적으로 묘사한 암흑과 풍진의 자연환경은 순이가 기구한운명에서 벗어나기 어려울 뿐만 아니라 정남이가 그런 "암흑과 풍진"과 아무리 싸운다해도 역시 전승하기 어려움을 암시해준다고 하겠다.

이 소설은 표현수법에서 안수길의 여느 소설보다 더 우회적이고 위축된 특징을 보이고 있는데 이는 소설이 창작된 1942년의 살벌한 창작환경과 관련된다고 본다. 다시 말하면 이 시기는 일제의 식민문화전제통치가 날로 가혹해졌기에 자주성을 띤 민족문학작품을 계속하여 발표하자면 그 붓끝을 무디게 할 수밖에 없었다. 우회적인 작품창작은 피식민 민족문학의 생존책략의 하나라고도 볼 수 있겠다.

김창걸의 단편소설 《암야》에도 작품의 주제의식을 보여주는 자연환경묘사가 선명하게 보인다.

> 봄바람에 여우가 눈물을 흘린다더니 참으로 그렇긴 하다. 남풍은 분명히 남풍이언만 오장육부가 으스스 떨리고 눈에선 매운 눈물이 똑똑 떨어진다. 남의 눈을 도적하며 한가지두가지 발등에 얹고 베여놓은 나무춤이언만 삽시에 바람에 다 불려서 날려가고만다.

이는 소설의 서두에서 주인공 명손이가 나무할 때의 자연환경묘사이다. 명손이는 사랑하는 처녀 고분이와 결혼할 돈을 장만하려고 갖은 고난을 겪으며 뼈빠지게 일하나 대자연의 추위처럼 차디찬 사회현실에서 그것은 전혀 불가능한 것임을 암시해준다. 과연 나중에 "삼태성이 서산을 넘은지도 오랜 한밤중"에 명손이와 고분이는 탈주하지 않으면 안 된다. 이 자연환경묘사는 소설의 예술성을 보다 높여주면서 하나의 예술특징으로 되고있다.

중국인소설에서는 어둠과 엄한을 묘사한 자연환경묘사를 어렵지 않게 찾아볼 수 있다.

추영의 단편소설 ≪혈채≫에서는 서두부분에서 이런 자연환경을 묘사하고 있다.

> …얼음같이 찬 바람이 잦을줄 모르는 북쪽땅의가을아침은 끝없이 황막한 벌판을 드러낸다. 가을길은 색바랜 회색 띠마냥 저 멀리로 구불구불 뻗어갔다.
> 이 황막한 촌을 둘러싼 높은 산과 두 변두리의 초원은 이미 누렇게 변해버렸고 저 먼산은 거무스레한 자색으로 변하였다. 밟혀 부서진 단풍나무잎은서리 내린 은백색 땅에 비참하게 널려져있다.[183]

이는 간교하고 악독한 리빠토에게 시달리고있는 한 시골마을의 자연환경이다. 소설은 이어황금생의 아내가 리빠토에게 겁탈되기 직전의 밤을 이렇게 묘사한다.

> 끝없는 비애가 이 고요한 밤속에 흘러들었다.
> 이 황막한 산골마을의 추운 밤, 주위는 죽은 듯이 굳어져있고 다만 창밖의 찬 바람이창문을 쏠랑쏠랑 두드리며 사람을 더욱 걱정스럽고 처량하게 만든다. 가끔 어디선가 개짖는 소리가 침울한 밤하늘을뚫으며 들려오는데 마치 비애에 찬 울부짖음 같았다.[184]

이 환경묘사는 어딘가 음산하고 처량한 분위기를 조성하면서 암울한 이 세상에서 악한에게 유린당한 무기력한 여인의 불행과 비애를 짙게 암

---

183) ≪東北文學研究史料≫ 제4집 p.18에서 재인용.
184) 동상서 p.24에서 재인용.

시해 준다. 이 역시 소설의 예술특징이 아닐 수 없다.

추영의 중편소설 ≪광갱≫은 자연환경묘사로부터 시작된다.

> 가을바람은 찬 기운을 끼고 저 면면히 줄지어 기복을 이룬 광산
> 을 휩쓸고 내려와서 부근의 황막한 촌락으로 불어간다.
> 날이 어슴푸레 밝아오면 아침안개가 산기슭과 희부옇고 누런 나
> 무숲을 따라 흐르고 하늘을 찌를 듯이 높이 솟은 저 광산의 커다란
> 굴뚝에서는 밤낮없이 검은 연기를 토해내는데 흰 안개와 거무칙칙
> 한 연기가 서로 뒤섞여 어느 것이 안개이고 어느 것이 연기인지 분
> 별할 수 없다.[185]

이 자연환경묘사는 소설의 서두에서부터 을씨년스럽고 음침한 분위기
를 조성해주면서 혼잡하고 암담한 광산마을의 사회상황을 암시해준다.

> 검은 밤 차디찬 바람이온 세계를삼켜버렸다.
> …
> 이미 자오가 지났다.
> 광산으로 통하는 길은 황량하다 못해 아무 것도 없다. 길 양쪽의
> 황폐한 벌판에는 일망무제한 암흑이요 광풍이누렇게 말라버린 애
> 달픈 풀을 미친 듯이 짓밟아놓으며 일종의 처참하고 미약한 소리
> 가 들리는데 그 소리는 마치 어느 죽은 사람의 애절한 목소리 같
> 다. 풀숲에서 죽어 가는 가을 벌레들도 찌륵찌륵 실같이가느다란
> 소리로 울고 있다.[186]

이는 소설의 주인공 장빈이 석탄재에 머리를 맞아 생명이 위급해진 어
린 딸애를 구원할 치료비를 구할 방도가 전혀 없어 나중에 막무가내로
남들이 어렵잖게 해온 도적질에 처음 나섰다가 그만 그 길로 붙잡히던
날 밤의 자연환경묘사이다. 암흑과 광풍 그리고 바야흐로 죽어 가는 가

---

185) 張毓茂 主編 ≪東北現代文學大系≫ 第5集 (中篇小說卷) 沈陽出版社 1996년 12월
    p.383에서 재인용.
186) 동상서 p.412에서 인용.

을 벌레들의 애처로운 울음소리 등은 바로 죽음에로 나아가게 되는 장빈
에 대한 애달픈 동정과 비애의 정서를 자아낸다. 그처럼 순박하던 장빈
이가 오죽 막막하였으면 도적질에 나서겠는가? 그는 이 암흑한 사회에서
최후발악이라도 해보려 하였지만 결국 그에게는 감옥살이 나아가 감옥에
서 병들어 죽게 되는 운명 외에 아무 것도 차례지지 않았다. 독자들은 이
자연환경묘사에서 이미 장빈의 비참한 운명을 예감하게 된다.

  의지의 단편소설 ≪초원행≫에서도 작품의 분위기를 조성해주고 주제
의식을 암시하는 자연환경묘사가 선명하게 보인다. 이 소설도 자연환경
묘사로부터 시작된다.

> 7월말이 되면 대문구(臺門溝)일대는 벌써 여름의 막바지에 이른
> 다. 훌룬벨르 쪽에서 누런 모래가 뒤섞인 가을바람이 불어오기 시
> 작한다.
>
>   …
>
> 황막하고 처량한초원으로밤이 살그머니 기어든다. 여기에는 개
> 똥벌레도 없고 등불도 없으며 다만 저 먼 곳으로부터 간혹 피곤하
> 고 비애에 찬 말의 울음소리가 들려 올뿐이다.
>
> 어느 말몰이꾼이 부는 몽고족 퉁소소리가 아무런 박자도 없이
> 들려오는데 이 소리는 이 허허벌판의 유일한 음악이며 이 음악은
> 사람들로 하여금 가을의 낙엽을 연상케 하고 고향의 백발이 된 어
> 머니를 연상케 한다.
>
> 이 기이한 음악은 사막의 모래를 몰아오는 질풍 속에서 끊겼다
> 이어졌다 하며 애처롭게 들려오면서도 이 초원의 적적한 만물을
> 조화시켜준다. ……가끔가끔 불어오는 바람, 말라죽어 가는양각초
> (羊角草), 아득한 저 언덕,어슴푸레 보이는 오솔길, 고요한 밤은 저
> 도 모르게 떠나온 고향을 생각게 한다.187)

  이런 자연환경묘사는 거칠고 적막하고 처량한 초원에서 고향 떠나 십

---

187) 張毓茂 主編 ≪東北現代文學大系≫ 第4集 (短篇小說卷), 沈陽出版社, 1996년 12
    월, pp.1434-1435에서 인용.

여 년간이나 말몰이꾼으로 살아온 소설의 주인공 유진의 강한 성격과 짙은 향수의 정서 그리고 풍부한 정감세계를 암시해 준다. 이런 성격과 정감은 주인공이 가난한 사람들을 대신하여 용감히 서슴없이 복수의 길에 나설 수 있는 의협심을 갖게 한다. 여기서 또한 소설의 짙은 향토색채를 보여주면서 보다 높은 예술성을 기해준다.

의지는 중편소설 ≪설령의 제≫에서도 자연환경묘사로부터 시작되면서 험악하고 암담한 분위기를 조성해놓았다.

> 밤.
> 달 없는 끝없는 밤.
> 음력 10월의 찬바람은 하늘을 덮은 눈을 휘감아 땅에 휘 뿌린다. 바람소리는 야수의 애처로운 울부짖음 같고사람의 얼굴에 불어 치는 눈보라는 칼로 에이는 듯 매섭다.
> 이곳은 광막하고 황량하며빛이라고는 볼 수 없이 어두컴컴하다. 대지는 얼어들기 시작하고강물과 시내는 모두 꽁꽁 얼어붙었다. 하늘로 날아 예는 새들은 보기조차 힘들고 어두컴컴하고 으스스한 느릅나무 숲에서 살살 흔들리는 마른나무가지도조용히 아무런 소리도 내지 않는다.[188]

보다시피 상술한 소설들에서 보여지는 어둠과 엄한의 자연환경묘사는 작품의 분위기, 이야기 짜임새, 주인공의 심리, 주제 등을 암시해줄 뿐만 아니라 그 예술성을 보다 기해준다. 또한 이런 자연환경묘사는 당시 엄혹한 문예심사제도를 의식하지 않을 수 없는 상황에서 암울하고 험악한 사회에 대한 우회적인 서술방식의 표현이라고도 볼 수 있다.

요컨대 조선인작가와 중국인작가들은 단편소설창작에서 자주권이 압제된 종속적인 변두리문학공간에서도 뛰어난 문학적 재능과 상상력으로 단편소설요소들에서의 자주적인 문학공간을 활용하여 발산적 의미를 갖는 여러 가지 문학형상들을 하나하나 묘사해내면서 나중에 일본식민문학

---

188) 동상서 p.574에서 인용.

담론과 반대되는 민족문학담론을 형성하였다고 하겠다.

제 2 절   장편소설의 부동한 담론과 그 발산적인 의미

대체로 문학형식으로 역사를 서술하는 것은 장편소설의 한 문화기능으로 되어 있다. 발자끄는 "프랑스사회는 역사가로 될 것이고 나는 그저 그 서기(書記)로만 되겠다."고[189] 하면서 ≪인간희극≫이라는 거대한 문학작품으로 프랑스의 역사를 생동하게 그려냈다. 똘스또이도 ≪전쟁과 평화≫, ≪부활≫ 등 장편소설로 짜리 러시아사회를 진실하게 그려내어 "러시아 혁명의 거울"로 되었다. 역사적으로 문이재도(文以載道)의 전통을 갖고 있는 중국문학과 조선문학은 오래 전부터 장편소설과 역사기술(記述)의 연원(淵源)관계를 갖고있었다. 위만주국시기 조선인문인과 중국인문인들은 발표지가 그처럼 제한되어 있고 문예심사제도가 그처럼 엄혹한 문학공간에서도 장편소설들을 적지 않게 창작, 발표하여 제반 소설세계를 풍부하게 하고 민족문학의 발전에 기여한 동시에 장편소설의 특징을 충분히 이용하여 당시 민족역사상황을 역사적으로, 사실주의적으로 그려내어 귀중한 민족문화재산으로 되었다.

어느 민족이나 모두 자기민족의 발전역사가 있으며 어느 민족의 발전역사에나 모두 모진 고난을 이겨내면서 생존권을 얻는 기쁨이 깃들어 있다. 특정된 역사시대의 현실생존상황은 민족작가와 민족문학창작사조에 깊은 영향 주면서 그 민족문학의 그 어떤 화제를 형성하여 이로써 그 현실발전태세와 총체적인 풍모를 보여주게 한다.[190]

---

189) 巴爾扎克 ≪<人間喜劇> 前言≫, ≪西方文論選≫ (下), 上海譯文出版社, 1979年, p.168
　　에서 인용.

그리고 어느 민족이나 필연적으로 자기 민족의 정신, 심리 구성에 따라 보편적인 의미를 띠는 세계적인 과제와 인류역사과제를 사색하게 된다.

위만주국시기 조선인작가와 중국인작가들은 민족의 역사발전상황이 부동하고 현실생존상황이 어느 정도 부동함에 따라 민족역사의식이 다분하게 흐르는 장편소설창작에서 부동한 담론을 선택하게 되었다. 조선인 장편소설은 주요하게 현실제재로 민족의 정착사(定着史)를 묘사하고 중국인장편소설은 주요하게 과거, 현실제재로 가족 흥망사(興亡史)를 묘사하였다. 물론 조선인단편소설과 중국인단편소설들에서도 이런 제재를 많이 다루었고 또 일부 대표적인 작품들도 있기는 하지만 장르적인 제한으로 하여 흔히 정착사나 흥망사의 어느 한 측면만을 보여주고 있다. 장편소설에서는 그 장르특징대로 편 폭의 제한 없이 민족역사의 화폭을 폭넓게 보여줄 수 있다. 조선인작가와 중국인작가들은 장편소설창작에서 이런 장르특징을 충분히 이용하여 주로 민족사를 폭넓게, 의미 깊게 다루어 장편소설 나아가 전반 소설의 주요특징을 이루었다.

1. 조선인장편소설의 주류 담론(主流話語) - 현실제재의 민족 정착사

조선인작가들이 창작한 장편소설은 양적으로 많지 못하다. 지금까지 일부 혹은 전부 발굴된 장편소설로는 현경준의 ≪선구시대(先驅時代)≫(≪만선일보≫ ? - 1939년 12월 1일), 박영준의 ≪쌍영(雙影)≫(≪만선일보≫ 1939년 12월 - 1940년 8월), 현경준의 ≪도라오는人生(돌아오는 인생)≫(≪만선일보≫ 1941년 11월 1일 - 1942년 3월 3일), 안수길의 ≪북향보(北鄕譜)≫(≪만선일보≫ 1944년 12월 1일 - 1945년 4월) 등 4편이며 염상섭의 ≪개동≫이 ≪만선일보≫에 발표되었다고 하나 아직 그 작품을 발굴해내지 못한 상황이다. 조선인작

---

190) 王列生 著 ≪世界文學背景下的民族文學道路≫, 安徽教育出版社, 2000年 9月, p.237
　　참조.

가들이 장편소설을 많이 창작하지 못한 것은 여러 가지 원인이 있겠지만
주로 일제의 민족말살정책과 식민문화전제통치로 인한 문학 발표지의 엄
청난 부족과 경제의 궁핍으로 인한 출판물의 부진 때문이라고볼 수 있다.
주지하다시피 당시 조선인문인들에게 있어서 발표지는 겨우 ≪만선일보≫
문예란 하나뿐이었고 이 문예란 역시 일본인의 심사를 받아야 하는 형편
이었다. 이런 막연한 상황하에서도 몇 편의 장편소설이 창작, 발표되었다
는 것은 참으로 다행이라 하겠다. 더욱 다행스러운 것은 이 몇 편의 장편
소설들은 모두 사실주의수법으로 현실에 입각하여 현실제재로 민족의 정
착사를 다루었다는 것이다.

　현경준의 장편소설 ≪선구시대≫는 1939년 5월경부터 ≪만선일보≫에
연재되기 시작한 것으로 추정되는데 1939년 12월1일까지 195회로 나누어
연재되었다. 지금까지 발굴된 것은 제195회 즉 제일 마지막 회 연재 ≪망
향(十)≫뿐으로 크나큰 유감으로 되고있지만 다행스럽게 지금 볼 수 있는
제195회는 소설의 마무리로서 작가의 창작의도가 어느 정도 집중적으로
표현되어 있는 것으로 추정되며 이 부분을 통해서 소설의 기본줄거리를
대체적으로 그려볼 수 있는 것 같다. 이 소설의 문학적 가치가 비교적 큰
것으로 판단되기에 좀 길기는 하지만 이 부분을 전부 인용하면서 상세히
분석해본다.

　　　괴준의 시선을밧자 근우는마치 무서운것이나 뭇는듯조심스레 입
　　을연다.
　　　≪왕덕삼의 계획이 그러케실현된다면 대체 우리는 어떠케해야
　　할까요?≫
　　　그러나 괴준이는 근우의 그말에는 대답을안주고도로 승철의 쪽
　　으로돌아안는다.
　　　≪승철이! 말이 너머길어지는듯하지만 조금만 더참구들어주오.
　　　우리는 좀더 근본문제를들어서 말하는편이 족할줄아오. 공연히
　　제三자나무에니하며 이론을 전개식힐것업시 대체우리가고향을 버
　　리구 이만주땅으루온건 무슨때문이오?고향에는 조상의뼈가 뭇처잇

구 정들엇던 마을이잇는데 어째서 그모든 것을 죄다버리구 이곳으루왓소? 나는 그것부터 승철이게뭇고십소. 승철이!

좀더 흥분을 식혀가지구 냉정하게 생각해보오. 우리가 이따으루 차저온건 결코 호강에 겨워서놀이를온 것은 아니우. 모도다원대한 포부를품고 넘어온 것이 아니오. 일시의흥분이나 사소한 일개인의 사정에 얽매워 그원대한 포부를 저바린다는것은그얼마나 어리석은 일이오?

승철이! 좀더 머리속을 식혀가지구 전날의 그씩씩하던 승철이가 돼주오. 그리구 다시 먼-압날을 바라보아주오. 지금승철이네가 모든 것을포기해버리구 떠나버린다면 마을은 어떠케되겟소? 난 가슴이 터지는것가치 말이잘안나오. 승철이! 고향이란결코 다시갈수업는 그곳만 고향인것이아니오. 우리는새로운고향을 우리의손으로 맨드러야하지안소?그새로운고향을맨들기위해 두만강을너머온것이라면 오늘날의험산은 어떠케해서던지 넘어야하고 고해도건너야하지안소?

아무리 괴롭더래두 참어주.

지금은 이러케괴롭더래두 한때는꽃피는봄이 반다시 올것이니까.……≫

여기에서 괴준이는 잠시끈코 숨을돌닌후 다시나려잇는다.

≪그리구 앗가 내가영수평중들 이애기를햇지만 그것은 걱정할것이업소. 거기두꿋잇는조흔청년들은이스니. 만사가 그러케왕가의뜻대루될것은아니오. 일부의반대는잇는듯하나청년들은 그것을잘눌러가구잇스니까.내일에래두갈수만잇다면 둘이서차저가서청년들을맛나는네 조흘줄아오. 그래서 오랫동안씩은 인습에서나려온 원한두일소해버리구 금후튼튼하게손을맛잡구 나간다면 얼마나조켓소.

그러케되면왕덕삼의문제가튼건별루 문제될것두 업다구생각하오.

그러한문제에 일일이 구애될것업시 다시말하지만 우리의새고향을 건설하기위해 오늘날의괴롬을 달게바드며 나가게오.

왕덕삼이꿋까지가긔의요구를 주장한다면 그대루양보해버리오.

하지만아직 교섭의여유는 충분이있다고 생각하오.

그가계획하는 영수평 재가승부락의 의동이틀어는날이면 그두 생각해볼테니까. 아직 낙망할것은업소. 사실 엄정하게 비판한다면 마을의교섭이 상금부족햇다구해두 과언은 아닐테니까. 그러치안소? 근우!≫

하고 괴준이는 근우를돌아다보며 부드러히웃는다.

그러나 근우는가슴속이 그득해저서 아모말도못했다.

긔준이는 이슥히어두운마을을 나려다보다가 갑작이벌떡자리를 인다.

≪너머 이애기가 길어젓소 아직 채못한건 집에서내려가하기로하구 인젠자리를 일게오. 나두 인젠 배가 좀고파나오.≫

근우와 승철이는 무겁게입을담은채조용히 그뒤를따라 일어선다.

셋은 마치약속이나 잇엇던것처럼 가즈런히서서 마을을 나려다본다.

마을은 아직도 어둠에덥혀 어수룸한윤곽도 알리지안는다.

만은 밤은벌서 새날을잡은 듯 뉘집에서인지 닭우름소리가 흐느러지게 들려온다. (끝)

여기서 우리는 조선이주민들이 만주에 정착하는 과정에 왕덕삼이라는 중국인 원주민과의 모순충돌이 생겨 생존이 위협받고 있음을 보아낼 수 있으며 또 이런 위협에 승철이를 비롯한 일부 이주민들이 막무가내로 이 땅을 떠나려고 동요하는 것을 긔준이가 고난을 물리치고 이 땅에 뿌리 박아야 함을 설득시키고 있음을 알 수 있다. 그리고 승철이네와 왕덕삼 간의 모순충돌은 단순히 개인적인 모순충돌이 아닌 것 같다. 왕덕삼은 평민신분의 원주민이 아니라 지팡주 또는 토호 혹은 어떤 관료임을 추정할 수 있다. 당시 상황에서 한낱 평민신분의 원주민으로서는 조선이주민의 한 군체(群體)가 피땀으로 걸군 새로운 삶의 터전을 버리고 떠나게까지 위협을 줄 힘이 없었을 것은 물론이고 만주의 조선인 이주민들은 일제의 식민통치뿐만 아니라 봉건관료, 토호, 호적 등 여러 통치세력의 압제와 착취를 당하면서 계급모순, 민족모순 등 각종 모순에서 이중삼중의 고난을 겪어야 했기 때문이다. 그렇다고 옛 고향으로는 돌아갈 수 없는 처지이다. 즉 조선이주민들은 이미 고향에서 생존기반을 상실하였기에 새로운 삶의 터전을 찾아 두만강을 건너 이 낯설고 물선 이국 땅에 오게 된 상황으로 이 땅에 뿌리박는 일 - 새로운 고향을 건설하는 일은 배수진을 친 것이나 다름없다. "오늘날의 험산은 어떠케해서던지 넘어야하고 고해도건너야” 한다. 그러자면 굳센 의지가 있어야 하며 단합된 힘이 있어야 한다. 하여 긔준이는 승철이네 의지를 굳혀주고 “오래동안 썩은 인습에서 나려온” 민족내부의 모순도 일소해버려야 함을 깨우쳐준다. 이 소설에서 긔준이는 조선이주민들 가운데서 남 먼저 각성한 계몽주의자라 보아도 무리가 아닐 것이다. 하여 소설은 마지막에 긔준이가 승철이네를 데리고 새날이 밝는 마을전경을 바라보는 장면묘사로 끝나면서 밝음과 희망의 분위기를 보여주는데 이는 긔준이와 같은 이가 있기에 마을사람들 - 조선인이주민들은 정착과 새로운 고향의 건설에 희망이 있게 됨을 암시하였다고 보게 된다.

현경준은 1937년에 간도에 이주하여 온 후 간도이주민들의 생활상을 깊이 있게 실속 있게 파악하고 창작할 것을 주장하면서 대체로 민족적 시각에서 이주민의 생존환경과 생활양상을 주목한 작품들을 창작하였다.[191] 필자는 현경준의 이런 창작경향과 ≪선구시대≫ 마지막 회를 통해서 이 소설에서는 이주민들의 정착과 새로운 고향건설의 현실제재를 다루었다고 인정해보게 된다. 즉 ≪선구시대≫는 현실제재로 조선인이주민들의 정착사를 다루었다고 확인해 본다. 그리고 소설의 주인공으로 추정되는 긔준이는 적어도 민족계몽활동을 하는 남 먼저 각성한 인물형상이라고 할 수 있다.

따라서 ≪선구시대≫는 지금까지 발굴된 조선인 장편소설가운데서 제일 먼저 현실제재로 민족 정착사를 다룬 장편소설로 보게 된다. 나아가 이 소설은 ≪북향≫을 효시로 조선인문학이 주장한 농민문학의 첫 장편소설로 된다고 하겠다. 현경준은 “북향회”가 해산된 후 간도에 이주하였기에 “북향회” 동인은 아니었지만 간도에 새로운 고향을 건설하고 거기에 조선인문학을 이룩해보자는 “북향회”의 종지를 간도의 실생활에서 깊이 체득하고 처음으로 그 종지를 장편소설로 작품화한 작가라고 볼 수

---

191) 이광일 ≪해방전 현경준소설문학연구≫, ≪문학과예술≫ 2002년 제1기 pp.98-102 참조.

있다.

현경준은 ≪선구시대≫를 이어 1941년 11월 1일부터 1942년 3월 3일까지 ≪만선일보≫에 총 94회로 나누어 두 번째 장편소설 ≪돌아오는 인생≫을 발표였는데이 소설은 현실제재로 조선인이주민들의 정착사의 다른 한 독특한 상황을 보여주고 있다. 이 소설은 처음 ≪鑛業朝鮮≫(1939년 3월호)에 발표되었다가 1941년 11월 15일 재만조선인작품집 ≪싹트는 대지≫에 수록된 중편소설 ≪流氓≫을 전편(前篇)으로 하고 이를 이어 창작한 것이라 한다. 지금까지 볼 수 있는 부분은 제23회부터 제94회인데(그 가운데서 10회는 빠져 있음) 제23회의 소제목이 ≪양심의 잔편(7)≫인데 그 내용으로 보아 중편소설 ≪유맹≫의 해당부분과 일치하다. 그러므로 ≪돌아오는 인생≫의 전편은 ≪유맹≫과 일치할 것이라 추정되며 후편의 내용이 전편과 연속성을 갖고있는 것으로 보아 확실히 ≪유맹≫을 이어 창작한 것임을 확인할 수 있다. 또한 ≪유맹≫은 1943년 12월 중편소설 ≪마음의 금선≫으로 수정되어 홍문서관(弘文書館)에서 단행본으로 출판된다. 따라서 장편소설 ≪돌아오는 인생≫을 분석할 때 이 두 중편소설을 간접적으로 언급하지 않을 수 없게 되며 소설창작과정의 반복성과 복잡성으로 하여 여느 작품보다 심중하게 분석하여야만 올바로 파악할 수 있게 된다.

"서술구조는 순수한 사회구조이다."라는 빼그하친(Bakhtin, 巴赫金)의 말처럼 서술구조는 사회관계와 의식형태의 산물이라고 할 수 있다. 소설창작에서 서술구조, 이야기 짜임새, 인물형상 등 여러 요소의 선택은 대체로 그 창작시기에 처한 의식형태환경에 의해 결정되게 된다.[192] 그리고 복잡한 창작환경에서 이루어진 테스트는 흔히 이중구조 즉 표층구조와 심층구조를 갖게 된다.

위만주국 문학장이라는 엄혹하고 복잡한 문학창작환경에서 창작된 피식민 민족작가들의 작품들은 자연히 이런 이중구조를 띠지 않을 수 없게 된다. 물론 다른 작품들도 마찬가지겠지만 장편소설 ≪돌아오는 인생≫

---

192) 南帆 著 ≪文本生産與意識形態≫, 暨南大學出版社, 2002年 9月, p37-38 참조.

을 표층구조와 심층구조로 나누어 분석하는 것은 보다 올바른 이해방식이라고 생각된다. 하여 본고에서는 이 소설을 표층구조와 심층구조로 나누어 분석한다.

이 소설의 표층구조는 대체로 현실부응의 "친일적인 성향"을 보여주는 내용으로 이루어져 있다. 다시 말하면 위만주국 정부가 "빗두루 인생의 행로에서 탈선하여 나간" "지옥에서 헤매는 무리들을 개전(改悛)시켜서 다시금 참다운 사회인으로 맨들려구" "전만(全滿) 5개소에다가" 세웠다고 하는 보도소라는 특수부락에서 보도소장이 직책을 다하여 정부시책을 선전하면서 인간적인 감화수단으로 명우라는 마약중독자를 개심, 소생시켜 명우가 부락의 학교에서 교편을 잡고 순녀와 결혼하며 조선에서 어머니를 모셔오고, 소생을 거부하던 아편중독자 인규도 나중에는 소생한다는 내용이다.

하지만 심층구조는 이와 반대의 내용으로 이루어졌다. 즉 "한때는 정치운동의 선봉에 나서서 불타는 정열로 날뛰었다는" 규선이라는 마약중독자를 비롯한 병철이, 득수, 명보 등 마약중독자와 밀수업자들이 보도소장의 설교와 감화 그리고 구치소의 고역에도 변함없이 기회만 있으면 탈출을 시도하면서 개심이나 소생을 단념하고 있다는 내용이다. 이들의 절대적인 단념은 규선이의 아내가 자살하는데서 보여준다. 소설에서 규선이는 부락을 탈출하다 잡혀 구치소에 가게 되자 "이번에 가면 반년이 걸릴지 일년이 걸릴지 모를텐데" 아내더러 자기한테만 매달려서 고생하지 말 것을 당부한다. 규선이의 아내는 남편이 "앞날에 대한 아무런 희망도 가지지 못하"였기에 "결국 과거의 꿈밖에 회상할 것이 없고" 이런 꿈을 회고하자면 마약을 떠날 수 없음을 절감하고 규선이가 구치소로 떠난 지 약 두어 시간 지나서 서른 아홉 살 나이에 자살하고 만다. 이 자살은 간접적으로나마 희망 없는 암울한 현실사회에 대한 부정과 저항의식의 표현이라고 볼 수 있다.

이렇게 이 소설은 표층구조와 심층구조라는 이중구조를 이루어 두 가지 주제성향을 보여주고 있다고 보게 된다. 그렇다면 이 소설의 주된 주제성향은 무엇일가?

우선 이 부락민의 상황을 본다면 소설에서 부락민은 모두 71호(戸)인데 그중 마약중독자가 26호, 밀수업자가 23호, 도박상습범이 9호, 사기범이 6호, 기타가 7호이다. 여기서 "밀수업자와 계속범행이란 중독자들에게 제공할 마약을 외부와의 비밀연락에서 밀매하여 드리는 것을 말함이다"고 작자의 주해가 따른다.193) 그러면 사실 이 71호 가운데서 대다수가 마약관계자들이라고 할 수 있겠다. 소설은 서두에서 이런 마약관계자들의 탈출부터 시작되며 적지 않은 마약관계자들은 기회만 있으면 탈출을 시도하면서 전혀 개심을 단념한다. 그들 가운데는 인텔리들이 적지 않다.

비록 낙오는 되었을까정 한때는 모두다 이상을 품고 혁혁한 앞날을 바라고 매진하던 그들이다. 그들속에는 기술자도 있고 정치운동자도 있고 예술가도 있고 종교가도 있고 의술가도 있고 교육자도 있고 각칭을 망라하여 있다. 지식정도는 전부가 소학정도 이상으로서 중학정도 전문정도도 수두룩하다. 어학도 국어와 만주어는 말할것도 없거니와 영어 노어 독일어에까지 능통한자가 있다.194)

이런 인텔리들이 어찌하여 "보도소"에 갇혀있는 지경에 이르렀는지 소설에서는 그 원인이 밝혀지지 않고 있지만 그 대부분이 마약관계자들인 것만은 알 수 있다.

다음 주제해명에 어느 정도 도움이 될 수 있는 위만주국의 마약상황과 그 금연시책의 실질에 대해 간단히 알아보기로 한다.

일제 통제하의 위만주국 정부는 건국초기부터 일련의 아편에 관련된 법령들을 반포하면서 아편독점정책을 실시하였다. 위만주국 정부는 1932년 11월 30일에 ≪아편법≫과 ≪아편법시행령≫을 반포하여 표면적으로

---

193) ≪유맹≫, 연변대학 조선언어문학연구소 편 ≪중국조선민족문학대계 (9) 소설집·현경준≫, 흑룡강조선민족출판사, 2002년 2월 p.457 참조
194) 동상서 p.460에서 인용.

금연시책 같았으나 실제는 아편의 생산, 유통 등 면에서 통제권을 장악하고 정부가 아편전매를 실시하는 제도였다. 1933년에는 아편전매공서(專賣公署)를 성립하고 봉천에 아편가공공장과 대만호(大滿號), 대동호(大東號)라는 아편무역회사를 설립하여 저렴한 가격으로 아편을 수매하고 고가로 팔았으며 1933년부터 1937년까지 전 만주국 경내에서 아편을 재배하게 하였는데 그 총면적은 68만 5천 무에 달하였다. 소위의 아편전매가 중독자들로범람되게 하자 1937년 10월 12일에 위만주국 정부는 ≪아편마약단금방책요강(阿鴉麻藥斷禁方策要綱)≫을 반포하여 10년 내에 아편을 금지한다고 선전하였으나 사실 중독자들을 치료하는 계획은 없고 다만 중독자가 규정에 따라 등록하지 않으면 아편을 배급하지 않는다는 규정만 있었다. 하여 누구를 막론하고 등록만 신청하면 위만주국정부에서 발급한 아편흡식허가증을 얻을 수 있었다. 1933년에 등록한 중독자가 5만 6천여 명이었으나 1937년에는 81만 1천 여명에 달하였으며 1938년 아편흡식중독으로 죽은 사람이 14만 여명이었으며 1937년에 전 만주에 2000여 개소의 아편판매소가 있었다고 한다. 1940년에 민생부 산하에 금연총국을 설립하였고 각 현시의 아편판매소를 정부가 관할하는 관연소(管煙所)로 고치고 정부가 직접 아편과 마약을 팔았다. 이런 아편판매소와 관연소에서는 아편을 많이 팔기 위해 쌀팔러 오거나 장보러 오는 농민과 빈민들도 놓치지 않고 그들을 유혹하거나 강요하는 수단으로 아편을 사게 하여 그들의 피땀을 빨아냈다. 그리고 여론을 기만하기 위해 계연소(戒煙所)를 강생원(康生院)으로 개명하고 금연을 자원하는 사람들을 수용한다고 하였지만 진실로 금연치료를 하지 않았기에 그 수용자는 극히 적었다. 1941년 가을 금연총국은 금연을 위한다는 허울을 쓰고 아편중독자를 다시 등록하였는데 이는 분명히 늘어난 아편중독자수를 이용하여(등록자수가 90만 명에 달하였다고 한다.) 아편생산량이 모자란다는 구실로 아편재배기지를 늘여 보다 많은 경제약탈을 감행하자는 시도였다. 하여 이해부터 위만주국 각지에 아편재배기지를 확대하였다. 아편수입도 따라서 급증하여 1940년에 1억

2천 6백 여만 원에 달하였고 1944년에는 3억 원에 달하였다. 일제는 지어 1943년 봄에는 동경에서 아세아아편회의까지 소집하여 위만주국과 내몽고를 주요 아편생산지구로 정하고 아세아에서 수요하는 아편을 책임지고 공급하기로 하였다.195)

일제의 이런 아편정책은 위만주국 각 민족인민들의 재산을 약탈하여 갔고 그들의 건강과 생명에 큰 해를 끼쳤을 뿐만 아니라 민족의식, 저항의식 등 정신세계를 마비시켜 일제의 식민통치를 공고히 하는데 유리하게 하였다. 이는 위만주국의 총무청 차장(次長)이었던 고사루 다다유끼(古解忠之)가 1956년에 중국군사법정의 심판을 받을 때 한 아편정책에 대한 자백에서 간접으로 실증해볼 수 있다.

> "만주국"의 경제수입을 늘이고 동시에 중국인민들의 일본에 대한 반항을 약화시키는데서 이런 아편정책은 그로서의 중요성을 갖고 있다고 생각하였다. 나는 한 개 민족을 멸망시키게 하는 무서운 아편정책을 실행하여 아편 독을 널리 전파시킨 동시에 대량의 자금을 약탈하였다.196)

할진대 이 소설의 부락민들은 개심, 소생을 하든 안 하든 간에 그 절대대부분은 당시 사회제도의 피해자들이라고 볼 수 있다.

그 다음 소설의 후반부분은 표면적으로 보면 그 분위기가 명랑하다. 명우는 보도소장의 주선으로 결혼하고 어머니도 모셔오며 부락학교의 교원으로 되며 인규도 나중에는 개조하려고 부락에 눌러앉아 교원이 되려 한다. 하지만 이들을 개조시키느라 갖은 애를 다 쓴 보도소 소장의 형상을 자세히 분석해보면 그의 심리상태는 이런 분위기와는 전혀 달리 암울하다.

---

195) ≪僞滿洲國史≫, 吉林人民出版社, 1981年 3月, pp.422-425, 孫邦主編 ≪僞滿史料叢書·經濟掠奪≫ 吉林人民出版社, 1993年 12月, pp.681-706 참조.
196) 王俊彦 著 ≪白俄中國大逃亡≫, 中國文史出版社, 2002年 1月, p.207에서 인용.

소설의 한 주인공으로 등장한 보도소 소장은 소설의 서두에서 "찌는듯한 푸낮"에 "땀빨이 거이 발광이라도 할지경 단김을 후욱훅 내뿜으며" 성공서에 보낼 "부락민의 성적보고서를 작성하기에 가진애를 다" 쓴다. 그러다가 탈주자들을 붙잡아 오면 "언제나 하는말이지만 우리 만주국에서 전만(全滿) 오개소에다가 이런한 특수부락을 설치한 것은 무슨까닭인줄 아시우?"하며 "한번 시작만하면 좀체로 끊을줄 모르는" 국책설교를 하는데 그의 "말소리는 떨리기까지 하며 점점 울음쪼로 변해간다."그의 이런 설교에도 부락민들은 전혀 응대 없을 뿐만 아니라 어떤 이는 "소장님! 그 뻔뻔스런 거짓말을 인젠 그만 협시다. 귓구멍에 못이 백혔수다."고 내쏘기도 하면서 그의 설교가 거짓이라는 것을 밝히자 소장은 낯 색이 새파랗게 질려가며 "무에라고 말하려고 씩은거리기는하나 입술만 푸들푸들 떨릴뿐 종시 입을 열지못한다."그는 국책설교로써는 이 "낙오의 무리들을" 설득할 수 없게 되자 인간적인 감화의 방법으로 애정이 결핍한 명우라는 청년의 약점을 이용하여 그에게 순녀라는 처녀와 결혼시켜준다거나 그의 어머니를 모셔온다 하면서 개조시킨다. 소장은 명우에게 "나는 진정으로 군에게 애원하네"하며 "눈물까지 글성"해 가지고 인간적인 감화 방법을 쓴다. 그러나 그의 이런 감화방법도 사실은 명우 같은 두세 사람밖에 개조시키지 못한다. 하여 소설에서도 규선이는 "우리두불상하다지만 참말루불상한 사람은저소장일세 이러한우리들 때문에 자기의일생을희생식힌다는건 참말로가여운일일세"하고 소장을 평가하고있다.

> 부락이 건설된지가 어제갓드니 생각하면 벌서 이개년이나된다.
> 그런데 그동안에 자기가한일은 과연무엇이엇든가?
> 온갖애를 다써오며 부락의 소생에전력을 기우렷다지만 부락의상태는 여전처음과 한모양이아닌가?
> 생각할수록 암담해남을금할 수가업다.
> 무엇보다도 그가 가슴속에 슬픔을 느끼는 것은 규선이와 인규의 일이다.

> …
> 무엇보다도 그들에게는새로운히망을 지니게하여 주어야겟는데
> 그것은 가장어려운 문제고 또한 현재의 상태로는 거이 불가능에가
> 까운일이다.
> 이런 것을 생각하면 소장은 그만 두엇개심이 나릿하니 풀려지며
> 눈아피 캄캄해 나지안흘수가업다.[197]

이것은 소설의 마지막 한 부분인 ≪돌아오는 인생(二)≫에서 보여준 소장의 심리상태이다. 그리고 소설의 결말에서 인규가 부락에 남아 교원으로 나서는 것으로 끝나는데 사실은 인규가 진짜 소생하여서가 아니라 숙박 집의 과부(성오의 처)가 인규의 아이를 임신하였기 때문이다. 따라서 소장의 이런 암담한 심리상태는 결코 우연한 것이 아니라 그 심리상태는 결말까지 연장되어 결말의 명랑한 듯한 분위기의 저변에는 실상 소장의 암담한 정서가 흐르고 있다. 소장 역시 아편금연정책의 피해자라고 볼 수 있다.

따라서 이 소설의 주된 주제경향 내지 심층적 의미는 위만주국 아편금연정책의 허위성과 그 독성을 고발한 것이라고 하겠다.

물론 이 소설의 표층구조에 현세부응의 내용과 시책에 따른 정치언어가 쓰여져 있어 "친일경향"을 보이는 것만 사실이고 이를 부정할 수도 없다. 하지만 이런 표층내용에만 근거하여 이 소설을 완전히 "친일경향 소설"로 평가하면서 작가 현경준을 친일경향을 띤 작가로 평가한다는 것은 너무 편협한 판단이 아닐 가 생각된다.

우선 이 소설이 ≪만선일보≫에 연재될 때 일제의 ≪예문지도요강≫이 본격적으로 실시되면서 문예심사제도가 보다 엄혹해지고 이 소설이 하루 이틀에 발표되고 마는 것이 아니라 몇 달이란 긴 시간을 거쳐 발표되어야 하는 상황에서 언제라도 심사에 걸려 발표금지를 당하거나 작가가 재앙을 입게 될 위험이 있었다는 상황을 감아내야 할 것이다. 작가 현경준

---

197) 주해 194와 같은 책 pp.702-703에서 인용.

은 이 제재를 가지고 ≪유맹≫을 ≪돌아오는 인생≫으로, 또다시 ≪유맹≫을 ≪마음의 금선≫으로, 또 조선문단에서 만주문단에 여러 번에 걸쳐 개작하고 발표하면서 반복적이고 복잡한 창작활동을 보여주고 있다. 그가 이렇듯 이 제재에 대해 특별히 집요한 추구를 보여준 것은 결코 단순하게 현세부응 혹은 친일경향의 문학을 보여주기 위해서가 아니라고 인정해보게 된다. 친일경향의 작품은 조선에서나 중국에서나 모두 아무런 장애 없이 쉽게 발표될 수 있었기 때문이다. 사실 위만주국 문학장에서 아편과 관련되는 제재는 "불량한"제재로, 비교적 민감한 제재로 되여 벌써 식민문학 통치자들의 불만을 자아내고있었다. 위만주국의 일본인 문인 오가끼 류우조우(岡本隆三)의 ≪최근 만계문학의 동향≫이란 글에서 간접적으로나마 이 점을 인정해 볼 수 있다.

> …적어도 滿洲文學의 本質은 現代도依然暗慘한 自然에 共通性을 가진나라露西亞作家들의 遺風을繼承하고잇슴은 妻 阿片의問題는 가장조흔 그一例이다. 이러하야 滿系文學은 어두운 리힐리즘과矛盾 가운데 그成長을 이루워왓다. 換言하면暗黑의 反逆이 그歷史를지어온 것이다.
>
> (×)
>
> 적은하나의 社會를把握하여 거기에 妻 阿片등의特色으로써扮飾하여하나의人間의苦惱를그리는지금까지의 걸어온길은 最近에 이르러 漸漸 그停止를 보이고 있다.[198]

다음 당시 일부 작가들의 수박 겉 핥기 식의 간도행차와 그에 의한 작품창작자세를 혹평하면서 간도이주민들의 생활상을 깊이 있게 실속 있게 파악한 후 창작할 것을 주장한 현경준의 일관적인 창작자세로부터 볼 때 아편금연정책의 독성이 이미 전 만주에 드러나 있은 상황하에서도 그 점을 보아내지 못하고 그가 혹평한 일부 작가들처럼 수박 겉 핥기 식의, 그

---

198) 岡本隆三 ≪最近滿系文學的動向≫(一), ≪만선일보≫ 1940년 8월 9일자에서 인용.

것도 현세부응의 표면적인 현실을 그렇게 집요하게 쓴다는 것은 의문이
따르지 않을 수 없다.

하여 어떤 학자들은 비교적 긍정적으로 평가하기도 한다. 그중 이광일
교수는 작가 현경준을 이렇게 평가한다.

> 총적으로 보면 현경준은 항일적성향을 지닌 작가는 결코 아니다.
> 그러나 그렇다고 해서 친일적인 작가라고 평가하는것도 너무 편파
> 적이다. 다만 민족의식을 버리지 않은 양심적작가이며 이주민의 생
> 활을 내실있고 깊이있게 주목했던 민족적작가라고 평가를 내리는
> 것이 적중하다고 인정된다.[199]

필자는 이광일 교수의 견해에 동감을 표하면서 소설 ≪돌아오는 인생≫
은 표층구조와 심층구조로 이루어진 그 구성이 비교적 복잡한 소설로서
그 의미 또한 다의성을 띠고있으며 ≪선구시대≫와는 달리 우회적이지만
역시 현실제재로 민족정착사의 한 측면을 다룬 사실주의적인 장편소설이
라고 본다. 앞에서 서술한바 있지만 피식민 민족문학은 그 종속적 위치
로 하여 식민문학에 어느 정도 의뢰하지 않을 수 없게 되었다. 이런 의뢰
관계에도 불구하고 피식민 민족문학은 자주성과 독립성을 띤 민족문학을
생성하려는 강렬한 이탈욕망을 갖고있는데 이 이탈욕망은 또한 은밀하기
는 하지만 전반 피식민 민족문학의 주도적 성격을 띠고 있다. 하여 식민
문학과의 의뢰관계가 어느 정도 피식민 민족문학의 자주성 내지 독립성
에 영향 주고 있지만 민족적이고 저항적인 기본속성은 영향주지 못하였
다. 어떤 의미에서 이런 의뢰관계가 있기에 이탈욕망이 존재할 수 있게
된다. 조선인문학과 중국인문학이 위만주국 문학장의 지배적 중심문학인
일본식민문학과 의뢰 및 이탈관계를 갖게 되는 것은 숙명적인 객관적 특
징의 하나로 되며 피식민 민족문학의 역사적 제한성으로 된다. 소설 ≪돌

---

199) 리광일 ≪해방전 현경준소설문학연구≫, ≪문학과예술≫ 2002년 1기 p.112에서
    인용.

아오는 인생≫의 표층구조에서 보여지는 친일경향은 바로 이런 피식민 민족문학의 역사적 제한성의 산물이라고 하겠다. 이런 역사적 제한성은 응당 지적되어야 하며 일정하게 비판적인 태도를 가져야 한다.

여하튼 소설 ≪돌아오는 인생≫에서 보여준 이중구조는 피식민 민족문학의 한 특징의 표현이라고 볼 수 있으며 작가 현경준은 민족현실생존상황의 진실한 반영을 집요하게 추구한, 어느 정도 민족저항의식을 갖고있는 민족작가라고 평가하게 된다.

안수길의 장편소설 ≪북향보≫는 ≪만선일보≫에 1944년 12월 1일부터 1945년 4월까지 총 139회로 연재되었는데 작가가 시종일관하게 추구, 형상화한 만주조선인의 개척사와 정착사라는 기본주제를 처음으로 장편소설로 엮은 작품이다. 또한 전반 조선인문학에서 현실제재로 조선인 정착사를 반영한 제일 마지막 장편소설로 인정되며 위만주국시기 조선인문학에서의 대표적인 장편소설로 인정되고 있다.

이 소설의 기본줄거리를 이러하다. 20여 년간 간도에서 교직에 있던 정학도는 만주에 농민도장(農民道場)을 설치하여 아름다운 고향으로 건설하려고 교직을 뿌리치고 이상실현의 첫 걸음으로 북향목장과 학교를 경영한다. 그러나 자연재해 등 원인으로 북향목장은 계획과는 달리 3년이 되는 해에 많은 적자가 생겨 위기에 직면하게 된다. 하여 여러 주주들은 불신임하고 비난이 일어난다. 설상가상으로 신병의 악화로 재기가 어렵게 되자 그는 계승자로 지목하였던 제자 오찬구에게 목장의 모든 일과 외동딸 애라의 장래까지 부탁하고 운명한다. 오찬구는 은인이며 스승인 정학도의 취지를 계승하여 어떠한 고난이 있더라도 뚫고 나가 목장을 재건하려 한다. 그런데 정학도가 운명하자 악덕 주주 박병익은 자기의 빚을 갚을 목적으로 음모를 꾸며 목장을 은행에 담보물로 내놓고 사기 치려다가 그 부정행위가 탄로되어 경찰에 검거되고 목장은 경매 처분되는 위험에 직면하게 된다. 이런 위기에서 오찬구와 그의 지지자들은 모금운동을 전개한다. 평소에도 여러 모로 목장일 지지해오던 이기철, 석순임,

현암, 한명식 등이 적극 헌금하나 그 수액은 여전히 미달이다. 이때 경성에서 성악공부를 하던 애라가 아버지의 유언을 실현시키고자 유행가수가 되어 거액의 돈을 익명으로 보내와 목장은 위기에서 벗어나 새로운 출발을 할 수 있게 된다.

이 소설의 기본구성은 비교적 간단하다. 하지만 그 발산적인 의미가 어느 정도 복잡하게 다의성을 띠고있어 어떤 학자들은 이 소설에 대해 만주국 국책에 순순히 순응하면서 살아가는 이주민들의 생활을 반영한 작품으로 완전히 부정적인 견해를 제기하기도 하고 소설에서 제시된 "북향정신"이 만주국이라는 허구적 환상에서 출발한 것이기 때문에 많은 문제를 내포하고 있다고 하면서 기본주제에 의심을 제기하기도 한다. 최근에 출판된 한 ≪문학사료전집≫200)에서는 이 소설을 친일성향을 띤 대표적인 작품으로 수록하고있다. 이런 견해들에는 일리가 없는 것은 아니겠지만 이는 소설의 표층서술의 분석에만 그친 데서 생긴 편견이 아닐까 생각한다. 다시 말하면 이 소설을 올바로 파악하자면 역시 심층적인 서술을 둘러싼 전면적인 분석이 요청된다고 하겠다.

≪만선일보≫는 장편소설≪북향보≫의 발표를 앞두고 이런 ≪사고(社告)≫와 ≪작자의 말≫을 싣고 있다.

> … 지면의 관계, 본지의 성격 또는 시국의 긴박 등 여러 가지 사정으로 계속 연재할 소설에 대하여는 또한 신중치 않을수 없어 이제야 바야흐로 만주조선문단 유일의 보배인 안수길(安壽吉)씨의 <북향보(北鄕譜)>을 실리게 되었습니다. 작자의 작품에 대하여는 긴 설명을 피하거니와 작자는 만주선계문학인으로서 불우한 환경 어려운 처지에서 단 한사람 외로이 꾸준히 또 진실히 문학을 해오는 만큼 무엇보다도 이 작품에는 역시 진실을 탐색(探索)하고 진실을 파악(把握)하려는 열의와 노력이 있어 반드시 독자의 가슴을 감격케 하고 심금(心琴)을 울리게 하는 바가 있을 것을 확신합니다.201)

---

200) ≪20세기 중국조선족문학사료전집≫(제6집), 연변인민출판사, 2002년 5월.
201) 蔡壎 저 ≪日帝强占期 在滿韓國文學硏究≫ 깊은샘, 1990년 11월, p.215에서 재인

이 ≪사고≫에서 우리는 편집들은 시국의 긴박 등 사정으로 연재소설의 선재, 발표에 신중하고 있다는 것, 즉 당시 시국에 어긋나는 소설을 발표하기 어려웠거나 발표할 수 없었다는 사실을 알 수 있으며 조선인문학의 불우한 환경과 어려운 처지에서 현재 안수길 단 한사람 외로이 문학을 견지해 왔고 진실(사실주의창작경향)을 추구해왔다는 것을 알 수 있다.

> 나는 과거에 짧은 문학적 경력(文學的經歷)에 있어 주로 우리 부조개척민(父祖開拓民)들의 지나간 역사를 단편적(斷片的)으로 살펴왔습니다. 이렇게 살펴온 중에 결론으로 파악된 것은 다음 같은 생각이었습니다. 즉 그것은 우리 부조들이 피와 땀으로 이룩한 이 고장을 그 자손이 천대만대 진실로 새로운 고향으로 생각하고 이곳에 백년대계를 꾸며야 할 것이라는 것입니다. 나는 이 작품에서 이 고장에 아름다운 고향을 만들지 아내서는 안된다는 것을 기초삼아 이야기를 전개시켜 보려는 것입니다. 만주를 고향을 삼고 여기에 뿌리를 깊이 박자--이것은 현시국의 요청이기도 합니다. 서투른 붓이 독자에게 얼마만큼 흥미와 이익을 드릴지 미리 기약할 수는 없으나 증산에 매진하는 농민의 저녁 후의 동무가 될 수 있고 선계의 만주정착문제(滿洲定着問題)에 유의하는 분의 관심거리가 된다면 나로서는 분외의 영광이겠습니다.202)

이 ≪작자의 말≫에서 우리는 안수길이 주로 조선인 개척민들의 역사를 다루어왔고 만주는 부조들이 피땀으로 이루어놓은 땅이기에 고향으로 생각하고 천대만대 살아갈 수 있는 백년대계를 꾸며야 한다는 생각을 갖고 이 장편소설을 창작하였음을 알 수 있다.

작자는 또 "만주를 고향을 삼고 여기에 뿌리를 깊이 박자는 - 이것은 현시국의 요청이기도 합니다."라고 쓰고있는데 표면적으로 볼 때 이는 현실의 요청인 것 같다. 하지만 실제로 당시는 이미 일제가 패배를 감각하면서 최후 발악으로 "대동아성전"을 위해 농촌에서 ≪전시긴급국민저

용.

202) 동상서 p.216에서 재인용.

축증산운동(戰時緊急國民儲蓄增産運動)≫을 전개하고 ≪만주국긴급농지조성요 강(滿洲國緊急農地造成要綱)≫을 실시할 때이며(이 두 정책은 각기 1944년 1월 31 일과 1944년 4월 13일에 통과하였음) 또한 "국민근로봉사운동"이 날로 강요될 때이다. 그리고 작자는 이 소설이 "증산에 매진하는 농민의 저녁후의 동 무가 될 수 있고"라는 시국적인 말을 하고있는 것으로 보아 작가는 분명 당시 시국의 진정한 요청을 알고있었다. 그런데 작가는 이 소설에서 "국 민증산운동"이니 "국민봉사운동"이니 하는 진정한 시국의 요청은 "망각" 하고 거의 언급하지 않고 있다. 여기서 ≪사고≫의 내용과 연계시켜 볼 때 작가는 일제의 문예심사제도를 의식하고 장계취계(將計就計) 또는 살짝 바꾸기 식의 보호책으로 일부 현실의 정치용어를 사용하였으리라고 보게 된다.

> …… 우리들은 황야에서 방황하며 문화의 젖을 흡수하지 못하는
> 백의대중에게 절규한다. 빨리 빨리 깨여나라, 어서 빨리 환상에서
> 착각에서 깨여나서 명랑한 기치아래 모여라, 어서 빨리 방황과 주
> 저속에서 각성하여 당당한 진영으로 나아가자…

이는 앞에서 인용한바 있는, 작가 안수길이 "북향회" 동인들과 함께 1935년 10월에 창간한 첫 조선인문학동인지 ≪북향≫ 창간호에 실린 창 간사의 한 부분이다. 여기서 ≪북향≫ 동인들이 대체로 백의민족을 각성 시키려는 민족문화계몽주의를 주장하였음을 알 수 있다. 안수길은 또 이 창간호에 민족계몽주의사상으로 창작된 중국향토소설의 효시라고 할 수 있는 노신의 단편소설 ≪고향≫을 번역 발표하면서 조선인농민소설의 개 척에 구체적인 전범을 보여주었다. 이어 ≪북향≫지 제2호 권두언에서도 간도에 제2고향을 만들고 거기에 조선인문학을 이룩해보자는 민족계몽주 의경향의 ≪북향≫의 기본종지를 다시 한번 제시, 강조하였다. 안수길은 이런 ≪북향≫의 기본종지를 자신의 문학종지로 삼고 "과거의 짧은 문학 경력에 잇서 주로 우리 부조개척민들의 지나간 역사를 편단적으로"나마

살펴왔다고 볼 수 있다. 즉 안수길은 시종 민족문화계몽주의를 지향한 농민소설을 주장해왔다고 하겠다.

작가의 이런 주장은 ≪북향보≫에서도 의연히 표현되고있다고 보게 된다. 우선 소설에 등장하는 주요인물들은 교육계 출신 정학도, 농업학교 출신 오찬구, 소설가 현암, 여교사 석순임 등이 모두 조선인 이주민의 앞날만을 생각하는 인텔리들인데 그들의 언행에는 민족계몽주의경향이 짙게 보인다. 정학도는 20여 년간 간도에서 교육계에 몸을 담고 늘 "선대가 피를 흘린 이 땅에 우리의 뼈를 묻자"고 가르치고 실천하고 많은 제자를 기른 민족계몽주의자이다. 소설의 주인공 오찬구는 성 관청에서 함께 일을 보자는 일본인의 유혹적인 요청을 거절하고 스승 정학도의 뜻을 이어받아 고난을 극복하며 변함없이 그 뜻을 실천에 옮기는 민족주의자이다. 그리고 소설가 현암은 교직을 맡고 선구개척민의 고난의 역사를 다룬 농민소설을 쓰는 문화계몽주의자이다.

> 현암은 문단(文壇)에서 일러갈으되, 개척민작가(開拓民作家)라고 하엿다. 또 만주의농민작가(農民作家)라고도 일커럿다. 그가주로 취재하여 온 것이 선구개척민(先驅開拓民)의 고난사(苦難史)엿섯슴으로 그리고 개척민의 이야기를 써왓슴으로써 농촌이 배경이되고 농민의 생활을 그리지안흘수업섯다.…
>
> 첫작품에 성공한현암은 그후에도 수삼편의 그런종류의 작품을써서 문단적으로도 기대를 밧는작가가되엿스나 문단의 기대보다는 그의억개를 무겁게한 것은 ≪부조가 괭이와 호미로 한일을 붓과원고로서해야 된다≫는생각이엿다. 이것이문학인의 만주개척에 다하는이바지라생각하엿다.
>
> 그는 다시금 만주에잇는 조선사람의 생활을 속속드리 알려고 하엿다. 그리고 어떠한문학이 가장 재만동포의 정신의 양식이랄수잇슬가 생각하엿다. 개척민과 농민의생활을 그리고 개척자와 농촌의 문제를 살피는 문학이 바로그것이라 그는 문제업시 결론을지엇다. 그방면에손을대어 오든 그로서는 아전인수(我田引水)인것이아니라 오히려 당연한결론이 아닐수 업섯다.

> 그는 문화개척민(文化開拓民)이라는 자각을가지고 일을하고 또
> 일을하려는 몃몃친구의 힘잇는격려와 편달을바더가며 개척지의연
> 구와 실지답사를 게을리하지아니하엿다.203)

두말할 것 없이 현암은 문화개척민이라는 자각심으로 문화계몽운동을 전개하는 진보적인 인텔리이다. 이 형상은 ≪북향≫ 창간사의 종지를 연상케 한다. 여기서 "만주조선문단 유일의 보배인 안수길"이 ≪북향≫의 종지를 조선인문학의 그 시작부터 마지막까지 끈질기게 추구해 왔음을 확인해볼 수 있다. 오양호 교수도 농민소설가 현암의 형상은 "작가 자신을 연상시키는 작중 인물"이라고204) 평하였다.

다음 소설의 주제의식이라고 할 수 있는 "북향정신"과 소설의 주요화제인 "북향목장"의 건설목적을 보기로 한다. 소설의 주인공 정학도는 "건국전(建國前)을 선구시대(先驅時代)라한다면 그때에는 이곳에 살림터를 마련하려고 부조(父祖)들이 피와 땀을 흘린시대라고 할수잇을것이고 오늘날은 그피로어든 터전에다가 우리의뼈를 묻고 그리고 우리의아들과손자와 그리고 증손자(曾孫, 高孫子)들을 위하여 영원히 아늑하고 아름다운 고향을 이룩하지안흐면 안될 시대라고 생각하"고205) 만주에 아름다운 고향을 만들자는 "북향정신"을 창안하고 그 실천으로 농민도장과 학교를 설립하려 한다. 학교설립은 말할 것 없이 문화계몽을 위해서였고 농민도장의 설치는 "북향정신(北鄕)에 입각한농민도(農民道)미테 지행합치(知行合致)실천적 교육을 실시하여 도장의 계발건설(啓發建設)에 솔선하여 실천궁행(實踐窮行)하는 모범인재를 양성함을 기함"이였다.206)

북향정신이 이러하다면 북향목장의 건설목적은 무엇인가?

---

203) 연변대학 조선언어문학연구소 편 ≪중국조선민족문학대계(10) 소설집·안수길≫ 2001년 11월 pp.428-430에서 인용.
204) 오양호 저 ≪韓國文學과 間島≫ 문예출판사 1995년 7월 p.136 참조.
205) 각주 204와 같은 책 p.289에서 인용.
206) 동상서 p.298에서 인용.

그는 종래의 조선사람들의 사업이 열성에 비하여 끄츨 맺지 못
하는 것은 확호한 경제기초를 세우지안코 출발한테 그원인이 잇다
고생각하엿다.

어떤 독지가(篤志家)가 잇서 돈을 내겟다하면 그 사업은 착수되
는것이엿스나 일시적 감격으로 내어노는 독지가의 정재(淨財)만으
로 어찌 영구한 사업을 해나갈수 잇슬까. 더욱 그 독지가의 열이
식어진다든가 중도에 피치 못할 사정이 생겨 예정한 금액이 다 나
오지 못할 때 사업은 좌절되고 마는 것이 통폐엿다.

학도는 그런 막연한 기초로 출발치 아니하기로 하엿다.

사업의 기금은 기업적으로 조달하게 하자.

그리하여 연구한 것이 목장 경영이엿다.

그의 사업의 최후의 도달점은 북향도장을 설치하는데 잇섯다.
농민도장은 유축농업을 기초로하는 영농방법을 전수(傳受)해야 될
것임으로 도장경영(목장경영의 오기? - 필자주)은 후일의 사업의 기
반을 잡는데가 가장 가까운점이엿다.[207]

이렇게 정학도는 북향정신을 실현하자면 확고한 경제기초가 있어야 함
을 인식하였고 또 당시 위만주국 조선인들의 상황하에서 경제를 발전시
킬 수 있는 길은 다만 농업이었고 농업에서 그래도 목축업이었음을 인식
하였다. 목축업발전은 당시 만주국 시책에 일치되는 것이지만 사회정치
경제상에서 아무런 지위와 기초도 없을 뿐만 아니라 "황민화"되어야 하
는 조선인의 상황에서는 광범한 조선인이주민들은 필경 살아가기 위해서
는 어쩔 수 없이 이 길을 걸어야 하였다. 주지하다시피 만주 땅에 온 대
부분 조선인 이주민은 조선에서 한 떼기의 땅도 없어 살길을 찾아 떠나
온 소작농이거나 품팔이꾼들이었고 또 그 중에서 농민이 절대다수를 차
지하였다. 그리고 이런 농민들 대부분은 만주에 와서도 제 땅을 얻지 못
하였을 뿐만 아니라 그 농사수입도 거의 없었다. 상대적으로 목축업수입
이 어느 정도 높은 것이 사실이었다. 그러니 목장건설의 길은 비록 시책
성질을 띠고있기는 하지만 당시로서는 막무가내로 어느 정도 현실적인

---

207) 동상서 p.300에서 인용.

대안이 아닐 수 없었다. 여기서 정학도는 결코 환상적인 민족계몽주의자가 아니라 비교적 현실적이고 실천적인 민족계몽주의자라고도 볼 수 있게 된다. 이것이 바로 이 소설의 심층적인 서술의미의 하나라고 하겠다.

물론 소설에서 정학도나 오찬구와 같은 주인공들에게서 민족저항의식을 볼 수 없고 북향정신과 목장건설에서 당시 복잡하고 민감했던 현실과 담을 쌓은 듯이 그 서술이 회피되어 있으며 사회현실의 본질적인 모순을 제시하지 못하여 어느 정도 허구적인 색채가 보이는 허점을 간과할 수 없다. 이 역시 피식민 민족문학의 회피하기 어려운 제한성이라고 볼 수 있다.

하지만 일본식민문학이 "대동아성전"을 위한 전시문학을 발광적으로 선양하면서 이를 위만주국 문학장의 지배적인 주류 담론으로 만들었던 당시 상황에서 주류 담론 즉 전시문학을 회피한 장편소설을 시책선전도구였던 ≪만선일보≫에 몇 달에 걸쳐 연재로 발표하였다는 그 자체가 현실에 대한 부정 내지 저항이 아닐 가 생각된다. 다시 말하면 식민지문학장에서 종속적인 위치에 있는 변두리문학이 지배적인 위치의 중심문학의 담론을 회피하고 있다는 그 자체가 곧 무언의 저항으로 된다. 이런 의미에서 볼 때 ≪북향보≫는 대체로 작가가 시종일관하게 추구해온 사실주의창작원칙으로 민족 정착사를 다룬 민족계몽주의 농민소설이라고 보게 된다.

오양호 교수는 ≪북향보≫를 민족의 자강이상(自强理想)을 구현한 농민소설로 보면서 만주에 새 고향을 만들자는 이상과 이러한 이상실현을 어렵게 하는 현실이 갈등과 대립으로 나타나지 않은 것은 "민족적인 것도 친일적인 것도 드러내놓고 주장할 수 없는 시대 의식을 함축시키려는 확대된 리얼리즘정신이라 하겠다."고 평하기도 하였다.208)

이밖에 박영준의 장편소설 ≪쌍영≫은 조선에서의 젊은 남녀들의 신식 사랑이야기를 쓰고있어 상술한 3편의 장편소설들과는 전혀 다른 제재와

---

208) 각주 205와 같은 책 pp.137-138에서 참조.

주제를 다루었기에 만주현실생활의 반영을 회피한 큰 유감을 보이고 있다. 하지만 이 소설이 민족문학의 내용을 풍부하게 하고 당시 재만 조선인독자들의 향수를 달래주면서 민족정서를 키워주었다는데서 일정한 가치를 가지고 있다고 보게 된다.

2. 중국인장편소설의 주류 담론 – 과거, 현실제재의 가족 흥망사

중국인장편소설은 1930년대 말부터 40년대 초 사이에 대량 창작되면서 그 번영기를 이루어 소송의 ≪북귀(北歸)≫, 작청의 ≪밀(麥)≫, 고정의 ≪평사(平沙)≫, 석군의 ≪옥토(沃土)≫, 왕측의 ≪낮과 밤(晝與夜)≫, 강령비의 ≪새땅(新土地)≫, 마순의 ≪생의 온실(生之溫室)≫, 추영의 ≪하류의 저층(河流的底層)≫ 산정의 ≪녹색계곡(綠色的谷)≫, 전낭의 ≪대지의 파동(大地的波動)≫, 의지의 ≪동심결(同心結)≫ 등 장편소설들이 발표, 출판되었다. 이 장편소설들은 대부분 먼저 신문, 잡지에 연재, 발표된 후 다시 단행본으로 출판되었는데 그중 하나의 독특한 창작현상은 어둡고 우울한 분위기로 과거, 현실제재의 가족 흥망사를 다룬 것이 제반 장편소설의 주류 담론으로 되고 있다는 것이다.

산정의 장편소설 ≪녹색계곡≫은 1942년 5월부터 ≪대동보·석간≫에 연재되었는데 얼마 안 되어 일본인 문인 오오우찌 다가오(大內隆雄)가 이를 일본어로 번역하여 ≪할르빈일일신문≫에 번역, 연재하였다. 1943년 신경문화사에서 단행본을 출판할 때 일제의 심사에 걸려 단행본이 일부 삭제되어서야 발행될 수 있었다.

소설은 임씨(林氏) 지주가정의 흥망사를 주선으로 봉건세력의 부패와 몰락의 역사적 운명과 우씨(于氏)일가를 비롯한 농민들의 수난사를 그리고 있다. 지주 임씨네는 랑구(狼溝)라는 어느 한 산골의 삼림과 토지를 갖고있었다. 선인들은 과거에 급제하였거나 전쟁에서 크게 공을 세운 군관이었으나 20세기 30년대에 와서는 만회할 수 없는 몰락의 처지에 이른다. 가장(家長) 임국위(林國威)가 전사하자 동생 임국영(林國榮)과 임숙정(林淑貞)이 가산을 둘러싸고 모순충돌이 생긴다. 임국영은 가산만 탕진하려 들고 임숙정은 시집가지 않고 봉건예의사상과 도덕으로 임씨네 유일한 장손인 임소표(林小彪)를 잘 길러 임씨 가족을 계승하여 임씨 가업을 유지하면서 발전하게 하려 한다. 임숙정은 곽봉(霍鳳)이라는 머슴을 사랑하고 또 그의 아이까지 임신하였지만 가족의 명예에 영향 줄 것 같아 감히 결혼하지 못한다. 그녀는 가족재산의 관리와 계승문제에서 평생 충성을 다 바치는 곽봉을 믿지 못하고 조카 임소표만 믿는다. 뿐만 아니라 봉건교도로 남을 강요하고 압박하기도 한다. 임숙정은 갖은 방법을 다하여 임씨 가족을 지켜가려 하였지만 나중에 가족재산을 탐내 양심을 먹은 임국영한테 피살되어 봉건제도의 희생물로 되고 만다. 임숙정은 봉건제도의 수호자이자 피해자였다. 그의 죽음은 바로 지주가족의 멸망을 의미한다. 한편 소설의 주인공 임소표는 도회지와 랑구 사이를 오가며 암담한 세상을 알게 된다. 랑구에 와서는 아래 동네 하감(下坎)에서 사는 농민들의 비참한 운명을 목격하게 된다. 하감에는 대를 이어 이곳에서 농사를 지어온 위씨네 일가가 있는데 임씨네 땅을 소작 맡아 해마다 뼈빠지게 일해도 생계조차 유지하기 어렵다. 그런데 철도가 산골에 부설되자 지주들이 위씨네가 소작 맡았던 땅을 팔아 버릴 뿐만 아니라 산의 나무마저 남벌한다. 살길을 잃은 위씨네 일가 아홉 가운데서 병들어 죽고 기가 막혀 죽고 굶어 죽고 자살하고 하여 위씨 과부와 소련(小蓮) 두 모녀간만 남게 된다. 임소표는 하감의 소작농들을 깊이 동정하고 또 소련을 사랑한다. 그들은 서로 진심으로 사랑하지만 봉건계급사회에서는 이 계급차이를 뛰어 넘는 사랑이 맺어지기는 어려웠다. 나중에 소련은 임씨네 머슴한테 시집 가게 된다.

그리고 임소표는 도회지에 가서는 재물을 탐낸 외삼촌의 핍박에 의해 재가한 어머니의 곁에서, 계부 전여룡(錢如龍)이라는 매판자본가가 일제와 결탁하여 도시와 농촌의 경제를 마구 약탈하고 탕진하는 광경을 목격하게 되며 또 저항의식을 보여주는 소백룡(小白龍)을 비롯한 "호적"들의 무장활동도 목격하게 된다.

호적들에게 잡혀 심산에 붙들려 갔던 임소표는 랑구에 돌아온 후 암흑한 이 세상의 본질을 보아내고 임씨 가족의 "몰락은 너의 출로이다!"라고 하면서 "나의 땅은 결코 나의 것이 아닙니다. 나는 이 땅을 몽땅 당신들에게 주겠습니다."고 소작농들에게 선언한다. 그리고는 랑구의 녹색계곡에 묻혀 살 것을 다진다.

소설은 이런 복잡한 이야기 짜임새를 엮어 가는 한편 또 생기로 넘치는 아름다운 산촌의 자연풍경을 보여주고 있다.

> 가을의 랑구, 산골짜기에는 온통 성숙의 희열로 넘치고 있다.
> 청록색의 껍질 두터운 돌배는 팔월의 햇볕에 반쪽이 빨갛게 물들어 마치 싸구려 연지를 바른 소녀가 수집을 타듯 배나무 잎 사이에 숨어버린다. 개암이 껍질을 터치는 소리가 건조한 공기를 실려 조용히 들려오며 노란 개암은 풀숲에 떨어지기도 하고 낙엽에 묻히기도 한다. 커다란 넝쿨의 산포도는 무리를 지어 산골짜기의 깊은 곳을 뒤덮고 있는데 검은 자색의 껍질에는 검은빛이 한층 어려 있다.…209)

이는 소설의 서두인데 아름다운 자연산촌을 희열이 넘치게 묘사하고있다. 이런 묘사는 자연산촌에 대한 작가의 뜨거운 사랑의 고백이며 짙은 향토애의 토로이다. 또한 아름다운 향토에 대한 긍지의 표현이기도 하다.

그런가 하면 현실부응의 시책적용어로 "바야흐로 발전하는" 도시의 모습도 보여주는 특징적인 묘사도 있다.

> 기차는 광막한 대초원에서부터 이 시가지로 달려 들어온다. 기차는 괴수같이 울부짖으며 이 시가지의 춘몽을 깨뜨린다. 이 시가

---

209) 梁山丁 ≪綠色的谷≫ 春風文藝出版社 1987年 5月 p.1에서 인용.

지를 번영하게 하는 혈맥이 바로 해마다 더욱더 젊어지고 희열에
넘치는 기차라는 것을 그 누구나 다 알고 있다. 기차는 천만 톤의
이 땅에서 거둔 성과와 발굴한 보물을 싣고 여기서 떠나가서는 ≪친
선≫, ≪합작≫, ≪공영(共榮)≫, ≪휴수(携手)≫… 등을 싣고 돌아온
다.210)

이 묘사는 표면적으로 볼 때는 국책문학의 색채가 짙게 흐르고 있어
국책문학에로의 접근을 보여준다. 하지만 이 접근의 내면에는 쌍관어(雙關
語)을 인용한 아이러니가 숨겨져 있다. 다시 말하면 이 묘사는 실질적으
로 일제의 경제약탈을 상징하고 있다.

이렇게 소설은 봉건지주가족의 홍망사와 봉건제도의 억압과 착취 및
자본주의제도의 충격에 고난과 암흑에서 허덕이는 농촌상황을 심각하게
사실주의적으로 보여주었을 뿐만 아니라 아름다운 자연산촌을 짙은 정으
로 진솔하게 묘사하여 당시 농촌사회를 다원적으로 심각하게 묘사한,
"진실을 묘사하고" "진실을 폭로하는" 향토문학의 주장을 제일 잘 표현
한 향토문학의 대표작으로 되고있다.

소설에는 봉건가족제도에 반역해 나선 임소표가 한 일본인 상인의 딸
에게 깊은 미련을 갖게 되고 그녀와 함께 일본에 유학 가려 계획하며 또
그녀의 일본인 부친도 이를 허락하는, 만일(滿日)교류를 보여주는 에피소
드도 끼여있어 일제와의 모순충돌이 회피되어 있다. 이 역시 피식민 민
족문학으로서의 중국인문학이 갖게 되는 제한성의 표현이라고 하겠다.

소설은 또한 주인공 임소표가 나중에 똘스또이 식으로 가산을 농민들
에게 나눠주는 유토피아적인 색채도 보여주고 있다.

고정의 장편소설 ≪평사≫는 1939년 ≪예문지≫ 제3집에 발표되었다
가 1940년 11월 만일문화협회출판으로 단행본이 출판되고 1940년 6월에
일본어로 번역 출판되었다.

소설은 작은 시가지의 한 가정의 혼인의 변화를 주선으로 낡은 가족제

---

210) 동상서 p.103에서 인용.

도의 부패몰락상을 묘사하고 있다. 소설의 주인공 백금허(白今虛)는 어려서부터 "절반은 정직하고 절반은 오만하다"는 성격의 소유자였다. 그의 할아버지는 과거에 급제한 사람이고 아버지는 세관의 자그마한 관리여서 생활이 비교적 족하였는데 아버지가 병으로 죽게 되자 가정은 대뜸 궁지에 빠진다. 백금허는 일년이나 다닌 대학의 학비와 생활비마저 없어지게 된다. 이때 아버지가 세무관리노릇을 할 때의 국장이었던 마본정(馬本正)이 백금허의 학자금을 대어주겠다고 나선다. 사실은 백금허를 강요하여 자기의 외눈 가진 딸 마기주(馬其妹)를 아내로 삼을 것을 약속하게 한다. 백금허는 비록 기편 당해 불쾌하였지만 별수가 없어 마씨네 집에 기숙하게 된다. 마기주는 그를 가난뱅이로 보며 가련하게 여기다가 아버지가 죽자 아버지의 다섯 번 째 첩에게 유혹되어 함께 모던이발사와 간통한다. 그러다가 마씨네 다섯 번째 첩이 간계를 꾸며 마기주와 이발사의 간통을 폭로한 후 자기는 이발사와 함께 도주해버리고 마기주는 미친 나머지 우물에 빠져 자살한다. 마씨네 집에서 크나큰 타격을 받은 백금허는 마씨네 집을 떠나 도회지에 갔다가 친구의 도움으로 흑룡강기슭의 한 작은 현 소재지에 가 말단 관리가 되어 밤낮 주색에 빠진다. 후에 다시 새로운 도회지에 전근하여 거기서 노자, 불교, 니체 등에게서 영혼의 안식처를 찾다가 더욱 혼미해져 휴양하러 다시 고향으로 돌아온다. 그러나 고향은 완전히 변하여 마공관(馬公館)은 이미 주인이 바뀌었다. 마씨의 유일한 피줄인 마천순(馬天順)은 생모인 마씨네 다섯째 첩의 타락한 행위로 동창생 한테서 조소받고 멸시받자 우울증에 걸려죽는다. 그러자 방탕여인 마씨네 다섯째 첩은 아들을 배상하라는 명의로 마씨네 아홉째 나으리의 아들 마승가(馬承家)를 의자(義子)로 삼고 그를 얼리고 닥치고 하여 함께 동거하면서 마승가의 새 색시를 구속하고 타박한다. 마승가는 이런 유린에 더는 참을 수 없어 새색시를 데리고 탈주한다. 마씨네 가족의 이런 붕괴를 목격한 백금허는 또다시 고향을 떠나는 열차에 오를 수밖에 없게 된다.

　소설에는 또 아편장사로 부자가 되자 사회명인으로 탈바꿈하는 사람,

점쟁이로 상층사회에 끼여드는 사람, 밤낮 가산쟁탈에 신경 쓰는 사람 등 각양각색의 인물들이 등장하여 그 멸망의 필연성을 보여주고 있다.

소설은 백금허와 마승가가 서로 주고받는 대화묘사에서 작품의 주제의식을 짙게 보여주고 있다.

> "백형, 나의 눈앞에는 온통 암흑과 추악한 것밖에 보이지 않소."
> 하고마승가는 또다시 낮은 소리로 되풀이한다.
> "그럴 거야, 너는 지금 다만 암흑과 추악한 것밖에 보이지 않지만 너의 이 암흑과 추악한 것도 그렇게 앞으로 향해 흐르고 있는 거야. 그래, 난 앞으로 흐르고있을 뿐이라고말한다."211) (백금허의 말 - 필자 주.)
> "…… 나는 다만 내가 그림자와 어둠과 추악한 것과 죄악의 밑에서 나서 자라고 죽는다는 것을 알고있을 뿐이오. 이는 나의 숙명이고 하늘이 나에게 내린 명령이오. 숙명이기에 나는 이럴 수밖에 없고 명령이기에 감히 어쩔 수가 없는 것이오. 나는 심지어 그림자와 어둠과 추악한 것은 이 세상의 풍속이고 습관이고 도덕이고 규칙이라고 생각되오."
> "나도 이전에는 그렇게 생각하고 믿었었다." 백금허는 담배를 한 모금 빨며 계속 말을 이었다. "그러나 그렇게 생각하고 믿어도 결국 생을 해석할 수 없어. 그렇게 생각하고 믿으면 생의 본의를 위반하게 될 뿐이야. 생의 본의는 생으로 해석하는 외는 무엇으로도 해석할 수 없는 거야. 이것은 네가 원하느냐 원하지 안느냐 하는 문제가 아니라 생 자체의 선언이야."
> 마승가는 갑자기 또 한바탕 기침을 하고는 갑자기 창 밖을 가리킨다.
> "형, 저길 보오. 이미 밤 장막이 드리워졌소."
> 창 밖은 어느새 황혼이 어둠으로 변했다.
> "이미 밤 장막이 드리워졌소." 또 한번 중복한다.
> "밤은 낮을 위해 존재하는거야."백금허는 혼자 중얼거리듯 낮은 소리로 말한다.
> "암실에는 낮도 없고 밤도 없잖아요." 마승가는 감상주의자였다.

---

211) 李春燕 編 ≪古丁作品選≫ 春風文藝出版社 1995年 6月 p.477에서 인용.

"암실 밖에서는 낮이 밤을 위해 존재하고 밤은 낮을 위해 존재
하는 거야." 백금허는 또 혼자 중얼거리듯 낮은 소리로 말한다.212)

소설 ≪평사≫는 이처럼 비교적 재치 있는 예술수법으로 마씨 가족의
흥망사를 통해 낡은 가족제도의 폐쇄적이고 기생적이고 위선적인 본질을
암시, 폭로하고 있다.213) 이는 낡은 가족제도에 대한 작가의 부정의식의
표현이라고도 볼 수 있다. 또한 밤은 낮을 위해 존재한다는 주인공의 사
색적인 말속에는 보다 심각한 의미 즉 가족제도의 멸망과 함께 밝은 신
생제도 내지 신생사회에 대한 갈망이 암시되어 있다고 볼 수 있다.

소송의 장편소설 ≪북귀≫는 1940년 ≪태동일보≫에 연재되었다가
1941년 3월 ≪예문지총서≫(제1집) 단행본으로 출판되었다. 소설은 한 유
씨 가족의 흥망사를 쓰고 있다. 유씨의 선조는 옛적에 동북 땅에 와서 피
흘리며 가산을 일구고 땅을 차지하여 한 지방의 큰 지주로 되었다. 유씨
네 둘째는 땅을 팔아 봉건군벌의 영장이라는 직무를 사고 숱한 첩을 거
느리며, 아편으로 사회의 어중이떠중이들을 사귀면서 가산을 탕진한다.
유씨네 맏이는 동생이 가산을 탕진하기 전에 아들 유진방(劉振邦)을 천리
밖의 도시에 보내어 공부시킨다. 유씨네 둘째는 전실부인이 낳은 아들을
한 봉건군벌에게 양자로 주고 이름을 양경업(楊經業)이라 하며 셋째 첩이
낳은 둘째 아들을 다른 한 봉건군벌의 양자로 주고 이름을 소춘양(蘇春陽)
으로 고친다. 후에 북방에서 전란이 일어나자 소춘양은 남방으로 도피한
후 한 과부와 결혼하여 아들 집생(集生)과 딸 소만(蘇曼)을 낳는다. 양경업
은 교육을 마치고 남방의 한 도시에 와서 공업계에서 한자리를 차지한다.
학업을 마친 유진방은 북방에 전란이 일어났다는 소식을 듣고 북방에 아
내와 아이가 있는 것을 알면서도 남방의 조항(曹港)이라는 곳에 온다. 유
씨네는 이렇게 전란에 의해 산산이 헤어진다. 북방에 있는 유진방의 아

---

212) 동상서 pp.506-507에서 인용.
213) 孫中田 等著 ≪鐐銬下的繆斯≫ 吉林大學出版社 1999年 11月 p.139 참조.

내는 아들 유군(劉群)을 데리고 동생 왕림(王林)과 함께 남편을 찾아온다. 이때 유진방은 이미 상등수준의 부자로 되어 양소접(楊小蝶)이라는 젊은 여인을 첩으로 맞아들였다. 이 양씨는 바로 그의 사촌 동생 양경업의 큰 딸이다. 유진방과 양경업은 권력쟁탈로 감정이 대립되고 가짜 파업을 진행한다 깡패를 끌어들인다 하면서 음모를 꾸미며 서로 경제적인 암투를 벌려 나중에 둘 다 망하게 된다. 양경업은 아들 양기(楊基)마저 부랑자로 되자 "제2대는 이미 희망이 업게 되었다. 제3대를 기다리자!"라고 자아안위를 하다가 병들어 죽는다. 한편 양경업의 처남 왕권(王權)은 외조카 양경업의 딸 사려(莎麗)를 사랑하고, 사려는 왕권과 집생 두 사이에서 흔들린다. 이외 소만도 왕권을 사랑하고 소만의 친구 자산(紫姍)은 집생을 사랑한다. 이때 양소접은 도박에 재산을 잃어가고 왕림은 광산의 현금을 갖고 도망하며 이어 병란(兵亂)이 일어난다. 하여 유진방은 아들과 양딸 소운(小云)을 데리고, 집생은 자산과 소만을 데리고, 양명은 사리와 함께 다시 북방으로 돌아온다. 유방과 소운이는 결혼을 약속하며 어느 초저녁에 산보하러 나갔다가 벌목공(伐木工)들에게 잡혀 산불에 타죽는다. 하여 유진방은 정신병에 걸려 정신병환자병원에서 비참히 죽는다. 또한 이 산불은 소씨네 집을 태워버려 집생이네는 여관에 들게 된다. 이 소식을 알게 된 양명은 기뻐할 뿐만 아니라 집생을 쳐죽인 후 감옥으로 잡혀간다. 후에 사려는 집생의 딸을 낳게 되고 우연히 왕권을 만난다. 북방에 또 전란이 일어나자 둘은 북쪽의 시골로 피난 간다. 나중에 왕권은 한 방탕한 여인과 동거하다가 아들을 낳자 집에 데려온다. 사려는 이를 묵묵히 받아들이고 살다가 한 많은 인생을 마친다. 죄 없는 두 아이는 죄악으로 가득 찬 이 가정의 음영을 지니고 세상에서 살아가게 된다.

이렇게 소설은 유씨네 가족이 대대로 멸망되어 가는 운명과, 전란으로 인한 사회동란이 인간의 운명에 끼치는 영향 등을 역사적 화폭으로 묘사하고 있다. 소설은 비록 이야기 짜임새가 복잡하고 주제의식의 전달이 어느 정도 모호하지만 소설의 마지막 부분의 한 자연환경묘사에 그 주제의식이 암시되어 있다.

北方也是寂寞的.
一片凍土, 沒有太陽.214)

(북방 역시 적막한 곳이었다.
온통 동토뿐이고 태양이 없었다.)

문자그대로 북방에 대한 부정적의미가 짙게 흐르고 있다. 소설의 주인공들은 원래 북방에서 살다가 남방을 떠나갔고 또 남방에서 다시 북방으로 돌아온다. 그러나 그들이 찾아온 고향 땅은 태양 없는 동토였으니 그 심정은 어떠하였으랴. 무엇보다도 고향 땅에 대한 실망, 이는 그들에게 있어서 큰 불행이 아닐 수 없다. 이런 불행은 어찌하여 생긴 것 일가. 소설은 이에 대해 해답을 주지 못하고 있다. 이점이 바로 이 소설의 제한성이라고 하겠다.

중국인장편소설가운데는 이외에도 추영의 장편소설 ≪하류의 저층≫, 작청의 장편소설 ≪밀≫ 등 소설들에서도 상술한 소설들과 마찬가지로 낡은 가족제도를 폭로 비판하고 있다.

3. 작가심리상태의 공동성과 사실주의경향

작가심리상태는 작가의 어느 한 시기 혹은 어느 한 작품을 창작할 때의 심리상태를 이르는 말하는데 이는 작가의 인생관, 창작동기, 심미이상, 예술추구 등 각종 심리요소가 융합된 산물이며 객관적 생존환경과 주체 생리메카니즘 등 각 방면 요소들이 종합적으로 작용하여 형성된다.

---

214) 小松 ≪北歸≫ ≪東北現代文學大系≫(7) 沈陽出版社 1996年 12月 p.797에서 인용.

객관생존환경은 또 사회환경, 문화환경, 자연환경 등으로 나뉘는데 사회환경은 작가심리상태에 영향 주는 첫 요소로 된다.[215]

조선인장편소설과 중국인장편소설은 주류 담론이 부동하지만 그 작가심리상태는 공동한 점을 보여주고 있다.

첫째, 우회적인 표현심리상태이다. 우에서 서술하다시피 조선인장편소설에서는 민족 정착사를 다루면서 민족내부모순 혹은 원주민간의 모순을 묘사하고 중국장편소설에서는 가족 흥망사를 다루면서 민족내부모순을 묘사하였는데 모두 당면의 주요모순인 일제와의 모순은 회피하고 있다. 장편소설작가들은 일제식민통치하의 피 지배적 위치에 처한 피식민 민족작가로서 생활에서뿐만 아니라 문학창작에서도 식민통치의 지배를 받지 않을 수 없었다. 더욱이 장편소설이 신문잡지에 연재로 긴 시간을 들여 발표되어야 하는 상황에서 엄혹한 문예시책의 심사와 그 피해를 의식하지 않을 수 없었다. 이런 피지배의식은 자연히 자아보호의식을 낳게 된다. 따라서 시책에 어긋나지도 않고 분식문학에도 빠져들지 않으면서 또한 민족의 현실생존과 관련되는 사회모순의 한 측면을 사실주의적으로 보여주려 한 것이 바로 조선인장편소설작가와 중국인장편소설작가들의 공동한 작가의식 이였을 것이다. 종속적인 변두리문학작가들이 지배적인 중심문학의 주류 담론 - 국책선양을 회피하고 있다는 그 자체가 식민문학에 대한 무시와 부정 혹은 그 문학과의 탈절(脫節)을 의미함으로 이 회피는 탈식민의식(脫植民意識)의 반영이라고 볼 수 있다. 우회적인 표현심리상태는 이런 작가의식의 창작에서의 표현형태라고 하겠다. 장편소설들이 이런 우회적인 표현심리상태에서 창작된 만큼 그 주제 또한 발산적 의미를 갖고 있다고 보게 된다.

둘째, 강렬한 민족역사의식의 표현심리이다. 상기하다시피 조선인장편소설은 만주에서 조선인은 근대현대 이주민이라는 민족역사상황에 입각하여 대체로 현재시공간을 제재로 민족 정착사를 서사적 화폭으로 다루

---

215) 楊守森 主編 ≪二十世紀中國作家心態史≫ 中央編譯出版社, 1998年 11月, p.2 참조

고있으며 중국인장편소설은 만주에서 중국인은 원주민에 속한지라 대체로 과거와 현재 시공간이 서로 융합된 제재로 가족 흥망사를 서사적 화폭으로 다루고 있다. 일제는 식민통치를 공고히 하기 위해 민족동화정책으로 피식민 민족들의 민족의식을 말살하려 시도하였다. 일본식민문학도 이에 따라 "5족협화"를 선양하는 식민동화문학으로 피식민 민족문학을 통제하려 시도하였다. 이런 민족동화의 위기가운데서 피식민 민족인민들로 하여금 자기민족문화신분의식을 확인하게 하는 것은 자못 중요한 민족의식 내지 저항의식이라고 할 수 있다. 민족문화신분의식은 민족역사의 한 편단, 민족생활공동체생활의 한 화폭, 민족문화유산의 한 편린 등 독립적인 민족속성을 보여줄 수 있는 각종 민족문화자원에 대한 재현으로 확인할 수 있다. 조선인장편소설과 중국인장편소설은 장편소설의 전통적인 역사서사기능을 충분히 이용하여 지배적이고 중심적인 일본인들과 거의 상관없는, 상대적으로 독립적인 민족공동체생활을 서사적으로 보여주면서 자기민족의 역사와 문화를 확인하고 있다. 이는 조선인장편소설작가와 중국인장편소설작가들이 날로 가혹해지는 일제의 민족동화정책에 대한 초려(焦慮)에서 기인된 강렬한 민족역사의식의 표현심리를 보여준다고 하겠다. 그리고 이런 표현심리는 피식민 민족작가들이 자주적이고 민족문학을 지향하면서 지배적인 식민문학과의 이탈하려는 문학의식을 보여준다. 상기한 장편소설들은 식민문학과의 이탈을 보여주는 실천적 표현이라고 할 수 있다.

이런 공동한 작가심리상태에서 기인하였다고 할 가 조선인장편소설과 중국인장편소설에는 또 다른 하나의 공동한 특징 - 사실주의경향을 뚜렷하게 보여주고 있다. 앞 장 절에서 이미 언급한바 있지만 일제는 위만주국 건국초기부터 건국정신을 선양하는 "낭만주의"문학을 주장하였으며 1940년대 초부터는 이를 하나의 중요한 문예시책으로 강요하여 왔다. 이른바 "낭만주의"문학은 전쟁과 약탈, 착취와 고역, 기아와 질병 등 식민지의 실상을 기만하고 위선적인 "발전도상"의 낭만적인 위만주국의 허상을 미화, 분식하는 식민문학으로서 위만주국 문학장에서 지배적인 중심위치를 차지하고 담론권리를 독점한 문학으로 되었다. 하지만 조선인장편소설이나 중국인장편소설의 대부분은 파노라마 적 서사화폭가운데서 암흑한 민족현실상황을 사실주의적으로 진실하게 반영하면서 "낭만주의" 문학을 회피하고 있다. "낭만주의"문학에 대한 회피는 조선인문학과 중국인문학의 가장 중요한 특징의 하나로 된다. 비록 일부 소설에 어느 정도 유토피아 식 낭만주의색채가 보이고 있지만 이런 대체로 전반 소설의 보조적 색채에 지나지 않는다고 하겠다. 한 것은 이런 소설들은 현실제재든 과거제재든 모두 사회모순의 한 측면을 틀어쥐고 그 모순을 진실하게 묘사하면서 사실주의경향이 주도가 되어 있기 때문이다. 이는 중, 단편소설에서의 사실주의창작경향과 일관된 것으로써 제반 조선인소설과 중국인소설의 공동한 특징을 이루고있다.

제3 절　식민통치하의 문학가의 문학초지와 그 변이양상

　　목전의 시국에서 그들은(만주문예가협회를 말함. 필자 주) 다만 정부의 요구에 따라야만 활동할 수 있는 권리를 얻을 수 있다는 것을 주의해야 한다.216)

이는 위만주국시기 이름난 일본인작가 오오우찌 다까오가 당시 문단상황에 대해 이야기하면서 작가들에게 주의를 주면서 한 말인데 여기서 당시 일본인문인을 포함한 모든 문인들의 문학활동이 정부의 영향을 받고 있음을 알 수 있다. 위만주국 문학장에서 피 지배적이고 종속적 위치에

---

216) 大內隆雄 ≪滿洲文藝家的課題≫, ≪滿洲浪漫≫, 1941年 7月版.

처한 조선인작가와 중국인작가들에게 있어서 이런 식민정부와 식민문학의 영향은 보다 가중하였다고 할 수 있다. 하여 일부 피식민 민족작가들의 순수하고도 집요한 문학초지(文學初志)는 변이양상을 보이지 않을 수 없게 되었다.

1. 이마무라 에이지의 문학초지와 그 변이양상

위만주국시기 조선인문학의 범위는 지금까지 정확하게 확정되지 못한 상황이라고 할 수 있다. 본고는 대체로 만주국에 거주하면서 만주국에서 발표한 작품을 그 범위로 한정하는 원칙에 따르는 한편 조선어 즉 모국어로 창작된 작가작품만 연구한 기존의 연구범위를 넓히고자 한다. 다시 말하면 필자는 "민족문학범주의 규정에 있어서는 어디까지나 민족의 작가를 떠나서 운운할 수 없다"는[217] 권철 교수의 견해를 참작함과 아울러 일부 조선인문인들이 일제의 장기간의 민족동화정책과 민족말살정책의 피해로 말미암아 모국어를 배우지 못하여 모국어로 작품을 창작할 권리를 박탈당하나 다름없는 특수한 역사상황을 감안하여 위만주국에 거주하면서 만주국에서 일본어로 창작, 발표한 조선인작가의 작품도 본고의 연구범위에 넣는다. 지금까지 발굴된 자료에 의하면 만주에서 문학활동을 진행하면서 만주의 일본문 발표지에 일본어로 작품을 발표한 조선인작가는 많지 않다. 간혹 한두 편씩 발표한 작가는 아오끼 레이끼찌(靑木黎吉), 오오류우 시게나오(大龍重直) 등 몇 사람으로 알려지고 있지만 본격적으로 문학작품을 창작한 작가는 이마무라 에이지(今村榮治)뿐으로 알려지고 있다. 다시 말하면 이마무라에이지가 그 대표적 작가로 된다고 할 수 있다.

이마무라 에이지에 대한 연구는 자료발굴의 부진과 학계의 관심부족

---

217) 국제고려학회 문학부회, 연변대학 조선언어문학학부 편찬 ≪조선민족문학연구≫, 흑룡강조선민족출판사, 1999년 10월, p.59 참조.

등 원인으로 거의 공백으로 되어있다. 중국조선족학계에서는 전혀 공백으로 되어있고 한국학계에서는 채훈 교수가 이마무라 에이지의 단편소설 ≪동행자≫를 한국어로 번역하고[218] 구체적으로 분석하면서 "이 한편에 국한해서 본다하더라도 작가인 금촌영치가 만주의 현실과 그 속에서 살아가는 우리 나라 이주민들을 바라보는 시각이 특이했다고 할 수 있는 만큼 …앞으로 가능하다면 금촌영치의 본명과 인적사항을 밝히는 한편 그의 모든 작품을 모아 분석・평가함으로써 그의 작품세계가 재만한국문학이라는 큰 흐름속에서 어떠한 위치를 차지하는가를 가늠해"[219]보아야 한다고 문제를 제기한데 그치고 있는 상황이다.

이밖에 일본학계에서는 어느 정도 관심을 가졌지만 다만 일부 작품들을 수집한데 국한되어 있는 상황이라고 하겠다. 지금까지 일본학계에서 수집한 작품은 대체로 10편 정도인데[220]모두 1938년부터 발표된 작품들이다.

최근에 필자는 고심한 노력을 거쳐 이마무라 에이지의 초기작품들을 포함한 적지 않은 관련자료들을 처음으로 발굴, 수집하게 되었다. 본고에서는 주로 이 자료에 근거하여 이마무라 에이지에 대해 신빙성 있는 연구를 시도해본다. 이 자료들은 본고를 통해 처음으로 학계에 공개되는 셈이며 본고 또한 학계에서 처음으로 비교적 체계적이고 심층적인 연구로 되는 셈이다.

이마무라 에이지는 1911년(메이지 44년)에 조선에서 출생하였는데 성씨는 장(張)씨였다.[221] "今村榮治의 본명에 대해서 일본문학평론가 가와무라 미나도씨(川村湊氏)는 '장환기(張喚基)'라고 판단하고 있지만 명확한 것이라고는 보지 않는다."[222] 지금까지 그의 본명이 미상일 뿐만 아니라 많은

---

218) 채훈 ≪일제강점기 재만한국문학연구≫, 깊은샘, 1990년 11월.
219) 金烈圭 許世旭 吳養鎬 蔡塤지음 ≪대륙문학 다시 읽는다≫, 대륙연구소출판부, 1992년 8월, p.311에서 인용.
220) 岡田英樹 著 靳叢林 譯 ≪僞滿洲國文學≫ 吉林大學出版社 2001年 2月, p.290 참조.
221) 滿洲文藝年鑑編纂委員會 編 ≪滿洲文藝年鑑≫ 康德九年度版(1943년 11월) 참조.

생활경력사항도 미상이다. 하지만 그의 문학창작활동은 비교적 구체적으로 확인해 볼 수 있다.

지금까지 필자가 발굴, 수집한 자료에 의하면 이마무라 에이지는 1935년 8월 2일 《신경일일신문》에 단편소설 《악몽(惡夢)》을 발표하면서부터 만주에서의 문학창작활동을 시작하였다고 보게 된다. 이 소설은 여섯 번에 나누어 발표된 본격적인 단편소설인데 그의 처녀작으로 추정된다. 이어 그는 《애증기(愛憎記)》(1935년 9월), 《정사(情死)한 여인(心中汐女)》(1935년 10월), 《여인들의 사랑(女奸ノ愛情)》(1937년 9월) 등 단편소설들을 발표하면서 문단에 등장한다. 그러다가 1938년 6월 단편소설 《동행자》(《滿洲行政》 5권 6기)를 발표하여 일본인문단의 주목을 끌어 만주의 일본인문단에 등장한 반도인(半島人)문인으로 지목되면서 각종 문학활동에 참여하게 된다.

이마무라 에이지의 1938년 전까지의 작품은 대체로 《신경일일신문》에 발표되었는데 이 신문은 당시 비교적 이름난 신문이었고 그 학예란은 일찍부터 작품모집활동을 진행하면서 상당한 활기를 띠어 인기를 모아 적지 않은 일본인신진작가들을 배출하였다. 오오우찌 다까오는 《만주문학20년》에서 이 신진작가들을 밝히었는데그 가운데 이마무라 에이지가 포함되어 있다. 이때 이마무라 에이지는 신경에서 조직된 "문학지대(文學地帶)" 동인회의 동인이었고 1937년 8월 만주문화회 신경지부(滿洲文話會新京支部)설립회의에 참석하고 이 문학조직의 성원으로 된다. 이 시기 신경지부의 성원은 대체로 재야인(在野人) 문인들이었다.223) 1939년 그는 신경지부의 간사(幹事)로 되어 각종 문학활동에 참가하게 된다. 이해 10월 고정의 소설 《원야》를 비롯한 중국인작가들의 작품을 일본어로 번역 출판한 《만인(滿人)작가작품집·원야》 작품집평론좌담회에 참석하고 이해

---

222) 大村益夫·布袋敏博編 《舊 <滿洲> 文學關係資料集》(二) 2001年 3月 p.2에서 인용.

223) 大內隆雄 著 《滿洲文學二十年》 株式會社 國民書報社刊, 康德 十一年 十月, p.208, pp.240-243, p.260 참조.

년 말에는 문화회가 조직한 만주 각지 현지시찰활동의 한 일원으로 뽑혀 현지시찰에 나가게 된다. 이 현지시찰이란 바로 문학단체가 정부의 원조를 받으면서 만주현실생활을 체험하고 현실을 "옳게" 파악한 문학작품을 창작하는 것이다. 이 활동에 참가한 일본인문인들로 기다무라 겐지로우(北村謙次郎), 요시노 하루오(吉野治夫), 오오우찌 다까오 등이고 중국인문인은 소송(小松)이었다. 이마무라 에이지는 1940년 가을 문화회가 조직한 일본파견단의 성원으로 석군, 장자풍(張紫楓) 등 중국인문인들과 함께 처음으로 일본에 가보게 된다. 만주문화회는 1940년 6월 30일 홍보처의 간섭으로 조직구성이 개조되고 회원들에게 국책선양에 나설 것을 요구한다. 홍보처는 일부 회원들에게 의연히 자유주의경향이 존재하자 1941년 5월 15일 《문화회통신》을 정간(停刊)시키고 1941년 7월 27일 만주문예가협회를 설립하여 문화회를 대체하는데 이때 이마무라 에이지는 장영빈(張穎斌)이라는 중국인과 함께 이 협회의 여러 비서(書記) 가운데의 한사람으로 선거된다.

이런 문화단체에서 이마무라 에이지가 어떤 일을 하였는가는 아직 상세하게 알 수 없지만 대체로 문학실무에 관련되는 번잡한 일들을 하였음을 아래의 몇 가지 사실을 통해 추정해볼 수 있다.

> 일본말로 이마무라 에이지라는 성씨가 장(張)씨인 조선인이 문화회사무국의 실무를 맡아보기 위해 신경에서 대련으로 왔다. 서로 부동한 의견을 갖고 있는 여러 사람들이 그를 제 마음대로 일을 시켜먹는 바람에 그는 너무 지탱하기 어려워 나중에 시바후지(柴藤) 선생한테로 가서 그의 부하로 되었다. 듣건대 시바후지 선생이 정신상에서나 물질방면에서나 여러 번 그를 절망에서 구해주었다고 한다.[224]

오오우찌 다까오는 문화회에서 1940년 6월 관동군에게 헌납하고자 출

---

224) 원문은 靑木實 《柴藤貞一郎先生》(《작문》 102집 1976년 9월), 본고에서는 각주 216과 같은 책 p.293에서 재인용.

판한 ≪만주의 이모저모(滿洲打자)≫라는 책을 소개하는 글에서 이렇게 쓰고 있다.

> 그것은 전해에 (1939년을 말함 - 필자 주) 총회에서 그 간행을 결정한 것인데 일년 가량 걸려서야 나오게 되었다. 국간(菊刊) 270 페이지에 지도, 구락부 등을 첨부한 내용이 풍부한 책으로 재만 문인들을 총동원하여 쓰게 한 것 같다. …… ≪만주의 이모저모≫의 서문은 나까 겐노리(仲賢禮), 오오우찌 다까오의 이름으로 쓰여졌고 편집인이 나까 겐노리, 발행인이 야마구찌 신이찌(山口愼一)로 되었다. 실무를 많이 담당한 사람은 이마무라 에이지였는데 지금도 그에게 감사를 드린다.[225]

그리고 1939년 11월 10일에 출판된 ≪만주문예년감(滿洲文藝年鑒)≫(만주문화회 편)의 저작인, 대표, 발행인은 이마무라 에이지로 되어 있다.

이런 자료에서 우리는 그가 만주문화회에서 각종 번다한 편집실무를 맡아보았을 뿐만 아니라 일본인 회원들에게 여러 모로 부림당하였으며 또 이로 인하여 고민하고 절망도 했음을 알 수 있다.

이마무라 에이지는 또한 문학창작활동에서 문학초지와 현실과의 모순으로 고민과 방황에 빠지게 되었다. 이는 우선 그의 수필에서 찾아볼 수 있다.

그는 문학창작초기인 1936년 4월 일본인신진작가 사와야마 이찌로우(佐和山一郎, 이마무라 에이지와 같은 시기에 ≪신경일일신문≫학예란을 통해 초기작품들을 발표한 작가)가 "작품을 발표하여도 원고료도 주지 않고 그 누구도 평론해주지 않는 것이 만주문단이 부진하고 있는 주요한 원인이다."라고 만주문단에 불평을 부리자 이런 견해를 내놓는다.

> 그 시끄러운 원고료가 없더라도 자신의 생각을 소설, 시가 등 형식으로 써내어 그것이 활자로 되어 다시 자신의 눈앞에 나타난 문

---

225) 각주 224와 같은 책 pp.301-309에서 인용.

장을 검토해볼 때 그 흥분되거나 만족스러울 것이다. 이런 자아만
족을 달리 말하면 자신의 작품에 대한 보수라고 할 수 있다. …유
치한 말보다 가치 있는 작품을 창작하는 것이 중요하다고 생각된
다.226)

여기서 우리는 그의 문학초지 - 순수하고 진지한 문학관념을 어느 정
도 엿볼 수 있다. 그런데 그의 이 생각은 대뜸 "군의 처지에서는 아직도
사색과 독서가 필요하다",227) "우정이 그의 착란이 생긴 두뇌에 의해 갑
자기 얻어맞은 사건"이라고228) 조소당한다. 이 원인이라고 할 가 이때로
부터 반년 넘어 그의 작품은 지면에서 보이지 않다가 1937년 1월 신춘수
필로 ≪금년부터는(今年ヵラハ)≫을 발표한다. 이 수필은 풍자 식으로 작자의
내심세계를 진실하게 드러내 보인다. 새해가 되니 지난해의 불쾌한 일들
이 떠오른다. "나"는 창 밖의 달을 쳐다 보다나니 어머니가 부르던 자장
가가 생각나며 그때가 제일 행복했다고 느껴진다. 그러다가 "나"는 환각
에 빠져 들어간다. "나"는 자신이 생전에 우유부단하였기에 지옥에 갈 악
인이라고 생각하고 지옥으로 찾아가다가 길에서 문뜩 그가 제일 믿는 문
단의 한 대가의 망령을 만난다. 그 망령이 어찌하여 죽으려 하는 가고 묻
자 "나"는 자신이 악인이기에 지옥으로 가려 한다고 대답한다. 그 망령은
"나"가 생전에 문학을 사랑한 덕분에 지옥으로 갈 수 있다고 말한다.
"나"는 망령의 말을 이상하게 생각하며 지옥으로 찾아가는데 지옥으로
가는 길에는 꽃향기며 술이며 선녀며 참으로 천당 같이 좋은 정경이 나
타난다. 그런데 지옥문지기가 "나"의 문학수준이 지옥에 올 수준에 이르
지 못하였기에 지옥에 들어가지 못한다고 문을 막아서며 천당에 가는 것
이 틀림없다고 말한다. 그러면서 지옥에 도취되었기에 지옥으로 오는 길

<hr>

226) 今村榮治 ≪佐和山一郎ハ(謝禮ハ批評)ノカ≫, ≪新京日日新聞≫, 1936년 4월 2일자
　　참조 인용.
227) T・Y 生 ≪今村榮治君ノタメ≫, ≪新京日日新聞≫ 1936년 4월 8일자 참조.
228) 佐和山一郎 ≪今村君ハ私ノカ≫, ≪新京日日新聞≫ 1936년 4월 9일자 참조.

이 그렇게 아름다웠다고 이야기한다. 과연 되돌아보니 지옥 길은 악취와 독초로 가득 찬 진창길이었다. 천당으로 가는 길은 아주 험난하여 "나"는 갖은 고난을 겪어가며 겨우 천당 문 어구에 이른다. 그런데 천당문지기가 천당의 명단에 "나"의 이름이 없다고 하면서 지옥에 갈 놈이라고 내쫓는다. "나"는 선배망령을 만나 지옥도 천당도 아닌 중간이라고 하는 곳이 있는 가고 묻는다. 선배망령은 이전에는 있었으나 지금은 없다고 한다. 자본주의사회에 부르죠아도 아니고 프로레타리아도 아닌 부르죠아 - 프로레타리아가 있었는데 현세에서 그 자본주의의 중간계급이 프로레타리아로 전락되어 없어진 것과 같다고 한다. 그러면서 선배망령은 "나"는 응당 지옥에 가야 한다고 말한다. 그 원인은 "나"는 생활능력을 충분하게 갖추지 못하고 저능하기 때문이라고 한다. 다시 말하면 "나"에게 아무리 큰 능력이 있다해도 세상은 그 능력을 조금이라도 발휘할 수 있는 장소와 시간을 주지 않기에 "나"는 저능이 되며 또 현재 신경에는 자기보다 더 큰 능력을 가진 사람들에게 적당한 장소와 시간을 주지 않기 위해 그들의 지능이나 사상을 압제하여 나중에 그들로 하여금 스스로 자멸하게 하는 작용을 일으키는 사람들이 적지 않기 때문이라고 한다. "나"는 지옥으로 가는 선배를 바래주며 살아있는 한 그 살아가는 길을 걸어나가고 싶다고 생각한다. 수필은 나중에 "나"가 새해를 맞을 때마다 "금년에야" 라든가 "금년부터는"하고 신심 가득했었으나 결국 순조롭지 못했다는 것, 하지만 금년에 또"금년부터는!"하고 또다시 새로운 신심을 가지는 것으로 끝난다.229)

보다시피 이 수필은 작자의 짙은 고민을 보여주고 있다. 문학을 열애한 그는 문학을 위해서는 지옥으로 가든 천당으로 가든 관계하지 않고 고난을 물리치고 문단에서 꼭 성공해보려 한다. 그러나 신경의 문인들 즉 일본인문인들은 그의 등단을 승인하려 하지 않을 뿐만 아니라 괄시하

---

229) 今村榮治 ≪今年カラワ(諷刺フゥニ)≫ ≪新京日日新聞≫ 1937년 1월 22일, 23일자 참
조.

고 배척한다. 원인은 그가 상층인도 중층인도 아닌 최하층인 더욱이 조선인이기 때문이다. 하여 그는 해마다 신심 가득히 분투하여도 진정한 문인 대우를 받지 못하게 되는 것이다. 이때면 그는 어머니가 부르는 자장가를 들으며 자라던 어린 시절을 그리워한다. 여기서 그가 자기의 뿌리 즉 자기민족을 의식하게 되었음을 엿볼 수 있다. 당시 재만 일본인문인이었던 다께우찌 쇼우이찌(竹內正一)의 회고 문장에 의하면 이마무라 에이지는 조선말을 잘하지 못하였다고 한다.230) 그러니 그가 조선어를 배우지 못하였음을 추정할 수 있다. 모국어가 아닌 일본어로의 창작, 그리고 일본인들의 기시는 그로 하여금 변두리위치에 처한 자기신분의 불안감을 실감하게 하였고 이런 감각은 나아가 모국어를 잃어버린 "실어(失語)"의식과 신분에서의 고아의식을 느끼게 하였을 것이다. 하여 그에게는 육체적 체험을 통한 절실한 민족신분곤혹의식과 고아의식이 생성되기 시작하고 이런 의식은 의식적으로 혹은 무의식적으로 문학작품에 표현되게 되었다.

그는 ≪자신이 굳세야(拳堅我が 身ェ持ズゝ)≫라는 수필에서 ≪(폭력적인 남성에게 어느 정도라도 여성에 대한 양심을 되찾아주겠지 하는) 불가능한 일을 바라지 말고 반드시 여성자신이 더욱 명확히 오늘 시대를 인식하고 늑대가 기여들 틈이 없게 자신을 굳세게 만들지 않으면 안 된다.≫고231) 쓰면서 자신의 문학초지를 더욱 굳게 다진다.

그의 이런 굳은 문학초지와 그 집요한 추구는 1937년 11월 5일에 그의 숙소에서 일어난 화재에서 충분히 확인할 수 있다. 이날 새벽 문학창작에 몰두해있던 그는 불가사의한 영감이 떠올라 초 불에 원고지가 타고 신문이 타고 천장이 타는 것도 멍하니 바라보며 몽롱한 회고에 빠졌다. 나중에 무의식간에 불을 꺼야 한다는 생각이 들어 정신없이 불을 끄느라

---

230) 竹內正一 ≪哈爾濱·新京 - 撤離者的手記≫(≪作文≫ 67집 1967년 7월), 각주221
　　과 같은 책 p.294에서 참조.
231) 今村榮治 ≪拳堅我が 身ェ持ズゝ≫ ≪新京日日新聞≫ 1937년 4월 12일자에서 인용.

손이며 발이며 얼굴에 화상을 입게 되었고 병원에까지 입원하게 되었다. 하여 병 문안 온 사람은 이마무라 에이지의 작품에는 늑대 대신 꼭 화재의 장면이 나타날 것이라고 이야기한다.232) 후에 오오우찌 다까오는 이 화재사건에 대해 이렇게 적고있다.

> 듣건대 어느 한번은 그가 어느 물건을 놓아두는 창고 같은 곳에서 한밤중에 초 불을켜고 원고를 쓰다가 작은 화재가 일어나 엄중한 화상을 입었다고 한다. 이 사건에서 그가 얼마나 문학에 집착하였는가를 쉽게 알 수 있다.233)

이 화재사건에서 우리는 그가 이 시기에 얼마나 문학에 집념하고 분투하였는가를 알 수 있고 또 그의 생활이 얼마나 가난하였는가를 알 수 있다. 그 자신도 이 화재사건을 회고하면서 자신의 가난한 생활에 대해 이렇게 토로하였다.

> 신경한가운데서 초 불 밑에서 원고를 쓰는 정도로 가난하다해도 이는 나처럼 역경에 처해있지 않은 사람은 이해 할 수 없을 것이다.234)

1940년에 신경문인들에 대해 쓴 수필 시리즈에서도 이마무라 에이지를 ≪가난한 이마무라에이지(バンソウエウノ今村榮治)≫라고 쓰고 있다.235)

하여 이마무라 에이지는 지어 결혼한다 하더라도 아이를 낳지 않겠다고 결심한다. 그것은 아이가 태어나면 역시 자기처럼 가난의 딱지를 이마에 붙이고 살 것 같았기 때문이다.236) 그가 이렇게 가난한 원인은 딱히 알 수 없지만 그의 수필 "이 계절과 나"를 통해 최저로 그에게 올바른 직

---

232) 今村榮治 ≪病床雜記≫ ≪新京日日新聞≫ 1937년 11월 18일자 참조.
233) 大內隆雄 ≪滿洲文學二十年≫, 國民畵報社 1944년 10월 5일 p.235에서 인용.
234) 각주 233과 같은 글에서 인용.
235) 각주 234와 같은 책 pp.330-331 참조.
236) 今村治 ≪忙中雜記≫ ≪신경일일신문≫ 1937년 10월 8일자 참조.

업이 없었기 때문이라고 추정된다. 그는 남들이 그의 직업이 무어냐고 물을 때면 난감해 할뿐만 아니라 수치심마저 느끼며 대답하지 못하는데 그것은 자기의 직업은 말하기 힘든 직업이어서 말할 용기가 없기 때문이라고 한다. 그는 항상 가난에 휩싸인 얼굴이었지만 그래도 무언가 노래하며 살아야 했다.237)

그는 자기의 수필에서 사랑보다 먼저 돈을 갖고 있는 남자를 선택하는 세속 여자들의 애정관에 불만을 토로하면서, 또 마음속으로부터 남자의 진정한 사랑을 받아주고 마음속으로부터 그런 남자를 진정 사랑할 수 있는 여인의 사랑이 그립다고 터놓다가238) 몇 달 후에 "여인들의 사랑"이라는 단편소설을 발표한다. 소설은 미찌오(道雄)이라는 남자가 세쯔기미(節江)와 나나꼬(奈奈子) (두 여자 형제), 신꼬(信子)아라는 세 여자와 사랑관계를 맺고있는 이야기를 쓰고 있다. 미찌오는 여인들의 마음을 끄는 26세의 미남이다. 세쯔기미는 원래 60세에 나는 늙은 부자와 거래하였으나 생리적으로 만족하지 못하자 지금은 미찌오와 동거하고 있다. 여동생 나나꼬는 17세의 어린 나이지만 60세의 늙은 형부와 과분한 애교를 부려 언니의 반감을 산다. 하여 세쯔기미는 지금 미찌오와도 그런 일이 생길 봐 몹시 경계하고 있다. 그리고 신꼬는 35세의 풍만한 섹시한 여인이다. 그녀의 남편은 60세의 늙은 부자인데 이 늙은 부자는 또 미찌오의 형님이다. 즉 그녀는 미찌오의 형수이다. 미찌오가 형의 집에 기숙할 때 그녀는 남편 몰래 시동생 미찌오와 잠자리를 같이 하였었다. 그러다가 미찌오는 세쯔기미와 함께 살게 되면서 신꼬와 관계를 깨끗이 청산했다고 이야기한다. 그런데 미찌오한테 밀회를 약속하는 신꼬의 편지가 온다. 미찌오는 세쯔기미가 출근한 기회를 타 신꼬와 밀회한다. 신꼬는 폐병환자처럼 마른 여자를 사랑하기보다 섹시한 자기를 사랑하는 것이 더 만족을 느끼지

---

237) 今村榮治 ≪コノ季節卜僕(五月ノ落書)≫(수필) ≪新京日日新聞≫ 1937년 5월 18일자
　　 참조.
238) 동상의 문장 참조.

않느냐 하고 유혹하면서 어느 골목으로 팔을 끼고 들어간다. 밤중에 퇴근하여 집에 돌아온 세쯔기미는 미찌오가 신꼬와 밀회하느라 돌아오지 않을 것을 알고 밖으로 미찌오를 찾으러 나간다. 새벽 3시에 피곤한 몸으로 집에 돌아온 미찌오는 뜻밖에 자지 않고 자기를 기다리는 나나꼬와 마주친다. 나나꼬는 형부를 사랑한다며 그의 품에 안긴다. 그러면서 언니가 없는 곳으로 함께 탈주하자고 한다. 미찌오는 이 세여자가 모두 사랑스러워 보일 뿐만 아니라 또 바보 같아 보인다. 이때 세쯔기미가 돌아오는 인기척소리가 나기에 미찌오는 나나꼬를 자기의 침실에서 내보낸다.

소설은 돈과 미모만 탐내면서 윤리적으로 타락한 여인들의 방탕한 사랑을 폭로하고 이를 통해 작자의 순결한 애정관을 보여주는 한편 심층적으로 이 불륜의 사회에 대한 불만을 토로하고 있다.

가난에 쪼들리면서 순수한 문학을 집요하게 추구하고 또 세속에 물 젖지 않은 순수한 사랑을 추구해오던 이마무라 에이지는 사회환경이 복잡해짐에 따라 창작시야가 점차 사회적 문제에로 돌려지며 그 고민도 날로 복잡해지고 심각해지기 시작한다. 1938년 이전까지는 대체로 민족성과 관계없이 인간의 보편적인 사랑제재를 다루었으나 1938년부터는 대체로 당시 조선인 현실생활을 제재로 한 작품들을 창작하기 시작하였다. 또한 이런 조선인 현실생활을 반영한 소설들에는 현세부응색채가 정도 부동하게 보이고 있다. 단편소설 ≪동행자≫가 바로 이런 제재의 초기작품인 동시에 대표적인 작품으로 된다.

단편소설 ≪동행자≫는 1938년 초에 처음 ≪좁은 길(隘衢)≫라는 간행물에 발표되었다가(구체적인 시간을 명확히 알 수 없음.) 1938년 6월 ≪만주행정≫(5권 6기)에 게재되며 이어 1938년 10월 "만주낭만"창간호에 수록되고 이듬해 1939년 11월 10일 ≪만주문예년감≫(만주문화회 편) 제3집에 전재되었다.

만주사변직전의 8월말의 어느 날 소설의 주인공 신중흠(申重欽)은 장춘 시내에 있는 조선여관에서 초조한 마음으로 어쩌지 못한다. 그가 초조해하는 것은 중일(中日)문제가 아니라 전적으로 개인생활의 긴박감 때문이었다. 그는 고향을 등지고 대련으로 온 이래 10년 동안 조선말을 쓰지 않았으며 개인적으로 모든 점에서 완전히 일본사람이나 다름없었다. 그는 조선의 풍습은 분명히 싫었고 돗자리조차 없이 짚을 깔고 잘는지도 모르며 창이란 이름뿐 흙벽에 구멍을 뚫은 것이 고작인 조선인들의 원시적이고도 야만적인 생활을 견디어 낼 자신이 없었다. 그러나 그는 정신적으로나 실제의 생활상 특히 생활이 경제적으로 막다른 고비에 다다르자 이 긴박한 상태에서 빠져나올 길이 없자 그러한 곳에라도 가서 한동안 눈을 감고 있기만 하면 뜻밖에 활로가 열릴지도 모른다는 생각에서 ××현의 한 후미진 곳에 이주해 사는 맏형의 집으로 15년만에 처음으로 가기로 작정하고 여관주인에게 동행자를 찾아달라고 부탁한다. 마침 그가 간다는 곳에 있는 일본인 농장으로 돌아가는 일본사람이 또 무엇 때문인지 조선사람을 동행자로 구하고 있다고 주인이 알려준다. 그는 동행자가 일본사람이라는 말에 초조함 같은 것이 없어지고 일종의 비장함 같은 기분에 잡혀 함께 가기로 결심한다. 이튿날 이른 아침 신증흠은 중국인 옷차림을 하고 나서면서 불쾌감에 사로잡힌다.

> 조선사람으로 태어났으면서도 조선의 풍습이나 습관을 싫어하고 말조차 잊어버리면서 일본사람이 되고자 한 그였다. 그러나 오늘에 와서 결국 어느 쪽에도 용납되지 않고 양쪽으로부터 다 절연되었으며 원시적이고 문화도 아주 낮은 만주의 편벽한 곳으로 쫓기여 가고있는 자신이 아닌가.
> 신증흠은 그러한 자신이 어쩐지 어릿광대처럼 생각되기도 하고 또 세기의 변화과정에서 산생된 비극 배우 같다고 느껴지기도 하였다.239)

그런데 동행자 일본인은 생각밖에 조선옷을 차려입고있었다. 원래 그

---

239) 今村榮治 ≪同行者≫ ≪昭和十四年度版・滿洲文藝年鑒≫ 만주문화회 편 1939년 11월 10일, pp.295-296에서 인용.

일본인은 도중에 "불령선인(不逞鮮人)"들한테 당할 것 같아 조선인 동행자를 찾았고 또 조선인 옷차림을 한 것이다. 과연 도중의 어느 언덕길에서 조선인 청년 8명이 길을 막아 나선다. 신중흠은 일반 강도로 생각하고 호주머니의 돈을 계산하며 침착하게 앉아있는데 일본인 동행자는 신중흠이 이 "불령선인"들과 짜고 든 것이라고 소리치며 신중흠에게 권총을 뽑아 든다. 이에 놀란 심중흠은 자기가 그렇게 일본인이 되려고 노력하였지만 결국 일본인들이 자기 사람으로 취급하지 않을 뿐만 아니라 의심까지 한다는 것을 뼈저리게 느끼게 된다. 신중흠은 조선인과 일본인 사이에 그 어디에도 뿌리를 내리지 못했음을 깨닫고 까닭 모를 분노를 느낀다. 그는 이 한순간이라도 자신의 입장을 분명히 하려고 일본인을 깔아 눕히고 그한테서 권총을 빼앗아 든다. 그는 필사적으로 저항하는 일본인을 억누르고 "가만히 있어, 그렇지 않으면 너부터!"하고 소리친다. 그는 손등으로 눈물을 훔치고는 권총으로 겨눈 채 눈앞에 다가오는 8명의 청년들을 노려본다. 소설은 결말에서 신중흠이 "불령선인"과 대결의 자세를 취하는 것으로 끝나고 있지만 서두에서 작가가 말하다시피 막다른 고비에 오른 신중흠의 그후의 일에 대해 무어라고 설명할 수 없는 형편에 놓여있다.

하다면 이 소설은 무엇을 제시하고 있는가. 소설의 주인공 심중흠은 악마의 눈과 늑대의 이빨도 두려워하지 않고 냉정하게 생활할 만큼의 용기와 신경을 가지지 않고는 살아갈 수 없는 상황에서 개인적으로 완전한 일본인이 되어 10년이라 분투한다. 하지만 경제적으로 막다른 고비에 이르며 조선인과 일본인사이에서 고독과 가난과 불신임과 경멸의 눈빛을 받으며 살아야 하는 불우한 운명의 소유자이고 그런 틈에 끼어 고민과 괴로움에 시달리는 숙명적인 조선인청년의 형상이다. 그는 사상적으로나 성격적으로 완전한 일본 사람으로 되려 하였지만 일본인들이 본질적으로 그를 신임하지 않았으며 경제적으로마저 동등해질 수 없었다. 그리고 그는 완전한 일본사람이 되어 조선의 모든 것을 싫어하고 멀리하였지만 생활상 막다른 고비에 이르렀을 때는 자연히 혈육을 찾는다. 그는 무엇 때문에 일본인이 되려하였는가. 그는 어릴 때부터 아버지가 조선과 일본이 한나라가 되었기에 우리도 일본사람이 되어야 한다고 하여 일본국민이라는 긍지를 갖고 성장했다. 물론 그때 이미 청년이 된 형이 아버지가 거짓말을 한다고 하면서 이제 곧 먼저 대로 되돌려 놓아야 한다고 말해주고 아버지도 그때 이건 세월 탓이라고 되풀이한 것을 나 어린 신중흠은 이해할 수 없었다. 여기서 그가 일본인이 되려한 것은 결코 자원해서가 아니라 숙명이었기 때문이라는 것을 알 수 있으며 그것은 일제의 식민민족 동화 정책 때문이라는 것을 제시받게 된다. 또한 소설은 비록 만주사변 직전의 이야기를 쓰고있지만 이 소설에서 위만주국시기 일제가 선양한 민족협화의 허위성도 엿보게 되며 신중흠의 형상에서 작자자신의 그림자를 연상하게 된다. 소설은 실질적으로 민족신분의 불명확성으로 하여 이중삼중의 고뇌와 불신임 그리고 멸시와 모욕을 당하며 좌충우돌하는 주인공의 곤혹과 비애의 심리상태를 보여주고 있다. 이때에 와서 작자는 "나는 누구인가", "나는 어디에서 왔으며 또 어디로 가야 하는가"하는 인간의 귀속감을 의미하는 자아속성(自我屬性)내지 민족정체성에 대한 곤혹을 느끼기 시작하였다는 것을 보아낼 수 있다. 이런 곤혹은 계속하여 이 시기의 그의 기타 작품에 나타나면서 하나의 특징을 이루었다.

이마무라 에이지의 이와 같은 작가의 자아속성 내지 민족정체성에 대한 곤혹은 1980 - 90년대에 와서 재미 한국인작가들과 재일 한국인작가들의 작품들에서도 나타나고 있다. 일본의 ≪아꾸다가와문학상≫을 수상한 재일 한국인작가 이희성의 작품이 그 대표적 작품으로 된다고 하겠다. 따라서 이마무라 에이지는 현대에 와서 세계 각지에 이주한 현대한국인 이주민들이 공동으로 실감하고있는 민족정체성에 대한 곤혹을 한국인이주민문학에서 보다 일찍 문학작품에 반영한 작가라고 평가하게 된다.

소설의 제목이 ≪동행자≫인 것과 같이 소설은 신중흠의 동행자 일본인노인이 등장한다. 그는 얼굴에 온통 검은 수염이 뒤덮여 있었고 날카로운 눈을 가지고 있었지만 벽지로 가면 갈수록 "불령선인"들이 많고 또

이들이 중국인보다 더 무서웠기에 조선인동행자를 찾고 조선옷차림을 한다. 그는 농장으로 가는 도중에 "불령선인"을 만나면 불쌍한 벙어리형이라든가 아저씨라고 속여달라고 신중흠에게 목숨을 걸고 부탁한다고 하면서 머리를 숙여 절을 하며 돈까지 내놓는다. 만약 "불령선인" 때문이 아니라면 아마도 신중흠이 바로 이 일본인 행색을 하여야 할 것은 더 말할 것도 없다. 우리는 이 일본인을 통해 만주사변직전의 만주에서 소위의 "불령선인"들이 일본인들이 공포를 느끼는 대상으로 되었다는 것, 불령선인들이 만주 벽지에서 활약하면서 일본인들을 습격할 뿐만 아니라 상해, 봉천, 경성, 대련 등 대도시에서도 활약하고 있다는 것을 알게 된다. 사실 만주사변직전 일제가 만주에서 "불령선인"이라고 부른 사람들은 그 절대 대부분이 반일투사였다. 할진대 이 소설은 만주사변직전에 반일투사들이 일제가 공포를 느낄 정도로 활약하였다는 것을 알게 하며 조선인들의 반일활동을 측면으로나마 실감 있게 보여주고 있다. 일본인의 형상은 소설의 주제를 발산적으로 심각하게 암시해준다고 하겠다.

물론 소설에서 나중에 신중흠이 "불령선인"들과 대결하려는 자세를 취하는 것으로 끝나고 있는데 이는 현세부응 태도를 취하지 않으면 안 되는 당시 문화환경을 의식한 의식적인 표현 혹은 작자의 친일경향의 표현 등 여러 측면으로 해석되는데 이는 앞으로 계속 연구되어야 할 과제라고 하겠다.

여하튼 이 소설은 당시 일본문화에 거의 동화되었지만 민족의식은 죄다 소실되지 않은 일부 조선인들의 한 특수한 심리상태를 진실하게 묘사하여 일본인문단의 주목을 받게 되었다.

소설 ≪동행자≫를 이어 이마무라 에이지는 계속하여 조선인들의 생활을 제재로 한 소설들을 창작하기 시작한다. 단편소설 ≪신태(新胎)≫는 1938년 12월 ≪만주행정≫(5권 12호)에 전편(前篇)을 1939년 1월 ≪만주행정≫(6권 1호)에 후편을 발표되었는데 현재 전편은 볼 수 없고 후편만 볼 수 있어 소설을 전반적으로 평가할 수 없지만 후편을 통해서도 기본주제는 파악할 수 있다고 본다. 후편에서 주인공 김상복(金相福)은 추석날이지만 울상이 되었고 지어 불행을 느꼈다. 그는 작년에 나이 50이 되었지만 아들을 낳기 위해 둘째 첩을 맞아들였는데 얼마 전에 그만 딸을 낳았기 때문이다. 하여 그는 본댁이 낳은 딸 일곱에 첫째 첩이 낳은 딸 셋에, 딸이 도합 열 한 명이나 되었다. 김상복은 둘째 첩이 해산한 날부터 조밥을 먹이라고 호령할 뿐만 아니라 내일부터 벼 가을하러 나가라고 호령한다. 둘째 첩 최씨는 째지게 가난한 집 딸이었는데 어머니가 첩이라도 김씨네 집에 가면 밥이라도 얻어먹을 수 있다고 하여 김씨의 첩으로 들어왔는데 딸을 낳았다고 그만 이런 대접을 받게 되니 눈물을 흘리지 않을 수 없다. 본댁인 백씨 또한 나이 40이 되었지만 아들 하나 낳지 못한 죄로 역시 괄시 받고있었다. 지어 김상복은 10정보나 되는 논을 갖고 있는 지주로 많은 입쌀을 갖고 있었지만 늙은 모친에게까지 이밥대신 조밥을 해주며 괄시한다. 한편 김상복의 동생 상준(相俊)이는 추석 이튿날 아침 일찍 논밭에 가을하러 나간다. 그는 28세의 나이에 건실한 신체로 형 김상복의 농사일을 혼자 도맡아 하고 있었다. 그는 인색하고 인정 없는 형의 집에서 나와, 집을 따로 잡고 결혼하여 어머니를 모시고 효성을 다하면서 살려는 것이 꿈이었다. 상준이는 이웃 논밭에서 일하는 허씨네 딸 영화(英花)를 사랑하고 있었던지라 문뜩 그녀와 사랑을 나누고 싶어 그녀를 골려 주며 수수밭으로 도망질한다. 영화는 그를 쫓아 수수밭으로 들어간다. 상준이는 그녀에게 사랑을 고백하고 그녀는 어머니에게 허락 맡아야 한다고 이야기한다. 김상복의 큰딸이 집에 와 삼촌이 영화와 함께 수수밭에 들어가 오래 동안 나오지 않더라고 아버지에게 말한다. 그러자 김상복은 대뜸 격노하며 허씨 댁을 불러오라고 호령한다. 그는 원래 둘째 첩이 해산한 후에 동생이 영화한테 장가들게 하겠다고 응낙하였으나 둘째 첩이 딸을 낳아 기분이 상한 데다가 동생이 결혼하면 허씨네에게 내준 빚 200원을 받을 수 없게 되고 또 집일을 거의 혼자 도맡아하는 동생이 세간 나가면 집을 할 사람이 없어진다고 생각하니 더욱 부아가 나서 허씨 댁을 부른 것이다. 그는 허씨 댁에게 금년농사수확을 몽땅 바쳐 빚을 갚아야 할뿐만 아니라 명년부터는 소작지를 다른 사람에게 넘겨주고 다른 곳으로 이주하는 것이 좋겠다고 한다. 이는 허씨 댁에게 있어서 청천벽력이었다. 만주 땅이 아무리 넓다해도 그들은 어디에도 갈 수 없을 뿐만 아니라 이빚을 다 갚노라면 다섯 식구가 봄에 가서 굶어죽게 된다. 하여 허씨 댁은 울며불며 사정하였으나 김상복은 티끌만치도 양보하지 않았다. 집에 돌아온 허씨 댁은 마침 상준이가 자기 집에 와있는 것을 보고 그의 탓이라고 하며 상준이를 때리며 야단을 친다. 일의 영문을 알게 된 상준이는 집에 달려가 논 10정보나 가지고 있는 사람이 돈 200원 때문에 일가 다섯 사람의 목숨이나 다름없는 벼와 논을 거두어들이느냐고 하며 격분하여 형과 싸우고 집을 나선다. 그는 그 길로 영화네 집에 가서 그들을 동원하여 벼 가을을 하여 벼를 거두어들이게 한다. 그리고 그날 밤영화네 집에서 잔다. 이에 상복이는 상소한다, 관리를 부른다, 광분하며 추태를 드러낸다. 어느덧 겨울이 되었다. 상준이는 영화와 결혼하고 어머니를 모시면서 따로 살고 있다. 어느 날 아침 상복의 큰딸이 찾아와 어머니가 또 임신하였는데 태양이 떠오르는 꿈을 꾸어 아버지는 아들을 낳을 것이라고 좋아한다고 이야기한다. 그러자 곁에 있던 영화가 자기도 그런 꿈을 꾸었노라 이야기한다. 상준이는 새해 6월이 되면 형수도 아들을 낳을 것이고 자기 아내도 아들을 낳을 것이라고 생각하며 마당의 눈을 쓴다.

소설은 이렇게 봉건적이고 인색하고 인성이 없는 지주 김상복의 형상을 보여주었을 뿐만 아니라 허씨 댁을 비롯한 소작농들의 가난한 생활상과 봉건전통사상의 질곡에서 고난을 겪고있는 조선족여인들의 비참한 운명을 보여주고 있으며 또 인성 있고 어느 정도 반항정신을 갖고 있는 상준의 형상도 보여주고 있다. 하지만 상준이는 만주국의 관리들은 옛날 관리와 달리 백성들의 상소를 잘 받아주고 해결해준다고 여기는 현세부응의 일면도 갖고 있는 인물로 묘사되어 있다.

이 소설은 전에 발표된 소설과 달리 일본들이 등장되지 않고 있다. 이

창작현상은 ≪신태≫를 이어 조선인생활의 또 다른 한 측면을 보여준 단편소설 ≪고아(孤兒)≫에서도 나타나는데 점차 하나의 경향으로 되기 시작한다. 소설 ≪고아(孤兒)≫는 1939년 4월부터 ≪신천지≫에 세 번(즉 1939년 4월 호, 5월 호, 7월 호에 연재됨)에 나누어 연재되었는데 이마무라 에이지의 대표작의 하나라고 할 수 있다.

소설의 주인공은 박영식(朴英植)이라는 열세 살 나는 소년이다. 그는 늘 아버지를 생각하는 꿈을 꾼다. 그는 다섯 살 때 아버지가 군(軍)에 가던 일을 생생이 기억하고 있었다. 그때 아버지는 아주 엄하고도 자연스러운 모습이었고 어머니는 흐느끼며 울고있었다. 아버지가 가입한 군이란 조선××군 혹은 사회××군이었다. 소설은 필자의 주해형식으로 이렇게 해석하고 있다.

> 사변 전에 만주 각지에는 불령선인들이 한데 뭉쳐있었는데 재만 선농(鮮農, 조선인 농민)들은 그들을 군인이라 불렀다. 한 것은 그들은 조선××군 혹은 사회××군이라는 명의로 선농들의 일년농사수확의 절반을 군자금(軍資金)이라 하여 징수하였기 때문이다. 그리고 그들은 좋은 옷 맛좋은 음식뿐만 아니라 동포부녀들을 범하고 동포남자들의 생명을 벌레처럼 가볍게 취급하였다.[240]

영식이는 꿈에서 늘 아버지의 구원을 받는다. 꿈에 늑대에게 쫓길 때도 아버지가 와서 구해 주군 한다. 그런데 아버지는 한번 떠나가서는 영식이가 열세 살이나 되는 현재까지 집에 돌아오지 않았다. 일곱 살 때의 어느 날 아침 비료를 줍자고 마을에 나왔는데 이웃집 중국인아이가 엄마가 유 촌장 집 머슴의 아이를 임신했다며 골려준다. 놀라기도 하고 의심스럽기도 한 영식은 집에 와서 어머니한테 물어본다. 그러자 어머니는 눈물을 흘리며 중국인아이만 욕한다. 그 이튿날 어머니는 집의 유일한 닭을 잡아 영식에게 먹이고 얼마 후 집에 찾아온 먼 친척 되는 박태수(朴

---

240) 今村榮治 ≪孤兒≫ ≪新天地≫(제19년 제4호) 1939년 4월 p.92에서 인용.

泰洙)라는 큰아버지와 함께 영식을 데리고 유 촌장 집 머슴이 사는 집으로 간다. 그 머슴은 박태수에게 부양비로 돈 백원을 주고 영식이를 데려가게 한다. 그 머슴도 이 돈을 5년간 모은 것이라고 한다. 어머니는 말없이 눈물만 흘린다. 나 어린 영식이는 큰아버지네 집에 와서야 그 영문을 알아차린다. 하여 그는 큰집에서 뛰쳐나와 어머니를 찾아 자기 집으로 돌아온다. 집은 텅 비어 말할 수 없이 스산하였다. 영식이는 울며 어머니를 찾으나 큰아버지네 식구들이 뒤쫓아와 그를 도로 데려간다. 큰아버지네 식구가 자기를 좋아하지 않은 것을 알게 된 그는 더욱 더 어머니가 그리워 어느 날 또다시 자기 집으로 도망쳐온다. 그러나 그를 맞아준 것은 가엾은 고양이뿐이었다. 그는 고양이가 자기와 같은 신세로 느껴지며 고양이를 친구로 삼는다. 그러던 어느 날 그보다 나이를 더 먹은 동네에서 부랑자로 소문난 중국인아이가 나타나 그 고양이는 도적고양이고 영식이는 꼬우리빵즈(高麗棒子, 중국인들이 조선인을 얕잡아 부르는 말)라고 골려준다. 하여 그들 둘은 다투게 되며 중국인아이는 영식이를 때릴 뿐만 아니라 고양이를 메쳐 죽인다. 이에 격분한 영식이는 그 아이의 손을 물어놓는다. 영식이는 죽은 고양이를 슬퍼하며 어머니의 보호를 받지 못하는 것이 한없이 서러워난다. 그는 이 몰인정한 환경에서 사는 것이 더없이 슬펐다. 그는 저도 모르게 절에 가서 엄마가 빨리 집에 돌아오게 해달라고 두 손 모아 신에게 빈다.

영식이가 고아로 된 원인은 주된 원인은 아버지가 군에 간 후 돌아오지 않기 때문이며 다음 원인은 어머니가 가난 때문에 재가하지 않으면 안 되는 상황 때문이었다. 소설에서 작가는 필자의 주해형식으로 아버지가 가입한 군은 동포들에게 해를 끼치는 "불령선인"이라고 해석하고 있어 어느 정도 현세부응의 색채를 보여주고 있다. 하지만 영식이는 아버지가 그를 도와주고 구해주는 꿈을 늘 꾸면서 아버지를 그리워한다. 이는 비록 철부지 어린이의 꿈이라고는 하지만 영식의 아버지는 결코 호적이 아님을 암시하고있다. 또한 생계를 유지하기 힘든 처자를 집에 두고 떠나갈 뿐만 아니라 한번 떠나가면 다시 돌아오지 못하는 "불령선인"들의 형상도 엿볼 수 있다. 이렇게 소설 ≪동행자≫에서 나타났던 "불령선인"은 이 소설에서 보다 구체적으로 묘사되고있으며 이 "불령선인"들은 소설의 어린 주인공의 아버지와 같은 조선인들의 혈육이라는 것을 제시해준다. 이는 작자의 의도가 어떠하든 간에 실제적으로 심각한 의미 내지 주제를 발산시키고 있다. 영식의 아버지와 같은 "불령선인"형상은 조선인문학에서 극히 적게 등장되고 있다. 이는 작가의 남다른 시각을 보여준다고 하겠다.

소설의 주인공 영식이는 철부지 어린이로 무엇 때문에 어머니가 자기를 큰아버지네 집에 보내고 한 머슴에게 재가하는지 모른다. 지어 어머니가 무엇 때문에 눈물을 흘리는 지도 모른다. 그는 언젠가는 어머니가 집에 돌아오리라고 여기며 홀로 옛집에 도망쳐 온다. 그러나 그는 텅 빈 옛집에서 고독과 무서움을 느껴 고양이를 친구로 삼는다. 그는 비록 엄격한 의미에서 고아라고 할 수 없지만 고아의식을 뼈저리게 느낀다. 이런 고아의식은 고독과 방황과 적막과 두려움 등 실의에서 형성되는 심리징후라 하겠다. 소설 ≪동행자≫에서 곤혹을 느끼던 작가의 자아속성 내지 민족정체의식은 소설 ≪고아≫에 와서 아무런 의지할 곳 없고 아무런 희망도 도움도 없는 방황과 절망의 처지에 있는 고아의식으로 나타나면서 작가의 곤혹은 보다 구체화되고 심각해진다. 여기서 일제식민통치로 인한 정치상의 압제, 경제상의 착취, 문화상의 침해, 생활상의 멸시 등으로 하여 살길을 잃고 사처에서 방황하는 전반 조선인의 "고아"적인 상황과 그 의식을 보아낼 수 있다고 하겠다.

하지만 이런 소설창작은 계속하여 진행되지 못하였다. 소설 ≪동행자≫가 발표되면서부터 일본인문인들은 이마무라 에이지를 주목하면서 그를 선계(鮮系)문인의 대표로 내세우기 시작하였다. 하여 그는 현지고찰단의 성원으로 뽑혀 만주 각지를 돌아다니며 "견학"하게 되었고 따라서 국책선양의 작품을 창작하지 않을 수 없게 된다.

그 산물이 바로 희곡 ≪비바람이 지나간 후(風雨ノ가)≫, 소설 ≪출세(出世)≫, 현지답사기 ≪영흥촌의 선농들(榮興村ノ鮮農妤)≫ 등이다.

희곡 ≪비바람이 지나간 후≫는 1939년 4월 ≪선무월보(宣撫月報)≫(4권 4기)에 발표되었는데 국책선양의 작품이다. 이 희곡에는 이태준(李太濬)이라는 조선인, 고진원(高振元)이라는 중국인, 순옥(順玉)이라는 조선인처녀(고진원의 약혼녀), 벙어리 여인(이태준의 원 아내), 고진원의 모친 등이 등장한다. 곳은 러시아국경과 가까이 있는 농촌이다. 이태준과 고진원은 밭에서 담배를 피우며 이야기를 나눈다. 이태준은 밭을 논으로 풀어 벼농사를 하겠다며 고진원의 밭을 논으로 풀게 빌려주면 가을에 3분의 1의 소작을 주겠다고 한다. 고진원이 이씨의 부친이 벼농사를 지으면 우에서 몽땅 거두어가기에 벼농사를 짓지 않는다고 결심하지 않았냐고 묻자 이씨는 그건 오래 전의 일이고 지금 만주국이 세워져서 벼농사를 하여 이밥을 먹을 수 있을 뿐만 아니라 나머지는 팔아 땅도 살수 있게 되었기 때문이라고 한다. 그러자 고씨는 자기도 벼농사를 하겠다고 나선다. 이때 순옥이가 와서 고씨네 집에 있는 괴물 같은 여인을 내쫓지 않으면 결혼하지 않겠다며 고씨와 다투고 간다. 이씨가 웬일인가고 묻자 고씨는 촌장이 국적이 분명하지 않는 여인을 자기에게 맡기었는데 그녀는 러시아에서 도망쳐온 벙어리이기에 불쌍하여 자기 집에 잠시 데려다 놓고 있다는 것이다. 이씨는 벙어리여인이라는 말에 놀라며 나이가 얼마쯤 되는 가고 묻는다. 25살쯤 된다고 하자 이씨는 귀 끝이 끊어진 여자가 아닌 가고 묻는다. 고씨는 그녀가 임신하였는데 당장 해산할 것이라 이야기한다. 그러자 이씨는 더욱 놀라며 고씨네 집에 가보자고 한다. 고씨는 집에 와서 모친에게 순옥이와 결혼하지 않고 그 국적불명의 여인과 결혼하겠다고 한다. 그는 그녀가 너무 불쌍하기에 그녀와 결혼하려고 결심했다고 이야기한다. 문밖에서 이 말을 들은 순옥이는 눈물을 흘린다. 이때 이씨가 고씨네 집에 오며 고씨에게 그녀가 가능하게 자기의 원 아내일 것이라고 이야기한다. 원래 이씨는 아무 것도 모르고 일만 할 줄밖에 모르는 "불령선인"이었고 그녀는 그때 17세였는데 일하지 않는 남자와는 결혼하지 않겠다며 귀 끝을 잘라버리고 이씨와 함께 살게 되었다. 그런데 이윽고 일본군대 때문에 그들 "불령선인"들은 이곳에서 살수 없게 되어 러시아로 가게 되었다. 러시아는 공산주의사회로서 가난한 사람들이 함께 잘 산고 하였는데 정작 가보니 일만 하고 배불리 먹을 수 없으며 재산을 갖지 못하기에 만주시대만 못함을 알게 되었단다. 하여 아내는 고향에 돌아가겠다는 말만 하다가 벙어리로 되고 이씨는 기회를 타서 만주국으로 도망쳐왔다는 것이다. 만주에 와보니 이곳 백성들은 일을 한만큼 가질 수 있는데 촌장한테서 듣건대 이는 왕도(王道)덕분이라고 한다. 이때 집안에서 아이의 울음소리가 들리자 이씨는 깜짝 놀란다. 그는 집안에 들어가 그 여인이 확실히 자기의 원 아내인 것을 보고 그녀를 안으며 이는 다 자기가 죄를 지은 탓이라고 한다. 아내가 아이를 가리키자 그는 아이에게서 공산주의악마의 피가 흐른다며 악마의 아이라고 저주한다. 그러자 고씨는 아이한테 죄가 없다고 타이르며 순옥이와 고씨는 결혼할 것을 약속한다.

 이렇게 이 희곡은 만주국 국책을 선양하면서 공산주의사회 러시아를 조소하기까지 한다. 즉 만주국에서는 백성들은 일하면 일한 만큼 얻을 수 있지만 러시아는 일만 시킬 뿐 먹을 것마저 주지 않는 악마의 사회라는 것이다. 이 작품은 전적으로 국책선양작품이다. 하지만 이 작품을 총체적으로 깊이 분석해보면 작가의 기타 작품들과 다른 특징을 보아낼 수 있다. 작가의 기타 작품은 일관적으로 현실생활의 세부적인 진실성을 기하고 있고 주인공들의 체험적인 심리활동이 비교적 세부적으로 묘사되어 있지만 이 희곡작품은 국책선양에 따른 허구적이고 관념적인 색채가 짙다. 즉 작가의 생활적이고 세부적이고 심리적인 작품이 아니라 시책에 따르는 형식적이고 실감 없는 작품이라 보게 된다. 당시 문화단체와 식민문화통치기구에서는 문인들에게 국책선양의 선동작용이 큰 희곡작품과 보고문학작품을 창작할 것을 강요하였다. ≪비바람이 지난 후≫는 문체상에서도 이런 시책에 따르는 특징을 보이고 있다.

1939년 12월 이마무라 에이지는 국책선양의 소설 ≪출세(出世)≫(≪선무월보≫ 4권 11호)를 발표한다. 소설의 주인공 "나"는 병사 20명을 거느리는 만주국군대의 상관(上官)으로 사람들이 출세했다고 부러워한다. "나"가 지금 위대하고 훌륭한 군인이 되어 출세하게 된 것은 노류(老劉)의 덕분이다. 어느 날 "나"의 옷가게에 만주국 군인들이 쳐들어와 마적을 잡는다고 하면서 "나"를 붙잡는다. 그중 한 군인이 원래 "나"의 집의 하인이었던 노류었는데 그가 "나"를 알아보고 보증을 서서구해준다. "나"는 그에게 감사를 드리러 갔다가 만주국 군인들은 모두 위대하고 훌륭하며 국민 한 사람이라도 군대에 가입하면 그만큼 나라가 강해진다는 것을 알게 되어 "나"도 만주국 군인이 되겠다고 결심한다. "나"는 만주국을 강하게 하고 "왕도낙토"를 실현하기 위해 유쾌하게 군에 가입하며 지금 남들의 존경을 받는 군관이 되어 출세하였다는 것이다.

이 소설 역시 국책을 선양하는 작품으로 현실생활의 세부적인 진실성이 전혀 보이지 않고 주인공의 신분도 똑똑히 교대되지 않아 어느 민족인 것조차 알리지 않는데 이는 작가의 기왕의 작품과 다른 특징이 아닐 수 없다. 작가의 기본창작특징을 벗어난 현실을 이탈한 시책선양의 메가폰 식 작품이라 보게 된다.

이마무라 에이지는 1939년을 중심으로 이런 유형의 작품을 대체로 4-5편 정도 창작한 것으로 추정된다. 지금까지 알고 있는 작품은 상술한 두 작품 외에 제목만 알고있는 희곡≪동옥(凍屋)≫(≪凍土≫)이 있는데 이 작품의 발표시간은 알 수 없지만 장르가 희곡인 것으로 미루어 보아 이 유형에 속할 것이라 추정하고 있을 뿐이다. 작가는 이런 몇 편의 작품을 발표한 후 그만 창작활동을 멈춘다. 이에 대해 당시 일본인문인 야마모도 겐다로우의 문장을 통해 어느 정도 실증해볼 수 있다.

국어문학(일본어로 쓴 문학 - 필자 주)은 이미 몇 년 전부터 발표되기 시작하였다. 아마 조선에서보다 앞선 것이 아닌가 싶다. 금촌영치는 그 점에서 많은 공적을 남겼다고 할 수 있다. 씨는 현재 거의 창작의 붓을 들지 않고 있지만 몇 년 전에 발표한 <동행자>는 상당한 문제작으로서 평판도 좋았다. 삼사 십 매 분량의 단편이지만 꽤 깊은 시사를 가진 작품이었다고 생각된다.241)

금촌영치는 신경일일신문의 단편모집을 통해 등단한 뒤 신경문예집단의 동인으로 활약하기도 하였다. 지금도 건재하고 있으며 조선문인보국회에는 만주를 대표하여 고정(古丁)과 함께 다녀온바 있다. 그는 만주의 장혁주라고 할만한 존재지만 웬일인지 요사이에는 통 작품을 쓰지 않고 있다.242)

여기서 이마무라 에이지가 1940년대 초부터 작품을 쓰지 않은 것은 확실한 사실이라고 확인할 수 있다. 하다면 무엇 때문에 일본인문단의 주목을 받아오면서 만주의 장혁주라는 평판까지 듣던 그가 바야흐로 자기의 문학재능을 과시할 시기에 그만 문학창작활동을 중지하게 되었는가. 자료의 부족으로 그 확실한 원인은 지금까지 딱히 알 수 없지만 여기서는 상기한 그의 문학활동궤적을 통해 그 원인을 추정해본다. 그는 문학창작초기에는 대체로 보편적인 문학제재인 남녀간의 사랑제재를 다룬 일련의 소설들을 창작하는 한편 문학초지와 생활잡사를 다룬 수필을 창작한다. 그러다가 민족신분문제를 의식하면서 그 고민과 방황의 내심세계를 보여준 소설들을 창작하며 이때부터 그의 문학재능이 선명하게 나타난다. 이는 그가 갖은 고난을 박차고 집요하게 문학초지를 추구한 것과 갈라놓을 수 없다. 이런 소설들은 모두 조선인현실생활과 곤혹을 여러 측면을 진실성 있게 묘사하고 있다. 이런 작품들은 높은 예술성을 보여주어 일본인문인들의 주목을 끌게 되며 조선인대표문인으로 인정된다.

---

241) 山本謙太郎 ≪만주에 있어서의 반도인예문(半島人藝文)의 동향≫(≪國民文學≫, 1944년 6월) - ≪대륙문학 다시 읽는다≫(김렬규, 허세욱, 오양호, 채훈 지음) 대륙연구소 출판부, 1992년 8월, p.304에서 재인용.

242) 山本謙太郎 ≪在滿鮮系藝文界의 昨今≫(≪國民文學≫ 1945년 2월) - 동상서 p.305에서 재인용.

하여 그는 당시의 일본인문학단체와 문화통치기구의 지목을 받아 현지고찰단의 성원이 되어 만주 각지의 현세를 견학하게 되며 국책선양의 작품들을 창작하게 된다. 그런데 이런 국책선양의 작품은 무엇보다도 먼저 문학성이 미약하거나 상실된 것으로 진정한 문학을 추구하는 문학가들에게 있어서는 문학초지와 멀리 떨어졌거나 어긋나는 것이 아닐 수 없었다. 이마무라 에이지는 이때 일본인들한테서 만주의 장혁주라고 할만큼 그 문학적 위치를 갖게 되었지만 그들이 요구하는 작품은 현실을 이탈한 현세부응의 메가폰 식 작품이었다. 희곡 ≪비바람이 지난 후≫ 등과 같은 작품은 적어도 그가 일관적으로 추구해온 문학창작특징 - 현실생활의 진실성과 세부를 추구하는 특징과 전혀 다른 작품임을 의식하지 않을 수 없게 된다. 이는 사상성은 잠시 제쳐놓고 문학적으로 보더라도 그의 문학초지와 어긋나는 일이 아닐 수 없다. 즉 그는 이 시기에 와서 자신의 문학초지가 변이 되었음을 의식하게 되었고 이런 의식은 그로 하여금 자신의 문학창작활동을 검토해보게 하였을 것이다. 또한 자신이 일본인들의 중심문학에 접근할수록 곤혹을 느껴오던 자아속성문제에서 자신이 더욱더 자아속성을 잃어가고 있음을 느끼지 않을 수 없게 되었을 것이다. 그 검토를 거쳐 "중심문학"과의 거래를 단절하고 아예 필을 놓게 되었다고 하겠다. 작가가 창작왕성기에 창작활동을 멈춘다는 것은 웬만한 원인이나 고민이 없이는 결단을 내리기 어려운 일이라 하겠다. 순수한 문학초지를 변이 시키는 식민지문학창작환경이 그로 하여금 필을 놓지 않을 수 없게 한 주요한 원인이라고 확인해볼 수 있다.

　한가지 간과할 수 없는 것은 당시 적지 않은 조선인문인들이 필을 놓았다는 것이다.

　　조선문단의 기숙(耆宿)이며 그 공로를 중국의 노신과 가히 비할 수 있는 염상섭씨는 일찍 절필하고 글을 쓰지 않았으며 과거의 중견작가 김영인씨도 근래에는 침묵해졌다. 비록 이 두 사람은 모두 아직 건재해 있지만.

> 다음 시단에서 예 하면 여수, 박팔양, 백석, 유치원, 김조규 등
> 모두 과거에 시집을 펴낸 중견시인들이 현재 거의 모두가 쓰지 않
> 고 있다.243)

여기서 우리는 이마무라 에이지가 비록 일본어로 창작하였지만 그의 창작환경과 문학의식 내지 민족의식은 조선어로 창작한 조선인문인들과 공동한 특징을 갖고 있다는 것을 보아낼 수 있다. 즉 그도 에누리없는 조선인작가라는 것을 확인해보게 된다.

이밖에 이마무라 에이지는 1943년경에 와서 두세 편 정도의 수필을 발표하는데 지금 볼 수 있는 수필 ≪영홍촌의 조선농민들(榮興村ノ鮮農ㄅ升)≫(≪藝文≫ 1943년 6월)에서는 작가가 요하류역(遼河流域)의 반산지방(盤山地方)에 자리잡은 영홍촌을 방문한 과정을 쓰고 있다. 이 수필에 일본인 간부가 이 촌의 발전을 지도하는 이야기와 일제의 이주정책 등 이야기가 나오면서 의연히 현세부응의 색채가 있지만 조선인이주민들의 이주과정과 수전개발, 수리건설, 농무계(農務稧)로부터 나온 농무연합회 등 일부 조선농민들의 생활상도 어느 정도 진실하게 보여주고 있다. 현세부응의 수필이기는 하지만 희곡 ≪비바람이 지난 후≫와 크게 다르다고 할 수 있을 정도로 그 색채가 많이 바래져 있다. 여기서 작가가 그 동안 필을 놓은 원인을 어느 정도 추리해볼 수 있겠다고 해도 무리가 아닐 것 같다.

요컨대 이마무라 에이지는 위만주국시기 일본인문단에서 조선인 작가의 독특한 시각과 의식으로 조선인생활의 여러 측면을 현실적으로 보여주었고 일본문으로 창작하는 한 조선인작가의 문학세계와 내심세계 내지는 민족신분의식으로 인한 고민과 방황과 곤혹 등 특수한 민족심리상태와 고아의식을 비교적 남다르게 진실하게 보여준 민족작가라고 하겠다. 그는 당시의 사회정치문화환경과 자신의 특수한 생존경력에서 일부 현실부응의 작품을 창작하여 그 문학초지의 변이를 보여주기도 하였다. 이는

---

243) 각주 80과 같은 문장 p.93에서 재인용.

특수한 생존환경에서 나타난 작가심리상태의 모순성과 변이성은 작가들의 문학창작에 직접적인 영향을 주며 나아가 각종 문학현상의 변화를 일으킨다는 문학발전의 한 특징을 제시해준다.

이마무라 에이지는 위만주국시기 비교적 특수하고 복잡한 상황을 보여주는 조선인문학의 한 독특한 민족작가인 만큼 그 복잡한 상황에서의 진실을 파악하고 올바른 평가를 내리기 위한 연구가 계속 진행되어야 할 것이다.

2. 고정의 문학초지와 그 변이양상

고정(1909년-1964년)은 원명이 서장길(徐長吉)이며 필명으로 고정, 사지자(史之子) 등이 있다. 장춘의 일본공학당(日本公學堂)과 봉천의 남만중학당을 졸업하고 북경대학 중국문학학부에 입학하여 공부하면서 북경 좌익작가연맹에 가입하였다가 이 조직이 파괴되자 1933년에 신경에 돌아와 위만주국 국무원 법제국 통계처에서 사무관으로 된다.

1935년 봉천에서 간행된 ≪신청년≫ 반월간에 작품을 발표하면서부터 문단에 등단하여 1936년 사지자라는 필명으로 ≪문단한담(閑話文壇)≫ 등 잡문을 써 당시 문단의 폐단을 비판하며 1937년 잡문 ≪대작가를 논함(大作家隨話)≫를 발표하면서 문단의 주목을 끌게 된다. 그는 이 글에서 노신 같은 대작가가 되자면 우선 노신 같은 대전사가 되여야 하며 다음 노신 같은 작가가 생존할 수 있는 생존환경이 있어야 한다고 하였다. 다시 말하면 위만주국에서 노신 같은 작가가 나타나자면 위만주국정부를 용납하지 않는 대전사가 되여야 하고, 위만주국에서는 ≪사원(辭源)≫을 사도 죄가 되며 웃는 얼굴만 요구하고 우는 얼굴을 보이지 못하며 찬성만 하고 탄식하지 못하는 환경이기에 대작가가 산생될 수 없다는 것이다. 그러면서 그는 적막에서 뛰쳐나와 황막한 벌판으로 달려나가 벙어리와 귀머거리를 구해야 한다고 문단에 호소한다. 보다시피 이시기 그의 잡문은 노신의 잡문과 비슷한 특징이 보이고 있다. 1937년 3월 그는 공학당에 다닐 때의 선생이었던 일본인 이니가와 아사니로(稻川朝二路)의 도움을 받아 잡지 ≪명명≫을 창간한다. ≪명명≫은 처음에는 종합지였지만 적지 않은 편 폭으로 문예작품을 발표하다가 제6기부터는 순 문예지로 되어 당시 신문잡지가 대량 폐간된 상황에서 중국인문단에 새로운 문학 발표지를 개척해놓았다. 산정이 ≪명명≫(1권 5기, 1937년 7월)에 "만주에서 수요하는 것은 향토문예이며 향토문예는 사실주의적이다."는 문학주장을 내놓자 고정은 "문학은 그렇게 편협한 것이지 않아야 한다. 나는 문학을 한 작은 천지에 국한시키는 것을 주장하지 않는다."[244] "요컨대 문인은 다소라도 절조(節操)를 지켜야 하며 또한 각자가 자기의 문학의 길을 독자적으로 개척해도 무방하다고 생각한다. 문학은 결국 정치가 아닌 만큼 일색으로 만들려고 하면 문단은 위축되고 말 것이다."[245]는 주장을 내놓으며 나아가 "사인주의(寫印主義)", "방향없는 방향"을 주장하여 "향토문학"과 논쟁을 벌인다. 1938년 5월 그는 기시마 노리아끼(城島舟祀) 등 일본인들의 도움을 받아 성도문고를 간행하기 시작하였는데 이 문고의 첫 작품이자 그의 첫 소설집인 ≪힘찬 날음(奮飛)≫을 출판하며 7월 그의 잡문집 ≪일지반해집(一知半解集)≫(만주월간사)을 출판한다. 이때로부터 고정은 문학작품 창작에서 뿐만 아니라 중국인문학진지를 개척하는 데서도 적극 활약하면서 중국인문단의 대표적 작가의 한사람으로 부상되기 시작한다. 1938년 9월 ≪명명≫이 폐간되자 1939년 6월 기시마 노리아끼(城島舟祀), 후기무라 유우조우(杉村勇造)[246], 오오우찌 다까오 등의 도움으로 예문지사무회(藝文志事務會)를 조직하고 대형문예지 ≪예문지≫를 간행하면서 계속하여 "사인주의" 창작원칙을 주장하면서 예문지파의 대표적 작가로 된다.

---

244) 고정(史之子) ≪생각나는 대로(偶感偶記并餘談)≫ ≪新靑年≫ 1937년 10월 30일.
245) 고정 ≪설몽(說夢)≫ ≪명명≫(2권 4기) 1937년 12월, 李春燕 편 ≪古丁作品選≫ 春風文藝出版社 1995年 6月, p.71에서 인용.
246) 杉村勇造滿日文化協會主事.

1939년 9월 15일 ≪滿人作家小說集·原野≫, 1940년에 장편소설 ≪평사≫가 일본어로 번역 출판되면서 그는 일본인 문인들에게 중국인문학의 제1인자로 주목되어 점차 각종 문학활동에 참가하게 된다. 1940년 2월 그는 일만련의사자(日滿聯義使者)라는 신분으로 일본 황기(皇紀) 2600년 기념에 참가하여 일본을 방문하며 1940년 문화회가 재조직될 때 문예부 위원이 되고 1941년 문예가협회가 발기될 때 본부위원이 되며 1943년 문예가협회가 재조직될 때 심사 제2부(중국어부) 위원, 대동아연락부 부장으로 된다. 그는 1942년부터 3차례 열린 대동아문학자대회에 만주국 대표로 참가하며 대회발언을 하게 된다.

1938년 중편소설 ≪원야≫가 ≪성경(盛京)문학상≫을, 1940년 장편소설 ≪평사≫가 민생부대신문학상(民生部大臣文學賞)을 수여 받는다. 이런 문학상은 일제의 문화회유정책의 요소도 내포되어 있다. 고정은 이런 각종 문학활동에서 문학창작은 근면하게 노력만 하면 수확을 얻을 수 있기에 "주의(主義)"나 "방향"같은 담론할 필요가 없다고 여기면서 직업작가의 꿈까지 꾸게 된다.(당시 위만주국에는 일본인문인을 포함하여 직업작가가 한 사람도 없었다.)

1941년 고정은 통계처 사무관직을 사직하고 예문서방(藝文書房, 서점 겸 출판사)을 꾸리고 일본인을 포함한 가히 이용할 수 있는 관계나 힘을 적극 이용하여 예문지파 동인들의 문학작품총서 ≪낙타문학총서≫를 비롯한 각종 도서를 출판하여 중국인문단에 비교적 큰 반향을 불러일으킨다. 고정이 정부관원직무를 사직하고 전문 문학활동에 투신한 원인은 여러 가지일수 있지만 그중 가장 중요한 원인은 바로 그의 순수한 문학초지라고 할 수 있겠다.

고정은 문학창작초기부터 개성적인 자기의 문학관을 형성하였다.

> 문학은 곧 생명의 연소이다.
> 작가가 자기의 생명을 작품에 연소하지 않으면 그 작품은 기세

와 맥박이 없게 된다. 생명은 영혼과 육체를 포함한다. 작가는 반드
시 자기의 영혼과 육체를 모두 문자를 통해 써내야 영혼과 육체가
있는 작품을 창작할 수 있다.

　문법가와 문장가는 모두가 문학가일수 없다. 문학가는 전도자이
다.

　문학가는 시를 통해 전도한다.…시 혼이 없는 작품은 문자유희
이다.

　…문학은 시로 쓴 철학이라 할 수 있다.[247]

　시인은 일대(一代)의 고뇌의 대변인(代言人)이다. 시인이 그 일대
의 고뇌를 대변할 수 없으면 그 시인에게는 시가 없게 된다. …
　시인은 생명을 연소할 것이며 한 글자 한 구절은 모두 그의 맥
박으로 될 것이다. 시인과 그의 시는 거리가 없어야 하는데 현미경
의 거리도 있어서는 안 된다.[248]

이렇게 고정은 순문학을 주장, 추구하면서 구체적인 창작활동을 적극
적으로 진행하였을 뿐만 아니라 문학가는 오색 영롱한 환경에 유혹되지
않기 위해 군센 의지가 있어야 한다고 주장하면서 일제의 회유정책과 동
화정책에 굴하지 않고 민족성을 견지하기 위해 진력하였다.

1940년 7월 일본문화인 오사미 가시(淺見淵)는 고정을 만나본 후 그 인
상을 이렇게 썼다.

　"고정 씨는 일본어로 소설을 쓸 생각은 없는 가요."하고 내가 묻
자
　"쓰자면 쓸 수 없는 것은 아니지만 일본어로는 도무지 중국어가
갖고있는 뉴앙스(神韻)를 표현할 수 없습니다." 하고 고정은 엄숙한
표정을 지었다. "소감이나 수필 같은 것은 경우에 따라 쓸 수 있지
만 소설만은 절대 일본어로 쓰지 않을 생각입니다."[249]

---

247) 古丁 ≪譚≫ 藝文書房 1942年 11月 20日, 李春燕 編 ≪古丁作品選≫ 春風文藝出
　　版社 1995年 6月 pp.85-87에서 인용.
248) 동상서 p.116에서 인용.

사실 고정은 일본어 수준이 높았지만 시종 모어 - 중국어로 창작할 것을 주장하고 창작실천에서 이를 견지하였다. 이는 이민족의 통치와 그 동화정책을 거부하는 냉철한 민족의식의 표현이 아닐 수 없다.

고정의 이런 문학초지는 구체적인 문학창작에서 충분히 표현되었다. 잡문집 ≪일지반해집≫의 잡문들은 필치가 예리하고 현실과 인생을 직시하는 담양과 용기가 뚜렷하게 보인다. 그의 첫 소설집 ≪힘찬 날음≫은 우선 사회최하층인물들의 비참한 운명을 비통한 정서로 진실하게 묘사하여 사회계급모순을 고발하였다. 그가 동북에서 창작한 첫 소설로 되는 ≪유리잎(玻璃葉)≫에서는 곽가욕(霍家峪)이라는 유구한 잠업(蠶業)역사를 갖고있는 촌락이 인조견사의 충격으로 누에고치 값이 폭락하여 파산되는 비참한 사회비극을 쓰고 있다. 소설에서 곽이호(霍二虎)는 부모와 아들이 모두 굶어죽자 방법이 없어 아내를 남의 첩으로 보내고 도시로 빌어먹으러 떠난다. 소설 ≪작은 골목(小巷)≫도 최하층빈민들의 비참한 운명을 보여주고 있다. 성병과 마약으로 폐인이 다 된 금화라는 창녀가 곤경에서 벗어나려고 골목에 나가 손님을 찾으나 한사람도 걸려들지 않으며 남편은 그녀가 돈을 벌지 못하자 도적질에 나선다. 남편을 밤새 기다려도 종무소식이자 그녀는 또다시 골목에 나가 손님을 찾으나 손님은커녕 그 자신이 도리어 굶주림과 병마로 길가에 쓸어져버린다. 하지만 그 누구도 거들떠보지 않는다. 이 소설은 1941년 이육사에 의해 조선문으로 번역되어 ≪조광(朝光)≫(1941년 6월)에 발표되기까지 한다. 이 소설이 보여준 중국인들의 비참한 생활상은 조선인들의 생활상과 공명을 일으켰기 때문이다. 다음 이 소설집은 ≪길생(吉生)≫, ≪가죽상자(皮箱)≫ 등 소설들을 통해 당시 사회상황에서 "날려 하면서도 날지 못하는" 하층 인텔리들의 고민, 방황, 연약성 등 모순되는 심리상태를 진실하게 묘사하면서 그 사회문제를 고발하였다.

이처럼 고정은 문학창작초기에 예리한 필치로 비참한 사회현실을 진실

---

249) 淺見淵 著 ≪滿洲文化記≫ 軍援産業株式會社 康德十年 十月 p.171에서 인용.

하게 묘사하면서 문이재도의 특징을 선명히 보여주다가 1940년부터는
《평사》를 비롯하여 당시 현실생활제재를 어느 정도 회피한 낡은 가족
제도를 비판 폭로하는 작품을 창작하기 시작하면서 점차 그 예리한 문학
주장과 시야가 위축된다. 그의 마지막 단편소설집 《죽림(竹林)》(만일문화
협회, 1942년)은 여러 가지 필법으로 역사상의 죽림7현의 입세(入世)와 출세
(出世)를 둘러싸고 진행된 복잡한 심리상태를 해부하면서 현실생활가운데
의 작가의 복잡하고 고뇌에 빠진 심리상태를 보여주었다. 이 시기 고정
은 비록 관직을 사직하고 예문서방을 꾸리면서 순문학활동에 종사하였지
만 일본인과 제일 잘 합작하는 중국인문학대표로 각종 사회문학활동에
참가하여야 하였고 그 활동에서 현세부응의 언행을 보여주지 않으면 안
되었다. 한가지 언어를 사용한다는 것은 그 언어문화를 수용함을 의미한
다고 그의 일부 작품들도 현세부응색채를 띠지 않을 수 없게 된다. 그는
대동아문학자대회에 참가하여 만주국의 중국인대표로 되어 "만주국의 문
학가는 응당 일본의 창건정신인 8굉일우(八紘一宇)에 근거한 근로정신을
구비하여 전쟁의 승리를 위해 봉사해야 한다."고250) 발언하며 또 시책에
따라 "신의 나라 일본은 대동아의 구성 / 동방은 여명이 온다 /…/ 일만화
(日滿華)는 반석 같은 진영을 구축하여 / 영미를 격멸하자, 영미를 격멸하
자."는251) 현세부응의 시와 같은 친일경향의 문학작품을 창작, 발표하기
도 한다. 고정은 문학초지의 실현을 위해 일본인과 거래하며 도움을 받
았으나 의식무의식간에 점차 시책에 부응하지 않을 수 없게 되어 그 문
학초지는 변이를 보이기 시작하였다. 이를 감각하여서부터 고정은 고민
과 방황, 모순에 빠지게 되며 작품창작에서 민족양심도 잃지 않고 시국
에도 어긋나지 않으려는 조심성을 보인다. 그는 한동안의 침묵을 거쳐
이 시기의 심리상태를 보여주는 장편소설 《신생(新生)》(《예문지》 제4기

---

250) 이는 고정이 제2차 대동아문학자대회에서 한 발언의 한부분이다. 각주 221과 같
　　은 책 pp.70-71 참조.
251) 古丁 《擊滅而後已》 《盛京時報》 1943년 6월 13일자에서 인용.

1944년 2월)을 발표한다.

이 소설은 1940년 가을 신경에서 흑사병이 유행될 때 고정이 살고있는데 주택구역이 격리구역으로 되어 한동안 격리생활을 한 경력에 의해 창작한 소설이다. 소설의 주인고 "나"는 가족과 함께 교외의 격리병원에 격리되어 한동안 특수한 격리생활을 하면서 보고 느낀 것을 신문기사수법으로 쓰고 있다. 소설은 우선 중국인들과 일본인들이 각기 달리 소조를 나누어 삼 등 선창(三等船艙)같은 병실에서 집단생활을 하면서 보여주는 불안한 생활상황을 묘사하고있는데 여기서 당시의 불안한 시국을 엿볼 수 있다. 다음 소설은 집단생활에서 보여준 일부 중국인들의 문화자질의 차이를 묘사하면서 계몽의 필요성과 문학작용의 제한성을 느끼는 작자의 심리상태를 쓰고 있다. 소설에서 일부 중국인들은 흑사병이 미소한 세균으로 전파된다는 상식을 모르고 격리생활을 몰이해 한다 거나 식사시간에 질서 없이 마구 몰려들며 혼란상을 일으킨다거나 자리를 서로 빼앗느라 다투는 등 여러 가지 현상을 쓰면서 문명의 결핍성과 그 계몽의 필요성을 보여주었다. 작가는 여기서 또 이런 현상과 대비되는 일본인들의 질서와 문명의식에 대해 "우리는 부득불 그들의 질서에 탄복하지 않을 수 없다."고252) 한다. 그러면서 "나"는 민중에 대한 계몽사업이 부족한 점을 깊이 느끼는 한편 또 문학에 대해 이렇게 생각한다. ≪"……나는 문학의 힘이 미약함을 느낀다. 적어도 문학의 힘은 직접적이지 못하다는 것을 느낀다. 혹시 문학이 바로 이런 것이라 해도 괜찮겠다. 동시에 문학인의 존재의의가 희박함을 느낀다."253) 하지만 "나"는 의연히 문학에 집착한다. "나"는 문학동인들과 서신으로 정신교류를 진행하면서 하루를 살면 하루해야 할 일은 바로 잡지를 편집하고 작품을 쓰는 것이라고 절실히 느낀다. 여기서 작가의 집요한 문학추구를 엿볼 수 있다.

이밖에 소설의 주인공 "나"는 병원에서 일본인과 내왕하면서 함께 생

---

252) 古丁 ≪新生≫ ≪藝文志≫ 1권 4기 1944년 2월 1일 p.157 참조.
253) 동상서 p.203 참조.

명의 위험에 봉착하였을 때 서로 이해하고 도와주어야 한다고 느끼며 이 번 이 흑사병은 일본인과 중국인들이 서로 이해하고 도와주는 가운데서 퇴치할 수 있었다는 느낀다. 하여 후일에 일부 학자와 평론가들은 이 소 설을 "민족협화"의 친일경향을 보여준 친일경향 작품으로 취급하여 지금 도 논쟁 있는 작품으로 되고 있다.

소설은 나중에 "나는 한번 죽었다고 할 수 있다. 하지만 나는 또다시 살아났다. 나는 꼭 이번의 경험을 귀중히 여기고 나의 신생을 귀중히 하 기에 노력하겠다."고 쓰면서 끝난다. 여기서 작가가 문학초지의 변이와 사회생활의 일부 본의 아닌 변이를 감각하고 고민과 방황, 곤혹에서 헤 매다가 다시 새롭게 출발하려는 심리상태를 보여주었다고 보아도 무리는 아닐 것이다. 이 소설은 그의 복잡한 창작심리상태와 마찬가지로 다층구 조로 다의적인 발산적 의미를 보여주고 있다.

고정은 시종 위만주국의 현실에 입각하여 자기의 독특한 문학관으로 문학창작활동에 종사하면서 많은 사실주의작품을 창작하였을 뿐만 아니 라 각종 요소를 동원하여 예문지파를 비롯한 당시 중국인문인들에게 넓 은 문학발표무대를 만들어주어 위만주국시기 중국인문학의 발전에 적지 않은 공헌을 한 대표적인 민족작가의 한사람이다. 물론 일부 현세부응 혹은 친일경향의 언행과 작품이 있지만 이는 일제식민통치의 회유정책과 고압정책에 의해 나타난 고정의 창작심리상태의 일정한 모순성과 변이성 의 반영이라 하겠다.

상기한 이마무라 에이지와 고정의 문학초지와 그 변이양상을 통해 우 리는 위만주국이라는 이 특수하고 복잡한 사회환경에서의 피식민 민족작 가들의 문학창작과정은 굴곡적이고 험난하며 그 심리상태 또한 기복을 이루면서 다면성을 띠어 그 작품들은 흔히 다층구조와 다의성을 띠게 된 다는 것을 확인해보게 된다.

또한 식민문학장에서 피식민 민족문학은 그 종속적인 변두리위치로 하 여 식민문학(중심문학)과 일부 의뢰관계를 갖지 않을 수 없게 되며 식민문학이 갖은 수단을 다하여 피식민 민족문학을 통제, 압제하여도 피식민 민족문학의 자주성과 저항성은 막지 못한다는 하나의 문학법칙도 도출해 내게 된다.

제 5 장 암울한 현실에 대한 폭로와 부정의 심미치환궤적

— 조선인시문학과 중국인시문학의 주요특징 비교 —

"위만주국시기 일제의 식민전제통치라는 특수한 사회정치환경에서 겪는 고통스러운 삶의 체험과 사회심리는 조선인시인과 중국인시인들로 하여금 심각하고 복잡하고 다양한 사상의식과 정서를 갖게 하였지만 이런 사상의식과 정서 특히 현세에 대응하는 사상의식과 정서는 직접적으로 표현할 수 없었다. 하여 조선인시인들과 중국인시인들은 시라는 특수한 표현방식을 이용하여 이런 사상의식과 정서 특히 암울한 현실에 대한 폭로와 부정의 사상의식과 정서를 심미적으로 치환하여 표현하였다.

제 1 절 공동한 이미지와 그 주제의식

주지하다시피 시는 그 내재적 특징에 의해 이미지, 의경, 상징, 은유 등을 그 표현형태로 하게 된다.

이미지는 시인의 마음과 물질세계가 서로 융합된 산물 다시 말하면 시인의 주관적인 ≪의미(意)≫와 감각적인 ≪상(象)≫이 융합된 산물이며 시의 텍스트의의는 이미지의 창조를 통해 전달된다. 시에서 ≪상≫은 ≪의미(意)≫의 매개물이고 ≪의미(意)≫가 주도적인 작용을 하며 이 주도적인 작용은 시 이미지로 하여금 은밀하게 혹은 선명하게 시적 자아(我)의 색채를 띠게 한다. 부동한 시대의 생활과 실천이 부동하고 또 이로 하여 생긴 생활의 체험과 인식이 부동해지기에 부동한 시대의 이미지가 창조한 특징도 부동하게 된다. 즉 매 시대마다 자기 시대의 특유한 문학이미지를 형성하게 된다.254)

한편의 시에는 하나의 이미지 혹은 여러 개의 이미지가 있게 되며 이런 이미지는 시적인 정서를 유발하고 주제 또는 주제의식을 암시하고 시적 상상력의 맥락을 유기적으로 결합시킨다. 하여 이미지는 시적 의미나 짜임에 있어서 주요한 요소로 된다고 할 수 있다.255)

조선인시인과 중국인시인들은 피 지배적 지위로 하여 시인들의 감정정서를 진실하게 토로할 수 없는 상황에서 일제의 식민통치하에 겪고있는 시인과 민족의 생활감수를 심미적으로 치환하였는데 그 심미치환과정에 적지 않은 공동한 이미지들을 창조하게 되었다. 이런 이미지들은 또한 공동한 주제의식을 보여주고 있다.

1. 옛 고향이미지와 옛 성 이미지 및 그 주제의식

조선인시문학은 주로 발표지의 결핍과 대부분이 시인들은 신진시인들이고 또 시문학이 사상정서 표현에서 일제의 엄혹한 전제통제를 당한 등 여러 가지 객관적 원인으로 하여 활발한 발전을 가져오지 못하였다고 하겠다. 개인시집은 한 권도 출판되지 못하였고 합동시집 ≪재만시인집≫(第一協和俱樂部文化部 발행 1942년 9월 29일)과 ≪재만조선인시집≫(間島省 延吉

---

254) 王耀輝 著 ≪文本解讀≫ 華中師範大學出版社 2000年 8月, pp.23-24 참조.
255) 조규익 ≪해방전 만주지역의 우리 시인들의 시문학≫, 국학자료원, 1996년 9월, pp.93-94 참조.

街 (株) 藝文堂 발행 1942년 10월 10일) 등 2권이 출판되었을 뿐이다. 물론 윤동주나 심연수 같은 시인들은 수십 수에 달하는 민족 저항시를 창작하고 개인시집을 출판하려 하였지만 경제, 정치 등 원인으로 말미암아 끝내 햇볕을 보지 못한 크나큰 유감을 남겼다.

현재 《만선일보》가 대부분 유실되고 기타 관련자료들도 많이 발굴되지 못하였기에 지금까지 우리가 볼 수 있는 시는 그리 많지 못하다. 지금까지 발굴된 시문학유산이 많지 못하다 하더라도 이 속에서 조선인시문학의 일부 주요특징들을 가히 추정해볼 수 있다고 하겠다.

재만 조선인들은 그 절대대부분이 살길을 찾아 고향을 떠나온 이주민으로서 그들은 피눈물의 역사를 엮어가며 헤아릴 수 없는 피땀으로 이 낯설고 물선 땅을 개척하여 새로운 삶의 뿌리를 박았고 나아가 새로운 고향을 건설하려 하였다. 하지만 일제의 잔혹한 식민통치는 조선인이주민들에게 끝없는 고난과 고통을 가져다주어 그 생존상황은 물질뿐만 아니라 정신적으로도 더없이 암울하였다. 이런 생존상황에서 많은 조선인 시인들은 그 현실의 심각한 체험을 직접 또는 간접적으로 시작품으로 표현하였다. 그중 많은 시인들의 시작품들에 특징적으로 동일한 시적 정서가 흐르는 옛 고향이미지가 반복적으로 부각되면서 동일한 주제 또는 주제의식을 보여주고 있다.

당시 신진시인으로 비교적 이름난 송철리의 시작품에서 이 특징을 쉽게 찾아볼 수 있다.

> 《爐邊雜吟》은 《火爐》 《沈默》 《反芻》 三點으로 되엿는데 그 시의 品位가 一家를 일우엇다.… 《沈默》의 우리에 도사리고 안저 《火爐》ㅅ불을 응시하여 이미 날근 《필림》으로 化한 과거를 反芻하려는 《포-즈》를 꾸미는 宋鐵利에게 早老하지 말라고 心願한다.… 如何튼 시인은 이 네篇(《苦》, 《雪夜》, 《爐邊雜吟》, 《庚辰元旦》을 말함. 필자 주)을 통하야 詩人의 才致와 品位를 보혀주엇다. 精進하사이다. 覇氣를 일치말고 新鮮한 藝術을 創造하사

이다.[256)

　이는 당시의 평론가 김우철의 시평인데 여기서 송철리가 당시 일가로
인정되었음을 알 수 있다. 송철리는 시 ≪도라지≫에서 옛 고향이미지를
짙은 향수정서로 보여주고 있다.

　　　도라지 피면 八月도 피고
　　　八月이 피면 향수도 피드라

　　　산,
　　　물,
　　　길,
　　　돌쇠,
　　　갓난이,
　　　삽살개,

　　　하염업시 쓰러보는 파-란 꽃송이에
　　　무지개마냥 아롱지는흘러간 옛마슬.

　　　그러나-
　　　도라지 지면 八月도 지고
　　　八月이 지면 향수도 지드라.

　　　　　　　　　　　　　　　　　(≪도라지≫ 전문[257))

　이 시에서 시적 주인공이 그려보는 옛 마을은 산 좋고 물 좋은, 파-란
꽃들이 활짝 핀 아름다운 고장이요, 그림자처럼 붙어 다니고 뒤쫓아 다
니던 송아지친구들과 삽살개로 깊이 정들고 때문은 고장이다. 참으로 무
지개 마냥 아롱진 고장이요, 시적 주인공의 동년을 행복하게 키워준 보

---

256) 김우철 ≪滿洲朝鮮語詩壇과詩人≫(續三) , ≪만선일보≫ 1940년 4월 29일자에서
　　　재인용.
257) 송철리 ≪도라지≫ ≪在滿詩人集≫ 第一協和俱樂部文化部, 1942년 9월 29일.

금자리다. 하지만 이 아름다운 고장은 이미 흘러간 옛 마을로 되어버렸다. 시에서 팔월은 또한 이미 지나간 과거형의 시간대로 되어 옛 마을은 인제는 다만 시적 주인공으로 하여금 도라지꽃 필 때면 그리움에 젖어들고 도라지꽃 질 때면 애수에 빠져들게 하는 그리운 추억만 남겨주는 옛 고장으로 되었다. 시적 주인공은 도라지꽃이 피고 지는 대자연의 예나 다름없는 자그마한 변화에서마저 심금 울리는 향수에 젖어든다. 도라지꽃은 비록 아주 평범한 대자연의 한 산물이지만 조선인들에게 있어서는 너무나 정서적이고 문화적이며 민족적인 상징물이다. 시인은 바로 도라지라는 평범하고도 뜻깊은 민족상징물을 시적 소재물로 하여 짧고 질박한 시에 커다란 민족공명을 일으키면서 짙은 향수정서를 불러일으킨다. 이런 과거 지향적인 향수정서는 옛 마을을 옛 고향이미지로 떠올리며 옛 고향이미지는 또한 시인자신과 민족의 현실적인 그 어떤 상실의식 내지 부정의식을 암시해 주고있다. 그는 ≪반추(反芻)≫, ≪추억≫, ≪고향≫, ≪嗚咽≫ 등 시들에서도 이와 같은 정서의 옛 고향이미지가 부각되어 있다.

천청송 역시 당시 송철리 못지 않게 이름났던 신진시인이었는데 그의 적지 않은 시작품들에도 옛 고향이미지가 반복적으로 부각되어 있다.

드메의 봄은 짧다.

내살든 곳은
거울이 없어도 괜찮었다.

사슴 뿔솟는 샘엔
입뿐 색씨 얼골 돌고.

뒷고개는
양춘 삼월에도 한눈을 이고 앉었겠기

내鄕愁도
차거운데

이런밤엔 으레 뻐꾸기가 울었다.

(≪드메≫ 전문)258)

거울같이 맑은 샘물, 뿔 숫은 사슴과 예쁜 색시가 함께 나누는 평화로운 샘터, 말없이 새해 풍작을 기원하듯 따뜻한 삼월에도 한눈을 이고 있는 뒤 고개, 시적 주인공이 그려보는 고향마을 두메산골은 너무나 아늑하고 전설같이 아름다운 고장이다. 하지만 이 고향마을 두메산골은 인제는 향수마저 찬 옛 고향으로 되었다. "내 향수" 또한 고작 뻐꾸기만 달래주는 고독한 향수로 되어버렸다. 이렇듯 옛 고향이미지는 아름다운 추억을 불러일으키는 동시에 춥고 고독한 현실을 의식시키면서 현실적인 그 어떤 외로움과 비애를 암시해준다.

천청송은 ≪이역의 밤≫, ≪묘지≫ 등 시들에서도 옛 고향이미지를 보여주고 있다.

이밖에 성기돈(成耆暾)의 ≪기억≫(≪만선일보≫1940년 2월 14일자), 백향(伯鄕)의 ≪버들의 향수≫(≪만선일보≫ 1940년 5월 8일자) 등 당시 이름 없는 시인들의 시들에도 질박하게나마 고향이미지가 특징적으로 부각되어 있다.

중국인시문학은 1939년 전까지는 주로 신문 문예란에 의해 생성, 발전하면서 비교적 완만하고 산만한 템포를 보이다가 1939년 시가간행회에서 ≪청색시초(靑色詩抄)≫(成弦), ≪미명집(未名集)≫(百靈), ≪목벌(木筏)≫(小松), ≪부침(浮沈)≫(山丁) 등 시집을 출판하면서 본격적인 발전을 보여주었다. 1940년 봄 시가종합지 ≪시계(詩季)≫가 간행되고 시집 ≪선창(船廠)≫(冷歌), ≪색외몽(塞外夢)≫(金音), ≪계계초(季季草)≫ 등이 출판되어 시가문학의 고봉을 이루었으나 그후부터 시세가 복잡해짐에 따라 점차 부진상태에 빠져갔다. 중국인시문학은 소설문학에 비해 부진을 보여주고 그 수확이 크

---

258) 천청송 ≪드메≫ ≪在滿朝鮮詩人集≫ 間島省 延吉街 藝文堂 1942년 10월 10일.

지 못하며 또 현재 적지 않은 작품들이 유실되어 있는 상황이다. 하지만 대체적으로 그 발전상황과 일부 주요특징들을 쉽게 찾아볼 수 있다.

일제의 식민침략으로 하여 동북 땅의 주인이었던 중국인들은 주권과 향토를 잃게 되었다. 이런 비참한 운명에 직면하게 된 중국인시인들은 그 대부분이 비애와 탄식, 고뇌와 방황, 저항과 투쟁 등 복잡한 사회심리 상태와 정서를 반영한 시들을 창작하면서 민족과 그 운명을 함께 겪었다. 이들의 시에는 옛 성 이미지가 보편적이면서도 특징적으로 부각되면서 공동한 주제 내지 주제의식을 보여주고 있다.

성현259)은 당시 중국인시단의 대표적시인의 한사람이며 대표작으로 시집 ≪청색시초(靑色詩抄)≫(만일문화협회시가총간간행회 1939년 12월)와 ≪분동집(焚桐集)≫(신경대지출판사 1944년 11월)이 있다. 그는 시 창작에서 자기의 감각에 충실하고 자기의 정서를 토로할 것을 주장하였는데 시집 ≪청색시초≫의 적지 않은 시들에서는 옛 성 이미지를 부각하면서 향토 잃은 비애의 정서를 토로하였다.

> 你是要尋找那
> 遺失了的古人的夢嗎?
>
> 那輕輕的, 比夢還輕的
> 從曲折的卍字長廊,
> 浮過來的 一對紅紗的八角宮燈,
> 那比夢還美麗的
> 隨燈影搖蕩着的柔情,
> 那比夢還美麗的
> 在月下微語着的環佩呵.
> 唉----
> 那遺失在太液池邊的夢.

---

259) 成弦(1916 - ?)은 원명이 成駿이며 성현은 필명이다. 雪竹이라는 이름을 쓰기도 하였다.

你是要尋找那
遺失了的古人的夢嗎?

那輕輕的, 比夢還輕的,
從寂寂的朱門
漂出來的藍呢小轎,
那比夢還美麗的,
在月下跳動着的芳心,
那比夢還美麗的,
在月下痴望着的未央草.
唉----
那遺失在天街上的夢呵.

(《古城月》 부분, 《青色詩抄》에 수록)

(그대는 찾으려는가/ 잊어버린 고인의 꿈을// 그 가벼운 꿈보다
더 가벼운/ 구불구불 뻗은 卍자형 복도에서/ 떠오는 한 쌍의 붉은
비단 팔각 궁전등/ 그 꿈보다 더 아름다운/ 등불 그림자 따라 하느
작거리는 정다움/ 그 꿈보다 더 아름다운/ 달 빛 아래서 속삭이는
장신구/ 아-/ 저 태액지에 잊어버린 그 꿈이여// 그대는 찾으려는가/
잊어버린 고인의 꿈을// 그 가벼운 꿈보다 더 가벼운/고요한 부자
집에서/ 떠나오는 람교/ 그 꿈보다 더 예쁜/ 달 빛 아래서 콩콩 뛰
는 야릇한 마음/ 그 꿈보다 더 예쁜/ 달 빛 아래서 애타게 바라는
미앙 풀/ 아-/ 저 하늘 거리에 잊어버린 그 꿈이여//)

이 시에서는 붉은 비단 팔각 궁전등, 태액지, 람교, 미앙 등 한나라, 당
나라 시기의 도읍과 궁궐의 역사 소재물들을 시적 소재로, 아늑하고 우
아하며 호화롭고 낭만적인 옛 성 이미지를 몽환처럼 부상시킨다. 그러나
시적 주인공은 이런 아름다운 옛 시절은 이미 아득히 유실된 고인들의
꿈으로 되어버린 것을 현실적으로 느끼면서 감상에 빠진다. 이 옛 성 이
미지는 강성했던 한나라(漢朝), 당나라(唐朝)시기를 상징하면서 현실의 패망
한 모습을 암시하고 또 이로 인한 울분의 정서를 보여주고 있다.

성현은 시 《북경》(1, 2)에서는 전루(箭樓), 정양문(正陽門) 등 북경의 옛

건물들의 쇠퇴된 모습을 시적 소재물로 애상적이고 처량한 옛 성 이미지로 향토를 상실한 현실의 참상을 치환하여 현실에 대한 불만과 부정의 정서를 보여주고 있다.

　냉가260)는 1940년 5월 신경에서 설립된 시계사(詩季社)의 동인으로 1941년 8월 향토색채가 짙은 시집≪선창(船艙)≫을 출판하여 중국인시단의 주목을 받게 되며 향토시풍의 대표적시인의 한사람으로 된다. 시집 ≪선창≫은 제목 그 자체가 옛 성 이미지를 암시해주고 있다. 즉 선창은 명나라, 청나라(明淸)시기의 길림성(吉林城)의 별명으로 적지 않은 옛 성터와 전설이 남아있는 곳이다. 이 시집에 수록된 대부분 시들은 옛 풍토인정과 옛 성의 역사이야기와 전설들을 시적 소재물로 옛 성 이미지들을 부각하여 향토에 대한 사랑의 감정과 암울한 현실에 대한 비애와 폭로 나아가 민족 저항의식을 암시하고 있다.

背着夕陽一團紅
打量着這古城
霉爛了一般樣
滿身生着瘡孔
瞭望着那土墻根
想像可有駱駝隊
"古道斜陽里……"
詩人吟詠得多夠味

"就在這兒, 死人一窩!"
一個老者嚴肅地對我說
誤恐怖走上我的鑑賞
老天! 古城豈不遭了魔

恍然間我擬有所悟

---

260) 冷歌(1908년 -) 본명 李乃庚. 李文湘, 冷歌 등 필명을 씀. 詩季社 동인. 대표작으로 시집 ≪船廠≫(學藝刊行會 1941년 8월)이 있음.

是誰說歷史如鴆毒
去吧! 你這人間的阻障
拆毀你好來開條新路

(≪古城≫ 전문)

(석양의 붉은 구름 등지고/ 이 옛 성을 가늠해보니/ 곰팡이 피어 썩은 듯/ 만신에 부스럼 생겼구나// 저 멀리 토담 밑을 바라보며/ 낙타 대를 상상해 본다/ "옛 길 석양에……"/ 시인의 멋진 읊조림// "바로 여기서 한 무리 사람 죽었네!"/ 한 늙은이 나 보고 말한다/ 공포가 이 내 감상 몰아낸다/ 아! 옛 성이 악마에게 당하고있단 말인가// 홀연 느껴지는 깨우침/ 그 누가 역사는 짐새의 독기와 같다고 말했느냐/ 물러가라! 너 이 인간의 장애물아/ 너를 없애버리면 새 길은 쉬이 열리리라.)

이 시는 제목 그대로 옛 성 이미지를 부각시키고 있다. 해지는 저녁무렵에 도읍에 닿는 길다란 낙타 대의 성벽에 비낀 신화 같은 모습은 번화하고 생기로 넘치는 옛 성의 모습을 연상시킨다. 하여 옛시인들은 시흥이 도도하게 낙타 대를 읊조리며 번창한 도읍생활에 심취되어 있었다. 하지만 장미 빛 저녁노을에 낙타방울소리 들리고 시인의 풍월소리 낭랑하던 옛 성은 오늘날 시체가 성벽 밑에 널려있는 만신창이 된 비참한 모습이다. 선명하게 대조되는 옛날과 오늘의 옛 성 이미지는 시의 주제의식을 선명하게 보여준다. 특히 시의 마지막 시구 ≪물러가라! 너 이 인간의 장애물아/ 너를 없애버리면 새 길이 열리리라.≫에서는 시인의 현실부정의식이 짙은 정서로 표현되고 있다.

서정서사시 ≪선창≫은 제목 그대로 길림성(吉林城)의 역사적 변천을 시적 소재로 하여 옛 성 이미지를 부각하면서 시인의 짙은 시적 정서를 토로하고 있다.

松水滔滔
南岸青山北岸堤

兩岸遙望
絡繹有舟楫
初春
柳絲垂金線
盛夏
臨流好釣魚
中江水深泊木筏
黃昏里
水手苦鄕愁
長嘯當歌
哀怨散在晚風里
西天余暉映江樹
晚鐘敲破紫黛的霧
漁舟閃星火
鑲入黃昏深深處

…

夾皮滿是神秘地
延長三百里
林樹蓊鬱遮天際
溝里養兵敎耕種
兵勇編成隊
隆冬送糧城里賣
身邊挂腰牌
英雄老去
空留下羅曼的史話
恍如是消逝了的云煙
---僅可追憶

(≪船廠≫ 제6장, 제9장)

(도도히 흐르는 송화강물/남쪽은 푸른 산 북쪽은 높은 언제/강 양안에서 바라보니/ 오가는 배 끝없이 줄지어 늘어섰구나/이른봄엔/버들가지 금실 마냥 늘어지고/한 여름엔/낚시질에 흥나는구나/강 복

> 판은 물 깊어 떼 목이 떠있고/황혼에 수부는 향수에 젖어/노래부르
> 는 긴 휘파람소리/애수가 저녁바람에 날려가는구나/서쪽하늘의 사
> 라져 가는 해 빛이 강에 나무그림자 비껴주고/저녁종소리 장미 빛
> 안개를 깨뜨리는구나/고기 배 별 빛처럼 반짝이며/깊은 황혼에 잦
> 아드네//……/쟈피꺼우는 신비한 땅/장장 삼 백 리에/울창한 삼림이
> 하늘을 뒤덮고/골에서는 병마 기르고 농사 가르치네/가을에 병마는
> 줄지어/ 성에 쌀팔러 오고/몸에 가득 패 차고/영웅은 떠나가는구나/
> 홀로 남은 로맨틱한 옛 이야기/사라져간 연기와 구름 같구나/---- 추
> 억만 할 수 있네//)

푸른 산 푸른 강, 유유히 떠가는 떼 목과 한 여름날의 여유작작한 강변 낚시질에 목가적인 아름다운 풍경, 울울창창한 삼림, 겨울이면 쌀팔러 오는 주둔군 병사들의 장사진, 참으로 평화롭고 풍요로운 낭만의 옛 성 이미지가 신비하게 부각되어 있다. 하지만 이처럼 아름답고 자랑스러운 옛 성은 인제는 다만 저 먼 하늘나라로 사라져간 연기 마냥 추억으로 남아있다. 이 얼마나 슬픈 현실인가. 여기서 시인의 강렬한 향토애와 현실 폭로의식을 보아내게 된다.

이외에 당시 비교적 이름난 시인 서방[261]도 옛 성 이미지를 부각한 시들을 많이 창작하였는데 시집 ≪南城草≫(同化印書館 1942년 9월)의 대부분 시들에 옛 성 이미지가 부각되어 있다. 여기서 중국인시인들이 부각한 옛 성 이미지는 옛 고향이미지와 통한다고 할 수 있다.

조선인시인들이 보여준 옛 고향이미지나 중국인시인들이 보여준 옛 성 이미지는 모두 아름답고 아늑하고 풍요로웠던 민족의 지난 생활화폭이며 또한 이런 생활화폭은 현실에서는 찾아볼 수 없는 추억으로 되여 있다. 아름답고 정든 옛 고향에 대한 추억은 민족의 역사와 문화에 대한 재현이며 이런 재현은 압제받고 잃어버린 민족성을 환기시킨다. 다시 말하면 옛 고향이미지와 옛 성 이미지는 민족주의정서를 불러일으키고 민족의

---

261) 徐放(1921년 11월 - ?) 원명이 徐德錦이며 대표작으로 시집 ≪南城草≫가 있다.

자아를 표현하는 중요한 수단으로 된다. 조선인시인과 중국인시인들은 각기 부동한 민족역사와 심미의식에 입각하여 부동한 이미지를 부각하였지만 이런 이미지들은 모두 과거지향의식으로 공동하게 현실의 암울하고 비참한 생활상을 심미적으로 치환하여 공동한 주제의식 즉 시인들의 공동한 현실폭로의식 내지 현실부정의식을 은밀하게 보여주고 있다. 이 옛 고향이미지와 옛 성 이미지는 당시의 엄혹한 문예심사제도에 대비한 교묘하고 우회적인 표현수법의 반영인 동시에 높은 예술기교의 반영이기도 하다.

조선인시작품과 중국인시작품들에는 옛 고향이미지나 옛 성 이미지 못지 않게 밤하늘의 달이나 별 또는 고향의 정든 소재물로 실향의식이 짙은 향수의 정서를 애타게 토로한 시들도 많이 보여주고 있다. 이런 시들은 옛 고향이미지 및 옛 성 이미지와 비슷한 시적 정서와 주제의식을 보여주면서 또 하나의 특징을 이루었다. 이 특징은 하나의 주요특징이라 할 수 있지만 거의 보편화되어 있어 보편적인 특징이라 하여도 과언이 아닐 정도이기에 본고에서는 옛 고향이미지와 옛 성 이미지의 특징을 보충하는 셈으로 보조적으로 간단히 언급하려 한다.

향수(鄕愁)는 말 그대로 고향 떠난 사람의 고향을 그리는 마음과 정서이다.

> 향수가 현실생활의 활력소로 작용하는 것은 그것이 긍정적인 의미를 지닐 때이다. 그러나 ≪고향을 잃었다≫는 생각에 사로잡혀 있을 때 과거의 고향에 대비되는 현재의 시간과 공간은 부정적인 것으로 만 여겨지는 것이 상례다.262)

조선인시인은 거의 모두가 살길을 찾아 정든 고향을 떠나 낯선 이국 땅에 온 이주민이고 게다가 현실생존상황 또한 암울하고 비참한지라 향

---

262) 조규익≪해방전 만주지역의 우리 시인들과 시문학≫, 국학자료원, 1996년 9월, p.63에서 인용.

수의 정서는 더 말할 것 없이 보편화되었고 지어 콤플렉스로 되어 있었다. 자연히 조선인시작품에는 향수정서가 시적 서정으로 많이 표현되어 있다. 여기서는 시 제목 자체가 직접 향수로 되어 있는 김달진의 시 ≪향수≫만 그 실례로 들어본다.

> 머리 맡에 귀뜨래미 울어 예고
> 어둔 창경밖 머--ㄴ 하늘 끝으로
> 별 하나 떠러저 흘러간 밤.
>
> 찬 벼개 우에 여윈 가슴 어루만지며
> 흘러간 내 나이 되푸리해 오이어 보면
> 늦 가을 靑昏 못물속으로 가만히 떠오르는 흰 蓮꽃처럼 피어나
> 는 鄕愁가 슬프고나
> 鄕愁가 슬프고나.
>
> ----어름같이 차야할 나의 漂迫의 꿈이었거니.
>
> 이제 새삼 뉘우처 깨침이 않이기에
> 다시 反芻해 볼 슬픔도 없는 서글픔.
>
> 문득 알 수 없는 무었을 왼통 잃어버린 듯
> 어둠속에 귀 기우려 心臟소리 들어보다.

(≪鄕愁≫ 전문)263)

이 시에서 늦가을 귀뚜라미의 구슬픈 울음소리에 저 먼 하늘 끝으로 떨어져 가는 별 하나는 시적 주인공의 짙은 향수를 불러일으키고 그 향수는 늦가을 못물에서 떠오르는 연꽃으로 부각된다. 늦가을의 연꽃은 바야흐로 지고있는 슬픔의 꽃이라 그 향수 또한 애달프지 않을 수 없다. 이제 막 닥쳐올 겨울의 얼음같이 찬 표백은 이 어인 향수냐 다시 한번 생

---

263) 金達鎭 ≪鄕愁≫ ≪在滿朝鮮詩人集≫ 間島省 延吉街 藝文堂 1942년 10월, 吳養鎬 著 ≪韓國文學과 間島≫ 文藝出版社 1995년 7월 p.226에서 재인용.

각해 볼 나위도 없이 모든 것을 잃게 한다. 하여 가뜩이나 슬픈 향수는 더욱더 짙어간다. 이런 이미지로 부각된 향수는 고향 떠나 타향살이하는 시적 주인공 또는 고향을 상실한 시적 주인공의 비참한 신세 내지 암담한 현실의 생존상황을 시적 형상화로 암시해주고 있다.

조학래의 시 ≪향수≫(≪만선일보≫ 1940년 2월 13일자), 권녕화(權寧和)의 시 ≪異國의 달≫(≪만선일보≫ 1940년 5월 15일자) 등도 이런 향수정서가 잘 표현된 대표적시작품이라 하겠다.

중국인시인들은 비록 조선인시인들처럼 이주민은 아니지만 일제의 식민침략으로 하여 향토와 주권을 상실한 피식민 민족으로 되어 역시 고향 잃은 아픔과 고난의 타향살이를 체험하지 않을 수 없게 되었다. 하여 이들의 시작품에도 향수정서가 이미지로 많이 표현되어 있는데 조선인시작품에 표현된 이미지의 향수정서와 대체로 동일한 특징과 주제의식을 보여주고 있다. 중국인시작품에는 시 제목 자체가 향수로 되어 있은 시만도 보더라도 소송의 ≪향수≫, 위장명(韋長明)의 ≪향수≫, 의빙(衣氷)의 ≪향수≫ 등 여러 수가 있다. 여기서는 소송의 시 ≪향수≫만을 그 실례로 본다.

客齒的希望
我不敢多求
每次----當我伸長戰栗的灰手
時間便走進了黃昏

每次----天天
懷鄉的火燒着脣上的輕歌
我不得不將她一顆一顆由脣上抖落
昨夜我在夢中走過
夢向我說 什麽
一段幽幽細聲
天知道那是一種流亡者的歌

(≪鄕愁≫ 전문)264)

> (인색한 희망을/ 나는 감히 더 많이 바라지 못한다/ 매번---- 내가
> 부들부들 떠는 손을 내밀 때마다/ 시간은 곧장 황혼에로 들어가 버
> 린다// 매번---- 날마다/ 고향을 그리는 마음이 입가의 가벼운 노래
> 를 불태워/ 나는 부득불 그 향수를 하나하나 입가에서 털어 버려야
> 한다/ 어제 밤 꿈결에 거닐 때/ 꿈은 나에게 무언가 말한다/ 그 은
> 은한 속삭임소리/ 하늘은 알고 있다, 그것은 망명자의 노래임을.)

시적 주인공 "나"에게는 희망마저 인색하여 그 무엇을 바라기도 전에
곧장 황혼이 찾아온다. 날마다 밤이 되면 끝없는 향수가 가슴을 불태운
다. 나는 어쩔 수 온밤 향수에 불타야 한다. 꿈에도 나는 잠 못 이루며
고향을 잃는 망명의 노래를 부른다. 보다시피 이 시에서 흐르는 향수의
정서는 짙은 실향의식을 보여주는데 그 저변에 현실에 대한 부정을 암시
해주고 있다.

2. 어둠의 색채이미지와 그 주제의식

색채이미지는 감각적 이미지가운데의 시각적 이미지에 속하는 이미지
로서 시적 정서를 용이하게 유발하고 시적 주제를 직접적으로 암시해준
다. 색채이미지는 말 그대로 색채어를 통해 부각된다. 이런 색채어는 일
반언어와는 달리 문화심리 특히 심미문화심리가 오랜 시기를 거쳐 침적
되면서 그 이미지적의미가 내포된 언어로서 시에서 독자들의 연상과 상
상을 유발하여 이미지를 부각한다. 일부 색채어는 특정한 시기에 특정한
의미를 부가하여 그 시대의 시인과 독자들의 문화심미수요를 만족시킨
다.

조선인시인들과 중국인시인들은 일제식민통치하의 암울한 생태를 절
실히 체험하면서 일부 공동한 사회심리상태와 심미문화심리가 생성되게

---

264) 小松 ≪鄕愁≫ ≪木筏≫ 詩歌刊行會 1940年 12月.

되었고 시 창작에서 그런 심리상태가 반영된 일부 공동한 색채어를 사용하게 되어다. 조선인시작품과 중국인시작품에는 특히 어둠의 색채이미지가 부각된 시작품들이 적지 않게 나타나 하나의 주요한 특징을 이루고 있다.

우선 조선인시작품들에 부각된 어둠의 색채이미지를 보기로 한다.

胡弓
어두운 늬의들 窓과함끼 영슬프다.

山 하나 없다 둘러보아야 기인 地平線
슬픈 葬列처럼 황혼이 흐느낀다.
저녁이 되여도 눈을 못뜨는 이마을의 들窓과
胡弓의 줄만 골으는 瞑目한 마을의 思想과
胡弓
아픈 傳說의 마디 마디 볼상한 曲調

기집애야 웨 燈盞을 고얼줄 몰르느뇨?
늬노래 듯고 어둠이 점점 걸어오는 데 오호 胡弓
어두운 들窓을 그리는 記憶보다도
저녁이면 燈불을 밧드는 風俗을 배워야 한다.

--어머니의 자장노래란다
--일허버린 南方에의 鄕愁란다.

밤새 늣길려느뇨? 胡弓
(저기 山으로 가거라 바다로 黃河로 나려라)
어두운 늬의 들窓과 함끼 영 슬프다.
(김조규≪胡弓≫전문)[265]

밤이 을픗이 싸혀드는곳

---

265) 김조규 ≪胡弓≫, ≪在滿詩人集≫, 오양호 저 ≪일제강점기 만주조선인문학연구≫ 문예출판사 1996년 1월 p.278에서 재인용.

어두운 누리에 黃昏이 물들다
蓮花湖 넓은노을아득한 水平線에
젊은 妖精의 哀怨이 흐르나니

北邊東北數千里故國에서 이저진곳
죽은 듯이 寂寞한 蓮花湖의 黃昏

어린손 무거운 鄕愁를지고
마음 간얄피 湖邊에 獨步하오
暗然한 湖邊에 孤寂이 떠도니
외로운 마음이 부르는 노스타르쟈
異域에 자라난 에도란제의가슴은
오늘도 풀길업는 안타까움이어
(李正基 ≪蓮花湖의 黃昏≫, ≪만선일보≫ 1940년 6월 25일자)

주지하다시피 조선민족의 심미문화심리가운데는 검거나 어두운 색은 허무, 절망, 죽음, 암흑, 밤, 침묵, 불안, 부정 등 의미와 정서를 연상하게 하거나 상징한다고 할 수 있다.

시 ≪호궁≫은 당시 비교적 이름난 시인이었던 김조규의 대표적시작품의 하나이다. 시는 모두 5연으로 구성되었는데 매 연마다 어둠의 색채어가 제시되어 있다. 1연, 3연, 5연에서는 "어두운"이란 색채어가 시각적으로 일관성을 이루면서 시종 시적 주인공의 암울하고 슬픔에 젖은 심정을 내비치고 있다. 2연에서는 죽음과 슬픔을 보여주는 "장렬(葬列)"이라는 감각적 색채어가 어둠과 밤을 연상시키는 "황혼"이란 시각적 색채어와 한데 어울려 암흑과 불안의 공감적 이미지를 부각하면서 암울한 색채이미지와 시적 정서를 서정적으로 보여주고 있다. 2연에서는 또 "저녁", "눈을 못 뜨는" 등 어둠을 의미하는 색채어와 "아픈 전설", "哀연한 曲調" 등 슬픔을 의미하는 감각적 색채어들이 배치되어 있다. 하다면 시적 주인공은 어찌하여 이렇게 암울하고 슬픈 정서에 젖어있는가? 이에 3연과 4연에서 그것은 호궁이 부르는 노래가 "어머니의 자장 노래"이고 "일허버린 南方에의 鄕愁"이기 때문이라고 제시해주고 있다. 원래 인생에서 제일 정겹고 아름다운 것이 어머니의 자장가인데 자장가가 오히려 슬픔을 자아내고 있다면 그것은 필경 어머니를 잃었거나 어머니와 만날 수 없는 암울한 상황의 소산이라 하겠다. 이 시에서는 어머니의 자장가가 어둠과 슬픔을 불러오고 있는데 이는 시적 주인공이 바로 이런 암울한 상황에 처해있기 때문이라고 보게 된다. 게다가 시적 주인공이 또 고향을 잃어버린 실향민이라는 것을 감안할 때 시 전반을 통해 부각된 어둠의 색채이미지가 보다 명확하게 드러난다. 즉 이 어둠의 색채이미지는 시적 주인공의 현재생존상황은 암울하고 비참하다는 것을, 나아가 암흑한 시대상에 대한 폭로, 부정을 암시해준다고 할 수 있다. 하여 시는 서두에서 "호궁/어두운 늬의들 窓과 함끼 영 슬프다."로 시작되어 결말에서 "어두운 늬의 들窓과 함끼 영 슬프다."로 서두를 반복하여 끝나면서 시종 어둠의 색채이미지를 뚜렷하게 부각하고 있다고 하겠다.

당시 이름 없는 시인으로 추정되는 시인 이정기의 시 ≪연화호의 황혼≫은 시적 주인공이 연화호의 황혼에서 느끼는 향수를 표현한 시작품인데 그 향수는 어둠의 색채이미지에 의해 보다 짙은 고독과 우울한 정서를 자아내고 있다.

시는 모두 2연으로 되었는데 1연은 첫 시구에서부터 "밤이 을픗이 싸 혀드는" 어둠과 적막의 시공간을 보여주고 있다. "밤"은 시각적이나 감각적으로 모두 어둠의 색채를 보여주며 "어두운 누리"에서 어둠은 누리라는 피수식어를 통해 시각적으로 아득한 어둠의 색채를 보여준다. 이런 아득한 어둠에 또 어둠을 연상시키는 "황혼"이 깃 든다고 하니 시적 주인공이 처해있는 연화호는 시각적으로 어둠의 세계이다. "젊은 요정의 애원"은 흔히 비명에 죽은 젊은 여인의 비참한 운명과 구슬픈 원혼을 연상시키는데 이는 죽음과 암흑, 불안과 고독 등 부정의 의미를 보여주는 감각적인 어둠의 색채이미지라고 하겠다. 하기에 시에서는 이 호수는 "수 천리 고국에서 잊혀진 곳"이며 이곳에 깃 드는 황혼은 "죽은 듯이 적막한"것이라 쓰고 있다. "이저진곳", "죽은 듯이", "적막한" 등 어휘 역시 암흑, 고독과 불안의 분위기를 조성해지는 감각적 색채어인데 역시 어둠의 색채이미지를 부각해준다.

2연에서는 고독과 슬픔의 감각적 색채를 의미하는 "향수"라는 시어에 "무거운"이란 감각적 색채어로 수식되어 그 의미를 진일보 짙게 드러낸다. 그리고 "독보(獨步)", "적막", "외로움", "이역", "아타까움" 등 고독과 우울함과 슬픔을 연상시키는 감각적 색채어들을 수식어로 첨부하여 사용하면서 1연과 밀접히 연관되어 시 전반의 어둠의 색채이미지를 부각하고 있다. 따라서 이 어둠의 색채이미지는 시적 주인공의 고독하고 슬픔에 젖은 향수정서를 보여 주고있을 뿐만 아니라 그 시공간의 암울한 상황을 암시해주고 있다고 할 수 있다. 이 역시 시적 주제의식이라고 할 수 있다.

이외 이수형의 ≪未明의 노래≫, 함형수의 ≪蝴蝶夢≫, 천청송의 ≪墓地≫ 등 시들에도 어둠의 색채이미지가 뚜렷하게 부각되어 있는데 모두 조선인시문학에서 어둠의 색채이미지 군을 이루고 있다.

조선인시인들과 같은 피식민 민족시인으로 서로 비슷한 피식민 생활을 겪고 있은 중국인시인들의 시작품들에도 어둠의 색채이미지가 특징적으로 부각되어 있다.

一
黑
罪惡的顔色
懺悔的顔色
虛無絶望死滅

二
黑衣人
(像一朵十二月里的花)
在黑色夜里走

在黑色的我的記憶里走

三
黑衣人
(像一朵落地里的花)
在黑色的霧里走
在黑色的我的恐怖里走

四
黑
是一個無限體
黑衣人
無時不使我驚悸

(百靈 ≪黑衣人≫전문, ≪新靑年≫ 1938年 第4期)

走----
邁開大步
朋友! 我和你緊緊的拉着手

天河路上沒有一顆行星
在這樣的夜
人間沒有一只飛走的流螢
在歷史上是最黑的一頁
沒有一点顔色, 沒有聲音, 也沒有月
朋友! 誏我們走, 在這黑夜

不要怕孤獨, 我們再進一步
沒有光, 沒有人
我們知道前面有一條路

風又搖, 雨要飄
朋友! 加小心不要跌倒
反正前進, 跋涉到終了

(소송 ≪前路≫에서, ≪木筏≫ 시가간행회 1940년 12월)

(검은 것/ 죄악의 색채/ 참회의 색채/ 허무, 절망, 사멸// 검은 옷 입은 사람/ (한 송이 섣달의 꽃 같이)/ 캄캄한 밤에 가고 있다/ 캄캄한 나의 기억 속에서 가고 있다// 검은 옷 입은 사람/ (한 송이 땅에 떨어지는 꽃 같이)/ 검은 안개 속에서 가고 있다/ 검은 나의 공포 속에서 가고 있다// 검은 것/ 하나의 무한 체/ 검은 옷 입은 사람/ 무시로 나를 놀라게 한다.

가자----/ 발걸음 크게 내디디며/ 벗이여! 나와 그대 손 꼭 잡고// 은하에는 별 하나 없다/ 이런 밤/인간 세상에는 날아다니는 개똥벌레 하나 없다/ 역사에서 제일 캄캄한 한 페이지/ 추호의 색채도 없다, 소리도 없다, 달도 없다/ 벗이여! 우리 함께 가자, 이 캄캄한 밤에// 고독을 무서워 말라, 우리가 좀더 가자/ 빛 없고 사람 없어도/ 우리는 앞에 하나의 길이 있음을 알고 있다// 바람이 분다, 비가 날린다/ 벗이여! 넘어지지 않도록 좀더 조심하자/ 여하튼 전진이다, 끝까지 갈 것이다.)

한족을 주도로 한 중국인심미문화심리에서도 어둡거나 검은 색채는 허무, 절망, 죽음, 암흑, 불안, 부정 등 의미와 정서를 연상하게 하거나 상징한다.

시 ≪검은 옷 입은 사람(黑衣人)≫은 백령(百靈)의[266] 대표작의 하나인데 마치 흑색장막이 뒤덮인 듯 시 전반에 어둠의 색채이미지가 부각되어 있다. 시는 1연에서 아예 단도직입적으로 흑색이미지를 그대로 제시하고 있다. 즉 시구 그대로 검은색은 죄악의 색채이며 참회의 색채로서 허무와 절망 그리고 사멸을 의미한다고 쓰고 있다. 이어 2연과 3연에서 검은색은 ≪검은 옷 입은 사람≫으로 의인화되어 그 이미지를 하나하나 부각시킨다. 2연에서 검은 옷 입은 사람은 엄동설한에 핀 꽃과 같이 아름답고 귀중하나 그 아름다움은 시각적으로 전혀 볼 수 없는 캄캄한 한밤중에 지나가 버리고 그 귀중함은 감각적으로 전혀 느낄 수 없이 검은 기억 속

---

266) 百靈은 원명이 徐百靈이며 필명으로 百靈, 白燐, 倚天, 維克 등이 있다. 대표작으로 시집 ≪火花≫(1938년 만주월간사)와 시집 ≪未明集≫(1939년 12월 시가간행회)이 있다. 당시 비교적 이름난 개성적인 시인이였다.

을 지나가 버린다. 검은 옷 입은 사람은 너무나 허무맹랑한 존재라 하겠다. 3연에서 검은 옷 입은 사람은 지는 꽃과 같이 슬프고 비참한 모습이나 그 모습은 흑색의 안개 속에서 까마 아득히 사라져버려 시적 주인공은 무섭기까지 한 절망을 느끼게 된다. 더욱더 절망적인 것은 이런 어둠은 하나의 크나큰 무한 체 이기에 시적 주인공은 이 어둠 속에서 빠져나올 수 없어 검은 옷 입은 사람은 무시로 시적 주인공을 괴롭힌다. 이렇게 시는 시적 주인공이 처한 시공간은 흑색의 시공간 즉 허무와 절망에 찬 시공간임을 암시해주고 있다. 이는 시인의 현실 시공간에 대한 부정의 심리상태의 반영이라고도 볼 수 있다.

소송의 시 ≪앞길≫에서는 어둠의 색채이미지가 비교적 심각하게 부각되어 있다. 시는 제목 그대로 시적 주인공이 나아갈 앞길을 시적 서정으로 그리고 있다. 시적 주인공이 나아가야 할 앞길은 암야 속에 있다. 별 하나 볼 수 없는 캄캄한 밤, 개똥벌레 하나 보이지 않고 소리도 없고 달도 없어 어둠의 색채마저 없어진 암흑한 시공간, 그야말로 무덤 속 같은 시공간이다. 이런 어둠의 시공간 속에서 뚫고 나오지 않는다면 필연코 불안과 절망 그리고 죽음을 면치 못하게 될 것이다. 하여 시적 주인공은 이런 어둠의 시공간 속을 뚫고 나가자고 호소한다. 시적 주인공은 그 길은 비록 고독하고 빛도 없고 사람도 없는 비바람 몰아치는 야행길이지만 굳세게 나아간다면 앞길은 꼭 열려있을 것이라고 확신하고 호소한다. 이 시에서 어둠의 이미지는 시적 주인공이 처해있는 시공간은 무덤같이 암흑하고 생기 없는 시공간임을 말해주면서 이런 공간에 대한 부정과 저항을 암시하고 있다. 이 시는 시각적 감각과 청각적 감각이 한데 융합되어 입체적으로 어둠의 이미지를 부각하고 있다. 또한 이 어둠의 이미지가 암시해주는 주제의식은 자못 심각하다 할 수 있다.

중국인시작품가운데 어둠의 색채이미지가 선명하게 부각되어 있는 시들은 이밖에도 성현의 ≪황혼≫, 양서(楊絮)의 ≪심야행(深夜行)≫, 강령비(姜靈非)의 ≪연회색의 회상(蓮灰色的懷想)≫ 등이 있다. 역시 중국인시문학에서 어둠의 색채이미지 군을 이루고 있다고 하겠다.

요컨대 조선인시문학과 중국인시문학에서 상술한 공동한 이미지들과 그 주제의식을 보여주게 된 것은, 우선 조선인시인들과 중국인시인들의 구체적인 생존상황은 각기 부동하지만 일제의 잔혹한 식민통치하에서 겪은 피식민 민족생활체험은 대체로 비슷하였기에 그 체험에 의한 시적 발상도 자연히 공동한 특징을 갖게 되었기 때문이라고 할 수 있다. 다음 시인들이 대체로 현실에 입각하여 그 현실을 진실하게 반영하려는 창작경향 즉 사실주의창작경향을 지향하였기 때문이다. 당시 일제가 각종 수단으로 식민문화전제통치를 진행하면서 특히 선전성과 영향력이 비교적 강한 시가의 문체적 특징을 이용하여 "건설적이고 낭만적인 명랑한" 색채의 시가문학을 창작할 것을 극구 선양하고 강요하면서 이를 위만주국 문학장의 주류담론으로 하여 피식민 민족시문학의 담론권리를 압제한 역사적 상황을 감안할 때 조선인시인들과 중국인시인들이 사실주의창작경향을 지향하면서 상술한 시적 이미지 즉 현실의 암흑상을 폭로하거나 부정한 시적 이미지를 부각하였다는 것은 그들이 무엇보다 민족의식과 현실부정의식을 갖고있었다는 것을 확인할 수 있다. 나아가 그처럼 엄혹했던 일제의 식민통치도 조선인시문학과 중국인시문학의 민족적이고 진보적인 특징을 말살하지 못했다는 하나의 역사적, 문학적인 특징을 더듬어내게 된다.

이밖에 조선인시문학이나 중국인시문학에 일부 현세부응의 친일경향시와 친일 시들이 존재하였다는 것을 지적하지 않을 수 없다. 이런 시작품들은 민족문학의 순결성을 파괴하였을 뿐만 아니라 독자들에게 일정한 독해를 퍼뜨렸다. 물론 이런 시작품들의 일부분은 일부 작가들이 당시의 특수한 상황에서 본의 아니게 혹은 핍박에 의해 창작한 것이기는 하지만 나쁜 영향이 작지 않았다는 것은 간과하지 말아야 한다고 생각한다.

제 2 절 부동한 표현기법과 공동한 의식성향

조선인시문학과 중국인시문학은 시적 이미지와 주제의식에서 적지 않은 공동 점을 보여주었을 뿐만 아니라 그 표현기법에서도 적지 않은 공동 점을 보여주었다. 옛 고향 이미지와 옛 성 이미지 그리고 어둠의 색채 이미지가 보여준 공동한 이미지와 그 주제의식은 조선인시문학과 중국인시문학은 모두 대체로 사실주의창작경향을 지향하였음을 제시하여준다. 이는 조선인시문학과 중국인시문학의 표현기법상의 하나의 공동한 특징이라고도 할 수 있다. 그리고 많은 현실반영의 서정서사시나 서사시들에서 대체로 직설적인 아닌 함축적인 표현수법을 사용하여 비교적 높은 예술성을 기하였는데 이는 조선인시문학과 중국인시문학의 표현기법에서 보여준 보편적인 공동 점이라 하겠다. 조선인시문학과 중국인시문학은 표현기법에서 이런 공동 점뿐만 아니라 또 적지 않은 부동 점도 보여주고 있다. 그리고 이런 부동 점의 저변에는 또한 공동한 의식성향이 내포되어있다고 하겠다.

1. 초현실주의시경향과 몽롱시경향

조선인시문학과 중국인시문학의 표현기법에서의 가장 선명한 부동 점은 조선인시문학에서 보여준 초현실주의시경향과 중국인시문학에서 보여준 몽롱시경향이라 하겠다.

1940년 조선인 시인들 가운데서 일부 시인들이 "시현실"이라는 동인을 무어 남달리 초현실주의경향의 시 창작을 지향하면서 표현기법에서 독특한 특징을 보여주었다. 1940년 8월 23일자 ≪만선일보≫에 "시현실"동인집(1)이라는 표제로 이수형과 신동철의 합작으로 된 시 ≪생활의 시가(生

活의市街≫가 발표되고 뒤이어 이 동인의 시가 연속 5수가 발표되면서 하나의 문학경향의 지향을 보여주었다.(기타 5수의 시들로는 김북원의 ≪椅子≫, 강욱의 ≪樂譜를 가젓다≫, 이수형의 ≪娼婦의 運命的 海洋圖≫, 김북원의 ≪비들기날으다≫, 신동철의 ≪능금과 飛行機≫ 등이다.) 이에 당시에 활약한 평론가 극언(克彦)이 ≪만선일보≫(8월 31일 - 9월 5일)에 ≪<시현실> 동인집평≫이라는 평론을 다섯 번에 나누어 발표하면서 이 동인이 초현실주의를 지향하고있음을 밝히었다. 따라서 "시현실" 동인들이 구체적인 초현실주의문학주장이나 그 선언을 보여주지 않았지만 시단에는 초현실주의문학경향의 분위기가 나타나게 되었다.

초현실주의는 세계에 대한 진실한 인식의 탐구와 인생의 변혁에 그 목적을 두며 본질적으로 상상력을 해방시키고 현실에 대한 규정을 확장시키는 일에 관심을 갖고있으며 신랄한 유머, 충격적인 이미지, 비합리적인 구문, 꿈같은 조직 등 양식의 표현기법을 주장하고 있다.267)

초현실주의는 1930년대 초부터 한국에 수용되었는데 상상력의 해방 내지 현실변혁의 논리나 "시를 실천하는 일"이라는 논리에는 이르지 못하고 단지 새로운 예술적 처리수법 또는 형태의 변혁으로 이해하게 되었다. 따라서 당시의 식민지 사회현실에 대한 관심에서 초현실주의를 단지 꿈과 에로스를 추구하는 말초적인 현실부정을 예술에 반영하려는 반항적인 소시민문학으로 이해하고 비판하려는 인식이 작용하게 되었다. 여하튼 한국에서의 초현실주의수용은 결과적으로 모더니티의 한 양상을 이루게 되었고 한국현대문학은 현실에 대한 인식에서 비롯되는 사회의식을 그 문학의식의 한 흐름으로 전개해 왔다.268)

1940년 초에 위만주국의 조선인시문학에 나타난 초현실주의경향은 1930년대에 나타났던 한국의 초현실주의문학경향과 무관한 것은 아니지만 결코 맹목적인 모방은 아니라고 보게 된다. 이점은 극언의 평론에서

---

267) ≪한국문학사조론≫ 새문사, 1992년 9월, pp.357-358 참조.
268) 동상서 p.372 참조.

어느 정도 확인해 볼 수 있다.

> 나는 아즉《詩現實》의 宣言을듯지못했다.
> 그럼으로《超現實》云云은多少 獨斷일 것이다. 엇던벗이엇다. 또
> 한 나의아는 엇던사람이엇다.
> 그사람들은 이同人들은超現實主義者고말하엿다.…나는 그사람들
> 이超現實云云의말을하게하도록한것을알고잇다.…나의 感受는 이同
> 人들을 超現實主義者라고命名하고십지안타. 차라리 엇던렛렐이 필
> 요타면은 그것은모-더니스트일것이다.[269]

여기서 "시현실" 동인들이 초현실주의지향의 종지를 선언하지 않았지
만 문단의 사람들은 그들을 초현실주의자라고 평가하였고 이와 반대로
극언은 그들을 초현실주의자라고 명명하고싶지 않다고 말하고 있다. 이
는 당시 조선인시단에서 초현실주의에 대해 벌써 일정한 접촉과 이해가
있었다는 것을 말해준다.

그리고 당시 한국시단에는 여러 가지 모더니즘경향이 병존해 있었고
초현실주의는 이미 "한물 간" 창작경향이었던 상황을 감안할 때 일부 조
선인시인들이 "한물 간" 초현실주의경향을 지향한 것은 그들의 사회인식
과 문학관이 초현실주의의 일부 특징과 일정하게 알맞았기 때문이라고
볼 수 있다. 초현실주의시는 비록 난해하기는 하지만 주로 도시의 혼란
과 형형색색의 이질감을 보여주면서 현실부정의미를 기본특징으로 한다.
이런 특징은 식민통치제도에 대해 부정의식을 갖고있었던 조선인시인들
에게 있어서 현실대응의 시작품이 일제의 심사에 쉽사리 걸리지 않게 할
수 있는 예술형식 또는 예술수단의 하나로 이용될 수 있었다. 이에 대해
서는 "시현실" 동인들이 창작한 초현실주의경향의 시들에서 보다 사실적
으로 확인해 볼 수 있다.

---

269) 克彦 《<超現實>의詩世界》 - 《<詩現實>同人集評(一)》 《만선일보》 1940년
8월 31일에서 인용.

밤의 피부 속에는 死光蟲의 神話가 피어난다
밤의 피부속에서 銀河가 發狂한다
發狂하는 銀河엔 白裝甲의 아츰의 呼吸이 亂舞한다
時間업는 時計는 모-든 現象의 生殖術을 구경한다
그럼으로
白裝甲의 이마에는 毒나븨가 안자
永遠한 午前을 遊戲한다
遊戲의 遊戲는
花粉의 倫理도 아닌
白晝의 太陽도 아닌
시커먼 생햐얀 그것도 아닌
眞空의 液體엿으나 液體도 아니엿다
자-- 그러면 出發하자
許可된 現實의 眞空의 內臟에서
시커먼 그리고 새하얀 그것도아닌
聖母마리아의 微笑의 市場으로 가자
聖母마리아의 市場엔
白裝甲의 秩序가 市街에서 퍼덕일뿐이엿다

(이수형, 신동철 합작 ≪生活의 市街≫ 전문)

이 시는 극히 난해하고 기이한 시다. 문맥이 혼란하고 그 이미지 또한 여러 가지로 혼잡하게 부각되어 있다. 하지만 이런 혼잡한 이미지 속에 시적 주제의식이라고 할 수 있는 하나의 공동한 의미 현실부정의식을 더듬어낼 수 있다. 거의 매 시구마다 부정적 의미와 하나의 모순 체가 표현되어 있을 뿐만 아니라 "밤", "사광충", "발광", "란무", "시간없는 시계", "유희의 유희" 등 시어들은 모두 부정, 죽음 등을 의미하고 있다. 그리고 "아닌"이라는 시어는 다섯 시구에 반복되어 나타나는데 이는 그 시구들을 모두 부정으로 표현하면서 전반 시의 부정적 의미를 강조해주고 있다. 그리고 순결성과 신성함을 의미하는 성모 마리아가 혼잡하고 사욕으로 가득 찬 시장으로 표현되고 또 그 시장에는 성적유희와 매음을 연상시키는 백장갑의 질서가 퍼덕거리고 있다는 표현은 인간의 윤리도덕을 비롯한 인간사회의 시비와 질서가 혼란하고 타락되었음을 의미하고 있다. 이는 시인의 현실부정의식의 반영인 동시에 초현실주의의 한 특징의 표현이기도 하다. 이수형의 시 ≪창부의 운명적 해양도≫, 신동철의 시 ≪능금과 비행기≫ 등도 이와 같은 주제의식을 보여주고 있다고 보게 된다. 여기에 이수형을 비롯한 "시현실" 동인들이 초현실주의를 지향하게 된 주요한 요인의 하나가 있다고 할 수 있다.

초현실주의지향의 시작품들은 자동 기술 법을 비롯한 그 표현기법의 특수성으로 인하여 대체로 난해하고 현실이탈의 특징을 띠게 되어 그 전파와 영향에서 일정한 제한성과 부족 점을 보여주었다. 극언도 이런 부족 점을 파악하고 "시현실" 동인에 대해 평하면서 이렇게 쓰고 있다.

> 諸君이 絶望하고 病的인것은조타. 諸君을 絶望시키고 病的으로 만드는것이잇다면安逸스럽지말고 속속드리 파고드러가며 摘發하라. 그러나 諸同人들의 이번作品에서는 그런것이안이고 다만 言語와形態만을 遊戱하고 對象은 透明치못하엿다.두篇의 樣式에의 意慾은 볼수잇섯으나 詩世界는 貧困하엿다.
> 언제나
> 詩는詩精神이 重要한 것이다.
> 그리고 實로至今의朝鮮이 바라는詩精神의範疇는 푸-쉬낀과가튼 그러한詩人일 것이다.
> … 그러타고 곳모-든詩人들이 푸-쉬낀의 詩精神을 體得하라는 注文은아니다. 한時代의過渡되는 苦惱와混亂에否定이면 否定, 肯定이면肯定의 深化된意을 불태우라는것이다.…
> 그러치 못할때
> 諸君들은 稅吏의 눈을속이는文化的密輸入者의工人이되고말危險性을가지는것이다.270)

여기서 극언이 "시현실" 동인들의 식민지현실에 대한 인식과 그 부정

---

270) 克彦 ≪熾烈한精神의燃燒≫ - ≪<詩現實> 同人集評≫(完), ≪만선일보≫ 1940
   년 9월 5일자에서 인용.

적인 주제의식은 긍정하면서 표현기법의 난해성과 복잡성에 비평하고있음을 알 수 있다. 그러면서 조선에서 지향하고있는 시정신이 뿌쉬낀과 같은 비판적 사실주의라는 것을 제시하면서 "시현실" 동인들이 초현실주의의 난해하고 복잡한 표현기법에 너무 집착하지 말 것을 제시하고 있다. 물론 이는 지당한 평가라고 할 수 있다. 그러나 다른 한 각도에서 볼 때 "시현실" 동인들이 지향한 초현실주의경향은 당시 지배적인 중심문학--식민문학이 주장한 "낭만주의" 경향에 대한 회피 혹은 배척이라고 할 수 있다. 이는 피식민 민족시인들이 식민문학의 지배와 압제에서 이탈하려는 자주의식 내지 민족의식의 반영이라고도 볼 수 있다.

당시의 조선인평론가 고재기는 ≪재만선계문학≫이라는 글에서 당시의 조선인시단을 소개한 부분에서 "다음 시단을 볼 때 여수, 박팔양, 백석, 유치환, 김조규 등은 모두 시집을 간행한 적 있는 중견시인들인데 현재 모두 거의 쓰지 않고 있다. 간도 도문의 동인지 '시현실'에 하면 이수형 등은 초현실주의에 속하는 시문을 적지 않게 창작하였다."고 쓰면서 중견시인들이 시 창작을 그만두다시피 한 적막한 문학상황에서 "시현실"이 조선인시단에서 하나의 경향을 이루었음을 지적하였다. 이는 당시에 "시현실"의 존재적 가치와 문학사적위치를 일정하게 긍정하였음을 말해 준다.

조선인시문학에서 보여준 초현실주의 표현기법과는 달리 중국인시문학에서는 상징주의경향에 속하는 몽롱시의 표현기법이 하나의 독특한 특징을 이루었다. 중국인시인들이 추구한 몽롱시 창작경향은 관내 중국현대문학과 그 작가들의 영향과 무관하지 않을 뿐만 아니라 위만주국시기의 독특한 사회력사문화상황하에서의 자연스런 산물이라고 할 수 있다.

중국현대문학에서 몽롱시 창작경향은 1920년대 초에 목목천(穆木天), 대망서(戴望舒), 서지마(徐志摩), 이금발(李金發) 등 초기상징주의시인들에 의해 나타나기 시작하였다. 초기상징주의시인들은 프랑스초기상징주의를 수용하여 상징주의경향의 시문학을 주장하고 그 작품들을 창작하였다. 목목천, 이금발, 왕독청(王獨淸) 등은 초기상징시파의 표현기교와 심미원칙을 치중하여 수용, 추구하면서 시가의 몽롱성을 중요시하였다. 몽롱시파의 대표적 시인이라고 할 수 있는 목목천은 시가는 모름지기 암시성적인 내용과 몽롱미 특징을 구비해야 한다고 주장하면서 시가에서 몽롱성을 표현할 것을 주장하였다. 주지하다시피 암시는 상징주의시학의 기본 범주에 속하고 몽롱성은 상징주의시풍의 기본특징의 표현이라고 할 수 있다. 상징주의시는 몽롱미가 너무 허무하거나 난해하고 복잡하면 주제의식과 가독성과 심미성이 약화되어 시적 가치와 독자들의 흥미를 잃게 된다. 초기상징주의시인들의 몽롱시는 상징주의시가의 예술성과 심미성을 크게 높여주었고 또 중국현대시가의 표현기법을 풍부히 하였다. 하지만 몽롱시는 점차 그 표현기법이 난해해지고 복잡해졌을 뿐만 아니라 그 주제의식이 현실생활과 이탈하게 하여 문단과 독자들의 비평을 받고 나중에 사실주의경향으로 전환하였다. 목목천도 후에 사실주의시인으로 전환하였다.

이렇게 역시 관내에서 한물 간 몽롱시가 1930년대 말 1940년대 초에 위만주국의 중국인시단에 하나의 선명한 경향으로 나타났다. 이는 주요하게 몽롱시의 기본특징과 그 표현기법이 위만주국 중국인시인들의 기대시야와 알맞았기 때문이라고 할 수 있다. 1939년 시가간행회의 설립과 시가총간(詩歌叢刊)의 간행은 중국인시단에 새로운 활력소를 주입하였고 시인들의 창작욕망과 열정을 불러 일으켰다. 아울러 여러 가지 시풍이 나타나기 시작하였다. 하지만 이 시기부터 일제의 문화전제통치가 날로 가혹해지고 중국어로 된 문예작품에 대한 심사제도가 더욱더 엄혹해졌다. 시작품이나 간행물 또는 단행본이 심사에 걸려 삭제되거나 차압당하는 일은 말 할 것도 없고 이계풍과 같은 일부 시인들은 감옥살이까지 하게 되었다. 하여 이 시기에 와서 민족적이고 진보적인 시적 주제의식을 반영할 수 있으면서도 일제의 심사에 통과될 수 있는 시풍과 표현기법이 중국인시인들에게 박절히 요청되었다. 몽롱시의 표현기법이 바로 이런 기대시야에 알맞은 표현기법의 하나였다. 즉 몽롱시의 몽롱한 표현기법은 시적 주제를 몽롱하게 표현하기에 비교적 쉽게 심사에 통과될 수 있는 특징을 갖고있었다.

사실 몽롱시는 중국인시인들에게 있어서 결코 생경한 시풍이 아니었다. 일찍 1920년대에 동북문단에는 목목천, 대망서, 서지마 등 몽롱시의 시풍을 띤 초기상징주의시작품들이 전파되었을 뿐만 아니라 당시 중국몽롱시파의 대표적 시인으로 주목받았던 목목천은 고향 땅 동북에 와서 문학강의를 하기도 하고 잡지도 꾸리기도 하면서 동북에 신문학을 적극 전파하였고 따라서 그의 몽롱시도 전파되었다. 게다가 상징주의시가는 몽롱한 미적 경지와 심미원칙을 유발하기에 관내보다 어느 정도 후진상태에 있던 동북문학도들에게 자못 큰 매력을 갖게 되었다. 당시 문학지망생이었던 냉가, 성현, 작청 등은 그때에 몽롱시를 접하게 되었고 그 몽롱미에 흡인되어 몽롱시를 습작해보기도 하였다. 1933년 3월 학생신분이었던 성현, 마순(馬尋), 영비(靈非) 등은 냉무사(冷霧社)를 조직하고 ≪民報≫에 ≪冷霧≫주간을 창간하여 신시를 발표하였는데 이 신시는 주로 서지마, 이금발, 대망서 등의 영향을 받아 그 시적 내용이 애수에 젖고 우울하였으며 그 표현이 몽롱하였다. 냉가는 상징주의의 예술미는 정서적 상징이며 작가의 토로하기 어려운 고뇌와 정감을 감춰진 비유의 방법으로 표현한다고 인정하였다.[271] 여기서 중국인시단에 나타난 몽롱시의 창작경향은 관내 몽롱시와 어느 정도 영향관계 내지 계승관계를 보이고 있다고 보아도 무리가 아님을 알 수 있다.

중국인시문학에서의 몽롱시는 소송, 백령, 전랑 등 시인들의 작품에서 쉽게 찾아볼 수 있다. 본고에서는 백령의 시 ≪혈≫만을 보기로 한다.

> 月冷風寒的冬夜, 我走進了夢中.
> 我走在無路的路上, 奔向無邊際的平原.

---

271) 李文湘(冷歌) ≪新詩十年≫, ≪滿洲新文學史料≫ 秋螢 作 開明圖書公司刊, 1944년, pp.57-58 참조.

聽不見一個生物的呼吸, 看不見一個有機的生存, 我更忍不住這冰
一樣的寂寞, 刀一樣的寒風。

　　我只是想高呼, 只是想狂喊, 但我喊不出一句言語, 叫不出一個聲音.

　　這是多麼寂寞啊, 四圍沒有一個人聲.

　　我實在不能忍了, 最後我猛力的喊起來, 隨着巨大的喊聲, 噴出了一
口鮮血. 鮮血噴在空中, 流在地下, 濺在足前, 怕人的血色啊.

　　我一面狂喊, 一面吐着鮮血.

　　我走在無路的路上, 奔向無邊際的平原.

　　聽不見一個同路人的呼吸, 也看不見一個仇敵的生存.

　　這又是多麼寂寞啊, 四圍還是沒有一個回聲.

　　我急急走出了夢中, 是月冷風寒的冬寒.

(百靈 ≪血≫ 전문, ≪新青年≫ 1939年 2期)

(달 차고 바람 추운 겨울 밤, 나는 꿈속으로 들어간다/ 나는 길
없는 길을 걸으며 끝없는 평원을 바라고 간다/ 생물의 숨소리 하나
들리지 않는다, 유기물의 생존도 하나 보이지 않는다, 나는 더욱 참
을 수 없다--이 얼음 같은 적막과 칼날 같은 찬바람을/ 나는 다만
높이 부르고 싶고 한껏 고함지르고 싶지만 한마디 말도 번질 수 없
다, 한마디 소리도 낼 수 없다/ 이 얼마나 적막하냐, 그 어디에나
사람 소리 하나 없다/ 나는 더는 참을 수 없다, 최후로 나는 힘껏
고함질렀다, 거대한 함성과 함께 입에서 선혈이 뿜겨져 나왔다. 선
혈은 공중에 뿜어지고 땅에흘렀으며 발에 뛰었다, 사람을 무서워하
는 피 빛이여/ 나는 한 편으로 고함지르고 한 편으로 선혈을 토한
다/ 나는 길 없는 길을 걸으며 끝없는 평원을 바라고 간다/ 동행자
의 호흡소리 하나 들리지 않는다, 원수의 존재 하나보이지 않는다/
이 또한 얼마나 적막하냐, 그 어디에도 응답하나 없다/ 나는 부랴부
랴 꿈속에서 나왔다, 달 차고 바람 추운 겨울밤이었다.)

이 시는 어느 추운 겨울밤의 꿈을 그리고있는데 그 꿈은 혼잡하고 침
울하고 무시무시하며 시적 표현 또한 몽롱하다. 아득히 끝없는 평원, 생
물의 호흡소리 들리지 않고 유기체의 생존이 보이지 않는다는 평원은 시
적 주인공의 청각을 상실하게 하고 시각을 상실케 하며 나아가 생명의

존재를 의심케 하는 암울한 세계다. 다행히 칼날처럼 날카로운 찬바람이 시적 주인공의 존재를 의식시키지만 그는 또 언어를 상실하게 된다. 한마디 소리도 지를 수 없다. 너무나 괴롭고 고통스러우며 당혹하다. 너무나 견딜 수 없어 시적 주인공은 한마디 고함지르는데 그 고함소리와 함께 선혈이 뿜어 나온다. 선혈은 분수처럼 공중에 뿌려지고 빗물처럼 땅에서 흐른다. 이 얼마나 무시무시한 공포인가. 시적 주인공은 계속하여 고함지르며 선혈을 토하나 동행자 하나 나타나지 않는다. 지어 원수도 나타나지 않는다. 시적 주인공은 어찌하여 길 없는 길에 나섰고 어찌하여 선혈을 토하며 그 길을 계속하여 걷는지 참으로 몽롱하다. 그리고 그 길은 어찌하여 적의 생존마저 찾아보고 싶도록 적막한지 알 바가 없다. 시적 내용으로 보아 시제가 꿈으로 되어야 하겠으나 사실 피로 되었으니 이 또한 몽롱한 표현이 아닐 수 없다.

하지만 이런 몽롱함 가운데서 시적 주인공의 내심세계 내지 그가 처한 세계가 암울하고 적막하다는 시적 주제의식은 대체로 음미할 수 있다.

중국인시의 몽롱성과 그 시적 주제의식의 심층적 의미에 대해 일본인 심사관들도 이를 간파하고 경무총국 국장에게 바치는 비밀서류에 이렇게 썼다.

> 만주좌익문학은 탄생한 날부터 이미 정치상의 형세에 주의하여 추상적이고 모호한 형식으로 창작하였기에 이런 문학에 대한 인식이 결핍한 타민족에게 있어서 그 중심사상을 장악하자면 참으로 힘든 일이다. …그들은 이론적인 술어를 사용하지 않고 만주문화인의 정감을 내포한 용어를 전문 사용하여 심사인원을 기만한다.… 또한 표면상 정부를 옹호하는 척 하면서 반정부정서를 불러일으키기도 한다.[272]

---

272) 각주 46과 같은 책 pp.233-235 참조.

이와 같은 몽롱시에 속하는 시들로는 또 소송의 ≪길(路)≫, ≪꿈(夢)≫, 성현의 ≪황혼(黃昏)≫ 등이 있다.

이렇게 조선인시문학의 초현실주의시경향과 중국인시문학의 몽롱시경향은 서로 다른 표현기법을 보이고 있지만 이 부동 점의 저변에는 또한 어느 정도 공동한 의식성향을 내포하고있다. 즉 모두 본토의 주체문학과의 영향관계 내지 계승관계를 그 기본적인 맥락으로 하고 또 대체로 당시 일제의 문화전제통치와 그 문예심사제도에 대응하려는 공동한 의식성향을 갖고 있다고 할 수 있다. 그리고 초현실주의시경향과 몽롱시경향은 당시 문학장의 주류담론인 "낭만주의"와의 이탈을 보여주는데 이 이탈 자체가 곧 식민문학에 대한 저항을 의미한다고 하겠다.

2. 서정, 서사단시와 서사장시

조선인시문학과 중국인시문학에는 특징적으로 민족과거제재를 다룬 시들도 적지 않은데 이 부류의 시들은 과거지향의식이라는 공동한 의식성향을 갖고있으나 그 표현기법에서 부동 점을 보이고 있다.

조선인시문학은 대체로 짧은 서정, 서사단시형식으로 민족과거제재를 다루고 있을 뿐만 아니라 하나의 작은 소재로 시적 발상이 이루어지고 있다.

한얼생의 시 ≪고려묘자(高麗墓子)≫를 그 예로 들어볼 수 있다.

옛님이 지나신 발자취 그 누가 알야 속비인 古木 너는아느냐
때때 너를 차저와
쉬여가고 울다가는 저- 廓公이나 아는가?
(꺼우리무-스 꺼우리무-스 내이름만이남엇다)

비 바람 모질고

흘러간 歲月의 물결 거칠어윗슴을알네라
骨蜀骨婁들이 코 골든
띄집(墓)마저 살어젓스니
무엇이 이뒤의 빈터를 마트리?
(꺼우리무-스 꺼우리무-스 네 이름만이남엇다)

분명 님 이곳에서
저물도록 씨 너흐시다
그러다 이곳 변죽을 億萬年 두고 직히리
자랑수러운 歷史의 旗幟 꼽어두고
스스로 띄집속에 몸을 숨기신지 그몃해?
(꺼우리무-스 꺼우리무-스 네 이름만이남엇다)
     (한얼생 ≪高麗墓子≫ 전문, ≪만선일보≫ 1940년 8월 7일자)

이 시에서의 꺼우리무스는 고구려무덤과 통한다고 볼 수 있다. 즉 고려는 고구려와 통한다고 볼 수 있다. 주지하다시피 중국인들은 역대로 조선인들을 꼬우리빵즈(高麗棒子)라고 불러왔고 위만주국시기에도 꼬우리빵즈는 조선인의 대명사처럼 되었다. 발음적으로도 꼬우리는 꺼우리와 통한다고 할 수 있다. 더욱이 위만주국 땅에 고구려의 발자취가 적지 않게 남아있는 것을 감안할 때 고려가 고구려와 통한다고 보는 것은 결코 무리가 아닐 것이다. 하여 필자는 이 시에서의 고려는 고구려를 말하는 것으로 보게 되며 꺼우리무스를 꼬우리무스로 본다. 나아가 이 시는 조선민족의 역사상 제일 강성했던 고구려가 무덤으로 이름만 남은 기나긴 민족역사를 추억하면서 현재의 비참한 민족운명을 슬퍼하고 통탄하는 시적 주제의식을 표현하고 있다고 이해하게 된다. 이 시는 하나의 고구려무덤이라는 작은 시적 소재로 짧은 편 폭으로 씌어졌지만 심각한 시적 주제의식이 선명하게 드러나 있고 슬픔의 시적 정서도 짙게 표현되어 있다. 꺼우리무스는 조선민족의 제일 강성했던 역사를 추억하게 하면서 그 강성했던 민족의 역사를 다시 되찾으려는 갈망을 불러일으킨다. 물론 이 시는 편 폭의 제약으로 말미암아 이런 시적 소재와 시적 주제가 상세히 감명 깊게 전개되지 못한 부족 점을 갖고있음은 간과할 수 없다.

천청송의 ≪무지개벗친다는샘≫, 유치환의 ≪생명의 書≫ 등 시들이 이와 같은 서정, 서사단시라고 하겠다. 조선인시문학이 민족과거제재를 다룸에도 불구하고 서사장시형식이 아닌 짧은 서정, 서사단시형식을 취하게 된 것은 발표지의 엄청난 궁핍이 그 주요원인의 하나라고 보게 된다. 일제 홍보처가 ≪문예지도요강≫을 발표한 후 "조선인작가들에게 있어서 원고비는 말할것도 없고 유일한 발표기관인 만선일보마저 문예의 편폭을 재삼 줄이였다."273) 게다가 일제의 문화검열이 날로 엄혹해졌으니 조선인문학은 근본적으로 자유로운 발전이 있을 수 없었다.

중국인시문학에서는 주로 서사장시형식으로 민족과거제재를 다루고 있다. 외문(外文)의 서사장시 ≪검(鑄劍)≫, 백령의 서사장시 ≪오강(烏江)≫과 ≪칭키스칸·서가(成吉思汗·序歌)≫, 김음(金音)의 서사장시 ≪색외몽(塞外夢, 장성 밖의 꿈)≫ 등은 모두 짙은 민족의식으로 민족과거사를 다루면서 시인 현재의 암울한 상황과 쇠퇴한 상황 그리고 나아가 민족저항의식 등을 우회적으로 제시하고 있다. 그중 김음274)의 ≪색외몽(장성 밖의 꿈)≫이 대표작으로 된다.

> 哪里是永恒的遠方?
> 哪里是永遠的煙景?
> 且莫向這大沙風
> 且莫恨這塞外夢!
>
> 這里有
> 千萬年封固的大地心腸
> 這里有亘古長流的嫩江
> 這里有

---

273) 각주 80과 같은 문장 p.93에서 재인용.
274) 金音(1916年 -), 원명은 馬家驥, 필명으로 驥弟, 馬尋 등이 있다. 詩季社 동인, 대표작으로 시집 ≪塞外夢≫(新京學藝刊行會 1941年 8月)이 있음.

說也說不盡的成吉思汗魂靈的囈語
激打着後裔哀望長秋雨……

雖說是長流靜寂, 大地無言
雖說是風沙緊抓住了天:
打開偌大的自然之鐵胸
那里藏掩着原始的生長熱情

但自一度從天降下大風暴
大地戚戚凋衰了春草
于是----
有大夢來自"神宇"
催促這灰色的城堡沉沉睡去……

(金音 ≪塞外夢≫에서)

(그 어디가 영원히 먼 곳이냐?/ 그 어디가 영원히 아름다운 곳이냐?/ 이 큰 사막의 바람을 마주하지 말아다오/ 이 장성 밖의 꿈을 미워하지 말아다오!// 여기에 있다/ 여기에 천만년 묻인 대지의 심장이 있다/ 여기에 유구히 흐른 눈강이 있다/ 여기에 있다/ 여기에 칭키스칸 영혼의 끝없는 잠꼬대가 / 지루한 가을비를 애타게 바라보는 후예들을 두들겨 준다……// 비록 강물이 고요하고 대지가 말이 없어도/ 비록 모래바람이 하늘을 뒤덮고 있어도/ 크나큰 자연의 쇠 가슴을 열면/ 거기에는 원시적 생명의 정열이 숨겨져 있다// 그러나 하늘에서 폭풍이 한번 불어 친 후/ 대지는 근심에 쌓이고 봄풀이 죽어간다/ 하여----/ 큰 꿈이 "신우"에서 찾아와/ 이 생기 없는 성루더러 깊이깊이 잠들라고 재촉한다……)

칭키스칸은 13세기초에 영토를 중앙아세아까지 확장한 고대몽고의 민족영웅이며 원나라(元朝) 태조이다. 그는 중화민족역사에서 국토를 제일 크게 넓혀 하나의 강국시대의 상징으로 되어있다. 시 ≪색외몽≫은 꿈의 형식으로 바로 역사상 더없이 강대했던 칭키스칸 시대를 추억하면서 쇠퇴되어 가는 후예들의 꿈 없는 암울한 현존상황을 고발하고 있다. 천만

년의 역사, 태고연한 눈강(중국 동북에 하나의 큰 강 이름)과 그 벌판, 일대의 천교(一代天驕) 칭키스칸의 위업, 시는 이 자랑 찬 민족역사를 추억 속에서 펼쳐 가는 동시에 어느 큰 폭풍우에 의해 쇠퇴되어 가는 대지와 성루, 슬픈 이야기들을 하나하나 토로하고 나중에 장성 밖의 후예들이 칭키스칸의 무언의 힘과 자기들의 힘으로 천고의 색외몽을 깨뜨리고 침울한 우주를 깨뜨릴 것을 갈망하고 있다.

이 시는 자랑 찼던 민족역사를 회고하고 있을 뿐만 아니라 그 속에서 힘을 얻어 새로운 역사를 개척하자고 암시한다.

여하튼 서정, 서사단시형식이든 서사장시형식이든 모두 대체로 민족과 거제재를 다루었다는 그 자체에 조선인시인들과 중국인시인들의 민족의식 내지 저항의식이 암시되어 있다고 할 수 있다.

제 6 장 결 론

위만주국문학장은 일제가 식민통치권으로 문화전제통치를 실시하는 식민문학장이었다. 표면적으로는 하나의 "복합민족문학장"이었지만 내면적으로는 일본인식민문학이 지배적인 중심문학위치를 차지하고 주류담론권리를 독점한 일본인식민문학과 피 지배적 종속위치에서 국책선양을 위한 메가폰으로 되어야 할 변두리문학으로 생존공간의 틈새를 갖게 된 피식민 민족문학인 조선인문학과 중국인문학으로 구성되었다. 즉 조선인문학과 중국인문학의 생존공간은 문학의 자율적 생성, 발전 법칙에 따른 자주적인 공간이 아니라 식민문학에 억눌리고 의뢰해야 하는 숙명적인 공간이었다. 일본인식민문학은 식민지문학의 이념과 과제, 창작방법 등을 선양, 강요하였는데 창작방법에서는 현실을 분식하고 미화하는 위선적인 "낭만주의" 창작방법을 주도로하고 장르상에서는 당시 영향력이 컸던 보고문학과 희곡작품을 극구 선양하였다.

이런 숙명적인 피 지배적 공간 속에서도 조선인문학과 중국인문학은 그 생성, 발전과정에 여러모로 자주성과 민족성을 추구하였다. 조선인문학은 "북향회" 동인의 성립 및 그 동인지 ≪북향≫의 간행과 함께 본격적으로 생성한다. "북향회"는 고난에서 허덕이는 광범한 백의대중을 시급히 문화적으로 계몽시키고 민족의식을 각성시켜 백의민족의 당당한 삶을 찾도록 하기 위해 ≪북향≫을 창간하며 또 이 종지를 실현하기 위해 대체로 대중문학경향의 농민문학을 주장하였다. 그러나 일제의 식민문화전제통치와 조선인에 대한 잔인한 동화정책에 의해 그 생성, 발전은 근본적으로 무시당하고 억압당하게 되며 조선인들이 처한 사회, 정치, 경제 지상의 최하층지위에 의해 그 발전템포가 늦어지게 되었다. 조선인문학은 《만선일보》문예란이 거의 유일한 생존공간으로 되었기에 자연적이고 자주적인 생성, 발전을 가져오지 못하고 우여곡절을 겪으면서 굴곡적인 발전궤적을 그어나가게 되었다. 중국인문학은 생성초기에는 주로 몇 가지 신문간행물의 문예란에 의해 발단되나 역사, 경제, 문화 등 면에서 비교적 심후한 기초를 갖고있었기에 점차 많은 문학단체가 출현하고 여러 가지 동인지와 단행본들이 간행되면서 비교적 큰 생성, 발전 공간을 확보하게 되었다. 중국인문학은 주로 향토문학파가 주장한 "진실을 묘사하고" "진실을 폭로하는"것과 예문파가 주장한 "방향 없는 방향"이 주요한 문학주장으로 되었고 또 시종 이 두 문학유파의 논쟁과 경쟁 속에서 발전하였는데 비록 굴곡적이고 복잡한 발전궤적을 그어나갔지만 비교적 풍부한 발전을 가져오게 되었다. 여기서 예문파가 시종 일본인문인들의 경제적 원조를 이용하여 그 발전을 기하였다는 것을 간과할 수 없다.

조선인문학과 중국인문학은 부동한 생성궤적을 갖고있지만 일제식민통치하의 동일한 시공간 속의 피식민 민족문학으로 그 총체적 특징 속에 적지 않은 공동 점을 보여주고 있다.

첫째, 공동한 민족계몽의식과 대중문학경향을 보여주고 있다. 조선인문학은 생성초기부터 강렬한 민족계몽의식으로 민족계몽을 위한 대중문학경향의 농민문학을 주장하였다. 조선인문인들은 문학의 힘을 무력보다 더 위대하다고 인식하고 민족문화계몽에서의 문학의 역할을 굳게 믿어마지 않으면서 위만주국 조선인의 절대대부분이 농민인 상황을 감안하고 농민문학이 곧 광범한 백의대중을 위한 조선인문학이라고 인정하였다. 중국인문인들은 "현재 문학은 군중들을 교육하는 유력한 도구이며 현실을 인식하는 도구"라고 하면서 주로 농촌과 도시를 포함한 광범한 빈고 대중들의 진실한 생활을 반영하는 향토문학을 주장하였다. 농민문학과 향토문학은 민족계몽의식과 대중문학경향의 구체적인 표현으로서 조선인문학과 중국인문학으로 하여금 대체로 민족현실생활을 진실하게 반영하게 하였고 나아가 사실주의를 지향하게 하였다. 이는 당시 일제가 선양하고 강요한 "낭만주의문학"과 완전히 대치되는 것으로서 일제의 식민통치에 대한 문화저항의 표현으로 된다.

둘째, 공동한 민족문화신분의식과 민족전통문화의 계승을 보여주고 있다. 민족문화신분의식은 한 개 민족의 집단무의식과 정신응집력의 표현이며 이민족 혹은 외래의 문화패권에 저항하는 선결조건으로 된다. 조선인문인과 중국인문인들은 "세계적으로 제일 우수한 문화"라고 고취한 일본식민문화에 대한 수용을 강요당하고 더욱이 그에 동화되어야 하는 식민문화전제통치하에서도 갖은 방법으로 자기민족 모체문학의 영양소를 적극 흡수하면서 자기민족문학의 전통과 특징을 지켜나갔다. 조선인문인들은 여러 가지 루트를 통해 시종 모체문학과 교류를 진행하였고 중국인문인들은 여러 가지 루트를 통해 노신을 비롯한 중국현대문학의 대표적 작가들의 작품들을 번인, 출판하면서 모체문학과 보조를 같이 하고 그 영향을 적극적으로 받아들였다.

셋째, 공동한 민족문학발전의식과 외래문학수용자세를 보여주었다. 근대문명사회에 들어와서 매 민족문화는 타민족문화 내지 외래문화와의 충돌과 대비 속에서 진보적인 문화의 영양소를 섭취하고 수용하여야만 계속 생존, 발전할 수 있다. 조선인문인들과 중국인문인들은 민족전통문화만 고수한 것이 아니라 민족문학발전의식으로 당시 혼란하고 복잡한 외래문학의 충격 속에서 특히 일제식민문학의 충격 속에서 다 같이 선명하고도 적극적인 수용자세로 비판적 사실주의문학을 가장 주된 특징으로 하는 러시아문학을 선택, 수용하였다. 이는 동일한 시공간 속의 같은 피식민 민족으로 공동한 사회문화심리가 생성되고 공동한 기대시야가 생성되었음을 보여주며 공동한 문학의식과 지향을 갖게 되었음을 말해준다. 조선인문인들과 중국인문인들은 또한 운명공동체문학 특히 중국현대문학과 조선현대문학에 대한 상호 수용자세도 보여주었다. 안수길이 번역, 발표한 노신의 소설 ≪고향≫과 작풍간행회에서 번역, 출판한 ≪조선단편 소설선≫에서 이 점을 보아낼 수 있다고 하겠다.

조선인문학과 중국인문학은 그 총체적 특징 속에서 일부 부동 점도 보여주었다. 조선인문학은 민족생존위기 속에서 민족문화의 보루로 되어 그 확보를 기하는 가운데서 발전하게 되었다. 민족언어문자는 그 민족의 역사, 전통, 문화, 사유방식 등 면에서 민족의 독립성을 수호하게 된다. 식민문화전제통치하에서 언론자유를 박탈당한 피식민 민족에게 있어서 민족문학은 그 민족심성을 토로하는 중요한 도경으로 되는 동시에 민족 언어문자를 보존, 확보하는 중요한 수단으로 된다. 즉 민족언어문자로 된 민족문학은 민족정신의 보루라 할 수 있다. 조선인문인들은 날로 "황민화"되어야 하는 민족생존위기 속에서 민족문학의 확보를 민족생존과 동일시하였다. 안수길을 비롯한 조선인문인들은 "국내에서 말살되고있는 어문을 지켜야 한다, 그리고 문학을 살려야 한다", "만주선계문학의 운명은 곧 재만의 조선어의 운명이라고 생각한다. 모토(母土)조선의 언어문제를 추이하여 이렇게 생각지 않을 수 없다"고 하면서 문학창작과 작품집 출판에 진력하여 민족문학을 확보하고 발전시켰다. 비록 조선어문학발표지가 극히 적은 상황이었지만 대부분 조선인문인들은 시종 조선어로 창작하였고 작자명도 창씨개명이 아닌 원명을 사용하였는데 이는 일제의 황민화 정책에 대한 무언의 문화저항이 아닐 수 없다.

중국인문인들은 본디 유구하고 심후한 역사적 토대를 갖고있었기에 타민족의 침략과 식민통치를 당하고있었지만 경제, 문화상에서 일정한 저력을 보존하고있었다. 하여 식민문화전제통치하에서도 산정을 대표로 하는 향토문학파와 고정을 대표로 하는 사인주의(寫印主義)파라는 두 개의 유파가 형성되어 장기간 논쟁과 경쟁을 진행하면서 민족문학을 발전시켜나갔다. 향토문학파는 현실을 진실하게 반영하고 폭로하는 사실주의창작경향의 민족문학을 주장하고 사인주의파는 문학은 그 무슨 주의(主義)보다 우선 작품을 많이 창작하여야 한다고 인정하면서, 일부 사인주의파문인들이 일본인들과 일정한 거래를 갖고있는 점을 이용하여 일본인들의 경제적 원조를 마다하지 않고 적극 받아들여 정기적인 간행물을 꾸리고 많은 작품집들을 출판하였다. 이 두 유파의 논쟁은 시종 작가들의 문학창작과 간행물의 간행 그리고 작품집의 출판을 상호 자극하여 중국인문학으로 하여금 보다 풍부한 열매를 맺게 하였다. 이밖에 일제가 중국인문인들에 대해 전제통치뿐만 아니라 각종 회유정책을 실시하면서 일부 문인들을 농락하여 중국인문단을 통제하려 시도하는 가운데서 적지 않은 중국인작품들이 일본어로 번역, 출판되어 어느 정도 중국인문학의 발전에 자극을 주었다는 것을 간과할 수 없다.

조선인작가와 중국인작가들은 소설창작에서 현실에 입각하여 당시 민족의 생존상황을 진실하게 반영하면서 우회적인 수법으로 암흑한 사회현실을 폭로하고 나아가 민족저항의식을 표현하였으며 사실주의가 소설문학의 주조를 이루게 하였다. 조선인소설과 중국인소설은 특히 중, 단편소설에서 공동한 담론과 의미로 적지 않은 공동 점을 보여주었다.

첫째, 최하층인물들의 비참한 생활상이다. 조선인소설과 중국인소설들은 현실의 삶을 형상적으로 진실하게 기록하면서 최하층인물들의 비참한 생존상황을 진실하게 반영하여 그 비극적 운명을 동정하고 나아가 그 근원을 암시하였다.

둘째, 고뇌와 타락 그리고 무능한 인텔리형상이다. 조선인소설과 중국인소설들에는 당시 사회에서 그 무엇인가 해보려 하나 무기력하여 실의하고 고뇌 속에 술, 아편 등으로 정신을 마취시키는, 타락하였거나 무능한 인텔리형상들이 부각되어 있는데 여기에는 작가의 암담한 현실에 대한 고발의식과 비애의 정서가 내포되어 있다. 조선인소설은 대체로 인텔리들의 고뇌와 타락상을 묘사하는데 치우쳐지고 중국인소설은 대체로 인텔리들의 무기력함을 폭로하는데 치우쳐지고 있다.

셋째, 음험하고 간악한 민족망나니형상이다. 어지럽고 불안하고 복잡한 당시 사회환경 속에서 여러 민족가운데는 형형색색의 민족망나니들이 나타나 민족의 비극을 적지 않게 빚어냈다. 조선인소설과 중국인소설에는 공동한 특징을 띤 공동한 유형의 민족망나니형상들이 부각되어 있는데 이런 형상은 표층으로는 험악한 생존환경 속에서 나타난 일부 민족의 나쁜 근성을 보여주고 있고 심층으로는 일제를 주도로 한 통치계급의 음험하고 잔혹한 본질을 보여주면서 이런 망나니가 살 판치게 용납해주는 사회에 대한 작가들의 짙은 증오감과 부정의식을 보여주고 있다. 조선인소설에 묘사된 민족망나니형상은 대체로 토호와 통치계급을 등에 엎고 그들과 농민사이의 거간꾼으로 나서서 간교한 수단으로 사기 치고 동족을 해치는 특징을 보여주며 중국인소설에 묘사된 민족망나니형상은 대체로 감언이설로 순박하고 가난한 농민들의 재물을 사기 치고 유부녀를 유혹, 겁탈하는 특징을 보여주고 있다.

넷째, 복수와 탈주의 모티브와 그 다의성이다. 조선인소설과 중국인소설에는 비록 사회제도와의 선명한 반항을 직접적으로 보여주는 이야기 구성은 없지만 하층인물들의 자연발생적인 저항을 보여주는 개인적인 복수와 탈주, 자결 등 모티브는 적지 않다. 이런 모티브가 나타나게 된 것은 험악하고 암울한 식민사회에서 같은 피식민 민족으로 필연적으로 느끼게 되는 공동한 수난의식과 저항의식의 진실한 반영인 동시에 작가들이 사실주의창작을 지향하고 현실에 대해 분노와 불만 그리고 부정의식을 갖고있었기 때문이라고 보게 된다.

다섯째, 상징성을 띤 어둠과 엄한 속의 자연에 대한 환경묘사이다. 조선인소설과 중국인소설에는 밤, 암흑, 풍진, 광풍, 눈보라 등 어둠과 엄한 속의 자연환경묘사가 특히 선명하게 나타나며 지어 어떤 소설에는 똑같은 자연환경이 반복적으로 나타나면서 그 특징을 뚜렷이 보여주고 있다. 이런 자연환경묘사는 작품의 분위기를 조성해주고 주제를 함축성 있게 암시해주면서 예술성을 보다 기해주는 동시에 암울하고 험악한 사회에 대한 우회적인 서술방식의 표현으로 된다.

조선인소설과 중국인소설은 이런 공동 점뿐만 아니라 일부 부동 점도 보여주고 있는데 대체로 장편소설에서 부동한 담론과 의미로 그 부동 점을 보여주고 있다. 조선인작가와 중국인작가들은 민족의 역사문화 발전상황이 부동하고 현실생존상황이 어느 정도 부동함에 따라 장편소설창작에서 부동한 담론방식을 선택하게 되었다. 조선인장편소설은 양적으로 그리 많지 못하지만 주로 현실에 입각하여 현실제재로 민족 정착사를 묘사하고 있다. 장편소설 ≪북향보≫, ≪돌아오는 인생≫ 등은 어느 정도 유토피아색채가 보이고있지만 조선인생활상의 한 측면과 모순을 틀어쥐고 진실하게 묘사하면서 당시 조선인들의 정착과정을 파노라마적인 서사적 화폭으로 보여주고 있다. 중국인장편소설은 양적으로 적지 않은데 대체로 어둡고 우울한 분위기로 과거 또는 현실을 제재로 한 가족 흥망사를 다루고 있다. 장편소설 ≪녹색계곡≫, ≪평사≫ 등은 낡은 가족제도와 봉건지주가족의 흥망사, 봉건제도의 억압과 착취 및 자본주의제도의 충격으로 인한 농민과 농촌의 파산과 몰락을 서사적 화폭으로 묘사하고 있다. 이런 장편소설에 당시 통치지위에 있은 일본인들이 거의 나타나지 않고 있다는 것은 민족의 자주성과 독립에 대한 추구를 보여주는 동시에 일본식민통치자들에 대한 무시와 부정을 보여준다고 하겠다.

이런 장편소설들은 또 조선인작가와 중국인작가들의 작가심리상태의 공동 점을 보여주고 있다. 그 공동 점의 하나는 우회적인 표현심리상태이다. 조선인장편소설이나 중국인장편소설이나 모두 당면의 주요한 모순인 일제와의 모순을 직접적으로 보여주지 못하고 있다. 민족절개를 굽히지 않고 시책에 어긋나지도 않으며 분식문학에도 빠져들지 않으면서 민족의 현실생존상황과 관련되는 사회모순의 한 측면을 사실주의적으로 보여주려 한 것이 바로 조선인장편소설작가와 중국인장편소설작가들의 공동한 심리상태였다고 할 수 있다. 이런 심리상태에서 창작된 소설들은 표면적으로는 현세를 회피한 것 같지만 심층적으로는 작가들의 민족의식 내지 저항의식을 간접적으로나마 표현하여 그 주제가 발산적으로 다의성을 띠게 되었다. 다른 하나의 공동 점은 강렬한 민족역사의식의 표현심리상태이다. 조선인작가나 중국인작가나 모두 장편소설의 전통적인 역사 서사기능을 충분히 이용하여 민족 정착사와 가족 흥망사를 서사적 화폭으로 다루고있는데 이는 당시 날로 가혹해진 일제의 식민통치 특히 민족동화정책에 대한 민족문화 초려(焦慮)의식에서 기인된 민족역사의식의 표현이라고 볼 수 있다.

조선인작가와 중국인작가들은 피 지배적이고 종속적인 피식민 민족작가들로서 여러 모로 식민사회환경의 영향을 받지 않을 수 없었다. 일부 작가들은 문학초지의 변이를 보여주었다. 이마무라 에이지는 이런 변이를 보여준 조선인작가의 대표인물이다. 그는 생활상 가난에 쪼들리고 언어상 모국어를 상실하여 문화적으로는 거의 일본인으로 되어갔지만 현실적으로는 일본인으로부터 이방인의 대접과 멸시를 받게 되었다. 문학창작에서는 집요한 추구와 고심한 노력으로 일정한 문학적 재능을 과시하게 되었다. 그는 초기에는 대체로 남녀간의 사랑 이야기를 다루다가 점차 민족신분의식으로 곤혹을 느끼기 시작하고 그 곤혹을 보여준 고아심리상태와 의식을 반영한 소설들을 창작하였다. 그의 대표적 소설들의 주제핵심은 민족정체성에 심각한 고민이었다. 그러나 이런 소설창작은 계속되지 못하고 일본인문인들에게 선계문인의 대표자로 주목되어 "현지고찰"과 같은 "견학"을 하게 되면서 국책선양의 작품들을 창작하지 않을 수 없게 된다. 다행히 그는 자신의 문학초지가 변이 되었음을 의식하고 창작왕성기에 문뜩 창작활동을 멈춘다. 이마무라 에이지는 위만주국시기 일본인문단에서 조선인작가의 독특한 시각과 의식으로 조선인생활의 여러 측면을 현실적으로 보여주었다. 그는 일본문으로 창작한 조선인작가의 문학세계와 내심세계 그리고 민족신분의식으로 인한 곤혹 등 특수한 민족심리상태, 특히 남다른 고아의식 - 민족정체성에 대한 심각한 고민을 비교적 진실하게 보여준 민족작가라고 할 수 있다. 그의 소설에서 보여준 민족정체성에 대한 곤혹의 주제는 지금도 재미, 재일 조선인 문학에서 계속 재현되고 있는바 이는 한글 문학권에서 "민족정체성에 대한 심각한 고민"의 주제의 원형이라고 해도 과언이 아닐 것이다.

고정은 중국인작가의 문학초지의 변이양상을 보여준 대표적 작가의 한 사람이다. 그는 순수문학을 주장하고 시종 모국어 - 중국어로 창작을 진행하였다. 그는 초기에 노신 같은 대작가가 되자면 우선 노신 같은 대전사가 되어야 한다고 하면서 예리한 필치로 비참한 사회현실을 진실하게 묘사한 작품들을 창작한다. 그는 일본인들의 원조를 포함한 각종 요소를 동원하여 예문지파를 비롯한 중국인문인들의 문학작품창작과 발표를 자극, 추진한다. 그러나 그의 작품들이 일본어로 번역되고 일본들에게 중국인문학의 제1인자로 주목되어 각종 사회문학활동에 참가하게 되면서부터 그의 작품은 점차 역사제재와 같은 현실모순을 회피한 제재의 소설들을 창작하게 되고 일부 현세부응의 친일경향을 보여주는 작품들을 창작하게 된다. 나중에 그도 문학초지의 변이를 감각하고 신생을 시도하는 다층구조의 소설을 창작한다.

이 두 작가가 보여준 문학초지의 변이양상은 당시 사회에서 피치 못할 피식민 민족문학의 하나의 비극적인 양상을 보여주었다고 하겠다. 그리고 이런 변이양상을 통해 특수하고 복잡한 당시 사회환경 속에서의 조선인작가와 중국인작가들의 문학창작과정은 굴곡적이었고 작가심리상태 또한 기복을 이루면서 모순성과 변이성을 띠어 그 작품들도 흔히 다층구조와 다의성을 갖게 되었다는 것을 확인해보게 된다.

조선인시문학과 중국인시문학은 시인들의 복잡하고 다양한 사상의식과 정서, 특히 암울한 현실에 대한 폭로, 부정의식과 정서를 심미적인 치환을 통해 보여주고 있다. 그러면서 적지 않은 공동 점과 부동 점을 보여주었는데 그 공동 점은 대체로 공동한 시적 이미지와 그 주제의식에서 나타나고 있다.

첫째, 옛 고향이미지와 옛 성 이미지 및 그 주제의식에서 공동 점을 보여주고 있다. 조선인시문학은 옛 고향이미지로, 중국인시문학은 옛 성 이미지로 모두 아름답고 아늑하고 풍요로웠던 민족의 지난 생활화폭을 형상화하면서 과거지향의식으로 현실의 암울하고 비참한 생활상을 심미적으로 치환하여 공동한 주제의식 즉 시인들의 현실폭로의식 내지 현실부정의식을 보여주었다. 조선인시문학과 중국인시문학에는 또 밤하늘의 달이나 별, 고향의 정든 소재물을 시적인 서정으로 표현하면서 짙은 향수를 토로한 시들도 적지 않다.

둘째, 어둠의 색채이미지와 그 주제의식에서 공동 점을 보여주고 있다. 조선인시인과 중국인시인들은 당시의 암울한 생태를 절감하면서 공동한 사회심리상태와 심미문화심리가 생성되었으며 따라서 시 창작에서 모두 어둠의 색채이미지를 부각하여 공동한 주제의식을 보여주었다. 즉 절망, 죽음, 암흑, 불안, 부정 등 의미와 정서를 연상시키는 어둠의 색채이미지로 암흑한 시대상을 폭로, 부정하고 있다. 이는 조선인시인과 중국인시인들이 현실에 입각하여 그 현실과 감수를 진실하게 반영하려는 창작경향 즉 사실주의를 지향한데서 기인되었다고 볼 수 있다. 당시 일제가 영향력이 비교적 큰 시가의 문체적 특징을 이용하여 "낭만적이고 건설적인 명랑한" 색채를 띤 시가문학을 창작할 것을 선양하고 강요하고 압제한 상황하에서 사실주의를 지향하면서 그 구체적인 작품을 창작, 발표하였다는 것은 조선인시인과 중국인시인들이 민족의식 내지 저항의식을 갖고 있었다는 것을 확인해준다.

조선인시문학과 중국인시문학의 부동 점은 주로 표현기법에서 보여주고 있다.

첫째, 조선인시문학은 "시현실" 동인들에 의해 초현실주의경향을 보여주었고 중국인시문학은 초기상징주의 시를 추종하는 시인들에 의해 몽롱시경향을 보여주었다. 초현실주의경향의 시들은 자동기술 법으로 난해하고 기이한 이미지를 부각하고있지만 그 심층에 현실부정의 의미가 암시되어 있었고 몽롱시경향의 시들은 각종 암시적인 표현수법으로 몽롱한 이미지를 부각하고있지만 그 이미지들은 현실부정의미를 상징적으로 표현하고 있었다. 초현실주의시경향과 몽롱시경향은 서로 다른 표현기법을 보이고있지만 이런 경향은 모두 모체문학과 일정한 영향관계를 가질 뿐만 아니라 또 일제의 문예심사제도에 대응하려는 공동한 의식성향을 보여 주고있다.

둘째, 조선인시문학은 대체로 짧은 서정, 서사단시형식으로 민족의 과거를 시적 제재로 다루고있고 중국인시문학은 대체로 서사장시형식으로 민족의 과거를 시적 제재로 다루고 있다. 조선인시문학의 서정, 서사단시형식이든 중국인시문학의 서사장시형식이든 모두 자기민족의 역사에서 제일 강성했던 역사를 회고하고 있는데 이는 조선인시인과 중국인시인들의 강렬한 민족의식과 저항의식을 암시하여 주고 있다고 볼 수 있다.

생명력 있고 가치 있는 문학의 창조는 언제나 인간의 생존과 민족의 운명에 대한 제시를 통해 인류의 공동한 문화주제를 반영하는데 있다. 조선인문학과 중국인문학은 위만주국시기 일제의 가혹한 식민통치하에서 생성, 발전된 피식민 민족문학으로 갖은 억압 속에서 자유롭게 발전하지 못하였지만 다양한 표현수법을 동원하여 자기민족의 암울한 생존상황과 비참한 운명을 진실하게 반영하면서 굴곡적으로나마 불굴의 민족문화정신과 민족의식 및 저항의식을 보여주었다. 또한 각자 모체문학의 영양소를 흡수하면서도 상대적으로 독립성과 체계성을 가진 특수한 시공간 속의 민족문학을 생성하였다. 가혹한 식민문화전제통치는 조선인문학과 중국인문학의 자주적인 생성, 발전을 압제하고 조선인문인과 중국인문인들의 문학창작활동을 단속하였지만 그들의 심령은 단속하지 못하였으며 두 피식민 민족문학의 민족성을 동화하지 못하였고 말살하지 못하였다.

요컨대 조선인문학과 중국인문학은 위만주국시기 일제 식민통치에 순종하지 않고 우회적이기는 하지만 문화적인 저항을 보여준 탈식민문학으로 된다. 동시에 조선인문학은 일제 식민통치시기의 전반 한글문학의 명맥을 이어주었다는데서 한반도문학 내지는 중국 조선족문학에서의 아주 귀중한 문학유산으로 되고 있다. 중국인문학은 동북현대문학의 발전을 주도하여 전반 중국현대문학의 중요한 한 부분을 차지하게 되었다.

■ 참고문헌 ■

1. 기본자료

1) 조선문자료

李周福 외, ≪北鄕≫(2호, 3호, 4호), 北鄕社(용정), 1936년(1월, 3월, 8월).

申瑩徹 編, ≪싹트는 大地≫, 滿鮮日報社 出版部(新京), 1941년.

朴八陽 編, ≪滿洲詩人集≫, 第1協和俱樂部文化部(길림) 발행, 1942년 9월 29일.

金朝奎 編, ≪在滿朝鮮詩人集≫, 藝文堂(연길), 1942년 10월 10일.

安壽吉創作集, ≪北原≫, 藝文堂(용정), 1944년 4월.

안수길 저, ≪북향보≫(≪만선일보≫ 1944년 12월 - 1945년 7월 4일)

玄卿駿 저, ≪도라오는人生≫(≪만선일보≫ 1941년 11월 1일 - 1942년 3월 3일, 10
　　　　회분이 결호됨.)

　　　　≪滿鮮日報≫, 영인본, 全5권, 아세아문화사(서울), 1988년.

오오무라 마스오, 이상범 편, ≪<滿鮮日報> 文學關係事索引(1939년 12월 - 1942
　　　　년 10월)≫, 1995년 11월.

연변대학 조선언어문학연구소 편, ≪중국조선민족문학대계(10) 소설집·안수길≫,
　　　　흑룡강조선민족출판사, 2001년 11월.

연변대학 조선언어문학연구소 편, ≪중국조선민족문학대계(9) 소설집·현경준≫,
　　　　흑룡강조선민족출판사, 2002년 2월.

연변대학 조선언어문학연구소 편, ≪중국조선민족문학대계(11) 소설집·김창걸
　　　　외≫, 흑룡강조선민족출판사, 2002년 12월.

20세기중국조선족문학사료전집(제5집)≪쌍영·싹트는 대지≫, 연변인민출판사,
　　　　2001년 4월.

용정시조선족문화발전추진회 문화총서 ≪일송정≫(제2기 - 제4기), 연변교육출판
　　　　사, 2001년 5월, 2001년 10월, 2002년 4월.

2) 한어문자료

≪新滿洲≫(月刊, 滿洲圖書株式會社(新京), 1939年 1月 - 1945年 4月(일부 결호됨).

≪麒麟≫(月刊, 前身 ≪斯民≫), 滿洲雜誌社(新京), 1941年 6月 - 1945年 4月(일부 결 호됨).

≪滿洲新文化月報≫, 滿洲新文化月報社(奉天), 1933年 1月 - 1937年 8月(일부 결 호됨).

≪新潮≫(月刊, 滿洲經濟社(新京), 1943年 1月 - 1944年 12月(일부 결호됨).

≪青年文化≫(月刊, 滿洲青年文化社(新京), 1944年 1月 - 11月.

≪明明≫(月刊, 滿洲社(撫順), 1937年 1月 - 1938年 3月(일부 결호됨).

≪學藝≫(月刊, 學藝刊行會(新京), 1940年 11月 - 1942年 1月(일부 결호됨).

≪藝文志≫(月刊), 藝文書房(新京), 1943年 1월 -1944年 11月(일부 결호됨).

≪作風≫(創刊號), 作風刊行會(奉天), 1940年 11月.

≪大同報≫, 大同報社(新京), 1937年 3月 1日 - 1942年 8月(일부 결호됨).

≪盛京時報≫, 盛京時報社(奉天), 1934年 1月 - 1944年 9月(일부 결호됨).

≪泰東日報≫, 泰東日報社(大連), 1936年 1月 - 1944年 12月(일부 결호됨).

≪濱江日報≫, 濱江日報社(哈爾濱), 1937年 11月 1日 - 1945年 3月(일부 결호됨).

≪東滿報≫, 康德新聞社(牡丹江), 1940年 1月 - 1943年 12月(일부 결호됨).

陳因編, ≪滿洲作家論集≫, 大連實業印書館, 1943年.

秋螢作, ≪滿洲新文學史料≫, 開明圖書公司刊(新京), 1944年.

金音 編, ≪滿洲作家小說集≫, 五星書林(新京), 1944年.

疑遲 著, ≪風雪集≫, 藝文志事務會(新京), 1941年7月.

成弦 作, ≪焚桐集≫, 大地圖書公司(新京), 1944年.

張毓茂 主編, ≪東北現代文學大系(1919 - 1949)≫(第一卷 - 第十四卷), 沈陽出版社, 1996年12月.

梁山丁 著, ≪綠色的谷≫, 春風文藝出版社, 1987年 5月.

梁山丁 著, ≪伸到天邊去的大地≫, 沈陽出版社, 1991年 8月.

梁山丁 編 ≪長夜螢火(東北淪陷時期作品選·女作家小說選集)≫, 春風文藝出版社, 1986年 6月.

梁山丁 編, ≪燭心集(東北淪陷時期作品選·短篇小說集)≫, 春風文藝出版社, 1989年 4月.

蕭軍, 蕭紅 著, ≪跋涉≫, 花城出版社, 1983年 11月.

李春燕 編, ≪古丁作品選≫, 春風文藝出版社, 1995年 6月.

關沫南 著, ≪霧暗霞明≫, 黑龍江人民出版社, 1980年 2月.

≪東北淪陷時期作品選≫, 哈爾濱市圖書館, 1987年 4月.

遼寧社會科學院文學研究所, 黑龍江社會科學院文學研究所 編, ≪東北現代文學史料≫ (第1輯 - 第9輯), 1980年 3月 - 1984年 6月.

遼寧社會科學院文學研究所, 黑龍江社會科學院文學研究所 編, ≪東北文學研究叢刊≫(1 - 3), 1984年 8月 - 1986年 9月.

哈爾濱文學院 編, ≪東北文學研究史料(≪東北文學研究叢刊≫易名)≫(4 - 6), 1986年 11月 - 1987年 12月.

3) 일본문자료

≪新天地≫(月刊, 新天地社(大連), 1931年1月 - 1944年12月(일부 결호됨).

≪月刊滿洲≫, 月刊滿洲社(新京), 1938年1月 - 1942年12月(일부 결호됨).

≪滿洲行政≫(月刊, 滿洲行政社(新京), 1934年 1月 - 1940年 12月(일부 결호됨).

≪滿洲公論≫, 滿洲公論社(大連), 1931年 1月 - 1940年 12月(일부 결호됨).

≪滿洲評論≫(週刊, 滿洲評論社(大連), 1935年 - 1944年 12月(일부 결호됨).

≪滿配月報≫, 滿洲書籍配給株式會社(新京), 1941年 9月 - 1943年 3月(일부 결호됨).

≪藝文≫(月刊, 滿洲藝文社(新京), 1942年1月 - 1944年 3月(일부 결호됨).

≪宣撫月報≫, 滿洲國國務院總務廳弘報處(新京), 1936年 1月 - 1945年 1月(일부 결호됨).

≪滿蒙≫(月刊, 滿蒙社(大連), 1935年 1月 - 1943年 12月(일부 결호됨).

≪滿洲藝文通信≫(月刊, 滿洲藝文聯盟(新京), 1942年 1月 - 1943年 8月(일부 결호됨).

≪滿洲文話會通信≫, 滿洲文話會(大連), 1940年 1月 - 1943年 6月(일부 결호됨).

≪新京日日新聞≫, 新京日日新聞社, 1933年 1月 - 1943年 1月(일부 결호됨).

≪滿洲日日新聞≫, 滿洲日日新聞社, 1938年 11月 - 1943年 8月(일부 결호됨).
≪滿洲國各民族創作選集≫(1), 創元社(東京), 1942年.
≪滿洲國各民族創作選集≫(2), 創元社(東京), 1944年 3月.
≪滿洲藝文年鑑≫, 滿洲文話會, 1937年 - 1939年.
≪滿洲藝文年鑑≫(1942年版), 滿洲藝文聯盟滿洲藝文年鑑編委會, 1943年 11月.
加納三郎 著, ≪滿洲文化ノタメニ≫, 作文發行所(大連), 1941年 12月.
淺見淵著, ≪滿洲文化記≫, 軍援産業株式會社(新京), 1943年 2月.
山田淸三郎 著, ≪滿洲國文化建設論≫, 藝文書房(新京), 1943年 1月.
大內隆雄 著, ≪滿洲文學二十年≫, 國民畫報社刊(新京), 1944年 10月.

大村益夫, 布袋敏博 編, ≪舊「滿洲」文學關係資料集≫(一), 2000年 3月
大村益夫, 布袋敏博 編, ≪舊「滿洲」文學關係資料集≫(二), 2001年 3月.
大村益夫, 布袋敏博 編, ≪朝鮮文學關係日本語文獻目錄(1882年 4月 - 1945年 8月)≫, 1997년 1월.

2. 저서

1) 조선문저서

任范松, 權哲 주필 ≪조선족문학연구≫, 흑룡강조선민족출판사, 1989년 6월.
趙成日, 權哲, 崔三龍, 金東勛 著 ≪중국조선족문학사≫, 연변인민출판사, 1990년 7월.
金虎雄 저 ≪在滿朝鮮人文學硏究≫, 국학자료원, 1997년 12월.
권 철 저 ≪중국조선족문학≫(상), 연변대학출판사, 2000년 8월.
권 철 저 ≪光復前 中國 朝鮮民族文學 硏究≫, 한국문화사, 1999년 12월.
전성호 저 ≪일제하 중국 조선인 소설 연구≫, 다나출판, 1997년 12월.
吳相順 저 ≪중국조선족소설사≫, 요년민족출판사, 2000년 10월.
尹允鎭 저 ≪픽션과 현실사이≫, 新星출판사, 2002년 1월.
金海龍 저 ≪광복전중조연극사비교연구≫, 동북조선민족교육출판사, 1999년 10월.

조선족약사편찬조 편 ≪조선족약사≫, 연변인민출판사, 1986년.
玄龍順 외 ≪조선족백년사화≫(제1집, 제2집), 요녕인민출판사, 1982년 6월, 1984
　　　　년 4월.
박창욱 저 ≪중국조선족역사연구≫, 연변대학출판사, 1995년.
朴靑山, 金哲洙 저 ≪이야기 중국조선족역사≫, 연변인민출판사, 2000년 6월.

吳養鎬 저 ≪韓國文學과 間島≫, 문예출판사, 1988년 4월.
오양호 저 ≪日帝强占期滿洲朝鮮人文學硏究≫, 문예출판사, 1996년 1월.
蔡　壎 저 ≪日帝强占期在滿韓國文學硏究≫, 깊은샘, 1990년 11월.
金烈圭 외 ≪대륙문학 다시 읽는다≫, 대륙연구소 출판부, 1992년 8월.
金允植 저 ≪안수길연구≫, 정음사, 1986년.
曹圭益 저 ≪해방전 만주지역의 우리 시인들과 시문학≫, 국학자료원, 1996년 9
　　　　월.
尹永川 저 ≪韓國의 流民詩≫, 실천문학사, 1987년 4월.
李明宰 저 ≪植民地時代의 韓國文學≫, 중앙대학교 출판부, 1991년 8월.
宋民鎬 저 ≪일제말 암흑기문학연구≫, 새문사, 1991년.
林鍾國 저 ≪親日文學論≫, 평화출판사, 1963년.
蘇在英 편 ≪間島流浪40년≫, 조선일보사, 1989년 9월.
蘇在英 외 ≪조선족문학연구≫, 숭실대학교 출판부 1992년.
조동일 저 ≪한국문학통사(제5권)≫, 지식산업사, 1992년 5월.
유양선 저 ≪한국 농민문학 연구≫, 서광학술자료사, 1994년 5월.
金學東 외 ≪韓國文學思潮論≫, 새문사, 1992년 9월.
김학동 저 ≪비교문학≫, 새문사, 1997년 2월.
이선영 엮음 ≪문예사조사≫, 민음사, 1997년 9월.

2) 한어문저서

張毓茂 著 ≪東北新文學論叢≫, 沈陽出版社, 1989年 3月.

≪東北現代文學史≫ 編寫組 ≪東北現代文學史≫, 沈陽出版社, 1989年 12月.

馮爲群, 李春燕 著 ≪東北淪陷時期文學新論≫, 吉林大學出版社, 1991年 7月.

申殿和, 黃萬華 著 ≪東北淪陷時期文學史論≫, 北方文藝出版社, 1991年 10月.

馮爲群 等編 ≪東北淪陷時期文學國際學術硏討會論文集≫, 沈陽出版社, 1992年
　　　　6월.

沈衛威 著 ≪東北流亡文學史論≫, 河南人民出版社, 1992年 8月.

邢富君 著 ≪從荒原走向世界--東北文學論≫, 大連海運學院出版社, 1992年 12月.

徐迺翔, 黃萬華 著 ≪中國抗戰時期淪陷區文學史≫, 福建教育出版社, 1995年 7
　　　　월.

文天行 主編 ≪中國抗戰文學槪覽≫, 四川大學出版社 , 1996年 6月.

張毓茂 主編 ≪東北現代文學史論≫, 沈陽出版社, 1996年 8月.

李春燕 主編 ≪東北文學綜論≫, 吉林文史出版社, 1997年 10月.

李春燕 主編 ≪東北文學史論≫, 吉林文史出版社, 1998年 9月.

李春燕 主編 ≪東北文學文化新論≫, 吉林文史出版社, 2000年 11월.

孫中田, 逄增玉, 黃萬華, 劉愛華 著 ≪鐐銬下的繆斯 - 東北淪陷區文學史綱≫, 吉
　　　　林大學出版社, 1999年 11月.

山田敬三, 呂元明 主編 ≪中日戰爭與文學--中日現代文學的比較硏究≫, 東北師范
　　　　大學出版社, 1992年 8月.

逄增玉 著 ≪黑土地文化與東北作家群≫, 湖南敎育出版社, 1995年 8月.

(日)岡田英樹 著 ≪僞滿洲國文學≫, 吉林大學出版社, 2001年.

陳隄等編 ≪梁山丁硏究資料≫, 遼寧人民出版社, 1998年 3月.

皇甫曉濤 著 ≪蕭紅現象≫, 천津人民出版社, 2000年 2月.

張毓茂 主編≪二十世紀中國兩岸文學史≫,遼寧大學出版社, 1988年 8月.

粟多桂 著 ≪臺灣抗日作家作品論≫, 西南師范大學出版社, 1991年 6月.

呂正惠, 趙遐秋 主編 ≪臺灣新文學思潮史綱≫, 昆侖出版社, 2002年 1月.

黎湘萍 著 ≪文學臺灣 - 臺灣知識者的文學敍事與理論想像≫, 人民文學出版社,
　　　　2003年 3月.

馮 幷著 ≪中國文藝副刊史≫, 華文出版社, 2001年 5月.

史習成 著 ≪蒙古國現代文學≫, 昆侖出版社, 2001年 8月.

孫春日 主編 ≪中國朝鮮族社會文化發展≫, 延邊教育出版社, 2002年 6월.

姜念東 等著 ≪僞滿洲國史≫, 吉林人民出版社, 1980年 10月.

王承礼 主編 ≪中國東北淪陷十四年史綱要≫, 中國大百科全書出版社, 1991年 9月.

孫邦 主編 ≪僞滿史料叢書≫(1--10), 吉林人民出版社, 1993年 10月.

解學詩 著 ≪僞滿洲國史新編≫, 人民出版社, 1995年 2月.

解學詩 著 ≪歷史的毒留≫, 廣西師范大學出版社, 1993年 4月.

武强 主編 ≪東北淪陷十四年敎育史料≫(1), 吉林敎育出版社,1989年 1月.

王野平 主編 ≪東北淪陷十四年敎育史≫, 吉林敎育出版社, 1989年 5月.

趙冬暉, 孫玉玲 主編 ≪苦難與鬪爭十四年≫(上), 中國大百科全書出版社, 1995年
　　　　　7月.

李茂杰, 孫繼英 主編 ≪苦難與鬪爭十四年≫(中), 中國大百科全書出版社, 1995年
　　　　　7月.

(日)滿洲國史編纂刊行會 編 ≪滿洲國史(分論)≫(上, 下), 東北淪陷十四年史吉林編
　　　　　寫組譯, 1990年 12月.

≪蒙古族簡史≫編寫組 ≪蒙古族簡史≫, 內蒙古人民出版社, 1977年 7月.

≪內蒙古近代史譯叢≫(2), 內蒙古人民出版社, 1988年 12月.

≪內蒙古文史資料≫(6), 內蒙古人民出版社, 1979年 3月.

王俊彦 著 ≪白俄中國大逃亡紀實≫, 中國文史出版社, 2002年 1月.

高樂才 著 ≪日本"滿洲移民"研究≫, 人民出版社, 2000年 10月.

樂黛云 等著 ≪比較文學原理新編≫, 北京大學出版社, 1998年 8月.

楊乃喬 主編 ≪比較文學槪論≫, 北京大學出版社, 2002年 6月.

孟華 主編 ≪比較文學形象學≫, 北京大學出版社, 2001年 7月.

樂黛云, 張輝 主編 ≪文化傳遞與文學形象≫, 北京大學出版社, 1999年 1月.

張京媛 主編 ≪后殖民理論與文化批評≫, 北京大學出版社, 1999年 1月.

王岳川 主編 ≪后殖民主義與新歷史主義文論≫, 山東敎育出版社, 2001年 2月.

(英)艾勒克·博埃默 著 ≪殖民與后殖民文學≫, 遼寧敎育出版社, 1998年 1月.

(法)皮埃爾·布迪厄 著 ≪藝術的法則≫, 中央編譯出版社, 2001年 3月.

南 帆 著 ≪文本生産與意識形態≫, 暨南大學出版社, 2002年 9月.

王耀輝 著《文本解讀》, 華中師范大學出版社, 2000年 8月.

童慶炳 等著 《文學藝術與社會心理》, 高等敎育出版社, 1997年 7月.

楊守森 主編 《二十世紀中國作家心態史》, 中央編譯出版社, 1998年 11月.

陳繼會 著 《二十世紀中國小說文化精神》, 東方出版社, 2002年 12月.

李輝凡, 張捷 著 《20世紀俄羅斯文學史》, 青島出版社, 1998年 11月.

劉再復 著 《性格組合論》, 安徽文藝出版社, 1999年 1月.

暢廣元 著 《文學文化學》, 遼寧人民出版社, 2000年 6월.

汪正龍 著 《文學意義硏究》, 南京大學出版社, 2002年 6月.

王汶成 著 《文學語言中介論》, 山東大學出版社, 2002年 2月.

司馬云杰 著 《文化價値論--關與文化建構價値意識的學說》, 陝西人民出版社, 2003
        年 1月

劉世劍 著 《小說敍事藝術》, 吉林大學出版社, 1999年 11月.

申丹 著 《敍述學與小說文體學硏究》, 北京大學출판사, 1998年 7月.

陳曉明 著 《表意的焦慮》, 中央編譯出版社, 2002年 6月.

呂周聚 著 《中國現代主義詩學》, 人民文學出版社, 2001年 8月.

朱壽桐 主編 《中國現代主義文學史》(上, 下), 江蘇敎育出版社, 1998年 5月.

陳旭光 著 《中西詩學的會通 - 20世紀中國現代主義詩學硏究》, 北京大學出版社,
        2002年 1月.

吳忠誠 著 《現代詩歌精神與方法》, 東方出版社, 1999年 6月.

駱寒超 著 《新詩主潮論》, 上海文藝出版社, 1999年 1月.

駱寒超 著 《20世紀新詩綜論》, 學林出版社, 2001年 12月.

王列生 著 《世界文學背景下的民族文學道路》, 安徽敎育出版社, 2000年 9月.

蘇光文 主編 《1937年 - 1945年中國文學愛國主義母題硏究》, 重慶出版社, 2001年
        9月.

張 杰 著 《魯迅：域外的接近與接受》, 福建敎育出版社, 2001年 9月.

王克非 著 《飜譯文化史論》, 上海外語敎育出版社, 1997年 10月.

(英)厄內斯特·盖爾納 著 《民族與民族主義》, 中央編譯出版社, 2002年 1月.

林精華 著 《民族主義的意義與悖論》, 人民出版社, 2002年 4月.

3) 일본문저서

尾坂德司 著 《蕭紅伝》, 燎原書店, 1983年 1月.
日本社會文學會 編 《植民地卜文學》, オリジン出版社センター, 1993年 5月.
川村 湊 著 《異鄕ノ昭和文學--滿洲卜近代日本》, 岩波書店, 1990年 10月.
任展慧 著 《日本ニオケル朝鮮人ノ文學ノ歷史(--1945年マデ--)》, 法政大學出版局刊,
　　　　 1994年 1月.

3. 주요논문

1) 조선문주요논문

연변문학예술연구소 편 《조선족문학예술연구》, 연변인민출판사, 1989년 7월.
연변대학 조선언어문학학부 편찬 《조선민족문학연구》, 흑룡강조선민족출판사,
　　　　 1999년 10월.
《중국조선족문화연구》, 목원대학교출판부, 1994년 3월.
박충록 《〈만선일보〉에 발표된 시문학연구》, 《문학과예술》, 1994년 4기.
이상범 《〈만선일보〉와 만주조선어문학》, 《문학과예술》, 1997년 1기.
이광일 《해방전 현경준소설문학연구》, 《문학과예술》, 2002년 1기.
오오무라 마스오 《舊 滿洲 韓人文學硏究》, 《勤齋梁淳珌博士華甲紀念 - 語文
　　　　 學論叢》, 1993년 11월.
孟周姬 《안수길의 초기소설 연구》, 淑明女子대학교 국어교육전공, 1993년 12월.
金淑亨 《일제하의 재만작가 연구 - 김창걸 단편소설을 중심으로》, 경기대학교
　　　　 국어교육학과 석사학위논문, 1999년.
金勳謙 《김조규 시문학 연구》, 연변대학 조선문학석사학위논문, 2001년 6월.

2) 한어문주요논문

崔一 《韓國現代文學中的中國形象硏究》, 延邊大學 朝鮮文學專攻 博士學位論
　　　　 文, 2002年 6月.

≪淪陷區文學研究專號≫, ≪中國現代文學研究叢刊≫, 1993年 第1期.
李春燕 ≪論東北淪陷時期的詩歌≫, ≪社會科學戰線≫, 1993年 6期.
李春燕 ≪論東北淪陷時期的愛國抗日散文≫, ≪社會科學戰線≫, 1997年 2期.
李春燕 ≪論東北淪陷時期的小說≫, ≪社會科學戰線≫, 1998年 6期.
李春燕 ≪寓意深長話 <新生>≫, ≪東北淪陷史研究≫, 1998年 4期.
劉愛華 ≪孤獨的舞蹈 - 東北淪陷時期女性作家群體小說論≫, 東北師范大學 中國
        現代文學專業 博士學位論文, 1999年 5月.
李延齡 ≪論哈爾濱俄羅斯僑民詩歌≫, ≪俄羅斯文藝≫, 1998年 2期.
(美)愛·薩伊德 ≪葉芝與非殖民化≫, ≪世界文學≫, 1998年 6期.
宋炳輝 ≪弱小民族文學的譯介和中國文學的現代性≫, ≪中國比較文學≫ 2002年
        2期.
張德明 ≪流浪的繆斯 - 20世紀流亡文學初探≫, ≪外國文學評論≫ 2002年 2期.

❀ 부록 : ≪在滿鮮系文學≫ ❀

<hr>

※ ≪在滿鮮系文學≫은 위만주국시기 조선인문학평론에 활약을 보
인 ≪만선일보≫ 편집기자 고재기가 당시 중국어 잡지 ≪新滿州≫
(康德 9年 제4권 제6호 즉 1942년 6월 호. 이 잡지는 당시 중국
어 간행물가운데서 주요 간행물에 속함.)에 발표한 문장이다. 이
문장은 위만주국시기 나아가 지금에 이르기까지 당시 문학활동
에 직접 참여했던 조선인문인이 위만주국시기의 조선인문학의
면모를 사실적으로 체계적으로 개괄, 소개한 유일한 문장으로서
너무나 귀중한 자료로 된다. 이 자료는 본고를 통해 처음으로
학계에 공개되는 셈이다. 원문은 중국어로 되었으나 독자들의
편리를 위해 한국어로 번역하여 내놓는다.

―― 역자 김장선

<hr>

在滿鮮系文學

高在騏

만주에 조선인문학(필자는 鮮系文學이라 칭했음. 역자 주)이 존재하느냐 않느냐 하는 이 문제는 기타 각 민족들의 의문으로 되어 있을 것이다. 그 원인은 아마도 조선인문학을 소개하는 사람이 없기 때문일 것이다.

옛날 고구려는 이 땅에 나라를 세웠으나 지금은 일부 예술문화의 흔적만이 남아 고고학자들의 발굴과 고증을 받고있을 뿐이다.

지금으로부터 70년 전, 이 곳에 이주한 우리 동포는 백 오십만 명에 달하였다. 그들은 문화를 창조하는 것으로 생활을 누리면서 거기에 모든 힘을 다 몰 부었다. 사실대로 말하면 우리의 조상(祖先)들은 음풍영월(吟諷詠月)에 문(文)을 숭상하고 무(武)를 경시한 종족이다. 신라문화나 리조(李朝)문화를 막론하고 모두 이런 성분을 갖고 있다. 조선문화에 상당한 이해를 갖고있는 독자에게 있어서 상술한 역사의 영향을 받았다면 간혹 아무런 주저도 없이 재만 조선인문학의 존재를 이끌어 낼 것이다. 하지만 미안하게도 그것은 알맞지 않는다고 말해야겠다.

일본인(필자는 日系라 칭했음. 역자 주)들에게 소위 만주문학이 있는 한 조선인문학에 대해서도 약간의 서술을 할 수 있다고 본다.

만주의 지리, 정치 등 여러 특수성 속에서 나온 특수한 이념의 구체화를 전제로 한다면 간혹 아직 상당한 거리가 있겠지만 일본인의 만주문학에 비하면 오히려 어느 정도 운운할 수 있다. 물론 조선인문학은 일본인의 만주문학

보다 시작이 비교적 늦기는 하였지만 장래가 있다. 조선인문학의 전망에 대해 우리는 비관과 낙관을 초월하여 다만 요구에 따라 앞으로 나아갈 뿐이다. 이런 비논리적인 추리를 하게 되는 것은 하나의 유감이라고 할 수 있다.

본고에서 말하는 만주 조선인문학은 만주에서 살고 있는 조선인작가들이 조선어로 쓴 문학을 말한다. 이 밖의 것은 제외한다. 이 견해의 정확여부에 대해서는 논의할 여지가 있기는 하지만 나는 만주 조선인문학의 운명은 역시 재만 조선어의 운명이라고 생각한다. 모토(母土) 조선의 언어문제를 추이해 볼 때 부득불 이를 생각하게 되기 때문이다. 이 나라(위만주국을 말함. 역자 주)의 언어문제는 만주문학의 개념에서 제일 중요한 한 개 요소로 된다. 이 문제는 본고의 내용에 속하지 않기에 더 논술하지 않는다.

위에서 조선인들은 문화를 창조하는 것으로 생활을 누린다고 하였는데 아래에 이를 다시 상세히 중복하여 본다.

만주에 온 조선인들을 보면 초기에는 자유이민들이었고 다음에는 정치망명자들이었으며 그 다음에는 건국(위만주국의 건립을 말함. 역자 주)후의 대량의 개척민들이다. 그들은 의식주를 해결하려고 눈코 뜰 새 없다나니 물론 예악을 즐길 여가가 없다. 조선의 신문학사는 이미 30여 년이 되지만 이 곳에서 유랑하고 있는 조선인들은 아직도 문화생활과 거리가 요원하다. 여기서 말하는 재만 조선인문학은 6 - 7년 전부터 비로소 점차 싹트기 시작하였으며 그것도 만주에서 교육을 받은 조선인이 아니라 새로 만주에 온 일부 문학인들에 의해 싹트기 시작한 것이다. 최초에는 아주 부진상태였지만 최근 2 - 3년에는 점차 조선인문학의 당연함을 인식하게 되었고 대부분이 진지한 태도로 창작에 종사하고 있다.

강덕(康德 2年, 1935년) 2년 10월에 간도에 거주한 일부 문학인들이 ≪북향≫이라는 동인 잡지를 출간했다. 이 잡지는 비록 불과 30페이지도 안 되는 작은 간행물이지만 문학기운(機運)의 성숙을 대표할 수 있다. 3호까지 출간된 후 끝맺게 되었다. 이 잡지의 기치와 일반 경향에 대해 무엇이라고 딱히 지적할 수는 없지만 재만 조선인의 그 대부분이 농민이었기에 농민문학의 색채가 있다고 할 수 있다. 이 잡지에 실린 천청송의 《농민문학의 전(農民文學以前)》과 노신의 《고향》 역문(안수길 역으로 됨. 역자 주)이 아주 사람들의 주의를 끌고 있다. 그러나 명확한 목표는 없었다. 일부 정열적인 문학인들의 문학에 대한 일종의 열렬한 동경이었고 또 한 면으로 인본주의에서 출발한 분개이기도 하였다. 그 창간사를 인용하면 다음과 같다. "……우리들은 문학의 힘을 천하에 공포한다. 분투를 선언한다. 무력(武力)보다 더 위대한 필을 쥐고 있는 사람들이여, 그대들의 가슴에 청신한 젖이 용 솟을 것이고 ……우리들은 황야에서 방황하며 문화의 젖을 먹지 못하는 백의대중들에게 절규한다. 어서 빨리 깨여나라, 어서 빨리 환상과 착각에서 깨여나라, 명랑한 기치아래 모여라. 방황과 주저(躊躇)속에서 빨리 각성하여 당당한 진영으로 향해 나아가자……"

이 잡지는 만주조선인문학에 있어서 하나의 온상(溫床)이었다. 당시 문학인들의 발표기관은이 잡지 외에 《간도일보(間島日報)》와 《만선일보(滿鮮日報)》의 전신이었던 《만몽일보(滿蒙日報)》이었다. 후에 《북향》이 폐간되고 《간도일보》와 《만몽일보》가 합병되어 다만 《만선일보》와 《재만조선인통신(在滿鮮人通信)》(작년 5월에 폐간됨) 이 자그마한 지면을 문학인들에게 제공해 주고 있을 뿐이다. 발표기관이 결핍한 것은 확실히 조선인문학의 일대 장애로 되며 일대 고뇌로 된다. 사실대로 말하면 만주의 조선인문학은 아직 요람기를 벗어나지 못하였다. 문단도 완전히 형성되지 못하였다. 최근 2 - 3년의 창작을 보면 등장한 작가가 약 30명 정도이고 발표된 작품은 상당히 많다. 조선에 있는 작가 40명이 백 편의 작품밖에 없는 것과 비교해 볼 때 재만 조선인문학활동은 스스로 위안할 수 있다. 여기서 말하는 작가는 일본인작가들처럼 매 사람마다 일년에 단편 하나 혹은 4 - 5편밖에 발표하지 못하는 작가가 아니다.

동시에 조선문단에서도 아주 이름 있는 지명인사들 예 하면 박영로, 현경준, 김진수, 안수길 등은 모두 현역 중견작가들이라고 할 수 있다. 그들의 작품은 대부분이 만주에서 취재한 것이고 또 내용이 새로워 아주 호평 받고 있다. 근래에 와서 작품창작활동이 점차 감퇴되고 있으나 작품의 기교는 오히려 큰 진보를 보이고 있다. 작년에 비록 몇몇 신진작가들의 활동이 있기는 하였지만 작품의 수준은 종래의 수준에 머물러 있는 형편으로 대서특필할 것은 없다.

조선인작가들의 일반적인 경향은 "사실주의"라고 할 수 있는데 조선의 작가들과 보조를 같이 하고 있다. 명랑하고 건설적인 작품이 나타나지 못하는 것이 하나의 유감이라고 할 수 있다.

조선문단의 기숙(耆宿)이며 그 공로를 중국의 노신과 비할수 있는 염상섭씨는 일찍 절필하고 작품을 쓰지 않고 있으며 과거의 중견작가였던 김영인(金永人)씨도 날로 침묵을 지켜가고 있다. 비록 이 두 사람은 아직 건재하여 있지만.

그 다음 시단을 볼 때, 여수, 박팔양, 백석, 유치환, 김조규 등은 모두 시집을 펴낸 중견시인들이지만 현재 모두 거의 시를 쓰지 않다시피 하고 있다. 간도 도문의 동인지 "시현실(詩現實)"의 이수형 등이 초현실주의에 속하는 시들을 크게 발표하다가 인제는 기가 겨우 붙어 있는 상황이다.

만주에는 시를 쓰는 사람이 적지 않지만 시평은 아주 적다. 다만 일종의 원시적 열정이 흐르고 있을 뿐이다.

조선의 작가들 가운데서 만주를 제재로 창작한 주요작품들로는 이기영의 ≪대지의 아들≫, 이태준의 ≪농군≫, 윤백남의 ≪사변전후≫ 등이 있다. 이곳의 문학인들은 기타 각 나라의 문학인들과 마찬가지로 시세의 흐름 속에서 키가 없는 선(船)처럼 어디로 갈 바를 모르고 있다. 일부 신인들은 비록 열정은 있으나 문학수양이 결핍하여 만주의 현실에 대한 심사숙고가 더욱더 없다. 생활의 불온정성은 그들로 하여금 문학을 의심하게 하고 점차 생활에 파묻히게 하고 있다. 한 것은 지금 문학의 길에는 고난과 고통이 지난날 보다 훨씬 많기 때문이다.

지난 번 홍보처(弘報處)에서 발표한 ≪예문지도요강(藝文指導要綱)≫은 기타의 다른 민족작가들에게는 큰 방조가 되겠지만 조선인작가들에게는 원고비(稿費)같은 것은 말할 것도 없고 유일한 발표기관인 ≪만선일보≫마저 문예의 편 폭을 재삼 줄인 상황이다.

　만주에서 꽃 피고 열매 맺어 복합문화(複合文化)에 협력해야 할 조선인문학이 금후 어떤 길로 나아가야 하는가 하는 것은 비록 문학인들 자신의 문제이기는 하지만 문화자체가 정치와의 관계가 물과 고기의 관계와 같기에 일체는 정치에 의존하는 수밖에 없다.

(필자·조선매일신문사 신경 특파원·재만 선계 평론가)

┃저자 약력┃

김장선(金長善)

1963년 중국 길림성 화룡시에서 출생
중국 연변대학 조선어문학부 및 대학원 졸업
천진 사범대학 외국어학원 한국어학과 부교수

위만주국시기 조선인문학과 중국인문학의 비교연구

인 쇄 2004년 08월 02일
발 행 2004년 08월 10일
저 자 김 장 선
펴낸이 이 대 현
편 집 박 윤 정
펴낸곳 도서출판 역락 / 서울 성동구 성수2가 3동 301-80
          (주)지시코별관 3층(우 133-835)
TEL 대표·영업 3409-2058 편집부 3409-2060 FAX 3409-2059
E-MAIL youkrack@hanmail.net / yk3888@kornet.net
등 록 1999년 4월 19일 제2-2803호
ISBN 89-5556-291-8-93800

정가 12,000원

* 잘못된 책은 교환해 드립니다.